SABINE ZETT
In der Liebe und beim Bügeln ist alles erlaubt

*Buch*

Mal ehrlich: Wer braucht schon Klassentreffen? Man erkennt die anderen nicht, alle geben an, alte Hits werden gespielt – und ob man's will oder nicht: Ständig muss man sich für sein Leben rechtfertigen. Darauf hat Victoria wirklich keine Lust und sagt die Einladung zum Abi-Treffen ab, die ihr ins Haus flattert. Aber als sie ausgerechnet am Tag des Treffens von ihrer Mutter nach Hause bestellt wird und am Bahnhof einer alten Schulfreundin in die Arme läuft, gibt es kein Entkommen mehr vor Klassentratsch und Discokugel – und dann kribbelt es auch noch gewaltig, als Victoria plötzlich ihrem alten Schwarm Michael gegenübersteht …

*Autorin*

Sabine Zett wurde 1967 geboren und ist in Westfalen aufgewachsen. Sie absolvierte ein Volontariat bei der örtlichen Tageszeitung und arbeitete als Journalistin in verschiedenen Redaktionen. Nach der Geburt ihrer beiden Kinder begann sie, Bücher zu schreiben, und eroberte mit ihrer vielfach ausgezeichneten Jugendbuchreihe um den frechen »Hugo« die Herzen von kleinen und großen Lesern. Sabine Zett lebt mit ihrer Familie am Niederrhein.

*Von Sabine Zett außerdem bei Blanvalet erschienen*

Tausche Schwiegermutter gegen Goldfisch (38139)

# Sabine Zett

## IN DER LIEBE UND BEIM BÜGELN IST ALLES ERLAUBT

Roman

blanvalet

Verlagsgruppe Random House FSC® N001967
Das für dieses Buch verwendete FSC®-zertifizierte Papier
*Holmen Book Cream* liefert Holmen Paper, Hallstavik, Schweden.

1. Auflage
Originalausgabe Januar 2015 im Blanvalet Verlag, München,
einem Unternehmen der Verlagsgruppe Random House GmbH, München
Copyright © 2015 by Sabine Zett
Copyright der deutschen Erstausgabe © 2015
by Verlagsgruppe Random House GmbH
Umschlaggestaltung: www.bürosüd.de, München
Umschlagmotiv: Getty Images/John Lund/Stephanie Roeser;
Getty Images/GK Hart/Vicky Hart
Redaktion: Angela Troni
wr · Herstellung: sam
Satz: Vornehm Mediengestaltung GmbH, München
Druck und Einband: GGP Media GmbH, Pößneck
Printed in Germany
ISBN: 978-3-442-38392-4
www.blanvalet.de

*Dieses Buch widme ich meinen Eltern!*

# Kapitel 1

> *»Wenn ich nicht schon einen Knacks in Sachen
> Beziehungen gehabt hätte, wäre ich spätestens jetzt
> schwer traumatisiert worden.«*
> VICTORIA

Wenn ich etwas wirklich hasste, dann war es mein Bügeleisen.

Irgendwie kriegte ich nie alle Falten aus den Kleidungsstücken heraus und hatte stets das Gefühl, das Ding wollte mich, die mieseste Hausfrau unter der Sonne, verhöhnen und ein paar Knickmuster extra kreieren. So auch auf dem dunkelroten Etuikleid, das ich vorhin aus den Tiefen meines Schranks hervorgeholt hatte und eigentlich längst hätte tragen müssen. Ich hatte es mindestens fünfmal auf jeder Seite geglättet, bisher mit eher mäßigem Erfolg. Wie machte man das bloß richtig?

Gab es eigentlich keine App dafür?

Dummerweise hatte ich nicht daran gedacht, mich früher darum zu kümmern, und meine Haushaltshilfe Frau Iwanska würde erst morgen wiederkommen. Beruflich bekam ich es zwar ganz gut hin, aber in häuslichen Dingen war ich ohne sie aufgeschmissen. Bei mir ließen sogar die künstlichen Blumen die Köpfe hängen.

Mein Blick fiel auf mein Bett und erinnerte mich daran, dass meine Defizite noch in ganz anderen Bereichen lagen. Ich war Single.

Fürs Kochen, Waschen und Bügeln hatte ich jemanden angestellt, aber ich wünschte mir manchmal, ich hätte an der Uni nicht nur internationale Handelsbeziehungen, sondern vor allem Mann-Frau-Verhältnisse erfolgreich studieren können. Gut kannte ich mich nämlich nur in den Bereichen aus, in denen ich eine Prüfung abgelegt hatte. Möglichst mit Note Eins. Es klingelte an der Tür. Hilfe! Das Taxi war schon da, und ich stand noch immer in Unterwäsche herum. Ich wusste, dass ich mich beeilen sollte, hätte mich aber am liebsten wieder ins Bett gelegt. Oder wäre arbeiten gegangen.

Beides ging leider nicht. Eva und Tom warteten sicher schon auf ihre Trauzeugin. Mich. Lächerlich.

»Wir trauen uns, und ihr sollt am 6. Mai dabei sein«, stand in der Einladung, die ich vor etwa vier Wochen bekommen hatte. »Lasst uns gemeinsam auf eine schöne Zukunft anstoßen. Dresscode: Cocktail.«

Vollkommen bescheuert. Sie trauten sich. Mit Dresscode. Und ich hatte dafür extra einen Tag Urlaub genommen.

Seufzend stieg ich in das noch immer ziemlich faltige Kleid, zog einen leichten Mantel darüber und schnappte mir die Handtasche. Auf meinen neuen Pumps stöckelte ich die Treppe herunter und fühlte schon nach den ersten Stufen, dass ich spätestens in einer halben Stunde eine Blase am rechten kleinen Zeh haben würde.

Draußen regnete es, allerdings war es nicht kalt. Warum sagte alle Welt Wonnemonat zum Mai? Weil es eine Wonne war, die Sommergrippe zu bekommen? Der Taxifahrer wirkte mürrisch und machte keinerlei Anstalten, auszusteigen oder mir die Tür aufzuhalten.

Jetzt galt es, über die Riesenpfütze am Bordsteinrand zu steigen und so elegant wie möglich auf die Rückbank zu klettern.

»Der Taxameter läuft schon etliche Minuten«, war die brummige Antwort des Fahrers auf mein erschöpftes »Guten Morgen«, als ich es endlich ins Auto geschafft hatte. Dann fügte er auch noch hinzu: »Nichtraucher-Taxi.«

Eine echte rheinische Frohnatur.

Wie aufs Stichwort musste ich an Heidi Klum vor der Oscar-Verleihung denken. Hatte sie sich nicht in der Stretch-Limousine fast auf die Rückbank gelegt, um ihr Kleid nicht zu zerknittern? Ich versuchte, es ihr nachzutun, und streckte mich ebenfalls aus.

»Hey, Sie da hinten!«, meldete sich der Taxifahrer prompt. »Lassen Sie ja die Schuhe von den Polstern. Und anschnallen bitte. Wenn Sie tot sind, weil sie durch die Scheibe geflogen sind, will ich nicht in der Klapsmühle enden, nur weil ich nicht für Ihre Sicherheit gesorgt habe.«

»Glauben Sie, dass sich der Chauffeur von Heidi Klum auch solche Gedanken macht?«, fragte ich, verdrehte die Augen, richtete mich auf und legte den Gurt an.

»Wer? Was?«

»Ach, vergessen Sie's. Ich habe heute kein Foto für Sie«, murmelte ich.

»Foto? Brauch ich nicht. Ich hab ein Navi, und die Adresse hat schon die Zentrale durchgegeben«, brummte Germanys-Next–Flop-Taxifahrer, und damit war unsere charmante Unterhaltung zu Ende.

Schweigend fuhren wir in Richtung Innenstadt, und meine Gedanken wanderten zu dem bevorstehenden Ereignis. Würden auf mich als Trauzeugin noch Pflichten zukommen? Ich hätte Robert doch besser vorher kontaktieren sollen, aber der andere Trauzeuge war ein Idiot. Außerdem hatte ich bis heute Morgen jeden Gedanken an den Termin verdrängt. Eigentlich wünschte ich mir die ganze Zeit, ich könnte mich in letzter

Minute drücken, aber Eva war nicht nur meine liebste Kollegin in der Bank, sondern mittlerweile auch eine sehr gute Freundin, also gab es leider keine Ausreden.

»Victoria, endlich! Gut, dass du da bist. Bringen wir es hinter uns und gehen dann schön feiern.« Kaum war ich ausgestiegen, fiel mir Eva um den Hals. »Ich fühle pures Glück.«

»Bist du dir immer noch sicher?« Ich schaute sie prüfend an. Keine Anzeichen von Tränen. In ihrem hellblauen Kostüm sah sie jedenfalls toll aus. »Ich kann dir jederzeit ein Fluchtauto besorgen, wenn du willst.«

»Nein, ich bin mir ganz sicher. Das ist die beste Entscheidung unseres Lebens, glaub mir. Tom und ich sind gleich dran. Alle anderen sind schon oben. Komm mit, das geht unglaublich schnell über die Bühne. Du weißt, dass die Verwaltung mit Stechuhren arbeitet.«

Sie zog mich die Treppe hoch in einen sparsam beleuchteten Flur, wo von weitem schon Stimmen zu hören waren.

»Victoria ist da«, kündigte Eva mich an.

Ich blickte in knapp zwanzig mehr oder weniger bekannte Gesichter. Die Anwesenden steckten zwar in eleganten Anzügen und Kleidern, wirkten aber nicht unbedingt begeistert. Sie schienen insgeheim das Gleiche wie ich zu denken.

»Damit wären die Trauzeugen komplett«, sagte Tom, der in seinem dunkelblauen Anzug sehr elegant aussah, und küsste mich rechts und links auf die Wange. »Robert und du, macht das mit dem Schampus, ja? Wir müssen jetzt rein. In ein paar Minuten sind wir wieder da. Wünscht uns Glück.«

Eva und Tom kicherten wie zwei Teenager und verschwanden hinter einer grauen Tür.

Toms Bruder Robert winkte mir zu. »Victoria, grüß dich. Heute ohne Begleitung da? Ach richtig, du bist ja schon länger Single.«

Alle Augenpaare richteten sich auf mich. Musste er das so laut verkünden? Ich hasste es, im Mittelpunkt zu stehen. Meine Laune sank augenblicklich auf den Nullpunkt, und ich verspürte Mordgelüste. Hatten mein Nachbar Daniel und ich uns nicht erst neulich einen Krimi angeguckt, bei dem eine Single-Frau alle glücklichen Ehemänner gekillt hatte? Robert war doch glücklich verheiratet, oder?

»Dass wir Trauzeugen aber auch immer arbeiten müssen, gell? Verteilst du die Gläser? Sie stehen dort hinten, in Evas Korb. Ich kümmere mich um den Champagner. Hoffentlich ist er nicht warm geworden. Na, dann wollen wir mal anstoßen auf das immer noch junge Paar, hahaha.« Robert schien nicht zu bemerken, welche Mordgelüste er in mir weckte, und seine Frau Ingrid stimmte leicht hysterisch in sein Lachen ein.

Taten die beiden nur so, oder fanden sie das wirklich toll?

»Muss ich beim Brunch etwa eine Rede halten?«, fragte Evas Vater und runzelte die Stirn. »Ich kann diesen neumodischen Zirkus immer noch nicht verstehen, das soll ja niemand von mir erwarten. Warum sind die Trauzeugen eigentlich nicht mit reingegangen?« Er sah mich fast anklagend an.

»Ähm …«, stotterte ich, während der Champagnerkorken knallte. »Davon hat niemand was gesagt. Ich glaube, das ist auch gar nicht nötig.«

Das fehlte noch.

»Neumodischer Zirkus, sag ich doch«, murmelte er. »Komische Zeiten sind das.«

Schweigen breitete sich aus, während ich jedem Gast hastig ein Glas in die Hand drückte. Robert folgte mir und füllte sie.

»Was müssen wir gleich noch mal machen? Etwas werfen?«, wollte Evas Cousine Gitta wissen. »Ich habe für alle Fälle Konfetti mitgebracht.«

Konfetti? Ich hoffte, dass niemand weiße Tauben in seiner

Handtasche dabeihatte. Und wieso hielt Gittas Freund die ganze Zeit sein Handy auf uns gerichtet?

»Reis ist im Gebäude verboten, und das gilt bestimmt auch für Konfetti«, antwortete ich. »Es sei denn, du hast zufällig einen Besen dabei. Ich hole meinen nur zur Walpurgisnacht raus.«

Wieder stieß Ingrid ein nervöses Lachen hervor. »Wie? Ich werde hier ganz bestimmt nicht fegen, ich habe mein gutes Kleid an. Wir haben zwei Luftballons im Kofferraum, die wollen wir ihnen beim Essen überreichen, symbolisch sozusagen.«

Ich hatte weder Luftballons noch andere Symbole dabei und war leicht verunsichert.

»Schenkt ihr den beiden alle was? Ich meine, ich war mir nicht sicher, weil es ja keinen Geschenketisch gab oder so etwas Ähnliches. « Toms Schwester schien die gleichen Gedanken wie ich zu haben, während sie hektisch versuchte, ihre zwei Kinder zu bändigen, die den Flur entlangliefen. »Jetzt hört auf zu rennen! Ihr stört hier die Leute bei der Arbeit.«

»Ein Geschenketisch? Das wäre ja noch schöner«, ereiferte sich ihre Mutter und klammerte sich an ihren Mann. »Unsere Schwiegertochter hat schon immer die Traditionen mit Füßen getreten. Das hier ist alles auf ihrem Mist gewachsen. Sie wollte auch keine kirchliche Hochzeit. Nicht mal reden wollte sie mit dem Pfarrer. Und jetzt das!«

Evas Mutter, die bisher schweigend zugehört hatte, brauste auf. »Meine Tochter tritt keine Traditionen mit den Füßen! Sie ist nun mal nicht gläubig. Das habe ich dir schon hundertmal gesagt. Außerdem waren sie und Tom sich in allem einig. Jetzt …«

»…trinken wir erst einmal einen Schluck auf die beiden«, unterbrach sie Robert. Das war der erste vernünftige Satz, den er herausbrachte, seit ich ihn kannte. »Eva und Tom haben sich das alles genauso gewünscht, und wir sollten es respektieren. Wie sieht das denn aus, wenn die zwei gleich herauskommen und uns streitend vorfinden? Also beruhigt euch und hoch die Tassen. Na los, Victoria, wir Trauzeugen gehen mit gutem Beispiel voran. Auf das … Glück der beiden.«

Er prostete erst mir und dann der Runde zu, woraufhin alle schweigend seinem Beispiel folgten und an ihren Gläsern nippten, bis auf die Kinder, die laut nach Fanta verlangten, bevor sie ihre Verfolgungsjagd fortsetzten.

Plötzlich stand Evas älterer Onkel, ein untersetzter Glatzkopf, neben mir und taxierte mich mit einem lüsternen Blick. »Sie sind Single, das trifft sich gut. Ich nämlich auch. Wird nachher noch getanzt? Dann tragen Sie mich mal in Ihr Tanzkärtchen ein, holde Aphrodite. Am liebsten beim Klammerblues.«

Ich war so perplex, dass mir keine schlagfertige Antwort einfiel, deshalb nahm ich gleich noch einen Schluck Champagner. Super, nun wurde ich schon von den Siebzigjährigen angebaggert. Alle anderen Verehrer hatten mich ja vorher abserviert. Cheers!

Eine Viertelstunde später ging endlich die Tür auf, und Eva und Tom kamen heraus. Jetzt wirkten sie doch noch ein wenig aufgelöst, und meine Freundin hatte auffallend rote Wangen.

»Geschafft«, sagte sie. »Danke, dass ihr alle dabei seid. Das bedeutet uns viel.«

Ihre Stimme brach leicht, und Tom übernahm das Reden. »Ja, ich will euch auch danken, dass ihr gekommen seid. Also … es ist jetzt vollbracht. Ab sofort sind wir offiziell … geschieden.«

Niemand sagte etwas und sogar die beiden Kinder blieben stumm stehen, als würden sie verstehen, worum es geht.

Ich spürte einen Kloß im Hals.

»Aber wir bleiben Freunde, für immer.« Eva hatte sich wieder gefangen und lächelte. »Also freut euch mit uns und lasst uns feiern. Wir sind glücklich, genau so wollten wir es haben.«

Die beiden sahen sich an, und Tom umarmte seine Exfrau kurz. »Jetzt brauchen wir etwas zu trinken.«

Ich auch, dachte ich und trank mein Glas leer.

Während Robert dem Exehepaar zwei volle Champagnergläser reichte, Gittas Freund gefühlte tausend Fotos schoss und sich alle krampfhaft lächelnd zuprosteten und umarmten, musste ich an mich halten, um nicht in Tränen auszubrechen. Der Champagner machte es auch nicht besser.

Es war verrückt! Die beiden hatten uns per Einladung zum Amtsgericht bestellt, wo wir eine Scheidung feierten – in Cocktailkleidern. Robert und ich, die wir vor fünf Jahren als Trauzeugen für eine unvergessene Hochzeit sorgen durften, legten heute unverhofft eine Zugabe ein.

Unser letzter gemeinsamer, völlig absurder Auftritt.

Als Scheidungszeugen.

Wenn ich nicht schon einen Knacks in Sachen Beziehungen gehabt hätte, wäre ich spätestens jetzt schwer traumatisiert worden.

Evas Cousine entschloss sich zum Glück nicht dazu, ihr Konfetti zu werfen, und niemand überreichte den beiden ein Geschenk, trotzdem taten wir so, als ob es völlig normal wäre, in einem Gerichtsgebäude auf das Ende einer Ehe anzustoßen und sich dabei freudestrahlend zu geben.

»Schöne Aphrodite, fährst du mit mir in den Himmel hinein?«, fragte der glatzköpfige Onkel mit einem lüsternen Lächeln, als wir endlich in Richtung Restaurant aufbrachen. »Ich zeige dir gern die Pyramide von Gizeh.«

Ich wollte mir nicht ausmalen, was er damit wohl meinte, ließ ihn wortlos stehen und rannte Gitta hinterher. »Nehmt ihr mich bitte mit?«

Beim anschließenden Brunch, wo uns die eifrig lächelnden Kellner für eine große, glückliche Familie hielten, saß ich zwischen Gitta und Robert, der sich noch immer als Mister-Perfect-Trauzeuge aufführte. Zuerst überreichten er und seine Frau Eva und Tom tatsächlich feierlich zwei pinkfarbene, heliumgefüllte Ballons. Auf dem einen stand »Best Friends« und auf dem anderen »Forever«. Wir applaudierten höflich, während Ingrid und Robert beide Ballons in der Mitte der Tafel platzierten.

»Damit eure Freundschaft für immer hält«, sagte Ingrid lächelnd, und es gab noch mehr Applaus.

Mal sehen, ob es wenigstens mit den Best Friends klappt, hätte ich am liebsten hinzugefügt. Als Ehepaar seid ihr am »für immer« ja leider gescheitert.

Prost. Ich leerte meine Weinschorle in einem Zug. Wenn ich nicht aufpasste, würde ich jeden Moment den Part der Schnapsdrossel übernehmen. Die Seitenspringerin, die Spaßbremse und die Sexbombe fielen für mich heute aus.

Das waren die »Vier Party-S«, wie Eva und ich sie nannten. Vor jeder Betriebsfeier bei der Bank tippten wir im Vorfeld, wer von den Anwesenden wohl welche Rolle übernehmen würde, denn sowohl auf der Weihnachtsfeier als auch auf dem alljährlichen Sommerfest ging es jedes Mal hoch und heiß her.

Damit mir der Alkohol nicht zu sehr zu Kopf stieg, bediente ich mich ausgiebig am Buffet und überlegte, ob ich kurz im Büro anrufen sollte. Meine Assistentin Frau Unterbach hatte zwar alle anstehenden Termine abgesagt und sollte mir in dringenden Fällen eine SMS schicken, aber man wusste ja nie.

Außerdem beruhigte es mich bestimmt, wenn ich über berufliche Dinge nachdenken konnte. Vielleicht war ja doch etwas passiert, womit sich mein Gehirn ablenken konnte.

Ich stellte den Teller ab und holte das Handy heraus. Mist! Seit wann war das Schriftbild meiner Kontakte so verzerrt? Oder brauchte ich auf einmal eine Lesebrille? Im dritten Anlauf schaffte ich es endlich, Frau Unterbachs Nummer zu wählen.

»Sekretariat Doktor Victoria Weinmorgen, Unterbach, guten Tag.«

»Ich bin'sss«, nuschelte ich in den Hörer, während ich in ein Hors d'oeuvre biss. »Sssorry, aber ich muss eben wasss esssssen.«

Oh. Ich hatte bereits dramatische Probleme mit den s-Lauten. Ein sicheres Zeichen dafür, dass das Vorstadium eines leichten Schwipses erreicht war, etwas, das ich sonst nur im Privatleben zuließ. Peinlich.

»Frau Doktor Weinmorgen?« Frau Unterbach tat ganz erstaunt, dabei hatte sie garantiert schon beim Abheben meine Nummer auf dem Display erkannt. »Sind Sie das? Ist etwas passiert?«

Ich schluckte den letzten Bissen herunter. »Im Drehbuch issst dasss eigentlich meine Frage.«

»Sagten Sie gerade Drehbuch? Die Verbindung ist irgendwie schlecht. Sie klingen ganz komisch«, sagte meine Assistentin.

»Gibt'sss … gibt'sss wasss Wichtigesss?«, frage ich.

Am anderen Ende klingelte ein Telefon.

»Frau Doktor Weinmorgen, ich kann Sie ganz schlecht verstehen«, wiederholte Frau Unterbach. »Hier ist alles so weit im grünen Bereich. Machen Sie sich einen schönen freien Tag. Ich melde mich, falls es brennt, ja?«

Einen schönen freien Tag. Meiner Sekretärin hatte ich das mit der Scheidung natürlich nicht auf die Nase gebunden.

»Okay. Aber zuerst wählen Sssie die einsss-einsss-zwei.« Ich lachte über meinen eigenen Scherz.

Während meine Assistentin etwas Unverständliches murmelte, schwieg ich und wartete, bis sie aufgelegt hatte, damit ich nicht auf dem Display nach der richtigen Taste suchen musste.

»Da bist du ja, Aphrodite! Oder soll ich lieber Venus sagen?« Der verrückte Mythologie-Onkel stand wieder neben mir. »Darf ich dich nachher zu einem heißen Ritt auf meinem Pegasos einladen?«

»Passss mal auf, Tsssatsssssiki-Mann«, nuschelte ich. »Noch ssso ein schweinischer Spruch und ich trete dir mitten in dein trojanischesss Pferd, kapiert?«

Er sah mich verdutzt an, und ich wankte schleunigst zu meinem Platz zurück.

»Sollen wir jetzt einen Toast auf Tom und Eva ausbringen?«, raunte Robert mir zu, sobald ich wieder am Tisch saß.

»Ja, sssicher! Einen Toassst! Sssollen wir anschliesssssend noch ein paar lusssstige Scheidungsspielchen mit den Gässsten durchführen?«

Oje. Ich stopfte mir schleunigst den Mund voll und schenkte mir einen Kaffee ein.

Robert wirkte unsicher. »Hast du welche vorbereitet? Ich habe im Internet nichts gefunden …«

»Natürlich nicht!« Schon als Kind hatte ich mich am liebsten angriffslustig gegeben, wenn ich eigentlich weinen wollte. Und jetzt war ich richtig traurig. Obwohl Eva es mir im Vorfeld zu erklären versucht hatte, verstand ich immer noch nicht, was hier eigentlich passiert war.

Robert verzog das Gesicht. »Ich verstehe echt nicht, warum

17

du so miesepetrig bist. So streitlustig habe ich dich gar nicht in Erinnerung. Mein Bruder und Eva sind zivilisierte Menschen. Sie führen keinen Rosenkrieg. Die beiden haben alles vernünftig geregelt, sie haben keine Kinder, bleiben Freunde, und alles ist gut.«

Tatsächlich?

Ich blickte zum Ende der Tafel, wo meine Freundin und ihr Exmann nebeneinandersaßen und in ein leises Gespräch vertieft waren. Sie wirkten so vertraut miteinander. Wie mochte es Eva wirklich gehen? War sie mit der Entscheidung glücklich?

Soweit ich wusste, war kein anderer Partner im Spiel, und es war auch nichts Gravierendes vorgefallen. Eva hatte mir in zahlreichen rotweingetränkten Erklärungsversuchen gesagt, dass ihre Liebe nach insgesamt acht Beziehungsjahren »einfach vorbei war« und sie beide das Gefühl hatten, das könne »nicht schon alles im Leben gewesen sein«. Sie wollten sich gegenseitig noch »eine Chance für etwas Spannendes und Neues geben«.

Blablabla.

Das Single-Leben als Enddreißigerin war ja so was von aufregend. Ich konnte ein Lied davon singen. Meine letzte längere Beziehung war fast drei Jahre her, und ich konnte nicht behaupten, dass irgendetwas an meinem jetzigen Dasein spannend war. Ich ging täglich zur Arbeit und fiel spätestens nach den Tagesthemen erschöpft ins Bett. Hin und wieder traf ich mich mit Bekannten, ging ins Kino oder Theater oder schaute mir mit meinem Nachbarn einen Krimi an, und das war's auch schon größtenteils. Die Männer, mit denen ich mich hin und wieder verabredete, hatten alle einen Schaden. Oder Angst vor einer Karrierefrau, die sich in Geldsachen besser auskannte als sie.

Wo um Himmels willen wollte Eva, die in der Bank genauso hart wie ich arbeitete, etwas Aufregendes oder gar Neues erleben?

Vielleicht sollte ich die albernen Best-Friends-Forever-Luftballons zum Platzen bringen, damit Eva und Tom endlich aufwachten?

»Dein Bruder hat zu früh aufgegeben«, zischte ich Robert zu. Na bitte, ohne s-Laute ging das Sprechen super. »Ich habe jeden Tag auf Eva eingeredet. Nix geholfen, aber ich habe getan.« Jetzt klang ich schon wie meine polnische Haushaltshilfe. Hastig trank ich meinen Kaffee.

»Die beiden sind erwachsene Menschen und können tun und lassen, was sie wollen. Außerdem verstehe ich nicht, was du an der Feier auszusetzen hast. Das hat doch Niveau, sich auf diese Weise zu trennen.« Robert war eingeschnappt und drehte mir von nun an den Rücken zu.

Sollte er doch. Es war mir egal. Ich inspizierte die Kuchengabel. Sie war spitz genug, um es so richtig krachen zu lassen.

Peng – das war's dann mit den BFF!

Evas Mutter, die mir schräg gegenübersaß, schien meine Unterhaltung mit Robert mitbekommen zu haben oder sie konnte Gedanken lesen, denn sie beugte sich über den Tisch und drückte meine Hand. »Sie haben ja so Recht, meine Liebe. Eva und Tom waren und sind ein Traumpaar. Ich bin auch sehr traurig und hege die Hoffnung, dass sie wieder zueinanderfinden«, flüsterte sie.

Froh über die Unterstützung nickte ich eifrig. »Dasss wünsche ich mir auch. Ich glaube nun mal an die grossse Liebe. Wollen Sssie meine Komplizin sssein? Ich bräuchte jemanden, der die Leute ablenkt, damit ich an die Ballons rankomme …«

Sie lächelte mich an. »Ja, die Luftballons sind zauberhaft. Und überhaupt ... alles in allem war es eine wunderschöne Scheidung, nicht wahr? Hoffentlich sind die Fotos etwas geworden.«

# Kapitel 2

*»Du wünschst dir auch als gestandene Frau noch
immer den Märchenprinzen, von dem wir als kleine
Mädchen geträumt haben.«*

EVA

Um 14.00 Uhr hatte ich das Luftballon-Attentat immer
noch nicht ausgeführt, dafür löste sich die seltsame Feier langsam auf. Ich hatte zwar die s-Laute wieder im Griff, aber noch
immer nicht mit Eva allein sprechen können. Irgendwie nahm
ich ihr das mit dem großen Freundschaftsglück nicht ab. Als
sie in Richtung Toilette ging, folgte ich ihr. Bestimmt wollte
sie dort endlich ihren Tränen freien Lauf lassen.

»Hoppla, Aphrodite. Wohin des Weges?« Da war er wieder, der lüsterne Onkel. Er war wie aus dem Nichts aufgetaucht und fasste mich am Arm, bevor ich die Damentoilette
erreichte. »Dein Eros gibt nicht so schnell auf.«

Jetzt reichte es. »Alles klar, Adonis«, sagte ich und senkte die
Stimme. »Wir tanzen miteinander. Bei der nächsten Mumi-
fizierungsfeier in der Unterwelt, versprochen. Aber jetzt müssen Sie sich eine andere suchen, ich bin nämlich doch schon
vergeben. An … Costa Cordalis.«

Ein Hoch auf meine Mutter, die deutsche Schlager liebte.
Ich verschwand hinter der Tür, bevor er über die Logik meiner
Worte nachdenken und etwas erwidern konnte.

»Hallo? Eva?«

»Victoria?« Evas Stimme hinter einer Kabinentür klang normal wie immer. Konnte sie sich so gut verstellen? »Bist du das?«

»Brauchst du ein Taschentuch?«, fragte ich besorgt.

»Nein, hier ist noch genug Toilettenpapier«, antwortete sie und hörte sich irgendwie amüsiert an. »Bist du beschwipst, oder warum spielst du die Klofrau?«

»Hier reicht es auch noch, danke«, ertönte eine Stimme aus der zweiten Kabine. »Aber eine Toilettenbürste wäre nicht schlecht.«

Mein Gott, wie peinlich. Ich schloss mich augenblicklich hinter der dritten Tür ein. Erst als ich mehrfach die Spülung hörte und jemand den Waschraum verlassen hatte, wagte ich mich aus der Deckung und stieß auf die grinsende Eva, die am Händetrockner lehnte.

»Was hast du angestellt, dass du dich versteckst?«

Ich strich mein Kleid glatt, das mittlerweile nur noch aus Bügelfalten bestand. »Eigentlich wollte ich dich trösten.«

»Mich? Warum denn? Wegen der Scheidung? Vicky, ich bin okay, ganz ehrlich. Natürlich ist es traurig, dass wir gescheitert sind, aber wir haben uns einvernehmlich getrennt, das weißt du doch. Wir mögen uns trotzdem noch immer sehr.«

Trotzig schob ich das Kinn vor. »Das behauptest du zwar, aber ich nehme es euch nicht ab.«

Eva sah mich von der Seite an. »Nur weil du deinen Ex nicht mehr ausstehen kannst, heißt es nicht, dass alle Beziehungen so enden müssen. Er hat dich schließlich betrogen. Tom dagegen war für mich in letzter Zeit eher wie ein Bruder, nicht wie mein Mann.«

»Also war die Leidenschaft einfach weg? Konntet ihr sie denn nicht wieder entfachen? So mit Dessous oder Tantra …«

Meine Freundin grinste. »Und Swingerclub und Partner-tausch?«

»Ich meine ja nur.«

Sie seufzte. »Vicky, Vicky. Unter deinen Zahlenbergen, den ganzen Bilanzen und Prognosen bist du eine hoffnungslose Romantikerin. Du wünschst dir auch als gestandene Frau noch immer den Märchenprinzen, von dem wir als kleine Mädchen geträumt haben.«

Ich schüttelte so heftig den Kopf, dass mir fast schwinde-lig wurde. »Quatsch! Nach meinen letzten zwei Beziehungen bin ich davon geheilt. Ich bin einfach nur froh, dass meine Exfreunde und ich nicht offiziell entpaart werden mussten. Es war auch so schmerzhaft genug.«

»Entpaart? Das klingt irgendwie eklig«, sagte Eva. »Ich gebe zu, dass es vor diesem Richter schon komisch war, obwohl er ganz schnuckelig ausgesehen hat. Meinst du, es ist unpassend, wenn ich mich mal erkundige, ob er noch zu haben ist?«

»Erzähl mir alles! Diese Gitta wollte also tatsächlich Konfetti bei der Scheidung werfen? Sag mal, hast du einen Fleck auf deinem Kleid? Komm mal etwas näher ran.«

Wie jeden Abend um halb acht saß ich vor dem Com-puter und skypte mit meiner Mutter. Das taten wir täglich von Montag bis Donnerstag. Manchmal nur fünf Minuten, manchmal mehr, aber nie länger als bis 20.15 Uhr, denn da begann das Abendprogramm im TV, das meine Mutter auf keinen Fall verpassen wollte. Am Wochenende hatten wir beide Sendepause und kommunizierten nur per SMS.

Meine Mutter war mit ihren vierundsechzig Jahren ein wahres Technikgenie. Mit PC, Smartphone und Co. vertrau-ter als so mancher Jugendlicher und ganz bestimmt als Herr Weinert-Winkelmann, unser Vorstandsvorsitzender bei der

Bank, der nicht einmal sein Telefon richtig bedienen konnte. Dabei war Herr Weinert-Winkelmann (ja, wir nannten ihn alle bei vollem Namen, und zwar immer!) erst Mitte fünfzig.

Seitdem ich aus dem kleinen Ort im Sauerland »in die Ferne« gezogen war, wie Mama es nannte, nämlich ins Rheinland, bestand sie auf ein Telefonat pro Tag – »zumindest viermal die Woche, das ist doch wohl nicht zu viel verlangt«. Sobald es Bildtelefone gab, wurden eines für sie und eines für mich angeschafft – »damit ich sehe, ob du auch genug zu essen bekommst und anständig gekleidet bist. Dafür kannst du dann beruhigt sein, dass ich noch lebe«. So richtig verziehen hatte sie mir meinen Weggang bis heute nicht.

Ich hatte ein schlechtes Gewissen, weil ich nicht in ihrer Nähe geblieben war, denn unser Verhältnis war immer schon sehr eng. Mein Vater war vor fast zwanzig Jahren gestorben, und seitdem hatte es immer nur uns beide gegeben. Auch wenn sich meine Mutter manchmal zu sehr in mein Leben einmischen wollte, wusste ich stets, dass sie nur das Beste für mich im Sinn hatte. Zuerst telefonierten wir während meiner Mittagspause, aber mit der Erfindung von Skype begann dann ein völlig neues Zeitalter. Sie schaffte sich einen Siebenundzwanzig-Zoll-Bildschirm an und hatte mich endlich groß und in Farbe vor sich. Nachdem ich mich von meinem Lebensgefährten getrennt hatte, entdeckten wir 19.30 Uhr als die perfekte Uhrzeit für uns

»Victoria-Kind, ist das Wein? Kaffee? Du hättest den Fleck direkt mit Sodawasser einweichen sollen. Jetzt wird das deine Frau Iwanska vermutlich nicht rausbekommen, und du musst das Kleid in die Reinigung bringen, wo du viel zu viel Geld dafür bezahlen wirst. Aber jetzt erzähl weiter, bevor *Die Auswanderer* kommen. Das will ich unbedingt gucken, sonst verraten die morgen bei Facebook wieder, was alles passiert ist.

Insbesondere die Ulla Grünich postet sowieso alles als eigene Neuigkeit. Den *Bachelor,* die *Topmodels, Voice of Germany,* sogar wer bei Jauch den Zusatzjoker nicht nehmen wollte. Das liegt daran, weil sie selbst nichts erlebt.«

Ich griff nach meinem Rotweinglas und grinste in mich hinein. Ja, meine Mutter kannte nicht nur mein ganzes Leben, sondern auch das komplette TV-Programm auswendig. Bei Facebook war sie auch, und zwar unter ihrem vollen Namen Helene Weinmorgen, geborene Fischer. Sie behauptete, dass sie sehr oft mit der berühmten Sängerin Helene Fischer verwechselt und deshalb viele Freundschaftsanfragen bekommen würde, was sie ganz toll fand.

»Also? Nach dem Gerichtstermin seid ihr dann tatsächlich feiern gegangen?«

»Irgendwie schon. Es war das seltsamste Fest, auf dem ich je war«, antwortete ich und berichtete ihr unter anderem von den ›Just divorced‹-Schildern an Evas und Toms Autos.

»Das war bestimmt auch so eine bescheuerte Scheidungszeugen-Idee von diesem Robert«, beendete ich meine Erzählung und schenkte mir Wein nach. »Wahrscheinlich gibt es noch mehr solche Schilder. ›Immer noch Single‹, zum Beispiel, oder ›Frisch betrogen‹. Damit man schon auf der Straße kapiert, was los ist.«

»Also, das scheint mir auch etwas übertrieben. Seltsame Bräuche habt ihr da bei euch in Düsseldorf«, bemerkte meine Mutter und beugte sich wieder zu ihrem Monitor. »Sag mal, ist das Alkohol? Hast du für heute nicht schon genug getrunken? Deine Augen sehen irgendwie glasig aus. Oder hast du geweint? Hat dich das so mitgenommen? Du findest auch noch einen Mann! Probier doch mal eine von diesen Partnervermittlungen für Akademiker mit Niveau aus. Du hast schließlich einen Doktortitel.«

Ich fühlte mich ertappt wie ein kleines Mädchen und stellte mein Glas außer Sichtweite ab. »Mama, nicht schon wieder dieses Thema. Ich werde keine Partnervermittlung kontaktieren. Und mein Blick kommt weder vom Alkohol noch von Tränen, sondern von der trockenen Luft in diesem Restaurant«, schwindelte ich. »Aber weißt du, ich dachte, wenn es jemand schafft, dann Eva und Tom. Der untreue Claus und ich haben damals bei ihrer Hochzeit Wetten abgeschlossen, wie viele Kinder sie wohl haben würden.«

»Dieser Professor? Pah! Der hatte doch keine Ahnung. Den habe ich nie gemocht, das weißt du, Victoria-Kind. Du solltest froh sein, dass du den in flagranti ertappt hast, bevor du ihn in Weiß geheiratet hast.«

»Der untreue Claus und ich wollten doch gar nicht heiraten!«, brauste ich auf.

Bittere Bilder entstanden vor meinem inneren Auge. Wie ich unverhofft früher als erwartet von einer Geschäftsreise zurückgekommen war und meinen Freund überraschen wollte. Doch am Ende war ich die Überraschte, denn mein Lebensgefährte lag nicht etwa allein in seinem schicken Doppelbett, sondern mit einer Studentin, deren Busen voller Schlagsahne war.

»Deshalb wirst du in letzter Zeit immer fetter«, war der einzige Satz, den ich damals herausbrachte, bevor ich auf dem Absatz kehrtmachte und für immer aus seinem Leben verschwand.

Damals hatte ich sowohl der Schlagsahne als auch allen rosaroten Liebesfilmen abgeschworen und meine Leidenschaft für gute Krimis entdeckt. Wann immer es dabei einen untreuen Partner auf dem Bildschirm traf, applaudierte ich, was meinen Nachbarn Daniel bei den gemeinsamen TV-Abenden zu lautstarken Lachattacken animierte.

»Du weißt, dass ich auf einen Trauschein pfeife.«

Meine Mutter hob den Zeigefinger. »Eine Einstellung, die du nicht von mir haben kannst, Victoria-Kind. Bei diesem Betrüger war sie okay, weil man ihn sich als Vater deiner Kinder einfach nicht vorstellen konnte, aber wenn erst der Richtige kommt …«

Ich verdrehte die Augen. Meine Mutter hoffte noch immer, dass »der Richtige zum Heiraten und Kinderkriegen« eines Tages kommen würde. Eine Hochzeit in Weiß war für sie das Nonplusultra, direkt gefolgt von einer Schar Enkelkinder. Den untreuen Claus hatte sie schon vor seinen Seitensprüngen (ja, es waren mehr als eine Schlagsahne-Studentin, wie ich später herausfand) nicht gemocht, weil sie ihm die Schuld dafür gab, dass wir die Themen Heirat und Kinder niemals ernsthaft in Erwägung gezogen hatten.

»Weißt du, die Silke Ringel, die Tochter von der Margot Petersmann, ist ja dreifache Mutter. Die ist genauso alt wie du. Margot sagt, wegen der Kinder hätte die Silke sogar ihren Beruf ganz an den Nagel gehängt. Und eine schöne Hochzeit hatte sie auch. Die war doch früher deine Freundin. So ein nettes Mädchen.«

Ich nickte. »Ja, zu Schulzeiten waren wir befreundet. Aber was hat das jetzt mit …«

»Vielleicht hätte deine Freundin Eva auch direkt ein paar Kinder bekommen sollen, dann hättet ihr heute eine Taufe gefeiert und keine Scheidung«, erklärte meine Mutter. »Manchmal ist das die simpelste und beste Lösung für alle Probleme. Die Frauen sind beschäftigt, und solange sie die Männer ranlassen, läuft es. Mach die Beine breit, und denk an England. Wie in den Königshäusern.«

»Mama!«, rief ich. »Wie bist du denn drauf?«

»Jetzt sei mal nicht so prüde, Victoria-Kind.« Sie sah mich

ernst an. »Du vergeudest dein Leben mit dieser sogenannten Karriere. Wo ist denn das Glück dabei? Die Liebe? Eine Familie? Du wirst auf Dauer vereinsamen. Du brauchst einen Mann! Und Kinder!«

Auf einmal fühlte ich mich angegriffen, und das konnte ich noch nie leiden. »Mutter«, ich gab mir Mühe, streng zu klingen. »Hör auf. Ich bin das jüngste Vorstandsmitglied in einer angesehenen Privatbank und die einzige Frau in diesem Gremium. Ich verdiene viel Geld und bin zufrieden. Sieh dich an: Seit Papa gestorben ist, bist auch du ohne einen festen Partner. Und du hast nie den Eindruck gemacht, dass du unglücklich bist.«

Sie biss sich auf die Lippen. »Das … ist etwas anderes. Ich habe dich. Außerdem bin ich alt, und du bist noch jung. Wir wollen doch nicht Äpfel mit Birnen vergleichen. Fast alle deine Schulfreunde haben mittlerweile eine Familie. Viele der Frauen arbeiten, soweit ich das hier mitbekomme. Und die meisten hat es auch gar nicht in die Ferne gezogen. Vielleicht ist ja diese Großstadt Schuld an deiner miserablen Situation. Willst du nicht wieder zurückkommen?«

Meine miserable Situation?

»Dein Kinderzimmer steht dir jederzeit zur Verfügung, und wenn du eine eigene Wohnung suchst, dann gibt es sicher in der Nachbarschaft …«

Ich unterbrach sie. »Das ist doch wohl nicht dein Ernst! Meine hart erkämpfte Position bei der Bank …«

»Eine Sparkassen- und Volksbankfiliale haben wir hier auch«, fiel sie mir sofort ins Wort.

Hastig trank ich mein Rotweinglas leer. Sie wollte es einfach nicht kapieren. »Mama, die alte Diskussion führt zu nichts. Die Scheidung von Eva und Tom hat mir mal wieder vor Augen geführt, dass die meisten Paare sich sowieso nur etwas vormachen, egal, ob sie auf dem Land oder in einer Großstadt leben. Ich bin froh, Single und unabhängig zu sein.«

So ganz stimmte es zwar nicht, aber das würde ich vor meiner Mutter nicht zugeben. Sie war um mich besorgt, doch hier ging es ums Prinzip. Ein Ehering und Kinder waren nicht die Universallösung für alles.

Ich war versucht, das Gespräch zu beenden, aber meine Mutter wechselte unvermittelt das Thema.

»Übrigens, Irene lässt fragen, warum du noch nicht auf die Einladung geantwortet hast.«

»Irene? Deine Poker-Partnerin? Sie hat mich eingeladen?«

»Nein, nicht sie. Die Beatrix war es, Irenes Tochter. Zu diesem Klassentreffen. Sie sagt, du hättest noch nicht geantwortet, dabei findet es schon in zwei Wochen statt, und sie müssen planen.«

Ach, das blöde Abi-Treffen. Ich hatte die Einladung, die vor geraumer Zeit gekommen war, nur kurz überflogen und sie dann irgendwo hingelegt. Mir hatte schon der Blick auf das Foto von damals gereicht, das jemand unter die Headline »Freunde, es wird Zeit!« eingescannt hatte. Von den etwa sechzig Abiturienten hätte ich schon damals höchstens drei als meine Freunde bezeichnet, die anderen waren bloß Kameraden, die zufällig in meinem Jahrgang waren.

Ich war in der Schule nie besonders beliebt und fühlte mich immer als Teil der großen grauen Masse. Wenn die anderen mich mal im Visier hatten, dann aufgrund meines Vor- oder Nachnamens, die ich beide aus tiefstem Herzen gehasst hatte. »Fick-toria« war schließlich genauso schlimm wie das ach so lustige »Wein morgen – Sekt heute?« sowie die beliebte Steigerung »Wein morgen oder bring dich gleich um«.

Erst in der Oberstufe, als die Pubertät bei den meisten vorüber war, kamen die Sprüche seltener, trotzdem ging ich in der Masse irgendwie unter und blieb stets am Rande des Geschehens. Bei den wenigen Schulfreundschaften, die ich hatte, war die Verbindung so schwach, dass sie nach dem Abi bald abbrach.

Nun wollten sich all die »alten Freunde« von damals nach zwanzig Jahren in der Schule wiedersehen? Danke, ohne mich.

»Ich gehe nicht hin«, erklärte ich daher ohne Umschweife. »Das kannst du Irene bestellen.«

»Warum denn nicht?« Meine Mutter sah mich verständnislos an. »Solche Klassentreffen sind doch toll. Man erinnert sich an die wunderbare Schulzeit und sieht, was aus den Schulfreunden von einst geworden ist. Wir von der Liebfrauen-Mädchenschule treffen uns heute noch und das sogar wöchentlich, wie du weißt.«

»Mama, ihr wart sechzehn Mädchen in der Klasse, und mit fünf davon spielst du regelmäßig Poker. Das kannst du doch nicht ernsthaft als Klassentreffen bezeichnen.«

Meine Mutter warf einen raschen Blick auf die Uhr. Aha, ihre Sendung fing sicher gleich an. Auch gut, dann war das unangenehme Gespräch vorbei.

»Victoria-Kind, um mich geht es hier doch gar nicht«, sagte sie ungeduldig. »Überleg mal, wie spannend es sein wird herauszufinden, was deine früheren Kameraden heute machen. Ihnen zu zeigen, dass aus dem schüchternen Mädchen eine Geschäftsfrau geworden ist. Du kannst mit deiner Karriere so richtig angeben. Vielleicht solltest du den anderen nur nicht erzählen, dass du noch nie verheiratet warst. Ich sage auch immer, dass du so gut wie geschieden bist, das kommt heutzutage besser an als eine alte Jungfer, weißt du?«

Mir blieb die Luft weg. »Alte Jungfer? Mama, ich bin weit über dreißig und Single. Sex hatte ich bereits mehrfach, das kann ich dir versichern. Und das ist mir auch lieber als geschieden …«

»Du weißt, wie ich es meine«, unterbrach sie mich. »Jedenfalls finde ich, dass du hingehen solltest. Dann besuchst du mich auch endlich mal wieder, immerhin warst du seit Ostern nicht mehr zu Hause! Du würdest es bestimmt bereuen, nicht daran teilzunehmen, Victoria-Kind. Und beantworte um Himmels willen diese Einladung. Es ist unhöflich, außerdem wird Irene mir sonst bis an mein Lebensende aufs Butterbrot schmieren, dass ich dich schlecht erzogen habe.«

Ich öffnete den Mund, um zu protestieren, aber meine Mutter verwies mich aufs Fernsehprogramm und verabschiedete sich hastig. Piep, das Skype-Fenster schloss sich wieder.

»Alte Jungfer, ist das zu fassen«, murmelte ich. Wäre auch ein gutes Schild fürs Auto. Genauso wie »lüsterner Onkel«.

Ich beschloss, Eva anzurufen und mich nach ihrem Befinden zu erkundigen. Zu Hause meldete sie sich nicht, also versuchte ich es auf ihrem Handy.

»Hallo?« Ihre Stimme klang belustigt, und ich hörte Geräusche im Hintergrund.

»Eva? Was machst du gerade?«

»Vicky? Bist du das? Tom und ich sitzen im *Poccino* und trinken Cocktails. Ist etwas passiert?«

»Bei mir nicht. Geht es … dir gut?«

Eva kicherte. »Vicky will wissen, ob es mir gut geht. Ist sie nicht toll? Sie macht sich immer Sorgen«, hörte ich sie murmeln, und Tom antwortete etwas. »Ja, alles bestens. Willst du herkommen?« Das war wieder an mich gerichtet. »Wir sondieren gerade das Marktangebot. Es gibt hier einige interessante Leute.«

Ich runzelte die Stirn. Das frisch geschiedene Ehepaar saß einträchtig bei Cocktails zusammen und suchte sich potenzielle Eroberungen aus? Das überstieg meine Vorstellungskraft. »Nein, danke.«

»Ach, komm schon! Du machst doch bestimmt nichts Spannendes«, sagte meine Freundin.

»Doch«, widersprach ich leicht beleidigt. »Ich beschäftige mich gerade … mit meinem Abi-Treffen.«

»Womit?«

Mit dem Hörer in der Hand ging ich ins Arbeitszimmer und suchte nach der Einladung, die unter einem Stapel Quittungen lag. Ich zog die blassgelbe Karte heraus und sah mir das Stufenfoto, das am Tag der Abi-Zulassung geschossen worden war, noch einmal genauer an.

»Ach, es soll ein Ehemaligentreffen von meiner alten Stufe geben, aber wenn ich mir die Gesichter von damals so angucke, dann weiß ich, dass ich da nicht hingehen will.«

»Warum denn nicht?«

»Weil ich schon damals nichts mit ihnen zu tun hatte, jedenfalls mit den meisten«, erklärte ich, »und sie interessieren mich auch heute nicht besonders.«

Über die meisten Mitschüler, die noch heute in unserer Kleinstadt lebten, wusste ich Bescheid, denn meine Mutter berichtete mir auch ungefragt alle News. Dietmar war zum zweiten Mal verheiratet und arbeitete bei einer Versicherung, Martina hatte das elterliche Café übernommen, Conny und Jens, das ewige Pärchen, waren mittlerweile geschieden, Nicole unterrichtete an einer der örtlichen Grundschulen und so weiter und so weiter.

Ganz vorne auf dem Bild standen die Mädchen, die ich damals bewundert hatte. Die beliebten, hübschen mit den netten Namen und jeder Menge Freunde. Eine alte Jungfer war garantiert keine von ihnen. Andrea, Corinna, Verena, die beiden Claudias. Mittendrin waren auch Beatrix, die Tochter von Mutters Poker-Partnerin, sowie Anja, ihre damalige beste Freundin. Sie alle waren damals die Schönheitsköniginnen, und alle Jungs waren hinter ihnen hergerannt. Beatrix arbeitete heute in irgendeinem Büro, war verheiratet und hatte ein Kind, aber was wohl aus den anderen geworden war?

Eva kicherte. »Ich bin ein bisschen beschwipst, aber ich sage dir, mich interessiert es brennend, was aus meiner alten Clique geworden ist. Wer fett, hässlich oder schlampig ist.«

»Mag sein, aber ich war nie Mitglied einer Clique«, erklärte ich. »Ich war das Mauerblümchen vom Dienst.«

Die Stimmen am anderen Ende der Leitung wurden lauter. »Ich verstehe dich kaum noch«, rief Eva. »Wir sehen uns morgen in der Bank. Schlaf dich aus.«

Ich starrte das Foto in meiner Hand an, und schlagartig war alles wieder da. Das alte Gefühl, nicht dazuzugehören. Auf dem Bild versteckte ich mich fast auf der linken Seite weiter hinten. Neben mir grinste Martina in die Kamera, und daneben standen Silke und Rainer. Alle drei wohnten bei uns in der Nachbarschaft, und mit ihnen hing ich damals meistens herum, bis sich nach dem Abitur auch unsere Wege trennten.

Dann schlug mein Herz für einen Moment schneller, denn ich entdeckte IHN in der letzten Reihe: Michael Rüsselberg. Lässig in T-Shirt und Jeans und mit seinem unverschämten Grinsen, das mich damals so manche schlaflose Nacht gekostet hatte. Kein besonders guter Schüler, aber unglaublich attraktiv und der Schwarm aller Mädchen. Über seinen Nachnamen hatte sich natürlich niemand lustig gemacht.

Die ganze Schulzeit über war ich hoffnungslos in ihn verknallt, während er kaum wusste, dass ich überhaupt existierte. In der achten Klasse hätte ich seinen Namen am liebsten in jedes meiner Hefte gekritzelt, aber um mich nicht zu verraten, malte ich nur lauter niedliche Elefanten hinein. Das war mein persönlicher Code für »I love Michael Rüsselberg«.

Bescheuert, ich weiß, denn es gab in all den Jahren keinen einzigen Moment, in dem ich mit ihm auch nur einen richtigen Satz gewechselt hätte.

Wir waren erst in verschiedenen Klassen, später in verschiedenen Kursen und immer in verschiedenen Leben. Was er heute machte, wusste ich nicht, denn über ihn hatte meine Mutter noch nie etwas berichtet. Demnach lebte Michael Rüsselberg garantiert nicht mehr dort oder hatte sich zumindest keinen Skandal geleistet, der bis zu ihr durchgedrungen war.

Während des Studiums hatte ich noch hin und wieder an ihn gedacht, aber dann war auch er zu einer blassen Erinnerung geworden, die irgendwann gänzlich verschwand. Genauso wie meine Elefanten-Zeichnungen.

Egal. Ich nahm die beigefügte Karte, kreuzte »Ich kann beim Treffen leider nicht dabei sein« an und nahm mir vor, sie gleich am nächsten Morgen in den Postausgangskorb der Bank zu legen.

Spontan nahm ich einen schwarzen Edding und malte Beatrix, Anja und den anderen Schönheitsköniginnen schwarze Schnurrbärte, Brillen und Teufelshörner. Es war zwar kindisch, aber irgendwie fühlte ich mich danach besser.

# Kapitel 3

*»Nicht mal eine Scheidung kann ich vorweisen.«*
VICTORIA

Am nächsten Morgen hatte ich Kopfschmerzen. Selbst die zwei Aspirin, die ich zum Kaffee eingeworfen hatte, brachten kaum Linderung. Ich duschte, schminkte mich sorgfältig und hoffte, dass es im Laufe des Tages besser würde.

»Haben Sie getrunken gestern?« Mit diesen Worten begrüßte mich Frau Iwanska, sobald sie die Küche betreten und nur einen Blick auf mich geworfen hatte. »Wein auf Sekt, das lass sein, ja?«

»Haben Sie seit neuestem hellseherische Fähigkeiten?«, brummte ich zurück. »Außerdem heißt es ›Sekt auf Wein, das lass sein‹. Es soll sich schließlich reimen.«

Frau Iwanska, die vor dreißig Jahren der Liebe wegen aus Polen nach Deutschland übergesiedelt war, hatte ich von einer Kollegin übernommen, die ins Ausland gegangen war. Ich suchte damals eine Putzhilfe, die auch die Wäsche und Großeinkäufe machte, und Frau Iwanska war zu allem bereit.

»Ich komme dreimal die Woche, wenn Sie arbeiten gehen. Dann wir haben beide Ruhe zum Arbeiten. Sie schreiben Zettel mit Einkaufen, und ich gehe in den Supermarkt. Zacki-Knacki, wie Onkel Leschek sagt. Was du heute kannst besorgen, das verschiebe morgen nicht, ja?«

Ihre energische Art gefiel mir, und sie erwies sich im Haushalt als eine echte Perle. Ganz schnell wurde Frau Iwanska viel mehr als nur eine Haushälterin, denn sie war vor allem um mein persönliches Wohlergehen besorgt, auch wenn sie sich manchmal wie mein Mutterersatz in der Großstadt aufführte. Hin und wieder hegte ich den Verdacht, dass meine Mutter die Finger im Spiel hatte, denn die beiden waren sich in sehr vielen Punkten einig, die mich betrafen. Vielleicht lag es aber auch daran, dass sie fast gleich alt waren und Frau Iwanska keine Kinder hatte. Mittlerweile war sie mir jedenfalls sehr ans Herz gewachsen, und ich ließ mich gern von mir bemuttern.

»Sorry, aber ich habe Kopfschmerzen, da bin ich nicht ansprechbar. Außerdem muss ich gleich ins Büro, wo ich eine wichtige Konferenz habe«, entschuldigte ich mich lahm.

»Ja, als Morgenmuffin kenne ich Sie nicht. Warum haben Sie sich betrunken in der Woche, das ist nicht gut fir Sie. Und Sie missen gleich ins Biro.«

Frau Iwanska weigerte sich erfolgreich, das Ü richtig auszusprechen. »Meine Zunge ist nicht gemacht fir komisches Doppel-I«, erklärte sie mir gleich zu Beginn unserer Bekanntschaft.

»Das heißt Morgenmuffel! Und ich habe mich nicht betrunken. Mein Kopf tut weh.«

»Haben Sie Kummer, dass Sie trinken?« Sie glaubte mir wohl nicht und musterte mich prüfend.

Ich schüttete den letzten Schluck Kaffee herunter. »Ich habe keinen Kummer, und ich trinke auch nicht. Ich war gestern auf einer … Feier.«

Sie lachte. »Suchen Sie Spinne. Spinne von morgen vertreibt Kummer und Sorgen, ja? Und gegen Kater hilft ein Rollmops mit polnischem Wodka. Altes Familienrezept bei den Iwanskis.«

Da ich weder Rollmops noch polnischen Wodka zu Hause

hatte und allein der Gedanke daran mich fast würgen ließ, flüchtete ich aus ihrem Blickfeld.

»Ich hatte gestern ein Kleid an, auf dem ein Fleck gelandet ist. Ich glaube, es ist Kaffee. Könnten Sie bitte mal nachschauen? Wenn er nicht rausgehen sollte, bringe ich es zur Reinigung. Ich bin dann mal weg.«

Frau Iwanska war schon in Richtung Badezimmer unterwegs, wo die Waschmaschine stand. »Reinigung arbeitslos. Uroma Dorotka hatte Mittel gegen alle Flecken, das bekomme ich schon hin«, murmelte sie. »Wie der Zauberer von Meister Propper, ja?«

In der Bank angekommen, waren die Kopfschmerzen noch immer da und meine Sekretärin die Nächste, die mich prüfend beäugte. »Sie sehen aber blass aus, Frau Doktor Weinmorgen«, begrüßte sie mich. »Hoffentlich werden Sie nicht krank! Kaffee oder Tee?«

Das fragte Frau Unterbach jeden Morgen, obwohl ich, seit sie vor fünf Jahren meine Sekretärin wurde, noch nie Tee bei ihr bestellt hatte. Vielleicht hatte man ihr das in ihrer Ausbildung oder letzten Position so eingetrichtert, keine Ahnung. Sie war eine gute Assistentin, verrichtete ihre Arbeit tadellos, und dennoch wurde ich das Gefühl nicht los, dass sie mich nicht ausstehen konnte. Ich hätte es nicht begründen oder belegen können – es war einfach nur ein Gefühl, und ich hätte mich nie getraut, sie direkt darauf anzusprechen.

»Heute ausnahmsweise Kaffee mit Milch und Zucker bitte«, antwortete ich daher, und wie immer verzog Frau Unterbach keine Miene. »Wie sieht es heute aus?« Noch so eine Standardfrage.

»Herr Doktor Weinert-Winkelmann, Herr Doktor Rasfeld, Herr Doktor Peinke, Herr van de Toel und Herr Jaspers erwarten Sie in einer halben Stunde im großen Meetingraum. Ihre Post ist nach Priorität geordnet, und die Mails habe ich ebenfalls dementsprechend sortiert«, ratterte sie herunter. Wie immer nannte sie die anderen Vorstandsmitglieder mit ihren vollen Titeln und ordnete sie ebenfalls nach Priorität. »Außerdem bittet Frau Kleist um einen Termin, und die Powerpoint-Präsentation der Prognosen ist fertig, wie ich Ihnen von Frau Wittigkamp bestellen soll. Sie wartet auf Ihren Rückruf.«

Alles klar. Ich entspannte mich ein wenig. Das war meine Welt: Zahlen und Fakten.

Ich stürzte mich in die Arbeit, und während der Vorstandskonferenz ging es mir bald besser. Die Kopfschmerzen wurden erträglicher, und die Kollegen fragten mich weder nach meinem Befinden noch nach meinem Privatleben. So hatte ich es am liebsten. Wir erörterten alle wichtigen Punkte, stimmten die Ergebnisse ab und arbeiteten hoch konzentriert. Die Zeiten, in denen mich die meisten wegen meines Geschlechts und meines Alters unterschätzt hatten, waren Gott sei Dank vorbei.

»Victoria, bitte bleiben Sie noch einen Moment«, sagte Herr Weinert-Winkelmann, als das Meeting vorbei war. »Ich muss mit Ihnen noch etwas besprechen. Willem, mit Ihnen ebenfalls.«

Willem van de Toel zwinkerte mir zu, als sich die Türen hinter den anderen Vorstandsmitgliedern schlossen. »Haben wir etwas ausgefressen?«

Ihn mochte ich in der Chefetage am liebsten, denn er war recht locker und wirkte nicht ganz so steif wie die übrigen Herren. Außerdem hatte er mir als Einziger das Du angeboten. Die anderen hatten sich auf eine Mischung aus Victoria und Sie verlegt, was für ihre Verhältnisse vermutlich mehr als ein Zugeständnis war. Schließlich hatten sie mir schon den

Posten in der Geschäftsleitung angeboten und waren damit weit über ihren Schatten gesprungen.

»Wie Sie wissen, sind wir eine moderne Bank, und das unterscheidet uns von der Konkurrenz«, begann Herr Weinert-Winkelmann, und Willem und ich nickten beifällig.

Unser Vorstandsvorsitzender sah uns gern in dieser Rolle, und ich war mir sicher, dass das letztendlich ausschlaggebend für meine Beförderung gewesen war. Ich war die Quotenfrau und hielt mich gern im Hintergrund, dementsprechend konnten die Herren immer noch in der ersten Reihe auftrumpfen.

Es folgte ein kleiner Vortrag über unser Haus, der damit endete, dass er Willem van de Toel und mich aufforderte, ein Programm für einen potenziellen russischen Großkunden auszuarbeiten, der uns Anfang Juni beehren würde. »Du, Willem, mit deinen holländischen Wurzeln und Sie, Victoria, als moderne Frau, die mitten im Leben steht und, wie ich ihrer Personalakte entnehme, Russisch spricht, sollten sich bitte nicht nur um das Geschäftliche kümmern, sondern dem Kunden auch ein paar gesellschaftliche Impulse bieten. Vielleicht in unserer schönen Altstadt?«

War der Alte denn völlig übergeschnappt?

Ich sollte Russisch sprechen, das ich vor Urzeiten für drei Jahre in der Oberstufe gelernt hatte, weil es damals schick war?

»Sprechen die Russen auch Englisch?«, fragte ich und versuchte, nicht panisch auszusehen. »Meine Schulzeit ist ein Weilchen her …«

»Beeindrucken Sie sie trotzdem. Wir operieren international, und genau das soll das Signal sein, das Sie beide aussenden werden.«

»Was genau meinen Sie mit gesellschaftlichen Impulsen?«, hakte ich noch einmal nach.

»Etwas Typisches für Düsseldorf.« Der Vorstandsvorsitzende wirkte leicht ungeduldig.

»Also ein Tote-Hosen-Konzert?«

»Ist das eine Karnevalsband? Nein, lieber nicht zu viel Chichi.« Herr Weinert-Winkelmann hatte offenbar noch nie etwas von den Toten Hosen gehört.

Willem und ich warfen uns einen Blick zu. Ihm schien die Anweisung genauso schleierhaft zu sein wie mir, aber in unserem Hause galt die eiserne Regel, dass man Herrn Weinert-Winkelmann nicht widersprach, wenn er einem einen neuen Kunden anvertraute. Wir nickten also brav und verließen den Meetingraum.

»Was haben meine holländischen Wurzeln mit Russen zu tun?«, raunte mir Willem zu, sobald wir vor der Tür standen.

»Und wie meint er das, dass ich als moderne Frau mitten im Leben stehe?«, flüsterte ich zurück. »Glaubt er, dass ich sämtliche Etablissements in der Altstadt kenne, die sich ein Russe gerne mal näher ansehen würde?«

»Du bist unverheiratet, in keiner öffentlich bekannten Beziehung, hast keine Kinder und bist Vorstandsmitglied der Bank. Moderner geht es für ihn kaum«, lachte Willem. »Seine Frau war immer nur zu Hause, und neben den drei Kindern tummeln sich dort inzwischen zwei Enkel.«

Ich wurde rot und ärgerte mich über seine Worte. »Erstens finde ich es unmöglich, dass ihr offenbar alle über meinen Beziehungsstatus informiert seid, und zweitens sollte das mal meine Mutter hören. Sie hält mich keineswegs für modern, sondern für eine alte Jungfer. Nicht mal eine Scheidung kann ich vorweisen.«

»Ich schon«, sagte Willem. »Dazu eine Exfrau und zwei Kinder. Mein Beziehungsstatus bei Facebook lautet übrigens derzeit ›Es ist kompliziert‹. Das ist wohl erst recht modern, oder?«

Wir verabredeten, uns in ein paar Tagen zusammenzusetzen und eine Strategie für den russischen Kunden auszuarbeiten.

Zurück in meinem Büro wusste ich immer noch nicht, ob ich mich wirklich über den Auftrag freuen sollte. Schließlich hatte ich nicht BWL studiert, um irgendwelche Russen durch die Altstadt zu führen. Andererseits war das nur ein Nebenaspekt. Es ging um einen potenziellen Kunden, und es war nicht unüblich, dass wir uns auch abends um ausländische Besucher kümmerten, selbst wenn das meistens die männlichen Kollegen übernahmen.

In der Mittagspause wollte ich durcharbeiten, doch kaum hatte Frau Unterbach das Vorzimmer verlassen, kam Eva mit zwei Bagels hereingeschneit. »Ist der Drachen essen?«

Seit ihr meine Sekretärin einmal kategorisch den Zutritt zu meinem Büro verweigert hatte und ihr einen Termin in drei Tagen aufbrummen wollte, konnte Eva sie nicht leiden.

»Wie geht es dir?«, fragte ich. »Wart ihr gestern Abend wirklich noch aus? Nach der ganzen … Feier? Das hätte ich nicht geschafft. Ich habe auch so tierische Kopfschmerzen. Die Mischung aus Champagner und Wein vertrage ich überhaupt nicht.«

Eva lachte. »Hier, iss den Bagel, du kannst heute nicht nur von Kaffee leben. Du bist eben nichts mehr gewohnt, weil du zu wenig unter Menschen gehst. Gönn dir mal mehr Spaß. Tom und ich wollten gestern Abend noch den Gerichtstermin Revue passieren lassen. Ein bisschen mitgenommen hat uns das alles ja schon. Aber später war es doch richtig nett, oder? Eine Scheidung mit Stil.«

»Es war toll«, log ich, denn Eva schien wirklich stolz auf sich zu sein, so wie sie strahlte.

»Gehst du am Samstag mit meiner Cousine und mir in den neuen Club im Medienhafen? Ich muss doch meine wiedergewonnene Freiheit genießen.«

Ich versuchte, in ihrem Gesicht zu lesen, ob sie sich nur verstellte oder ob sie sich wirklich frei fühlte, konnte ihre Miene aber nicht deuten. »Du bist doch gerade einen Tag geschieden.«

»Na und? Soll ich eine angemessene Trauerzeit einplanen, oder wie? Vicky, natürlich bin ich traurig, weil es mit Tom und mir nicht funktioniert hat, aber das war ein längerer Prozess. Der gestrige Scheidungstermin war quasi der Schlussstrich. Du brauchst mich nicht ständig zu fragen, wie es mir geht. Das machen nämlich derzeit fast alle, die davon wissen. Du glaubst gar nicht, wie viele SMS ich heute bekommen habe. Alles lieb gemeint, aber ihr könnt es mir glauben: Ich bin okay.«

Offensichtlich war meine Freundin von den ganzen Fragen ziemlich genervt. Ich nahm mir vor, sie damit in Ruhe zu lassen. »Das beruhigt mich, und ich verspreche, dich nicht mehr nach deinem Befinden zu fragen. Und was das Unter-Leute-Gehen anbelangt: Könnten wir demnächst bitte mal nach Etablissements in der Altstadt Ausschau halten, in denen sich feierfreudige Russen gerne aufhalten?«

»Du meinst Bordelle?«

Ich kicherte. »Nein, eher Kneipen oder Clubs, in die Willem und ich mit Kunden gehen könnten, damit sie unser rheinisch-fröhliches Gemüt kennenlernen. Und sag jetzt ja nicht, wir müssten bis Karneval warten, das ist dem Chef nämlich zu viel Chichi.«

»In der Altstadt kenne ich mich nicht aus, ich ziehe den Medienhafen und Oberkassel vor«, sagte meine Freundin.

Kopfschüttelnd versuchte ich, einen Niesanfall zu verhindern. »Herr Weinert-Winkelmann wünscht, dass wir den Kunden oder vielmehr Gästen ›unsere schöne Altstadt‹ zeigen, wie er sich ausgedrückt hat.«

Eva kräuselte die Nase. »Ich dachte immer, der Bankvorstand hätte wahnsinnig wichtige Aufgaben, für die man einen Doktortitel braucht. Mit Kunden feiern gehen will ich auch.«

»Dann fang schon mal an, Russisch zu lernen.«

Eva schlug die Beine übereinander. »Und? Gehst du jetzt zu dem Fest?« Als ich sie fragend ansah, grinste sie breit. »Dein Abi-Nachtreffen. Ich stelle es mir nett vor.«

»Was soll nett daran sein, Leute zu treffen, die einen früher nicht beachtet haben?«

»Eine bestimmte Person?«, fragte meine Freundin neugierig.

Betont gleichgültig schüttelte ich den Kopf. »Nicht der Rede wert.«

Mein Telefon klingelte, und sie sah mich fragend an. »Bevor du rangehst: Kommst du nun am Samstag mit?«

Ich hob abwehrend die Hände. »Nein, ich bin schon bei Daniel eingeladen.«

»Bei deinem süßen Nachbarn? Ist er noch mit dieser hohlen, langbeinigen Zimtzicke zusammen?«

»Vermutlich. Irgendwie sind sie immer mal wieder zusammen, ich habe längst den Überblick verloren. Aber die ganze Truppe kocht thailändisch, und ich darf Wein mitbringen, auch wenn ich diese Woche definitiv keinen Alkohol mehr anrühren werde. Ein anständiges Kokosmilch-Curry-Huhn lasse ich mir dagegen nicht entgehen.«

»Und danach? Du kannst doch nachkommen, wenn du von den Werbefuzzis genug hast. Sims mir mal, wenn ihr mit dem Essen fertig seid, dann sage ich dir, wo wir gerade sind. Du musst ja nicht mit den Hühnern schlafen gehen.«

»Können wir so machen, aber rechne lieber nicht mit mir. Daniels Clique zelebriert das Kochen, das kann sich ziemlich lange hinziehen.« Ich lächelte in Erinnerung an die letzte Kochorgie. Es hatte vierzehn indonesische Gerichte gegeben, die alle erst zubereitet und dann probiert werden mussten.

Den Rest des Nachmittags bekam ich vor lauter Arbeit kaum mit, und erst als ich um kurz nach sieben das Büro verließ, fiel mir ein, dass ich vergessen hatte, die Antwortkarte des Abi-Treffens in den Postausgangskorb zu legen. Nun ja, morgen war auch noch ein Tag.

# Kapitel 4

*»Eine graue Maus bist du schon lange nicht mehr.«*
DANIEL

*V*ictoria, grüß dich.« Daniel umarmte mich. »Schön, dass du da bist. Ich bin seit vorgestern zurück, habe es aber noch nicht geschafft, dir persönlich Hallo zu sagen. Hast du meine WhatsApp-Nachrichten alle gelesen? Weißt du eigentlich, dass du nur auf etwa jede fünfte antwortest? Wie geht es dir?«

Mein Nachbar war voll und ganz in seinem Element. Er war der einzige Mann, den ich kannte, der es fertigbrachte, wie ein Wasserfall zu reden. Normalerweise tickten so nur die Frauen. Wie immer wartete er die Antworten gar nicht erst ab, sondern zog mich in seine Wohnung und gab mir einen Kuss auf die Wange. Aus der Küche empfingen mich himmlische Gerüche und ein Stimmengewirr, das mit Geschirrgeklapper einherging. Daniels Clique war also schon zugange.

Seine Freunde gehörten alle zu den Kreativen – etwas, das ich niemals sein würde, selbst wenn ich es wollte. Ich tat mich schon schwer, einen netten Spruch auf eine Geburtstagskarte zu schreiben, während bei ihnen die Ideen nur so sprudelten, und zwar in allen Bereichen. Als meine Mutter mal zu Besuch war und die Clique von weitem gesehen hatte, hat sie sie als Gockel- und Hühnerhaufen bezeichnet. »Eitel und viel zu laut«, war ihr Urteil. »Typische Werbeleute, wie man sie aus dem Fernsehen kennt.«

Es stimmte irgendwie. Ob ihre Outfits, das Auftreten oder die Lebenseinstellung – Daniel und seine Freunde waren laut, redselig, ausgefallen, gestylt, durchtrainiert, selbstbewusst und hatten penetrant gute Laune. Neben ausgefallenen Sportarten war das gemeinsame Kochen ihr Hobby, und sie veranstalteten reihum Motto-Abende, bei denen sie sich förmlich mit den exotischsten Gerichten und Ideen übertrafen.

Wenn sie bei Daniel kochten, lud er mich jedes Mal dazu ein, daher kannte ich seine Freunde mittlerweile recht gut, auch wenn ich definitiv nicht in den Kreis hineinpasste und jedem klar war, dass bei mir niemals ein Kochabend stattfinden würde.

Trotzdem freute ich mich jetzt, sie alle wiederzusehen, und ahnte, dass ich einen unterhaltsamen Abend vor mir hatte. Man musste eigentlich nur den Mund halten und das Live-Entertainment genießen.

»Ich habe gestern Frau Iwanska getroffen, und sie meinte, du hättest wahrscheinlich Kummer. Stimmt das? Ist etwas passiert, oder willst du nicht darüber reden? Das hilft aber, und mir kannst du alles sagen, das weißt du doch. Deine Haushälterin meinte, du hättest deinen Kummer ertränkt.«

Daniel war mir ins Esszimmer gefolgt, wo ich die mitgebrachten Weinflaschen auf die Theke stellte.

Ich verdrehte die Augen. »Na, die werde ich mir mal vornehmen, diese alte Petze. So ein Quatsch, ich habe weder Kummer noch habe ich irgendwas ertränkt. Ich war nur letzte Woche auf einer Scheidungsfeier von einer guten Freundin, und das hat mich ein wenig traurig gemacht.«

»Scheidungsfeier? Gibt's so was auch?« Britta, Daniels Auf-und-ab-Freundin, bekam meine letzten Worte mit.

Auch sie sah wieder perfekt aus, und ich fragte mich, ob mir ihr Wildleder-Minikleid auch so gut stehen würde. Definitiv nicht – ich würde vermutlich für eine verkleidete Möchte-gern-Squaw gehalten, während Britta einfach nur sexy wirkte.

»Ja«, seufzte ich, »irgendwie schon. Wenn man sich im besten Einvernehmen trennt. Mit Amtsgericht statt Standesamt, einem reduzierten Gästekreis und anschließendem Brunch.«

»Find ich irgendwie cool. War das auch mit Polterabend?«

Daniel und ich schauten Britta an, aber sie schien ihre Frage ernst zu meinen.

»Was guckt ihr so?« Sie zuckte mit den Schultern. »Also wenn wir uns mal scheiden lassen würden, dann würde ich auf einem anständigen Polterabend bestehen. Das sind immer die besten Partys, finde ich. Allerdings in einem guten Club, nicht etwa zu Hause.«

Daniel zog die Augenbrauen hoch. »Dafür müssten wir erst wieder zusammen und dann verheiratet sein. Britta, es geht doch um eine Scheidung, was nicht schön ist, und nicht um die beste Party.«

»Ein Polterabend gehört eben nur zu einer Hochzeit«, ergänzte ich.

Britta sah mich von oben herab an. »So konservativ denkt man nur ab einem gewissen Alter.«

Mir blieb die Luft weg. »Pass mal auf, Apanatschi, was du da von dir gibst.«

»Apa... was?«

Daniel mischte sich ein. »Britta, warst du nicht fürs Dessert zuständig?«

»Ich bin das Dessert«, sagte sie anzüglich, schüttelte ihre Haare und lachte.

»Ist der Gemüsedienst schon da?«, rief jemand aus der Küche.

Das war mein Stichwort. In der Gruppe war mittlerweile bekannt, dass ich als Köchin eine Niete war und nur als Hilfskraft etwas taugte. Eine von Daniels Kolleginnen hatte mich daher irgendwann zum Gemüsedienst abkommandiert, und dabei war es geblieben.

Keine zehn Minuten später hatte mir jemand eine Schürze umgebunden, ein Messer in die Hand gedrückt und mir befohlen, Gemüsezwiebeln und Lauch klein zu schneiden. Da ich dabei nur wenig Schaden anrichten und mich dennoch auf ein köstliches Mahl freuen durfte, an dem ich sogar »mit-gekocht« hatte, war es mir ein reines Vergnügen. Als niemand hinschaute, machte ich mit meinem Handy ein Selfie, das ich meiner Mutter als Beweis unter die Nase halten wollte, wenn sie mir wieder einmal vorwarf, ich würde mich nur vom Lie-ferservice und Fertiggerichten ernähren.

Ich schnippelte also Gurken, Chinakohl und Möhren und dachte die ganze Zeit über Daniel und Britta nach. Ich konnte beim besten Willen nicht verstehen, was mein Nachbar an ihr fand. Er war mitfühlend, verständnisvoll und super nett – und sie das genaue Gegenteil. Doch obwohl wir uns mehr als vier Jahre gut kannten, wollte ich ihm nicht zu nahe treten und danach fragen. Umgekehrt war es wohl genauso, denn er hatte mich zwar getröstet, als der untreue Claus und ich uns getrennt hatten, sich jedoch nie nach den Gründen erkundigt.

»Verdammt!« Einen Moment hatte ich nicht aufgepasst und mir mit dem Messer fast die Fingerkuppe abgetrennt. Ich sah mich hektisch um, aber im allgemeinen Stimmengewirr war es niemandem aufgefallen.

Ein Glück, dass die Möhren in einen rotglasigen Sud für die süß-saure Soße kamen, da fiel es nicht weiter auf, dass sie von meinem Blut »mariniert« waren. Ich warf sie schnell hinein und presste ein Taschentuch auf die Wunde. Es fehlte noch, dass alle merkten, wie blöd ich mich an-gestellt hatte.

Gefühlte drei Stunden später saßen wir endlich alle am Tisch und probierten die sechs verschiedenen Thai-Menüs, die sich in Sachen Schärfe um Nuancen steigerten. Ich mied die süß-saure Soße und schmunzelte in mich hinein, als sich alle einig waren, dass sie heute ein ganz besonderes Aroma hatte … War das schon eine Form von Kannibalismus?

Die Unterhaltungen liefen wieder kreuz und quer, und ich hörte mal rechts und mal links hin. Britta erklärte ihrer Sitznachbarin, wie man die Stoffservietten in Form der Oper von Sidney faltete, ihr Kollege Gabriel pries seinen Sohn als den deutschen Steve Jobs an, und ein Ehepaar, das ich noch nicht kannte, erzählte lachend von seiner Weltumseglung.

Daniel, der neben mir saß, beugte sich zu mir herüber und sagte leise: »Sieh jetzt bitte nicht hin, aber Oscar hat mich vorhin nach deiner Handynummer gefragt. Wie stehst du dazu?«

Der schwarze Mann? Prompt schaute ich natürlich doch hin. Zum Glück war er gerade in ein Gespräch mit einem Kollegen vertieft. Oscar war Daniels Chef. Ihm gehörte eine der größten Werbeagenturen der Stadt, und ich hatte ihn bisher für schwul gehalten. Er war bei den Kochabenden nie in Begleitung, sprach nur selten über sein Privatleben und war auch äußerlich eine sehr markante Erscheinung: fast zwei Meter groß, bis auf ein weißes Halstuch ausschließlich schwarz gekleidet, die schwarzen Locken stets streng nach hinten gegelt.

Im Geiste nannte ich ihn immer nur »der schwarze Mann«, weil er fast furchteinflößend auf mich wirkte. Ich konnte mich nicht erinnern, wann ich mal mehr als einen Satz mit ihm gewechselt hatte.

»Was will dein Chef mit meiner Nummer?«, fragte ich leise zurück. »Steckt er in Schwierigkeiten und braucht einen Kredit?«

Daniel grinste mich belustigt an. »Wir gucken eindeutig zu viele Krimis, Victoria. Einen Kredit braucht er bestimmt nicht. Unsere Agentur hat gerade ein paar ganz große Etats an Land gezogen. Sogar ein Bistum ist dabei. Die wollen etwas für ihr Image tun. Oscar ist unglaublich kreativ. Aber er ist nicht dein Typ, oder?«

Ich stocherte in meinem Essen herum, spähte wieder zu Oscar hinüber und wandte mich dann zu Daniel um. »Ist er nicht homosexuell?«

Jetzt sah mein Nachbar verwirrt aus. »Was? Nein! Keine Ahnung. Wie kommst du darauf?«

»Hast du ihn schon einmal mit einer Frau gesehen?«

Daniel nickte. »Ja klar, mit verschiedenen.«

»Okay, das heißt ja nichts. Und mit einem Mann? Privat?«

»Nicht so, wie du das jetzt meinst. Also das kann ich mir echt nicht vorstellen«, Daniel schüttelte entschieden den Kopf.

»Hat er gesagt, was er von mir will?« Ich verstand es immer noch nicht.

»Ich könnte mir vorstellen, dass er sich mit dir verabreden möchte.« Daniel zuckte mit den Schultern.

Ich fiel fast vom Stuhl. »Mit mir?«

»Wieso bist du so überrascht? Und bitte schau nicht ständig zu ihm rüber.«

Natürlich schielte ich trotzdem wieder hin und fing diesmal prompt Oscars Blick auf, der mir zuzwinkerte. »Verdammt«, murmelte ich und wurde knallrot. »Entschuldigung.«

Mein Nachbar lachte. »Heißt das, ich soll sie ihm nicht geben? Hab ich mir fast gedacht. Er passt echt nicht zu dir.«

»Warum?« Jetzt musterte ich Daniel prüfend. Er glaubte also auch, dass ich in diesem Kreis fehl am Platze war. »Weil dein Chef deiner Meinung nach eine Nummer zu groß für mich ist?«

Daniel trank einen Schluck von seinem Wein. »Nein, so war das nicht gemeint.«

Ohne dass ich etwas dagegen tun konnte, stieg vor meinem inneren Augen ein Bild auf: Oscar und ich vor dem Traualtar. Vermutlich würde er den Papst einfliegen lassen, das Essen käme von einem Pariser Gourmettempel, und ich müsste einen schwarzweißen Schleier tragen. Ja, dieser Typ war definitiv eine Nummer zu groß für mich, auch wenn ich mich über Daniels vorschnelles Urteil ärgerte.

Deshalb wurde ich angriffslustig. »Warum ist er eine Nummer zu groß für mich?«

»Das habe ich nie behauptet.«

»Unterschwellig schon. Du hast gemeint, er passt nicht zu mir. Kreativ verträgt sich nicht mit spießig, was?«

»Ach, Victoria, was redest du dir denn da ein?«

Ich putzte mir den Mund ab, und meine Wut verrauchte so schnell, wie sie gekommen war. Daniel hatte ja Recht. Der schwarze Mann und ich – das passte überhaupt nicht.

»Unterstell mir bitte nichts«, sagte mein Nachbar, und seine Stimme klang plötzlich gepresst.

»In meiner Welt ist es üblich, dass mich ein Mann direkt anspricht, aber er fragt dich danach«, sagte ich schnell. »Ich meine, wir kennen uns doch schon von ein paar Kochabenden. Idiotisch! Ihr Werbeleute und wir Banker, das geht nicht zusammen. Eure kreativ-anstrengende Art könnte ich auf Dauer nicht ertragen. Wir beide wären auch keine guten Freunde, wenn du nicht zufällig mein Nachbar und Krimi-Fan wärst. Deine Welt ist mir viel zu exotisch.«

»So ein Quatsch! Ich …«

»Und mehr Zeit mit deiner Clique könnte ich auch nicht verbringen.« Der Satz rutschte mir einfach so heraus. »Ich bringe nicht einmal eine selbst gekochte Mahlzeit zustande, geschweige denn mehrere exotische Gerichte.« Ich kam mir bei diesen ganzen Talenten stets wie eine Versagerin vor.

»Aha«, antwortete Daniel nur. »Ich sehe das zwar anders, aber ... Du, piept da nicht etwas in deiner Tasche?«

Hastig griff ich danach und schüttelte den halben Inhalt auf den Tisch, bevor ich mein Handy fand. Es war eine SMS von Eva. »Medienhafen ist voll geil. Hast du endlich den Bauch voll?«

Ich überlegte kurz, ob ich noch hinfahren sollte, hatte aber überhaupt keine Lust darauf. Noch mehr Kreative, noch mehr Yuppies? Für heute war mein Bedarf gedeckt. Daher schrieb ich zurück, dass sie nicht auf mich warten sollten.

Während ich alles wieder zusammenpackte, entdeckte ich die gelbe Antwortkarte und fluchte leise: »Merde!« Ich hatte das Abitur-Treffen völlig vergessen.

»Was ist los? Gehen wir dir schon so auf den Geist, dass du auf Französisch fluchen musst?« Trotz des lautstarken Gesprächs hatte Daniel es offenbar mitbekommen.

»Nein, natürlich nicht, entschuldige bitte, ich habe mich ein wenig in Rage geredet. Das gerade war blöd von mir.«

Mein Nachbar grinste. »Vergiss es. Ich weiß selbst, dass wir ganz schön anstrengend sein können. Was hast du da?« Er deutete auf die Karte in meiner Hand.

Seufzend steckte ich sie in meine Tasche zurück. »Ach, ich habe ganz vergessen, so ein blödes Ding abzusagen.«

»Noch eine Scheidungsfeier?«

»Nein, mein Abi-Treffen.« Ich erzählte ihm kurz davon und wie ich dazu stand. »Ich war damals jung, unauffällig und schüchtern, eine richtige graue Maus. Mit den meisten hatte ich nichts zu tun und kann mich kaum an die Namen erinnern. Was soll ich dort?«

Daniel grinste noch breiter. »Eine graue Maus bist du schon

lange nicht mehr. Du bist sehr hübsch, überaus klug und hast einen tollen Humor. Vielleicht solltest du hingehen und groß auftrumpfen, um all die blöden Erinnerungen durch neue zu ersetzen? Heute würde dich garantiert niemand übersehen. Außerdem: Bist du denn gar nicht neugierig, was die anderen mittlerweile machen? Oder wie sie aussehen?«

Ich dachte kurz an Michael Rüsselberg. »Ehrlich gesagt … nein.«

»Du hast gezögert.« Daniel las in meinem Gesicht wie in einem offenen Buch. »Du bist also doch neugierig? Oder willst ihnen zeigen, was aus dir geworden ist?«

»Weder noch.« Ich kräuselte die Nase. »Jetzt sieh mich nicht so prüfend an! Ich hab da nix verloren. Das ist vertane Zeit.« Damit schob ich die Karte in meine Tasche zurück und entschied, mir doch noch ein Glas Wein zu genehmigen. Oder besser noch, einen Martini.

Vor dem Dessert, das mit Wunderkerzen serviert werden sollte, erzählte uns Daniel von einem Kunden, der für seine Gulaschsuppe aus der Dose unbedingt einen gereimten Text verlangte und davon nicht abweichen wollte. Daraufhin machte Cecily, ebenfalls Werbetexterin und eine der auffälligsten Frauen in der Runde, den Vorschlag, gemeinsam ein paar spontane Reime über seine tägliche Arbeit zu verfassen.

Ich kroch vor Schreck fast unter den Tisch und überlegte, was sich wohl auf Bank reimte (Schrank? Tank? Lang?), aber zum Glück hatte mich sowieso niemand auf dem Schirm. Es gab genug Freiwillige, die ihr Talent mit Vierzeilern unter Beweis stellen wollten.

Jeder Reim wurde frenetisch beklatscht, und nachdem ich einige weitere Martinis getrunken hatte, fand ich ebenfalls alles »superb« und »wahnsinnig kreativ«. Ich ahnte zwar, dass meine s-Schwäche wieder da war, aber zum Glück erwartete niemand, dass ich etwas sagte.

Daniel gab seinen Suppenslogan

*»Mit der Gulaschsuppe von Lindauf*
*bist du immer heiß drauf«*

zum Besten und erklärte, dass sich dieser Spruch gegen Knaller wie

*»Der Lindauf-Genuss –*
*für die Köchin einen Kuss«*

nur ganz knapp durchgesetzt hatte.

Dann stand Oscar auf. Er war wirklich eine imposante Erscheinung und brachte allein dadurch alle zum Schweigen. »Ihr wollt also etwas über meine Arbeit erfahren?«, fragte er mit einer tiefen Stimme.

Unsere Ja-Rufe wurden durch rhythmisches Klatschen unterstützt. »Der Meister persönlich will zu uns sprechen!«, rief Cecily. »Lass deinen kreativen Spirit auf uns niederprasseln. Der Meister ist der Beste.«

Noch mehr Gekreische. Oscar räusperte sich.

*»In meiner Werbe-Agentur*
*gibt es täglich Lügen pur.*
*Joghurt angeblich aus der Natur,*
*wie sag ich's dem Kunden nur?*
*Wir müssen ihn verkaufen,*
*das darf man nicht vergessen,*
*der Auftrag ist gelaufen,*
*ich muss ihn ja nicht essen.«*

Der Jubel, der danach ausbrach, war so laut, dass die Nachbarn vermutlich just in diesem Moment die Polizei anriefen. Ich selbst war so von seiner poetischen Ader angetan, dass ich kurz davor war, meinen trockenen Bankjob zu kündigen und mich um ein Praktikum in seiner Agentur zu bewerben.

»Dasss war sssuper!«, rief ich Daniel zu. »Ssso lussstig und ssso ehrlich.«

Vielleicht sollte ich Oscar doch meine Handynummer geben? Oder besser, sie aus Buchstabensuppennudeln zusammensetzen und auf ein Taschentuch kleben? Gab es überhaupt Buchstabensuppen mit Ziffern?

Victoria, du hast eindeutig einen Schwips, diagnostizierte ich.

Zwei starke Kaffees später half ich Britta, die Teller in die Spülmaschine einzuräumen, als sich eine schwarze Gestalt vor mir aufbaute.

»Gehen wir nach draußen, eine rauchen.«

Der schwarze Mann. War das eine Frage oder ein Befehl?

Ich schüttelte den Kopf. »Ich rauche nicht.« Zum Glück gab es keinen s-Laut in dem Satz. Ich war mir nicht sicher, ob ich sie wieder beherrschte.

»Sie raucht nicht, außerdem hat sie zu tun«, sagte Britta ziemlich bestimmend.

Das brachte mich erst recht auf die Palme. Ich war doch nicht ihre Küchenmagd.

»Ich fange genau jetzt mit dem Rauchen an«, verkündete ich, trocknete mir die Hände ab und wandte mich herausfordernd an Daniels Chef: »Pfeife?«

Er griff nach meinem Arm und dirigierte mich auf die Terrasse. »Zigarre?«

»Nein, danke.«

»Zigarette?«

»Auch nicht.«

Oscar sah mich prüfend an. »Du rauchst doch nicht wirklich Pfeife, oder?«

»Nein.«

»Du bist die ruhigste Frau, die ich kenne«, stellte er fest

55

und zündete sich eine dicke Zigarre an. »Und witzig kannst du auch sein.«

War das jetzt ein Kompliment?

Ich öffnete den Mund, klappte ihn jedoch wieder zu. Jetzt wäre ein geistreicher Vierzeiler meinerseits nicht schlecht. »Ich bin sogar kreativ«, sagte ich schließlich und stellte fest, dass der Zigarrengeruch irgendwie männlich wirkte.

»Das glaube ich dir sofort. Du bist ein stilles Wasser, das tief gründet. Sehr tief.«

Ganz genau. Ich war so was von tief.

Was reimte sich bloß auf Kredit?

Fit? Hit? Sprit?

Er rauchte und schwieg. Derweil qualmte mir der Kopf vor lauter kreativen Gedanken.

»Nun?« Oscar wartete.

»Ja, genau. Ganz deiner Meinung.«

Was passte nur zu Zinsen? Linsen?

»Es gibt Dessert!«, ertönte eine Stimme, und Daniel steckte den Kopf durch die geöffnete Terrassentür. »Kommt ihr? Ihr verpasst sonst das große Tischfeuerwerk.«

Das Tischfeuerwerk. Natürlich. Wunderkerzen allein reichten nicht.

Leider kam ich mit dem Reimen nicht weiter. Zeit für einen würdevollen Abgang.

»War nett, mit dir zu rauchen«, sagte ich und nickte Oscar zu. »Übrigensss: Wenn jemand meine Nummer will, dann mag ich esss, wenn er mich direkt fragt. Deine Nummer war echt … unkreativ!«

So, dem hatte ich es aber gegeben. Erhobenen Hauptes marschierte ich wieder ins Esszimmer, ehe er darauf reagieren konnte. So machten das die stillen, tiefgründigen kreativen Wasser.

Jawohl!

»Ich dachte, du willst nichts von meinem Chef«, meinte Daniel, als ich neben ihm Platz nahm.

Ich zuckte mit den Schultern. »Tue ich auch nicht, aber ich kann auch kreativ ssein. Passs auf: Ich bin fit in Sachen Kredit. Jeden Tag ein Zinsssen-Hit.«

Endlich hatte ich es. Ich wollte aufspringen und mein Gedicht vor der ganzen Truppe zum Besten geben, doch noch im Sitzen stieß ich mit der Hand das Weinglas um und zuckte vor Schreck zurück. »Tut mir leid um dein Kleid. Schon wieder ein Reim.«

»Super«, lachte mein Nachbar. »Nur dass ich keine Kleider trage. Aber bevor du weiter reimst, trinkst du zum Eis noch einen schönen starken Espresso.«

»Jawohl! Aber ich will keine Schlagsssahne dazu. Ich hassse Ssssahne auf Brüsssten.«

Daniel sah mich stirnrunzelnd an. »Du bekommst einen doppelten.«


Kurz nach Mitternacht, als nur noch hochprozentige Shots die Runde machten, war es an der Zeit, mich zu verabschieden. Oscar warf mir hin und wieder einen Blick zu, und ich ertappte mich dabei, dass ich ständig überlegte, ob er nun schwul war oder nicht.

Daniel brachte mich noch zu meiner Wohnungstür. »Ich habe über deine Worte nachgedacht. So schlimm sind wir Werbeleute doch gar nicht, oder?« Er lächelte. »Jedenfalls hast du den Eindruck gemacht, als würdest du dich gut amüsieren. Wir sind doch eigentlich ganz normal, stimmt's?«

Ich klopfte ihm auf die Schulter. »Natürlich! Ich meine, esss issst ganz normal, dass sssich die Gäste daran messssen, wer ssseine Ssserviette zum Brandenburger Tor oder Colossssseum falten kann, und sssich fassst alle zwischen den Gängen kreativ alsss Dichter betätigen. Ganz normal.«

Daniel lachte. »Touché.«

# Kapitel 5

*»Gesungene Gespräche über Probleme
konnte ich noch nie leiden.«*

WILLEM

*A*ls die neue Woche begann, brachte ich die Antwortkarte an Beatrix persönlich zur Poststelle. Damit war das Thema Abitur-Falsche-Freunde-Treffen für mich durch. Meine Mutter regte sich zwar noch immer darüber auf, aber es war schließlich meine Entscheidung.

Am Dienstag wurde die Sache mit den Russen aktueller, als wir gedacht hatten.

»Die wollen ihre Termine umwerfen und schon Ende Mai kommen«, platzte Willem am Nachmittag unangekündigt in mein Büro, was Frau Unterbach ziemlich hysterisch werden ließ.

»Herr van de Toel, bei allem Respekt, so geht das nicht! Sie können nicht einfach so an mir vorbeigehen. Frau Doktor Weinmorgen muss vorher durch mich informiert werden, dass Sie sie sprechen wollen«, sagte sie mit Bestimmtheit und stürmte hinter ihm her.

»Regen Sie sich mal ab, es ist schon in Ordnung«, erwiderte Willem, aber ich hätte ihm gleich sagen können, dass meine Sekretärin auf diesem Ohr taub war.

»Nein, ist es nicht. Ich ersuche Sie höflich, sich an die Regeln zu halten. Frau Doktor Weinmorgen …«

»… bittet Sie jetzt um zwei Tassen Kaffee und möchte dann nicht gestört werden«, unterbrach Willem sie und setzte sein charmantestes Lächeln auf. »Und ich verspreche, mich zu bessern. Verzeihen Sie mir noch mal? Ich wollte Ihnen nur den Stress ersparen. Beim nächsten Mal werde ich selbstverständlich einen Termin ausmachen.«

Damit schien er Frau Unterbach komplett den Wind aus den Segeln zu nehmen, denn sie verzog den Mund sogar zu einem schiefen Lächeln. »Darum möchte ich doch bitten. Zwei Kaffee, kommt sofort. Mit Milch und Zucker?«

»Ausnahmsweise ja«, antwortete ich.

Willem setzte sich mir gegenüber. »Entschuldige, aber wir haben nur knapp zweieinhalb Wochen Zeit und müssen uns überlegen, wie wir das mit den Russen machen. Die geschäftliche Strategie genauso wie das Babysitting.«

»Das Geschäftliche bekommen wir locker hin«, beruhigte ich ihn. »Und in der Freizeit … Du hast doch Kinder. Was macht man so mit denen, um sie bei Laune zu halten?«

Willem lachte. »Meine Mädchen sind vierzehn und sechzehn Jahre alt. Kino, Eis und ein paar Scheine fürs Shoppen machen sie glücklich. So einfach wird es mit den Russen nicht werden.«

Das glaubte ich auch. »Kannst du nicht mit denen in irgendeinen Männerclub gehen, wo sich ein paar biegsame, leicht bekleidete Frauen an einer Stange vergnügen?«, fragte ich.

»Was denkst du von mir? Meine Töchter und meine Ex machen mir die Hölle heiß, wenn sie davon erfahren, von meiner Freundin ganz zu schweigen, also vergiss es!« Willem grinste. »Außerdem will ich dich unbedingt Russisch sprechen hören.«

Ich seufzte. »Erinnere mich nicht daran. Na gut, dann

sollte es aber was sein, wobei wir nicht viel mit ihnen reden müssen, schließlich will ich mich nicht blamieren. Wie wäre es mit einem Musical? Ich liebe Musicals. Läuft noch *Sister Act* im Metronom Theater?«

Willem verdrehte die Augen. »Bloß nicht. Gesungene Gespräche über Probleme konnte ich noch nie leiden. Und dass unsere Russen tanzende Nonnen sehen möchten, bezweifle ich.«

Ich schüttelte den Kopf. »Typisch Mann. Ich habe bei *Sister Act* lauthals mitgesungen. Dann hoffe ich wenigstens, dass unsere Gäste vernünftig Englisch können. Für die geschäftlichen Verhandlungen sollten wir besser einen Dolmetscher bestellen, vielleicht kann der uns ja ein paar Tipps zu den abendlichen Gepflogenheiten geben.«

Zu Hause traf ich auf Frau Iwanska, die gerade gehen wollte. »Heute ich habe die Fenster gewaschen, und jetzt ich fahre mit meinem Mann ins Kino«, verkündete sie. »Erst die Arbeit, dann sich begnigen, ja?«

Ich nickte. »Danke, die Fenster sehen toll aus. Ein Glück, dass ich Sie habe. Ohne Sie wäre ich verloren.«

»Ja, verloren hat Onkel Rommek immer beim Pferderennen.«

Irgendwie redeten wir aneinander vorbei. »Jedenfalls viel Spaß im Kino.«

Meine Haushaltshilfe stemmte die Hände in die Hüften. »Frau Weinmorgen, ein bisschen Begnigen wäre auch gut fir Sie. Immer nur arbeiten ist nicht gut.«

»Oh, ich vergnüge mich doch. Machen Sie sich um mich keine Sorgen.«

»Mit wem denn?« Frau Iwanska redete nicht um den heißen Brei herum. »Hier war doch schon sehr lange kein Mann mehr. Wäre nicht Ihr netter Nachbar ein Angebot fir Sie?« Sie sah mich bedeutungsvoll an.

Ich tat entrüstet. »Frau Iwanska! Sie reden von Daniel wie von einem Einkaufszettel. Außerdem bin ich gern Single.«

Sie ließ sich jedoch nicht beirren. »Ach, das stimmt doch nicht. Niemand ist gern allein. Dann wird man komisch und spricht mit sich selbst, genau wie Oma Marylka, die Tochter von Uroma Dorotka, die war nach Opa Dareks Tod auch Single.«

»Ihre Oma war Single? Wie alt war sie denn, als Opa Darek gestorben ist?«

»Siebenundachtzig. Sie hat noch vier Jahre als Single gelebt. Nicht mal eine Katze wollte sie haben, hat lieber mit sich selbst geredet. Nehmen Sie Ihren Nachbarn oder kaufen Sie sich eine kuschelige Katze. Fir einen Hund haben Sie keine Zeit und ich auch nicht.«

Bevor sie weitere Tiere in Betracht ziehen konnte, musste ich sie ausbremsen. »Danke für Ihre Fürsorge, ich werde darüber nachdenken.«

»Iber den Nachbarn oder die Katze?«

»Beides«, versprach ich und wechselte das Thema. »Bevor Sie ins Kino gehen, noch eine kurze Frage: Haben Sie eine Idee, was Russen abends gern machen? Wir bekommen bei der Bank Geschäftsbesuch und möchten dafür sorgen, dass sich die Herren hier bei uns wohlfühlen. Dazu gehört auch ein Abendprogramm …«

Meine Putzhilfe sah mich zweifelnd an. »Frau Weinmorgen, woher soll ich das wissen? Russen und Polen sind wie Feuer und Fluss. Es gibt zu viele Unterschiede. Aber ich kann sagen, sie trinken viel und singen, das sieht man doch immer im Fernsehen. Wie wäre es mit einer Karaoke-Bar? Oder Sie gehen zu einem Fußballspiel. Die Russen kaufen doch ständig irgendwelche Vereine, sagt mein Mann. Die Reichen haben

Geld wie Gras. Irgendwo findet bestimmt ein Fußballspiel statt. Nur trinken Sie nicht mit, denn Sie missen klaren Kopf behalten. Bank ist Bank und Schnaps ist Schnaps, ja?«

»Keine Sorge, ich trinke äußerst selten«, antwortete ich.

Frau Iwanska, die schon in der offenen Wohnungstür stand, drehte sich noch mal um und sah mich zweifelnd an. »Das hat Wojtek Kowalski auch immer gesagt, dabei hat er jeden Tag einen Liter Selbstgebrannten getrunken. Und dann kam Schrecken mit Schluss.«

Wie es Wojtek ergangen war, erfuhr ich nicht mehr, denn meine Haushaltshilfe winkte kurz und zog die Tür hinter sich zu.

Das Telefon klingelte. Erstaunt registrierte ich, dass es meine Mutter war.

»Es ist erst halb sieben, wir reden doch in einer Stunde«, meldete ich mich.

»Ich habe dich gerade nicht per Skype erreicht, dein Computer ist garantiert noch nicht hochgefahren. Wie geht's?« Ihre Standardfrage blieb trotzdem nicht aus.

»Abgesehen davon, dass mich meine eigene Putzhilfe für eine Alkoholikerin hält und ich wie Wojtek Kowalski enden werde, ganz gut«, rutschte es mir heraus, worüber ich mich jedoch sofort ärgerte.

Bestimmt schrillten bei ihr nun sämtliche Alarmglocken, und sie würde sich postwendend in den Zug setzen, um mir beim Entzug zu helfen und die Gründe für meine Alkoholsucht zu erforschen. Aber ich irrte mich. Mama ging gar nicht darauf ein.

»Onkel Herbert ist tot«, sagte sie stattdessen.

»Wer?« Der Name sagte mir nichts, und sie klang auch nicht sonderlich betroffen, sondern erzählte es wie eine spannende Neuigkeit.

»Onkel Herbert«, wiederholte meine Mutter ungeduldig. »Herbert Kranich, der Mann von Ursula, der Cousine von Vroni.«

»Kenne ich nicht.«

»Du kennst doch Vroni, Victoria-Kind!« Jetzt klang sie vorwurfsvoll. »Die Frau von meinem Cousin Fritz. Deren Cousine heißt wiederum Ursula Kranich, du hast sie auf Familienfeiern schon öfter gesehen.«

Ich erinnerte mich dunkel an ein paar grauhaarige Damen und Herren. »Keine Ahnung, kann sein.«

»Ihr Mann war der Herbert. Er ist vergangene Nacht friedlich eingeschlafen.«

»Aha.« Ich sah auf die Uhr. Wenn wir jetzt schon telefonierten, dann fiel das Skypen für heute aus. Dann konnte ich gleich noch ein Bad nehmen, das würde mir guttun.

»Deshalb ist die Trauerfeier am Freitagnachmittag. Du bekommst die Karte noch, aber ich habe schon für dich zugesagt«, riss mich die Stimme meiner Mutter aus meinen Gedanken.

»Was? Wer hat wofür zugesagt?«

»Du, für die Beerdigung. Bis nächste Woche wirst du es sicher hinbekommen, dir den Freitag freizunehmen. Schließlich ist es ein Trauerfall in der Familie. Dann bleibst du schön bis Sonntag bei mir, und wir haben endlich wieder Zeit, um ausgiebig zu quatschen. Es ist schon übernächstes Wochenende, also ganz bald«, sprudelte es nur so aus ihr heraus.

Ich setzte mich und unterbrach sie. »Mama, das geht nicht! Du kannst doch nicht für mich irgendetwas zusagen, ohne es mit mir abzusprechen.«

»Aber das tue ich doch gerade! Ich spreche es mit dir ab.«

Nein, tat sie nicht, sie hatte schon alles klargemacht. Ich ballte die Fäuste und versuchte eine Erklärung. »Ich kann mir keinen Tag freinehmen. Die Russen kommen Ende Mai, das habe ich dir doch schon erzählt. Mein Kollege und ich müssen allerhand vorbereiten.«

Meine Mutter ließ es nicht gelten. »Deshalb hast du ja noch dieses komplette Wochenende plus deine Arbeitstage. Herberts Trauerfeier ist ja erst Ende nächster Woche, also übernächsten Freitag. Das ist zu schaffen.« Sie sprach mit mir wie mit einem Kindergartenkind und betonte jedes zweite Wort überdeutlich. »Ich verlange nicht viel von dir, aber wenn jemand in der Familie stirbt, dann wäre es respektlos, nicht zu erscheinen. So habe ich dich nicht erzogen, Victoria-Kind. Du weißt, dass mir die Familie wichtig ist.«

Ehe ich etwas erwidern konnte, spielte sie ihren letzten Trumpf aus. »Sie haben deinetwegen das Begräbnis auf den Freitag gelegt.«

»Was? Meinetwegen? Was hab ich denn mit diesem Herbert zu tun, an den ich mich kaum erinnern kann?«

»Victoria-Kind!«, jetzt klang meiner Mutter richtig ungehalten. »Sag das bloß nicht bei seiner Beerdigung. Man soll über die Toten nicht schlecht reden.«

»Das tue ich doch gar nicht.«

»Ich habe Vroni und Ursula gesagt, dass du in der Woche auf keinen Fall von deinem wichtigen Posten in der Chefetage wegkannst, also haben sie sich für den Freitag entschieden, damit du dabei sein kannst. Die ganze Familie wird anwesend sein und meine einzige Tochter auch. Lass mich ein wenig mit dir angeben, sonst glauben die noch, dass du irgendwo abgestürzt und obdachlos bist oder was Schlimmeres und ich ihnen Lügenmärchen über dich auftische.«

»Noch schlimmer? Was kann das sein? Dass ich als Prostituierte arbeite?«

Ihre Stimme wurde erneut um einen Ton schärfer. »Das

oder als Pornodarstellerin. Es ist schlimm genug, mir anzuhören, dass du keinen Mann und keine Kinder hast. Nur deine Position rettet dich. Du kommst, ist das klar?«

Ich seufzte einmal.

»Victoria!«

Ich seufzte zweimal.

»Keine Widerrede! Ich bitte dich selten um etwas. Ich war einverstanden, als du in die Ferne gezogen bist, aber hin und wieder brauche ich dich hier.«

Mein schlechtes Gewissen meldete sich wieder. Wir hatten doch nur uns. Ich nickte ergeben. »Okay, du hast gewonnen. Dir zuliebe komme ich, damit alle sehen, dass ich einen ehrbaren Beruf habe und nicht unter der Brücke schlafe. Ich werde aber nur bis Samstag bleiben und hoffe, dass du solche Nummern nicht allzu oft abziehst, Mama.«

»Na hör mal, ich habe doch keinen Einfluss darauf, wann jemand von uns geht. Herbert hat sich das auch nicht ausgesucht, dass er ausgerechnet im Wonnemonat Mai stirbt.«

Die Woche verging wie im Flug, und ich hatte so weit alles im Griff. Willem fand die Idee mit dem Fußballspiel ganz gut (ich hatte ihm erzählt, dass sie von einer polnischen Freundin stamme) und versprach, sich um Karten zu kümmern. Ich hatte den Verdacht, dass er selbst daran interessiert war, auf Firmenkosten ins Stadion zu gehen, aber das sollte mir egal sein. Eva und ich wollten uns mit ein paar Freundinnen am Samstagabend in der Altstadt umsehen, wohin man die Russen unverfänglich ausführen konnte. Geschäftlich hatten wir alles ausgearbeitet und waren perfekt vorbereitet, ein Dolmetscher war bestellt, und ich hatte meine Termine mit Hilfe von Frau Unterbach so gelegt, dass der übernächste Freitag frei blieb.

»Ein Trauerfall, das tut mir sehr leid, Frau Doktor Wein-morgen«, hatte meine Sekretärin gesagt und sich so betroffen angehört, als meinte sie es ernst. »Selbstverständlich werden wir alles vorher regeln, schließlich müssen Sie Zeit zum Trau-ern haben. Zu einem lieben Onkel hat man manchmal ein besseres Verhältnis als zu seinem eigenen Bruder.« Ich vermu-tete, dass sie sich selbst damit meinte, denn ich war bekannt-lich ein Einzelkind.

Frau Unterbach war so fürsorglich wie noch nie, stellte ungefragt Kekse oder Blumen auf den Tisch, kochte mir nachmittags einen Milchkaffee extra und war für ihre Verhält-nisse fast schon herzlich. Ich genoss ihre Aufmerksamkeit und hütete mich, ihr die wahren Gründe zu verraten.

Am Donnerstag ließ mir Mama per Skype von Irene und deren Tochter Beatrix ausrichten, dass meine Absage fürs Abi-Treffen angekommen war. »Wenn auch viel zu spät, Victo-ria-Kind. Ich habe dich aber gedeckt und behauptet, du seist beruflich in Honolulu gewesen und hättest es vorher nicht geschafft.«

»In Honolulu? Wie kommst du denn ausgerechnet auf Hawaii?«

Meine Mutter hielt einen Katalog in die Kamera. »Ich habe mich zufällig darüber informiert, und da ist mir das als gute Ausrede eingefallen. Andere Zeitzone, schön weit weg und es macht alle neidisch.«

»Du informierst dich über Hawaii? Willst du verreisen?«, fragte ich erstaunt. Sie war bisher nicht über Mallorca hinaus-gekommen und behauptete seit Jahren, das hätte ihr gereicht.

»Nein, ich habe mich nur weitergebildet«, war ihre Ant-wort. »Neuerdings interessiere ich mich für Erdkunde.«

»Und da nimmst du einen Katalog zur Hand?«

Sie verzog die Lippen. »Bist du jetzt die Verhaltenspolizei, oder was? Lass mir doch meine Hobbys. Hin und wieder muss der Mensch seinen Horizont erweitern. Die Ulla Grünich verblödet doch langsam, die steckt ihre Nase ja nur in irgendwelche schlecht gespielten Reality-Soaps.«

Ich lachte. »Du guckst doch auch alle Sendungen, die es gibt.«

»Blödsinn! Ich gucke nicht, ich informiere mich, was derzeit angesagt ist. Das ist der Unterschied. Meinst du etwa, ich war umsonst in einer leitenden Position bei der Post? Ich kann unterscheiden, was Niveau hat und was nicht.«

»Aha.« Ältere Leute werden auf Dauer komisch, das hat mein Vater früher immer gesagt. Offensichtlich lag er mit dieser Einschätzung richtig, was meine Mutter anbetraf, aber ich hatte gehofft, dass sie sich damit noch mindestens zehn Jahr Zeit lassen würde. Auf einmal war ich doch froh, nächste Woche heimzufahren, denn so konnte ich sie genauer in Augenschein nehmen.

»Victoria-Kind, ich weiß zwar, dass du am Samstag zurückfahren möchtest, aber vielleicht überlegst du es dir ja doch noch anders und gehst hin?« Meine Mutter rückte näher an die Kamera ran.

»Wohin?«

Sie presste die Lippen aufeinander. »Ich könnte Irene sagen, dass du wegen der Trauerfeier doch noch dabei sein kannst. Ich meine, ich habe bisher behauptet, dass du wichtige berufliche Termine hast, so als Bank-Chefin. Aber jetzt kommst du genau einen Tag vorher nach Hause …«

Sie ließ den Satz unvollendet, und endlich verstand ich. Am Samstag nach der Trauerfeier war das Abi-Treffen, und meine Mutter schmiedete offensichtlich einen Plan.

»Sag mal, hast du deswegen das Begräbnis auf den Freitag legen lassen?« Ich traute ihr alles zu.

»Nein!« Ihr Gesicht verriet nichts, doch sicher war ich mir nicht. »Aber es fügt sich alles gut zusammen, findest du nicht?«

Diesmal schüttelte ich den Kopf. »Mama, ich gehe definitiv nicht hin, ich habe abgesagt. Ich komme am Donnerstagabend zu dir, am Freitag ist die Trauerfeier …«

»Und der Leichenschmaus bei dem neuen Chinesen«, fiel sie mir ins Wort.

Ich nickte. »Ja, meinetwegen auch das. Was gibt es? Toter Mann mit acht Kostbarkeiten?«

»Victoria-Kind!«

Ich winkte ab. »Schon gut. Aber dann fahre ich wieder zurück, das weißt du genau. Am Samstagabend bin ich nicht mehr da. Falls dich Irene oder wer auch immer fragt, dann kannst du ihnen ruhig ausrichten, dass mich diese ganze Wiedersehenskacke absolut nicht interessiert.

»Wie redest du denn?« Meine Mutter starrte empört in die Kamera. »Das werde ich ganz bestimmt nicht sagen. Du bist eine Karrierefrau und Chefin und wirst in deiner Bank gebraucht, weil ihr ganz wichtige Sachen machen müsst. Das habe ich Irene schon mehrmals erzählt, und ihre Tochter weiß es auch. Ohne dich läuft in dem Laden nichts.«

Mein Ärger wich großer Belustigung. »Genau, so in etwa stimmt es. Bis auf die Tatsache, dass ich nicht die Chefin bin und es auch nicht meine Bank ist. Aber ganz wichtige Sachen muss auch ich mal machen.«

Sie nickte wohlwollend. »Natürlich. Ich weiß schließlich alles über dich.«

Es gab auch nichts zu verheimlichen. Das war ja das Schlimme.

»Jetzt sag mir bitte noch, wer dieser Herr Kowalski ist, von dem du am Dienstag gesprochen hast, und was du mit ihm zu tun hast. Wenn du in etwas hineingeraten bist, das du in Alkohol ertränkst, dann sollten wir das vor der Beerdigung klären. Die Familie wird dich mit Argusaugen begutachten, und am Ende fällt es auf mich zurück.«

# Kapitel 6

*»Ein One-Night-Stand ist auch was Feines.«*

EVA

*A*us unserer Altstadt-Erkundungsmission wurde leider nichts. Ich hatte am Wochenende mit einer schweren Erkältung zu kämpfen und war am Samstagabend vor lauter Husten und Schnupfen nicht in der Lage, irgendetwas zu unternehmen. Eva und die Mädels zogen dennoch los und simsten mir lauter Bilder mit den ihrer Meinung nach passenden Läden. Wobei ich nicht sicher war, ob die Kriterien »sexy Männer«, »gute Musik« und »viele Singles aus dem Ruhrgebiet« für die Geschäftsleute aus Russland relevant waren.

»Warum nicht?«, fragte Eva, als wir am Montag in der Mittagspause darüber sprachen. »Du weißt doch selbst, wie die Altstadt am Wochenende ist: laut, dichtes Gedränge, viele Heizpilze, jede Menge Touristen-Frischfleisch. Da kannst du quasi in jeden Laden reingehen und hast den perfekten Ort, wenn du dich um deinen Besuch nicht kümmern willst.«

Ich putzte mir die Nase und griff nach einer der Erdbeeren, die mir meine Assistentin am Morgen hingestellt hatte.

Sie deutete meine roten Augen und Nase offenbar als Zeichen der Trauer, denn sie sagte: »Es ist gut, dass sie am Wochenende ihren Tränen freien Lauf gelassen haben. Das hilft wirklich. Aber jetzt müssen Sie etwas essen, Sie bauen sonst ab, dabei brauchen Sie Kraft für die Beerdigung.«

»Die Unterbach hat ja doch menschliche Züge«, stellte Eva fest und bediente sich ebenfalls. »Sie hat mich vorhin sogar angelächelt und irgendetwas von ›Beistand‹ gemurmelt.«

Ich schmunzelte. »Ich sollte ein schlechtes Gewissen haben, aber Frau Unterbach war noch nie so nett zu mir wie derzeit, deshalb lasse ich sie in dem Glauben, Onkel Herbert hätte mir sehr nahegestanden. Sie hat sogar zum ersten Mal nicht mehr gefragt, sondern mir meinen Kaffee automatisch mit Milch und Zucker gebracht. Aber jetzt erzähl mal, was ich am Samstagabend sonst noch verpasst habe.«

Eva kicherte. »Ich habe im *Sucos* zu brasilianischen Rhythmen getanzt und insgesamt von drei Typen die Handynummer bekommen. Eigentlich war da noch ein heißer Spanier, aber als er hörte, dass ich bei einer Bank arbeite, hat er sich nur noch für unsere Kreditkonditionen und Aktienfonds interessiert. Das war mir dann zu blöd, schließlich wollte ich mich amüsieren.«

»Du scheinst ja deine Freiheit wirklich zu genießen«, antwortete ich. »Ich hätte vermutlich nur mit dem potenziellen Bankkunden gesprochen.«

»Du bist viel zu steif, Vicky. Entspann dich, und vergiss mal die Bank. Sonst wirst du noch wunderlich. Wenn diese Russenkiste durch ist, gehen wir gemeinsam aus und suchen dir endlich wieder einen Mann. Du brauchst guten Sex. Und ich übrigens auch. Nächstes Wochenende wollen Gitta und ich in ein Wellnesshotel, damit wir noch schöner werden.«

»Ich dachte, deine Cousine hätte einen Freund, den sie heiraten will.«

»Ja, aber man kann nicht schön genug sein. Willst du nachkommen?«

»Nein, danke. Das ist nichts für mich.«

In diesem Moment klingelte mein Bürotelefon. Eine unbekannte Rufnummer. Da Frau Unterbach noch in der Pause war, wollte ich nicht rangehen, aber Eva griff nach dem Hörer. »Bankdirektion, Sekretariat Frau Doktor Weinmorgen, guten Tag.«

Sie lauschte kurz. »Ist das privat oder geschäftlich?«

Was machte sie da nur wieder?

Jetzt lachte sie. »Ja, Sie dürfen stören. Einen Moment, bitte. Ich verbinde.«

Eva reichte mir den Hörer. »Es ist privat, sagt er.«

Privat? Wer mochte das wohl sein? »Weinmorgen?«

»Martens, hallo.«

»Wer?«

»Martens, Oscar Martens.«

Augenblicklich lief ich knallrot an. Der schwarze Mann?

»O … Oscar, guten Tag. Was kann ich für dich tun?«

Ich wusste selbst, dass es sich komplett steif und bescheuert anhörte, war aber so überrascht, dass mir nichts Besseres einfiel. »Woher hast du diese Nummer?« Oscar antwortete nicht. »Hallo?«, fragte ich.

»Der Name der Bank, in der du arbeitest, ist bei Google kein Geheimnis, und eure Telefonzentrale hat mich verbunden«, sagte er schließlich, und ich biss mir auf die Lippen.

Er hatte natürlich Recht. Was für eine blöde Frage.

»Hast du am Freitagabend Zeit? Ich gehe zu einem Poetry-Slam.«

Zuerst verstand ich ihn nicht. »Dann viel Spaß.«

»Ich gehe zu einem Po-etry-Slam«, wiederholte er und klang leicht ungeduldig. »Eine Karte wäre noch zu haben.«

»Für mich?«

»Sozusagen. Wenn du mitkommen möchtest.«

Eine herzliche Einladung klang anders.

»Nein, tut mir leid«, sagte ich. »Ich fahre zu einer … zu meiner Mutter, da ist auch so eine Art Poetry-Slam. Jedenfalls komme ich erst am Samstag zurück.« Mehr ging ihn schließlich nichts an.

»Aha«, antwortete Oscar. »Dann weiß ich Bescheid. Ein anderes Mal vielleicht. Tschüss.«

In der Leitung machte es klick. Er hatte aufgelegt. Was für ein seltsames Telefonat.

»Who the fuck is Oscar?«, wollte Eva sofort wissen. Er klang am Telefon irgendwie …«

»Schwul?«

Jetzt sah sie mich zweifelnd an. »Schwul? Nein, so gestelzt. Als wäre es eine Ehre für mich, mit ihm zu telefonieren. Wer war das?«

»Das war der schwarze Mann«, sagte ich automatisch.

In Evas Gesicht standen tausend Fragezeichen.

»Ach, ich nenne ihn so, weil er immer Schwarz trägt und dunkle Haare hat. Er ist der Besitzer der Werbeagentur, in der Daniel arbeitet. Ich finde auch, dass er ziemlich eingebildet klingt.«

»Meinst du den schnuckeligen Daniel? Deinen Nachbarn? Und sein Chef gräbt dich jetzt an?«

Ich nickte. »Genau der. Aber wie Angraben fühlt es sich nicht an. Die Art, wie er redet und sich verhält, ist nicht so wirklich meine Welt.«

Eva schob sich noch zwei Erdbeeren in den Mund. »Aber er wollte sich mit dir verabreden?«

»Irgendwie schon. Oder auch nicht. Es ging um einen Poetry-Slam am Freitag, aber da kann ich sowieso nicht, an dem Tag ist die Beerdigung meines Onkels.«

Meine Freundin lachte. »Tom und ich waren früher hin und wieder auf solchen Veranstaltungen. Im Publikum lauter Pärchen, auf der Bühne mal traurige, mal nachdenkliche Texte. Selten amüsante. Das geht auf die Stimmung, da kannst du nicht flirten und niemanden näher kennenlernen. Sieht dieser Oscar denn gut aus? Geld scheint er ja zu haben, wenn ihm eine Werbeagentur gehört.«

Ich zögerte. »Imposant würde ich eher sagen. Sehr groß, schwarze Locken, mit viel Gel nach hinten gekämmt.«

»Also jetzt sehe ich Graf Krolock aus *Tanz der Vampire* vor mir.«

Dieses Musical hatten wir gemeinsam gesehen – ich damals mit dem untreuen Claus und sie mit Tom. Lange, lange war es her.

»Hört sich doch gut an. Du solltest dir diese Chance nicht entgehen lassen und wieder mit dem Sex-Training anfangen. Ein One-Night-Stand ist auch was Feines.«

Ich verschluckte mich fast an meinem Wasser. »Eva, du bist frisch geschieden. Wieso redest du so? Ich will keinen One-Night-Stand mit dem schwarzen Mann. Und sei bitte etwas leiser, wir sind hier im Büro, und Frau Unterbach kann jederzeit zurückkommen.«

Eva senkte die Stimme. »Du solltest ihn nicht ständig ›schwarzer Mann‹ nennen, Vicky, da bekommt man ja Angst. Ich habe mich scheiden lassen, weil die Liebe vorbei war. Aber ich will mich amüsieren, und du solltest es auch tun, solange adäquate Männer noch an dir interessiert sind. Meinst du, dieser Oscar ist gut im Bett?«

»Eva!« Panikartig spähte ich zur Tür, aber das Vorzimmer schien noch leer zu sein. »So weit bin ich doch nicht. Bis letzte Woche dachte ich noch, der schwar… Oscar sei homosexuell. Außerdem, was will ein Werbefuzzi mit mir? Vielleicht braucht er mich als Alibifrau?«

»Wofür? Für den Poetry-Slam?«

Okay, das war albern. »Trotzdem will ich mir über Sex mit ihm keine Gedanken machen. Diese Bilder im Kopf …«

Eva grinste. »Wieso denn? Als Werbemensch gehört dein Graf Krolock zumindest zu den kreativen Köpfen der Stadt«, sagte sie bedeutungsvoll. »Hoffentlich ist er es auch auf anderen Gebieten …«

Am späten Nachmittag lief mir im Hausflur prompt Daniel über den Weg.

»Hey, Victoria, schön, dich zu sehen. Wollen wir nachher zusammen eine Weinflasche köpfen und uns den schwedischen Krimi im Zweiten reinziehen?«

Ich schüttelte den Kopf. »Sorry, heute nicht. Ich habe mir Arbeit mitgebracht und werde die nächsten Abende mit Bilanzen verbringen. Ich fahre am Donnerstagabend zu meiner Mutter und muss noch einiges vorbereiten. Vielleicht am Wochenende? Ich wollte am Samstag zurückkommen.«

Daniel nickte. Ich zögerte kurz, dann entschloss ich mich, ihm von Oscars Anruf zu erzählen. »Übrigens, dein Chef hat mich heute Mittag im Büro angerufen.«

Daniel sah mich zweifelnd an. »Mein Chef? Bist du sicher?«

Also bitte, war ich etwa so ein hoffnungsloser Fall, dass er das nicht für möglich hielt?

»Wenn er noch immer Oscar Martens heißt, dann bin ich mir sicher.«

Daniel kniff die Augen zusammen. »Also von mir hat er deine Handynummer bestimmt nicht. Tut mir echt leid. Was wollte er denn?«

Ich angelte den Wohnungsschlüssel aus der Handtasche. »Keine Ahnung, mit mir zum Poetry-Slam gehen oder so ähnlich. Er hat mich übrigens im Büro angerufen, ich weiß doch, dass du ihm die Nummer gegen meinen Willen nicht gegeben hättest.«

Daniel nickte. »Genau. Und, gehst du hin?«

»Nein.« Ich schloss meine Tür auf. »Ich fahre weg. Aber du kannst ihm meine Nummer ruhig geben. Mir ist es lieber, er ruft mich privat an, statt im Büro. Meine Sekretärin muss nicht alles mitbekommen.«

»Bist du sicher?« Daniel kam einen Schritt näher. »Ich kann ihm auch diplomatisch sagen, dass er dich in Ruhe lassen soll.«

Ich dachte an Evas Sexargumente und schüttelte den Kopf. »Nein. Vielleicht brauche ich mehr ... Kreativität in meinem Leben.«

»Okay, wie du meinst«, Daniel nickte und wich wieder einen Schritt zurück. »Dann noch frohes Schaffen.«


Am Donnerstagnachmittag stand ich vor dem Kleiderschrank und packte einen kleinen Koffer für meine Reise in die Heimat, auf die ich überhaupt keine Lust hatte. Die Beerdigung war schon schlimm genug, aber die komplette Verwandtschaft versammelt zu sehen, würde garantiert kein Spaß werden. Dieses gegenseitige Begutachten und diese kleinen Sticheleien, die da immer ausgetauscht wurden. Vom Angeben mal ganz zu schweigen. Zu gern hätte ich auf den Leichenschmaus verzichtet, übrigens ein unmögliches Wort, wie ich fand.

Frau Iwanska klopfte an und kam herein, einen Stapel schwarzer Sachen über dem Arm. »Beerdigung immer schwarz. Ich habe gewaschen und gebigelt. Danach ein Jahr lang Trauer tragen«, sagte sie.

»Ein Jahr? Das ist ganz schön lange«, antwortete ich. »Es war nur ein entfernter Onkel, das wird nicht nötig sein.«

Sie wackelte bedächtig mit dem Kopf. »So dirfen Sie nicht reden, sonst kommt der Geist vom Toten nicht zur Ruhe und wird Sie belästigen. Dann aber auf jeden Fall schwarze Sachen fir Beerdigung.«

Ich hatte sie nach ihrer Meinung gefragt und sie gebeten, mir etwas Passendes rauszulegen. Aber trug man bei Begräbnissen wirklich nur Schwarz?

»Meinen Sie nicht, dass ich das dunkelblaue Kostüm …«

»Nein«, schnitt sie mir das Wort ab. »Schwarz. Dann der Tote hat seine Ruhe, und die Familie kann sehen, dass Sie es ernst meinen mit Trauer. Sie wollen doch keinen Familienstreit?«

»Nein, natürlich nicht.« Wie ähnlich Frau Iwanska und meine Mutter sich waren. Die Familie war ihnen beiden sehr wichtig. Mama zuliebe würde ich also Schwarz tragen.

Sie nickte. »Uroma Dorotka sagte immer: ›Familie muss zusammenhalten. Erst trauern, dann trinken‹, ja?«

Also gut, vermutlich hatte Uroma Dorotka Recht. Meine Mutter würde entzückt sein, und mir konnte es egal sein. Schwarz war außerdem zeitlos und elegant.

Ich warf schnell einen schwarzen Rock, einen schwarzen Blazer und zwei schwarze Tops in den Koffer.

»Nicht ausgeschnitten, sonst Sie werden wieder krank. Außerdem fihlt die Familie vom toten Onkel keinen Respekt«, meine Haushaltshilfe sah besorgt aus. »Haben Sie eine Bluse mit Knöpfen bis Hals?«

Ich runzelte die Stirn. Eine geknöpfte Bluse? Musste das sein? Aber Frau Iwanskas Miene rührte mich irgendwie. Sie war genauso um meinen guten Ruf bemüht wie meine Mutter. Moment, wo hatte ich noch diese Modesünde versteckt, die ich mir vor ein paar Jahren in einem Moment geistiger Umnachtung hatte aufschwatzen lassen?

Da war sie ja! Ich holte aus den Tiefen des Kleiderschranks ein scheußliches Blusenmodell mit einem altmodischen

Rundkragen und fünf Knöpfen am Hals. »Die habe ich nie getragen, weil sie so hässlich ist«, sagte ich.

»Beerdigung ist keine Modenschau«, belehrte mich Frau Iwanska. »Sie missen selbst entscheiden, aber die Bluse ist perfekt. Sie passt viel besser als Nutten-Top. Ich kann sie noch bigeln.«

Das Nutten-Top gab den Ausschlag. »Ja, das wäre wirklich nett«, nickte ich ergeben und beschloss, das grässliche Teil erst einmal in meinen Koffer zu packen. »Sie wissen ja, mit dem Bügeleisen stehe ich auf Kriegsfuß.«

Während sie bügelte, packte ich weiter und hoffte, dass der Zug nachher pünktlich war und es auch beim Umsteigen keine Probleme gab. Ich wollte die gut zweieinhalbstündige Fahrt dazu nutzen, ganz in Ruhe meine Russischkenntnisse aufzufrischen und hatte mir extra dafür auf den iPod einen Russisch-Konversationskurs aufgespielt.

Zwei Stunden später stand ich mit einer Tüte Gummibärchen und einem Coffee to go in dem Intercity und suchte erst einmal meinen Platz. Wo war bloß der Wagen Nummer dreiundzwanzig? Ich war doch in zweiundzwanzig eingestiegen oder etwa nicht?

Ich zog meinen Trolley hinter mir her und schob mich durch den schmalen Gang. Die Zahl Einundzwanzig sprang mir ins Auge, also wieder zurück in die Richtung, aus der ich gekommen war. Der Zug fuhr inzwischen natürlich schon an.

»Hoppla!« Eine ältere Dame, der ich fast auf den Schoß gelandet wäre, hielt abwehrend ihre Thermoskanne hoch. »Passen Sie doch auf! Meine Zwiebelsuppe.«

Zum Glück saß ich nicht neben ihr. Ich murmelte eine Entschuldigung und stampfte weiter. Ende des Waggons, Ende des Zuges. Wie war das möglich? Wo war die Dreiundzwanzig?

»Shit!«, sagte ich halblaut und überlegte, wie das noch mal auf Russisch hieß.

»Suchen Sie etwas?« Ein freundlich aussehender Mann Ende zwanzig sah mich fragend an.

»Ja, den Wagen Nummer dreiundzwanzig«, sagte ich. »Ich habe eine Platzreservierung, finde aber den Waggon nicht. Haben die etwa die Reihenfolge geändert?«

»Nein«, sagte er und zuckte mit den Schultern. »Es gibt ihn gar nicht. Wir haben vorhin den Schaffner gefragt. Der Wagen ist einfach gestrichen worden. Dabei sind wir mit vierzehn Leuten unterwegs, und alle hatten dort reserviert. Jetzt mussten wir uns in der Zweiundzwanzig aufteilen, weil niemand seinen Platz tauschen wollte, damit wir zusammensitzen.« Er macht eine ausladende Bewegung und rief: »Jungs, winkt mal kurz!«

»Huhu!«

»Hier bin ich!«

»Winke, winke!«

»Hallo!«

Die Antworten kamen sofort, allerdings waren besagte Jungs über den gesamten Großraumwagen verteilt.

Na, super. Meine Platzkarte erwies sich als Arschkarte.

»Danke«, sagte ich zu ihm. »Dann suche ich mir mal einen freien Sitz.«

Ich zwängte mich wieder zwischen ausgestreckten Beinen und herumstehenden Taschen durch den Mittelgang und betete, dass der Zug keine scharfe Kurve fuhr. Warum hatte ich mir das bloß angetan? Der Geist von Onkel Herbert vermochte hoffentlich anzuerkennen, was ich hier alles auf mich nahm.

Fast am Ende des Wagens entdeckte ich einen freien Platz am Fenster neben einem ziemlich dicken grauhaarigen Mann.

Ich hievte meinen Koffer auf die Ablage, während er unge-rührt auf sein Handy starrte.

»Würden Sie bitte Ihre Tasche runternehmen und mich auf den Sitz am Fenster lassen?«, fragte ich keuchend.

»Ist sonst nichts frei?«, war seine freundliche Antwort.

Doch. Ich möchte aber unbedingt neben dir sitzen, du scharfer Hengst. Ich stehe auf alte Speckrollen.

Laut sagte ich: »Leider nicht. Dürfte ich dann mal vorbei?«

Der Speckrollenhengst grunzte und erbarmte sich dann, seinen Hintern hochzuheben, während er seine Tasche gleich-zeitig zwischen seine Beine stellte. Damit hatte ich ungefähr drei Zentimeter Platz, um mich hindurchzuquetschen.

Nachdem es mir endlich gelungen war und ich ihm auch die Mittellehne kampflos überlassen hatte, holte ich aus mei-ner Handtasche den iPod und schob mir die Kopfhörer in die Ohren. Mal sehen, was ich von den Russisch-Unterrichts-stunden noch wusste.

»Sdrastwujtje – guten Tag«, fing die Stimme an, und ich versuchte, mich darauf zu konzentrieren, was sie mir zu sagen hatte.

»Also ich wollte dann darauf hinweisen, dass die Menschen ihre Fehler eingestehen müssen. Dann werde ich lauter und sage … Nein, ich fordere sie auf, darüber nachzudenken, wie sie sich den anderen gegenüber verhalten«, hörte ich plötzlich den Speckrollenhengst in sein Handy sprechen.

Der weibliche Russisch-Coach sagte irgendwas, aber ich bekam es nicht mehr mit, denn mein Sitznachbar kam gerade richtig in Fahrt.

»Wir allein sind für unser Tun verantwortlich. Wir allein können die christliche Nächstenliebe weitergeben und sollten nicht darauf warten, dass die anderen zuerst handeln. Wir müssen den Anfang machen!« Jetzt brüllte er fast.

»Spasiba – danke«, sagte die Russin in meinem Ohr.

Hä? Wer war das neben mir?

»Nein, ich will es nicht ablesen, ich werde frei sprechen und jedes einzelne Gemeindemitglied dabei anblicken. Hören Sie weiter zu? Jetzt kommt der zweite Teil der Predigt. Die Sätze sind gestochen scharf, und sie werden Eindruck hinterlassen. Ja, auf jeden Fall. Also: Wir alle sind Menschenfreunde, wir wollen es sein, nein, wir müssen es werden. Helfen Sie, wo Sie nur können. Und wenn Sie jemand beleidigt, dann halten Sie die zweite Wange hin und rufen: ›Danke, ich will dir verzeihen!‹«

Ich hatte genug gehört. Mein Sitznachbar war offenbar ein Pastor oder Sektenführer, der seine eigenen Theorien nicht in die Praxis umsetzen konnte. Wenn das so weiterging, hatte ich die Höllenfahrt meines Lebens vor mir. Ich versuchte, einen anderen freien Platz zu erspähen, aber vergebens. Der Wagen platzte aus allen Nähten.

»Möchte jemand ein selbst gebackenes Rosinenbrötchen?«, fragte jemand laut hinter mir.

»Au ja! Vielleicht ein Sektchen dazu?« Die Antwort kam aus dem vorderen Teil. »Auch für Uwe. Ich köpfe die Flasche. Wer hat die Becher dabei?«

»Ich«, hörte ich jemanden sagen. »Und die kleinen Cocktailwürstchen. Klausi hat die Chips. Klaaausiii!«

Ich verrenkte mir den Hals, wer da so laut miteinander kommunizierte und stellte belustigt fest, dass es die Jungs von vorhin waren.

Der Speckrollen-Sektenführer neben mir hörte auf zu sprechen. »Warum schreien die so laut? Ich kann so nicht vernünftig arbeiten«, meinte er und drehte sich zu mir um.

Ich stoppte den iPod. »Meinen Sie mich?«

»Sie sind doch vorhin mit denen eingestiegen. Sagen Sie Ihren Freunden, dass sie sich mäßigen sollen.«

»Sagen Sie es ihnen doch selbst«, entrüstete ich mich.

Er griff wieder nach seinem Handy und tippte eine Nummer ein. »Bruder Pius, es geht weiter«, sagte er. »Ich frage euch: Warum seht ihr nicht das Gute in den Menschen? Warum wendet ihr euch gegen euersgleichen? Warum lasst ihr nicht andere an euch heran? Warum …«

»… lasst ihr den anderen nicht einfach ihre Ruhe?«, sagte ich laut, und die beiden Damen vor uns kicherten.

»Einen Moment, Bruder Pius«, sagte mein Sitznachbar und sah mich an. »Würden Sie vielleicht etwas leiser sprechen? Ich versuche zu arbeiten.«

»Kann ich bitte ein Schälchen Chips haben, Klausi?« Die Stimme hinter uns machte sich wieder bemerkbar. »Möchte jemand einen Schluck Orangensaft?«

»Ich, bitte.«

Der Speckrollenmann neben mir stöhnte laut. »Hallo? Hallo? Bruder Pius?«

Er legte das Handy beiseite und funkelte mich an. »Hier gibt es Menschen, die sich konzentrieren müssen«, fauchte er mich an. »Ich bin zwar tolerant, aber es gibt Grenzen. Tun Sie etwas, und mäßigen Sie diese Männer.«

Offenbar hielt er mich immer noch für die Gruppenleiterin. Jetzt reichte es.

Ich drehte mich um. »Hätten Sie vielleicht auch für mich ein Schälchen Chips?«, fragte ich laut. »Ich könnte Ihnen dafür eine Tüte Gummibärchen anbieten. Und die Damen vor mir möchten vielleicht auch etwas?«

»Aber sicher doch. Klaaausiii! Reich mal bitte die Chipstüte rüüübeer«, bat der freundliche, junge Mann hinter mir. »Hier hat noch jemand Hungeeer.«

Der Pastor/Sektenführer war außer sich. »Die Bahn sollte das Essen und Trinken verbieten!« Er sprang auf. »Ich gehe jetzt zur Toilette. Aber dieser Platz ist besetzt, auch wenn es etwas länger dauern sollte.«

»Keine Einzelheiten bitte«, gab ich freundlich lächelnd zurück und sah schnell aus dem Fenster.

# Kapitel 7

*»Manchmal stelle ich mir das Leben so vor,*
*wie du es führst. Mit Mann und Kindern.«*
VICTORIA

Russisch lernte ich auf dieser Bahnfahrt nicht mehr, obwohl der Speckrollen-Sektenführer nicht mehr zurückkam. Vermutlich verband er das große Geschäft mit dem Geschäftlichen und arbeitete weiter an seiner Predigt. Ich starrte aus dem Fenster, während alles um mich herum schmatzte und sprach, telefonierte und lachte, und war froh, endlich umsteigen zu können. Mit der Eurobahn ging es weiter gen Heimat, wo meine Mutter mich am Bahnsteig erwartete. Zu meiner Überraschung war sie nicht allein. Neben ihr stand eine brünette, pummelige Frau, die mir vage bekannt vorkam.

Sie sah richtig gut aus in der blauen Bundfaltenhose und der blau-weiß gestreiften Bluse, mit passender Handtasche, Pumps und Halstuch. Eine richtige Dame. Wenn ich dagegen an mir herunterschaute … Ich schaffte es sogar, dass meine Jeans Falten warf.

»Da bist du endlich! Ich habe dich so vermisst!« Sie umarmte mich überschwänglich, und ich hatte das Gefühl, dass sie mich am liebsten wie früher an die Hand genommen hätte. »Schau mal, wen ich vor dem Bahnhof zufällig getroffen habe. Deine alte Freundin Silke.«

Endlich fiel der Groschen. Es war Silke Petersmann, die

früher bei uns in der Nachbarschaft gewohnt hatte. Wir hatten uns damals ganz gut verstanden, aber nach dem Abi aus den Augen verloren. Ich gab ihr die Hand, und sie lächelte.

»Lange nicht gesehen, Vicky. Ich freue mich schon so auf übermorgen. Du auch?«

»Ganz genau, übermorgen«, rief meine Mutter aus. »Es ist so aufregend.«

Ich fragte mich, warum das Abi-Treffen für meine Mutter so aufregend war.

»Ich freue mich auch, dich zu sehen«, schwindelte ich, um Höflichkeit bemüht. »Aber ich werde leider nicht kommen. Ich bin nur wegen der Beerdigung meines Onkels hier und muss am Samstag wieder nach Hause.«

Silkes Gesicht drückte Bedauern aus. »Ehrlich? Ach, wie schade. Kannst du nicht noch eine Nacht länger bleiben? Das Stufentreffen wird bestimmt lustig.«

Ich schüttelte den Kopf. »Nein, es geht wirklich nicht.«

»Das tut mir ehrlich leid«, meinte Silke. Dann sah sie auf die Uhr. »Oje, schon so spät. Meine Eltern warten bestimmt mit dem Essen. Können wir uns wenigstens treffen, bevor du zurückfährst?«

Ich wollte verneinen, aber meine Mutter mischte sich ein.

»Gern, Silke. Victoria freut sich doch, dich zu sehen. Komm einfach bei uns vorbei, ja? Vielleicht gleich heute Abend? Du weißt ja, wo wir wohnen.«

»Aber wenn du es so spontan nicht schaffst, ist es nicht weiter schlimm«, fügte ich hinzu. »Du hast sicher viel zu tun.«

»Mal sehen.«

Silke verabschiedete sich, und ich hoffte, dass sie der Einladung nicht folgen würde.

»Mensch, Mama! Was auch immer du planst, vergiss es«, sagte ich, sobald wir in ihrem Cabrio saßen.

Meine Mutter startete den Motor und verdrehte die Augen. »Victoria-Kind, ich weiß, dass du dich früher in der Schule nicht besonders wohl gefühlt hast, aber heute bist du ein anderer Mensch. Ich muss mir von Irene immer anhören, was Beatrix angeblich alles macht und wie toll sie aussieht, dabei bist du ihr um Längen voraus.«

»Tatsächlich? Ich denke, ich habe Defizite in Sachen Mann und Kinder.« Den kleinen Seitenhieb konnte ich mir nicht verkneifen, aber sie nahm nichts davon an.

»Deshalb sollst du ja auch mit deinen anderen Vorzügen punkten.«

Mir lagen verschiedene bissige Antworten auf der Zunge, aber ich sprach sie nicht aus. Prinzipiell meinte meine Mutter es nur gut, das war mir klar. Dass ich ihr bisher weder den Wunsch nach einer Hochzeit in Weiß noch nach Enkelkindern erfüllt hatte, war nicht ihre Schuld.

Wir fuhren in mein Elternhaus, wo sich seit Ostern nichts verändert hatte. Stets war mir alles sehr vertraut, sobald ich über die Türschwelle trat. Der kleine Bungalow, in dem ich aufgewachsen war, der Garten dahinter mit den Gemüse- und Blumenbeeten und natürlich mein altes Kinderzimmer, in dem die Zeit stehengeblieben war. Der Schrank, die Bücherregale, alles war unverändert, nur das Bett war irgendwann durch eine ausziehbare Couch ersetzt worden, und die *Bravo*-Poster hingen auch nicht mehr an den Wänden, wofür ich dankbar war. Karl-Heinz Rummenigge und Limahl wollte ich nun wirklich nicht mehr sehen, wenn ich im Bett lag.

Ich stellte meine Sachen ab und machte mich frisch.

»Ich habe dir dein Leibgericht gekocht, Hühnerfrikassee mit Reis und Rosenkohl«, sagte meine Mutter, als ich die Küche betrat.

Wie immer hatte ich nicht das Herz, ihr zu sagen, dass es

schon lange nicht mehr mein Leibgericht war, sondern nickte ergeben. »Danke, das ist lieb von dir.«

»So, und jetzt erzähl mal. Was gibt's Neues in der großen weiten Bankwelt? Steht das Rheinland noch?« Sobald sie mir das Essen serviert hatte, setzte sich meine Mutter an den Tisch und sah mich erwartungsvoll an.

Ich verdrehte die Augen. »Mama, wir skypen vier Tage die Woche. Du weißt über alles Bescheid.« Mehr als mir lieb ist, hätte ich noch fast hinzugefügt. »Seit gestern Abend ist nichts passiert, außer dass mir Frau Iwanska die hässlichste Bluse aller Zeiten aufgeschwatzt hat. Aber das Stück kommt direkt in die Altkleidersammlung. Frau Iwanska übertreibt manchmal ganz schön, auch wenn sie es nur gut mit mir meint.«

»Nun, ich finde es nicht verkehrt, wenn sie ein Auge auf dich hat. Deine Haushälterin scheint vernünftige Ansichten zu haben.«

»Ja, vor allem wenn es um ihre polnische Verwandtschaft und ihre Erlebnisse geht. Da scheint es nur Philosophen und Pragmatiker zu geben. Und Alkoholiker!«

Es sollte ein Witz sein, aber meine Mutter hörte mir nicht wirklich zu. »Ich muss dir unbedingt den neuesten Klatsch erzählen. Also der Thomas Rottmann, du weißt, wer das ist, er war eine Stufe über dir, der hat sich mit seinem Autohaus übernommen, heißt es. Als er sich dann Geld von der Bank borgen wollte, haben die ihm den Kredit verwehrt. Das sind doch Halsabschneider und unmenschliche dazu! Kannst du dir das vorstellen?«

Ich schob mir ein Stück Hühnchen in den Mund. »Mama, hast du etwa vergessen, mit wem du gerade sprichst?«

»Wieso? Du warst doch nie mit dem Thomas zusammen.«

»Hallo? Darum geht es doch gar nicht. Wo arbeite ich denn? Bei den unmenschlichen Halsabschneidern, schon vergessen?«

Meine Mutter sah mich verwundert an. »So ein Blödsinn«, sagte sie. »Du doch nicht. Deine Bank ist ja etwas völlig anderes, und zur Halsabschneiderin habe ich dich nicht erzogen. Obwohl ich glaube, dass du bei unserer Sparkasse ganz gut aufgehoben wärst.«

Ich schaltete auf Durchzug und aß in Ruhe auf. Jetzt kam wieder das Warum-kommst-du-nicht-zurück-hier-ist-es-doch-auch-schön-Gerede. Ich ließ sie weitersprechen, gab ab und zu ein »Mhm« von mir, nickte hier und da und entspannte mich.

»Deshalb hoffe ich, dass sie gleich noch kommt«, hörte ich meine Mutter plötzlich sagen und wurde wieder aufmerksam. »Ich hatte sie schon eingeladen, bevor dein Zug angekommen war.«

»Wer will gleich vorbeikommen?«

»Na, die Silke. Victoria-Kind, hörst du mir eigentlich zu?«

»Welche Silke?«

»Na, Silke Petersmann, die wir vorhin getroffen haben.« Meine Mutter schnalzte ungeduldig mit der Zunge. »Sie heißt jetzt Silke Ringel, das weißt du doch. Ihr Mann arbeitet in der Metallindustrie, und sie haben drei entzückende Kinder. Tim, Timo und Tina, hab ich dir schon oft erzählt.«

»Sehr originell.«

Klar, sie hatte mir immer mal wieder Neuigkeiten über meine ehemalige Schulfreundin berichtet, aber ich hatte alles sofort wieder vergessen. Und wenn ich hier mal zu Besuch war, traf ich mich nie mit Leuten von früher.

»Ich glaube kaum, dass Silke wirklich kommt, du hast doch vorhin gesehen, dass wir wie zwei Fremde waren.«

Meine Mutter zuckte mit den Schultern. »Sie ist bis Sonntag mit den Kindern bei ihren Eltern, du weißt schon, wegen eures Abitur-Treffens, obwohl sie gar nicht weit weg wohnt.

Als sie vorhin hörte, dass du auch kommst, wollte sie dich unbedingt sehen. Sie hat sich richtig gefreut, das nette Mädchen. Freundschaften kann man auch auffrischen. So viele Freunde scheinst du in Düsseldorf nicht zu haben.«

Damit traf sie ins Schwarze, aber ich hatte das Gefühl, mich verteidigen zu müssen. »Das stimmt doch gar nicht! Ich habe eben wenig Zeit für Freundschaften.«

»Dann geh wenigstens am Samstag zu dem Schultreffen.«

Wir drehten uns im Kreis. Wenn sie so weitermachte, würden wir uns gleich streiten, und das wollte ich unbedingt vermeiden. »Lass gut sein, Mama.«

Sie verdrehte die Augen. »Du bist so eine hübsche, erfolgreiche Frau. Warum willst du nicht, dass die anderen sehen, was aus dir geworden ist?«

Ich lachte kurz auf. »Es ist noch gar nicht so lange her, da hast du behauptet, ich sei nicht salonfähig, weil ich nicht einmal geschieden bin.«

»Das ist nicht wahr, Victoria-Kind. Ich habe nur angemerkt, dass du noch nie verheiratet warst, und das klingt in deinem Alter nun mal ziemlich komisch.«

Ein Klingeln an der Tür unterbrach sie. »Siehst du? Das ist ganz bestimmt deine nette Freundin Silke«, sagte sie und lächelte triumphierend. »Mach mal auf, ich muss zur Toilette.«

Sie wusste genau, dass ich am liebsten Nein gesagt hätte, deshalb verließ sie fast fluchtartig die Küche. Es klingelte wieder. Diesmal fünfmal hintereinander und dann noch einmal. Wie unhöflich war das denn!

Kopfschüttelnd ging ich zur Tür, während es noch immer Sturm klingelte.

»Hallo? Brennt's irgendwo?«, fragte ich beim Öffnen und brach dann ab.

Vor mir standen zwei kleine Jungen, die miteinander rangelten, und hinten ihnen versuchte Silke, sie irgendwie auseinanderzubekommen. »Hört sofort damit auf«, zischte sie ihnen zu, während sie sich gleichzeitig zu mir umwandte. »Hallo, Vicky, da bin ich wieder.«

Ich räusperte mich. »Ha… Hallo. Ähm, wie geht's?«

Der ältere der beiden Jungen betätigte erneut unsere Klingel und trat nach seinem Bruder. »Dingdong, doofes Geräusch! Bei uns macht die Eule Hu-Hu.«

Silke packte ihn am Arm, wobei sich der Jüngere losriss und seinem Bruder die Zunge rausstreckte. »Du bist ein Arschlosch«, sagte er. »Ein Mega-Arschlosch.«

Zur Abwechslung drückte jetzt der Kleine auf unsere Klingel. »Haha, keine Eule. Und du bist das Arschlosch.«

»Hallo, ihr zwei«, sagte ich hilflos. Was tat man in solchen Situationen? Half man der Mutter, oder hielt man sich raus? Sollte ich bei dem kleinen Monster den Polizeigriff anwenden oder ihnen beiden sagen, dass Arschlosch eigentlich Arschloch hieß, man dieses Wort aber nicht sagte? Ich hatte keine Ahnung.

Silke versuchte wieder, die beiden festzuhalten, und stellte sich genau dazwischen. »Ich bin doch noch auf einen Sprung vorbeigekommen. Das sind meine Söhne, Tim und Timo. Sagt bitte Frau Weinmorgen guten Tag. Und hört auf, euch zu streiten und zu beleidigen.«

»Guten Tag, Frau Mag«, sagte der Ältere und grinste. »Heißt du wirklich Weinmorgen? Heul doch morgen. Heul doch morgen! Doofer Name und doofe Klingel.«

»Saudoofe Klingel«, wiederholte der Jüngere, und dann klatschten sie sich ab.

Und ihr seid saudoofe Kinder, hätte ich am liebsten erwidert, hielt mich aber im letzten Moment zurück.

»Willst du … Wollt ihr reinkommen?« Kaum hatte ich den

Satz ausgesprochen, bereute ich ihn schon wieder. Ich wollte weder mit Silke noch mit ihren blöden Kindern Zeit verbringen. Warum hatte ich mir bloß keine Ausrede einfallen lassen?

Aber es war zu spät. Tim und Timo quetschten sich an mir vorbei und liefen ins Haus.

»Habt ihr Lego? Und was Süßes!«

Silke und ich folgten ihnen. Hoffentlich machten diese Monster nicht alles kaputt. Wo waren sie überhaupt hingelaufen?

»Müssten die Kinder nicht langsam im Bett liegen?«, fragte ich hilflos, während wir ins Wohnzimmer gingen.

»Nicht vor acht Uhr. Tim? Timo!«, rief Silke, und ihre Stimme hatte einen ziemlich gelassenen Klang. »Kommt sofort zur Mami. Und bitte nichts anfassen und auch nichts kaputt machen.«

Ich fürchtete, dass eine Bitte in dem Fall nicht genug war. Diese beiden Früchtchen brauchten eine richtige Ansage und keine Höflichkeitsfloskeln. Oder eine Tracht Prügel.

»Wo seid ihr denn? Sind sie etwa hochgelaufen?« Der Gedanke behagte mir gar nicht. Wer weiß, was sie gerade ausheckten. »Ich gehe mal lieber nachschauen. Tim? Timo?«

»Oh ja, bitte übernimm das«, sagte meine alte Schulfreundin und klang fast erleichtert. »Ich muss mich mal einen Moment hinsetzen.« Sie ging einfach ins Wohnzimmer.

Ich lief die Treppe hoch und hörte die Stimmen der Jungen aus meinem Kinderzimmer. »Das ist ein iPod, du Arschlosch! Gib ihn her!«

»Da spricht jemand ganz blöde Sachen. Ich will Musik hören.«

Ich riss die Tür auf und stürmte auf die beiden Brüder zu, die mitsamt Schuhen auf der ausziehbaren Couch standen und an meinem iPod zerrten.

92

»Gib her, Arschlosch!«

»Schluss jetzt! Sofort loslassen!«, brüllte ich und merkte selbst, dass ich ziemlich laut war.

Nichts passierte. Sie rissen noch fester daran.

»Hört ihr schlecht? Wenn ihr nicht sofort den iPod loslasst, dann … kommt der Nikolaus und holt euch.«

Etwas Besseres fiel mir leider im Moment nicht ein.

Der kleinere Junge (Timo?) ließ sofort den iPod los und sein Bruder nur eine Millisekunde später, was zur Folge hatte, dass dieser mit einem lauten Scheppern auf den Boden fiel.

Jetzt sah mich der Ältere skeptisch an. »Der Nikolaus kommt im Winter. Jetzt haben wir Sommer.«

»Zu bösen Kindern kommt er das ganze Jahr über«, antwortete ich.

»Stimmt gar nicht.«

»Doch, sicher. Er kriegt alles mit und macht sich sofort auf den Weg.«

»Und dann?« Timo war begeistert. »Muss ich wieder den Stiefel rausstellen? Gibt's dann Süßigkeiten?«

»Nein. Dann hagelt es Strafen. Der Nikolaus mag keine bösen Kinder und bestraft sie.«

»Echt?« Der kleinere Junge schaute jetzt ziemlich entsetzt, während der größere noch immer skeptisch wirkte. »Woher weißt du das?«

»Weil … das jeder weiß. Wer sich streitet oder Sachen kaputt macht, der wird vom Nikolaus bestraft. Er sieht alles, ganz besonders freche Kinder. Also euch.«

Okay, es war nicht gerade schlau, was ich da von mir gab, aber dass die zwei Monster jetzt auch noch meinen iPod auf den Boden geworfen hatten, war echt zu viel.

»Wir sind nicht frech.« Der kleinere Junge hatte plötzlich Tränen in den Augen.

»Jetzt hast du meinen Bruder zum Heulen gebracht. Das sage ich dem Nikolaus, dann bestraft er dich auch«, sagte der Größere.

»Aber …« Ich brach ab und fühlte mich hilflos.

»Wen haben wir denn da? Wer von euch will einen Kakao und ein paar leckere Plätzchen?«, ertönte plötzlich die rettende Stimme meiner Mutter, die unbemerkt hinter mich getreten war.

»Ich«, sagte ich und sah sie hilfesuchend an.

»Die Tante Victoria geht jetzt mal zu eurer Mama ins Wohnzimmer und trinkt dort ein Glas Orangensaft. Und wir drei machen es uns in der Küche gemütlich. Es gibt Schokoladenkekse«, meinte sie zu den beiden Jungs und beachtete mich nicht weiter.

Damit waren augenblicklich sowohl der Nikolaus als auch mein iPod vergessen, und Tim und Timo stürmten auf meine Mutter zu.

»Jaaa! Schokokekse! Hast du auch Gummibärchen?«

Das Trio ging hinunter, ich sammelte den iPod ein und trottete ihnen hinterher, wobei ich mich wunderte, dass Silke nicht einen Moment lang selbst nachsehen wollte, wo sich ihre Brut herumtrieb. Im Wohnzimmer musste ich zu meiner Überraschung feststellen, dass sie seelenruhig im Sessel saß und in der Fernsehzeitschrift blätterte.

»Haben meine Kinder etwas angestellt?«, fragte sie. »Wir sind haftpflichtversichert.«

Ich schaltete den iPod ein. »Das werden wir gleich sehen.« Der Coach gab ein paar Tipps auf Russisch zum Besten, also war er zum Glück nicht kaputt. »Nein, alles okay. Sie sind jetzt mit meiner Mutter in der Küche. Wie hältst du das nur aus? Mir wäre es zu anstrengend«, rutschte es mir heraus.

Silke lächelte und wirkte dabei ziemlich überlegen, fand

ich. »Das können nur Leute sagen, die keine Kinder haben. Natürlich ist es manchmal chaotisch, aber meine Rasselbande ist das Beste, was mir im Leben passiert ist. Ich habe mir mit dem Kinderkriegen Zeit gelassen, weißt du, damit ich es jetzt richtig genießen kann.«

Aha.

»Wie alt sind die Jungs denn? Und hast du nicht auch noch eine Tochter? Das sagt zumindest meine Mutter.« Ich wusste nicht, worüber ich sonst mit ihr reden sollte.

Meine ehemalige Schulfreundin nickte. »Tim ist fünf, Timo vier, und meine kleine Tina gerade drei Jahre alt. Sie ist bei meinen Eltern geblieben, aber die Jungs wollten dir unbedingt Hallo sagen.«

Wer's glaubt.

»Und du? Wolltest du nie Kinder haben? Deine Mutter hat erzählt, dein Verlobter und du habt euch kurz vor der Hochzeit getrennt?«

Mein Verlobter? Ich musste nachher dringend mit ihr ein Hühnchen rupfen. Weder der untreue Claus noch Jörg, mit dem ich davor zusammen gewesen war, hatten je die Absicht bekundet, mich zu heiraten.

Laut antwortete ich: »So ungefähr, ja. Und nein, Kinder waren für mich bisher kein Thema. Ich arbeite viel und hätte gar keine Zeit dafür. Wie lange bist du denn schon verheiratet?«

Silke goss sich ein Glas Saft ein. »Zwölf Jahre. Eine gefühlte Ewigkeit. Mein Mann und ich leben außerhalb der Stadt. Er ist dieses Wochenende beruflich unterwegs, und ich hause seit gestern mit meinem Trio bei Oma und Opa. Kinder sind das Größte, das kannst du mir glauben.«

Deine nicht, hätte ich am liebsten gesagt, hielt mich aber zurück. Ich hatte schon oft die Erfahrung gemacht, dass Mütter betriebsblind waren. »Freut mich für dich«, erwiderte ich stattdessen. »Was machst du sonst so? Arbeitest du?«

»Mit drei kleinen Kindern?« Sie prustete drauflos, als hätte ich einen besonders guten Witz gemacht. »Du bist gut. Ich habe so viel um die Ohren, dass ich sonst zu nichts komme.«

»Du machst also gar nichts?«, hakte ich noch einmal nach.

Silke runzelte erstaunt die Stirn. »Kinder bedeuten Arbeit, und zwar rund um die Uhr. Ich sage immer, ich manage ein Familienunternehmen. Das habe ich aus der Werbung. Der Satz ist klasse, oder?«

Ja, die Werbeleute hatten es drauf. Ich musste an Daniel und Oscar denken und schmunzelte.

»Ich kann mir gar nicht vorstellen, dass Tim in anderthalb Jahren in die Schule gehen wird«, wechselte Silke das Thema. »Wir suchen in der Nähe meiner Eltern ein Grundstück und wollen dort bauen. Ich möchte, dass meine Kinder unsere alte Schule besuchen. Ist das nicht irre? Dann gehe ich vielleicht zum Elternsprechtag bei Lehrern, die uns schon unterrichtet haben.«

Der Gedanke war wirklich witzig. »Weißt du noch, als wir Frau Langenmeier-Geweke in Mathe bekommen haben? Die war immer so schlecht gelaunt, dass Olaf sie gefragt hat, ob sie unter Dauer-PMS leidet?« Ich kicherte.

Silke stimmte in mein Gelächter ein. »Sie unterrichtet immer noch und soll genauso streng sein wie damals. Wenn einer meiner Jungs sie in Mathe hätte, wäre ich entsetzt.«

»Sie auch, wenn er sie als ›Arschlosch‹ betiteln würde«, sagte ich, und dann lachten wir beide, bis uns fast die Tränen kamen.

Vielleicht war unter diesem ganzen Muttertier-Getue doch noch die alte Silke versteckt, die auch lustig und verrückt sein konnte.

»Was ist mit dir?«, fragte sie mich, als wir uns beruhigt hatten. »Wie ich höre, leitest du eine Bank in Düsseldorf?«

Meine Mutter schon wieder!

»Ich leite sie nicht, ich bin Vorstandsmitglied«, korrigierte ich.

»Und sonst? Bist du zurzeit in einer Beziehung?« Sie musterte mich unverhohlen neugierig.

»Nein, ich bin Single.«

Silke seufzte. »Ich liebe meinen Mann und meine drei Kinder. Aber manchmal stelle ich mir vor, wie es wohl wäre, ungebunden und ohne Verpflichtungen zu sein.«

»Nicht halb so spannend, wie es sich vielleicht anhört«, gab ich zu und wunderte mich selbst, dass ich so offen mit ihr sprach. »Wenn es dich tröstet: Manchmal stelle ich mir das Leben so vor, wie du es führst. Mit Mann und Kindern. Verrückt, was?«

Einen Moment lang sagten wir beide nichts.

»Vicky, willst du dir das mit dem Abi-Treffen nicht noch überlegen?«, wechselte Silke plötzlich das Thema. »Ich bin schon total aufgeregt, die anderen wiederzusehen. Bist du denn gar nicht neugierig?«

Ich schüttelte den Kopf. »Nein, eher nicht.«

Silke wirkte enttäuscht. »Echt? Du verpasst alles. Beatrix plant dieses Treffen seit einem halben Jahr. Einige von uns kommen schon am Nachmittag in die Schule, um in die Abi-Klausuren reinzuschauen, und abends gibt es eine richtige Sause in der *Schänke am Brunnen*. Das wird so geil, spätestens da werden fast alle dabei sein.«

Meine Abiturklausuren hätten mich vielleicht noch gereizt, alles andere nicht – auch wenn Silke ohne ihre Kinder in der Nähe eigentlich ganz nett war.

»Nein, das klappt nicht«, sagte ich. »Ich habe nächste

Woche sehr wichtige berufliche Termine und will noch etwas dafür vorbereiten.«

Meine Schulfreundin schüttelte energisch den Kopf. »Kann ich nicht verstehen. Unser alter Kumpel Rainer zum Beispiel, von dem weiß man gar nichts. Als er vor zwanzig Jahren weggezogen ist, hat er alle Brücken hinter sich abgebrochen. Dabei haben wir uns früher so gut verstanden. Von dir hört man auch nicht viel. Wenn deine Mutter meiner Mama nicht ab und zu etwas über dich erzählen würde … Wieso hast du dich eigentlich nie gemeldet?«

»Ach, weißt du, als Nachbarinnen hatten wir automatisch viel miteinander zu tun«, versuchte ich zu erklären. »Später dann … Du weißt doch selbst, wie das ist: aus den Augen, aus dem Sinn. Keine böse Absicht.«

Silke nickte. »Klar, ihr habt die Stadt verlassen und führt bestimmt ein viel aufregenderes Leben als wir hier auf dem Land.«

Nun ja, es geht, dachte ich. Es kommt auf die Definition von »aufregend« an.

»Aber Samstagabend werden alle da sein, wirklich alle«, betonte sie noch einmal. »Ich habe mir von Beatrix die Anmeldeliste zeigen lassen. Sogar dein alter Schwarm, Michael Rüsselberg persönlich, hat sich angesagt.«

Damit brachte sie mich völlig aus dem Konzept. »Woher weißt du … Er war nicht mein Schwarm!« Ich fühlte, wie ich knallrot wurde.

Silke grinste. »Du hast es nie zugegeben, aber Martina und ich haben es immer geahnt. Bei den vielen Elefanten mit Herzchen, die deine Schulsachen geziert haben. Du bist doch bestimmt neugierig, wie er jetzt aussieht, oder?«

Ich zuckte mit den Schultern. »Nicht wirklich. Ja, ich fand ihn damals ganz süß. Aber das ist schließlich zwanzig Jahre her.«

»Also mich interessiert es sogar brennend. Genauso wie Axel und Olaf, die ich damals ziemlich heiß fand. Leider sind alle guten Typen von hier weggezogen.«

»Und dein Mann?«

Silke lachte. »Den habe ich genötigt hierherzuziehen. Ich wollte in der Nähe meiner Familie bleiben.«

Ich war froh, dass meine Mutter gerade nicht neben uns saß, sonst hätte sie mir mein schlechtes Gewissen direkt angesehen.

# Kapitel 8

*»Ein wenig Privatsphäre werde ich wohl
noch haben dürfen, oder?«*

HELENE

Als wir uns vor dem Friedhof versammelten, dachte ich zuerst, dass Frau Iwanska Recht behalten hatte und mich der Geist des Toten heimsuchen würde. Plötzlich stand nämlich der Mann, den ich in meiner Erinnerung für Onkel Herbert gehalten hatte, vor mir. Ich bekam Gänsehaut, bis er sich eine Zigarette anzündete und einen Ostfriesenwitz machte. Kurz darauf saß er zwei Reihen vor uns und sah noch immer quicklebendig aus.

Zum Glück stand ein Foto des Verstorbenen in der Friedhofskapelle, sodass ich nun endlich wusste, um wen es sich handelte. Erkannt hatte ich ihn trotzdem nicht. Peinlich!

Eigentlich beschäftigten mich die ganze Zeit völlig andere Dinge. Ich war wütend auf Frau Iwanska, meine Mutter und mich selbst und schmiedete wüste Rachepläne gegen die ersten beiden.

Der Grund dafür war einfach: Als ich mich für die Beerdigung fertigmachen wollte, stellte ich fest, dass meine Haushälterin offenbar eigenmächtig die schwarzen Tops aus meinem Koffer entfernt hatte, als sie die frisch gebügelte Modesünde – die hässliche schwarze Bluse – hineingelegt hatte. Jedenfalls fand ich weder das Nutten-Top noch das andere, das weni-

100

ger ausgeschnitten war. Ich hatte also keine Alternative zu der Rundkragenbluse und war gezwungen, sie entweder mit oder ohne schwarzen Blazer zu tragen.

Als ich kurzentschlossen in Jeans und dem rosafarbenen Pullover, in dem ich gestern angereist war, zur Beerdigung gehen wollte, hatte meine Mutter fast einen Herzinfarkt bekommen und mir hysterisch befohlen, sofort die schwarzen Sachen anzuziehen. Sie wolle sich meinetwegen »nicht fürs Leben vor der kompletten Familie blamieren«. Außerdem fand sie die Bluse »passend« und meine Haushaltshilfe »vernünftig und mitdenkend«.

Ich schwor mir, Frau Iwanska sofort nach meiner Rückkehr zu entlassen und meiner Mutter die Skype-Verbindung zu kappen. Und zwar noch bevor ich endgültig den Löffel abgab.

»Da kommt der Pastor«, flüsterte sie gerade und unterbrach meine Mordgedanken. »Er war mit Herbert befreundet und ist extra aus Frankfurt angereist.«

Ich schaute hoch und erstarrte. Das konnte doch nicht wahr sein! Auf Anhieb erkannte ich den Speckrollen-Sektenführer aus dem Zug und rutschte in meiner Bank so tief, dass ich fast auf dem Rücken lag. Der hatte mir gerade noch gefehlt.

»Was machst du da, Victoria-Kind? Ist dir schlecht?«

Meine Mutter zog mich am Ärmel, und ich bekam eine Hitzewallung. Das waren doch wohl nicht schon die Wechseljahre?

Musik vom Band setzte ein, dann begann der Pastor mit lauter Stimme über Herbert zu sprechen, während ich die ganze Zeit hoffte, dass er mich nicht erkennen würde. Erst richtete sich die Ansprache an die »lieben Angehörigen«, und ich wartete darauf, wann die Predigt aus dem Zug drankam. Zum Glück war diese aber wohl für einen anderen Anlass vorgesehen, denn der Pfarrer war bald darauf fertig. Nach einem

101

sechsstrophigen Lied, bei dem er als Einziger richtig laut mitsang, war die Trauerfeier vorbei.

»Das hat der Pastor wirklich sehr schön gemacht, findest du nicht?« Meine Mutter war begeistert. »Das müssen wir ihm gleich sagen.«

»Ich will ihm gar nichts sagen«, zischte ich. »Hast du nicht gemerkt, wie radikal er ist? Nachher will er mich noch für eine Sekte anwerben.«

Dummerweise stellte sich der Speckrollenmann an den Ausgang, um jeden persönlich zu verabschieden. Ich hatte wirklich keine Lust auf ein Wiedersehen.

»Gibt es hier einen Notausgang?«, fragte ich hastig.

Meine Mutter schüttelte erstaunt den Kopf. »Warum denn? Was ist eigentlich los mit dir?«

»Ich … trauere. Um Onkel Herbert«, sagte ich und hatte im selben Moment einen Einfall. Ich holte zwei Taschentücher heraus und hielt sie mir vors Gesicht. »Entschuldige, das ist alles so traurig, ich muss dringend an die frische Luft« stammelte ich, ließ sie stehen und schob mich an der Verwandtschaft vorbei.

An der Tür hielt ich den Kopf gesenkt und tat so, als ob ich in die Tücher schniefe, während ich mit der anderen Hand kurz die feuchte Speckrollenpranke des Pastors schüttelte. »Jaja, danke, tschüss.«

»Herbert stand Ihnen wohl auch sehr nahe?«, hörte ich ihn noch sagen, aber ich nickte nur und lief hinaus.

Beim Chinesen war der Sektenführer zum Glück nicht zugegen, weil er, wie ich hörte, seinen Zug erwischen musste. Die armen Fahrgäste!

Steif und zugeknöpft saß ich also in der hässlichsten Bluse (den Blazer hatte ich zwischenzeitlich ausgezogen, weil es so heiß war) aller Zeiten am Tisch und stocherte in meinem Essen herum. Ich hatte Mühe, ein vernünftiges Gespräch mit den Verwandten zu führen, die mich ständig fragten, wie lange ich noch in diesem komischen Männerberuf arbeiten wollte und ob ich nicht endlich heiraten und dem Bankblödsinn ein Ende bereiten würde. Immerhin sei der Zug so gut wie abgefahren, und man könne anhand von Onkel Herbert sehen, wie schnell das Leben vorbei war.

Den Vogel schoss jedoch Tante Bertha ab, die mich vor der Peking-Suppe laut fragte, ob ich vielleicht lesbisch sei, und mich herzlich ermutigte, dazu zu stehen. Schließlich sei man heutzutage sehr modern eingestellt. Meine Mutter bekam daraufhin Schnappatmung, und alle anderen musterten mich mit seltsamen Blicken.

»Nein, Tante Bertha, ich bin nicht lesbisch. Ich bin nur Single und durchaus an Männern interessiert«, antwortete ich bemüht höflich. »Es ist aber gut zu wissen, dass ihr hier so modern seid und auch Lesben an eurem Tisch sitzen lassen würdet.«

Wie modern sie waren, konnte ich kurz darauf selbst feststellen. »Helene, wirst du denn wenigstens bald Oma?«, fragte nach dem Hauptgang Mutters Cousin Fritz, bevor er sein Smartphone herausholte und es herumgehen ließ. »Schaut mal, die neuesten Fotos unserer Enkelkinder: Paul spielt Klavier und Antonia Cello. Das habe ich sogar gefilmt.«

Sofort griffen auch alle anderen Anwesenden zu ihren Mobiltelefonen, und ich staunte, welche Modelle sie besaßen. Nacheinander riefen sie die neuesten Bilder und Clips ihrer Familienangehörigen auf, spielten sich gegenseitig ihre personalisierten Anrufmelodien vor und verglichen die einzelnen Apps. Sie machten dabei so viel Krach, dass sich die anderen Gäste im Lokal schon nach uns umdrehten.

Das hätte sich mal ein Kind bei Tisch erlauben sollen!

Meine Mutter, das Technikass, war voll und ganz in ihrem Element. Mangels Enkelkindern zeigte sie der versammelten Trauergesellschaft einige lustige YouTube-Clips von anderen Beerdigungen, bei denen Särge herunterfielen, die Gäste ausrutschten oder sich der Pfarrer übergeben musste.

Ich hatte genug und brauchte frische Luft. Bevor das Dessert serviert wurde, entschuldigte ich mich kurz und ging vor die Tür. Einmal tief durchatmen. Nur noch eine Stunde, dann konnte ich mich hier verdrücken.

Draußen stand ein dunkelhaariger Mann, der mir den Rücken zuwandte und eine Zigarette rauchte. Als ich laut »Scheißverwandtschaft« ausstieß, drehte er sich um und grinste. In diesem Moment sackten mir fast die Beine weg. Es war Michael Rüsselberg, mein einstiger Schulschwarm.

»Ja, die Verwandten können ganz schön nerven«, sagte er. »Brauchen Sie Feuer? Hin und wieder kann man froh über das Rauchverbot in Lokalen sein, weil man dann unter einem Vorwand rausgehen kann, finden Sie nicht?«

Er war es tatsächlich. Ich hatte ihn gleich erkannt und war wie vor zwanzig Jahren in seiner Anwesenheit sprachlos und leicht gelähmt. Er war inzwischen ein Mann und kein Junge mehr, aber attraktiv wie eh und je. Und er schien sich überhaupt nicht an mich zu erinnern.

Ich nickte stumm. Die alte Schüchternheit hatte wieder Besitz von mir ergriffen und mir die Sprache verschlagen.

»Möchten Sie auch eine Zigarette? Sie haben nichts dabei, wie ich sehe.« Er lächelte und entblößte eine Reihe perfekter weißer Zähne.

»N… nein, danke«, stammelte ich. »Ich … rauche nicht.«

Da stand ich nun. Doktor Victoria Weinmorgen, eine gestandene Frau, Vorstandsmitglied einer großen Bank und nicht imstande, einen vernünftigen Satz herauszubringen. Zu allem Übel hatte ich auch noch die hässlichste Bluse aller Zeiten an und sah darin aus wie die sprichwörtliche schwarze Witwe.

»Ach nein? Dann sind Sie also geflüchtet? Ich habe zufällig Ihren letzten Satz mitbekommen.« Er lächelte wieder, und mir drehte sich der Magen um. Hoffentlich wollte die Ente süß-sauer nicht wieder heraus.

»Ja, meine Tante hält mich für lesbisch.«

Super, Victoria. Genau der richtige Satz, um den Traum deiner früheren Nächte zu beeindrucken.

Er lachte. »Warum? Weil Sie schwarz angezogen sind?«

Ich verwünschte Frau Iwanska, weil sie das Nutten-Top aus dem Koffer entfernt hatte. Fürsorge hin oder her. Nicht mal ein bisschen Dekolleté konnte ich jetzt präsentieren. »Vermutlich. Aber eigentlich kommen wir von einer Beerdigung.«

»Oh. Mein Beileid.« Er verstummte.

Super. Lesbisch und in Trauer. Damit war die Stimmung komplett im Eimer. Erde, tu dich auf.

»Ein entfernter Verwandter«, schob ich als Erklärung hinterher. »Nicht der Rede wert.«

Mein Gott, wie unsensibel von mir. Jetzt würde mich Onkel Herberts Geist vermutlich bis in alle Ewigkeit verfolgen.

Ich schwor mir, nichts mehr zu sagen, aber im Gegensatz zu mir fiel Michael doch noch ein unverfängliches Thema ein. »Dieser Chinese ist neu im Ort. Ich habe hier früher mal gelebt, und die Restaurantauswahl war damals nicht gerade groß«, plauderte er weiter. »Das ist schon sehr lange her. Aber das Hotel, in dem ich wohne, das gab es schon immer.«

Hotel?

»Haben Sie«, ich räusperte mich, »hier keine Familie mehr?«

Oh super, Victoria, ein ganzer Satz, noch dazu frei von Peinlichkeiten.

»Doch.« Er nickte. »Aber ich habe gern ein wenig Privatsphäre, wissen Sie. In meinem Elternhaus ist alles beengt, deshalb habe ich mir ein Zimmer genommen. Ich bin für ein langes Wochenende hier.«

Ich wusste ganz genau, warum er hergekommen war, fühlte mich aber außerstande, ihn darüber in Kenntnis zu setzen.

Er drückte seine Zigarette aus. »So, jetzt muss ich wohl wieder hinein zu meinen Eltern. Sie haben den verlorenen Sohn schon lange nicht gesehen. War nett, mit Ihnen zu plaudern. Vielleicht sieht man sich noch?«

Der letzte Satz klang wie eine Frage, und ich nickte stumm.

Michael öffnete den Mund, und es hatte den Anschein, als ob er noch etwas sagen wollte, aber in diesem Moment ging die Tür auf, und meine Mutter stürmte auf mich zu.

»Victoria-Kind, wo bleibst du denn nur? Ich habe schon befürchtet, dass du einfach gegangen bist. Es ist unhöflich, die Familie so lange sitzen zu lassen.«

Michael Rüsselberg zwinkerte mir zu und schob sich an ihr vorbei, während ich wieder bloß stumm nickte. Seit der Schulzeit hatte sich wohl nicht viel verändert. Gegen plötzliche Schüchternheitsanfälle half auch mein Doktortitel nichts.

Den Rest des Mittagessens verrenkte ich mir den Hals, um einen Blick auf die Familie Rüsselberg zu erhaschen, konnte sie aber nirgends entdecken. Wie wir nach Hause kamen, wusste ich im Nachhinein nicht mehr, denn die Begegnung mit meinem ehemaligen Schwarm hatte mich ganz schön aus der Fassung gebracht. Selbst meine Wut auf Frau Iwanska und meine Mutter war aufgrund des Ereignisses vollständig vergessen. Stattdessen ärgerte ich mich schwarz, über mich, weil ich so dämlich reagiert hatte, und über ihn, weil er mich nicht erkannt hatte. Beides hätte mir allerdings von vorneherein klar sein müssen.

Am Nachmittag half ich meiner Mutter, einige Unterlagen für ihre Steuererklärung zu sortieren, und war froh, auf andere Gedanken zu kommen und nicht die ganze Zeit darüber nachzudenken, wie gut Michael ausgesehen hatte.

Dieses unverschämte Grinsen hatte er jedenfalls immer noch drauf. Ob er wohl verheiratet war? Ganz bestimmt, solche attraktiven Männer liefen nicht allein herum.

Am liebsten hätte ich Eva angerufen und ihr alles erzählt, aber sie war ja mit ihrer Cousine wellnessen, und dabei wollte ich nicht stören.

»Wie fandest du die Beerdigung?«, fragte meine Mutter, während sie einen Papierstapel ordnete.

Was antwortete man darauf? Gut? Traurig? Erfrischend? Unterhaltsam? »Dem Anlass entsprechend, würde ich sagen«, erwiderte ich daher ausweichend.

»Ich fand es traurig. Also wenn ich mal sterbe, dann sollen die Leute lieber tanzen«, sagte sie.

»In der Kapelle oder an deinem Grab? Du solltest schon konkreter werden.«

Sie blickte hoch und grinste. »Victoria-Kind, gib's ruhig zu: Du fandest es auch bedrückend.«

»Schon, aber beim Chinesen wart ihr alle wieder gut drauf, besonders Tante Bertha«, gab ich zurück.

Meine Mutter verzog das Gesicht. »Das war unpassend von ihr.« Dann wechselte sie schnell das Thema. »Wie fandest du das *Genuss-Zentrum*?«

»Was?«

»Das neue chinesische Restaurant?«

Normalerweise hätte ich »durchschnittlich« geantwortet, aber da ich ausgerechnet dort eine Begegnung der dritten Art hatte, nahm das Lokal auf meiner Bewertungsskala direkt den ersten Platz ein. »Super.«

Meine Mutter nickte. »Ja, wir sind ganz froh, dass Herr Mavibulut den Laden eröffnet hat. Er hatte früher die Pizzeria am Bahnhof«, fügte sie erklärend hinzu.

Ich zuckte. »War das nicht eigentlich eine Dönerbude?«

Sie nickte wieder. »Genau. Aber dann hat der *Istanbul-Grill* genau gegenüber eröffnet, und Herr Mavibulut hat beschlossen, sich zu verändern.«

»Deshalb hat er als Türke ein chinesisches Restaurant eröffnet?«, fragte ich ungläubig.

»Na und? Koch ist doch Koch. Wenn die Türken Pizza können, dann können sie auch Chopsuey.«

Ich sagte dazu nichts mehr.

Beim Sortieren fielen mir zwei Belege ins Auge, auf denen jeweils ein Doppelzimmer in einem Hotel in Bad Sassendorf abgerechnet wurde. »Mama, wann warst du denn in Bad Sassendorf?«, hakte ich erstaunt nach.

Hätte sie jetzt normal geantwortet, wäre mir garantiert nichts aufgefallen, aber meine Mutter riss mir die Belege geradezu aus der Hand.

»Gib her, das ist privat.«

»Was meinst du mit privat? Warst du dort oder nicht? Die Rechnungen laufen auf zwei Namen, Weinmorgen und … Zeig noch mal!«

»Du bist vielleicht neugierig«, rief sie. »Das ist jemand Neues aus meinem Bekanntenkreis.«

»Echt? Wie heißt denn deine Freundin?«

»Kennst du nicht. Wir waren zweimal übers Wochenende dort.«

Ich wunderte mich. »Wann denn? Ich kann mich nicht erinnern, dass du das je erwähnt hättest.«

»Wir skypen ja auch nicht an den Wochenenden. Schon vergessen? Du wolltest deine Freiheit haben. Und jetzt willst du alles von mir wissen? Ein wenig Privatsphäre werde ich wohl noch haben dürfen, oder? Ich frage dich ja auch nicht, was du mit deinen Freundinnen unternimmst.«

Doch. Genau das tat sie ständig.

Ich goss mir eine Tasse Kaffee ein. »Ich weiß gar nicht, warum du dich so aufregst«, sagte ich. »Natürlich musst du mir nicht alles erzählen, aber ich verstehe beim besten Willen nicht, warum du so ein Geheimnis aus Bad Sassendorf machst. Wir erzählen uns doch sonst immer alles.«

Na ja, fast alles.

Sie winkte ab. »Meine Güte, Victoria-Kind! Ich habe mir zwei Wochenenden in Bad Sassendorf gegönnt und es nicht erwähnt, weil ... Ja, keine Ahnung, vielleicht, damit du nicht glaubst, ich sei verschwenderisch.«

Ich lachte. »Mama, du kannst mit deinem Geld machen, was du willst. Außerdem finde ich es gut, wenn du dir auch mal etwas gönnst. Du hast seit Papas Tod immer nur hart gearbeitet. Jetzt, da ich selbst gut versorgt bin und du pensioniert bist ...«

»Frühpensioniert«, warf sie ein. »Man hat mich vorzeitig in den Ruhestand versetzt.«

»... also gut: Jetzt, da du frühpensioniert bist und endlich Zeit hast, kannst du dein Leben ruhig genießen«, beendete ich den Satz. »Ich gönne dir alles.«


Am Abend, den mit meiner Mutter vor dem Fernseher verbrachte, bekam ich eine SMS von Daniel, der mich fragte, ob ich die Beerdigung gut überstanden hätte. Ich simste zurück, dass Onkel Herbert seine letzte Ruhe gefunden und ich einen früheren Schulfreund getroffen hätte, der mich aber nicht erkannt hatte.

»So ein Idiot!«, schrieb er zurück. »Du hast dich richtig entschieden. Melde dich, wenn du zurück bist zwecks Vino und Krimi.«

In der Nacht schlief ich sehr schlecht. In meinen Träumen grinste mich Michael Rüsselberg unverschämt an, während er in einer Friedhofskapelle am Wok stand. Ich wachte schweißgebadet auf. Wäre ich vor dem Restaurant doch bloß etwas selbstbewusster aufgetreten. Ich ärgerte mich über mich selbst und konnte nicht erklären, warum es mich so sehr beschäftigte und was mit mir los war. Eigentlich konnte ich wirklich froh sein, bald in meine eigenen vier Wände zurückzukehren, wo mich niemand so aus der Fassung brachte.

Nach einem ausgiebigen Frühstück mit meiner Mutter, bei dem wir weder Bad Sassendorf noch das Abiturtreffen anschnitten, fing ich an, meine Sachen zu packen.

Das Telefon klingelte.

Meine Mutter ging ran und reichte mir den Hörer. »Für dich. Es ist Silke.«

»Hallo?«

»Vicky? Schön, dass ich dich noch erwische.«

Warum rief sich mich an? Hatte sie oder eines ihrer schrecklichen Kinder etwas bei uns vergessen? Oder wollte sie mich beruflich sprechen?

»Was kann ich für dich tun?«

Ich erwartete fast, dass sie mich um einen Kredit bat, aber Silke sagte nichts dergleichen. Stattdessen kicherte sie.

»Mann, kannst du förmlich klingen. Am Donnerstagabend war es wirklich sehr nett mit dir, daher möchte ich dich dazu überreden, heute Abend doch mitzukommen. Lass es dir bitte noch einmal durch den Kopf gehen. Jetzt bist du schon mal in der Stadt, da wäre es echt schade, wenn du die Chance nicht nutzen würdest. Überleg mal, wir sehen die Leute vielleicht nie wieder. Außerdem könnten wir dann noch ein bisschen miteinander quatschen. Martina hast du auch schon so lange nicht gesehen, genau wie Rainer.«

Ich war erstaunt. Silke machte sich erst die Mühe, hier aufzutauchen, und jetzt rief sie mich auch noch an. Das fand ich richtig nett.

»Danke, dass du noch einmal fragst«, sagte ich. »Aber ich muss wirklich nach Hause.«

»Warum denn? Arbeitest du echt schon morgen? Es ist doch Sonntag«, antwortete sie.

Ich setzte mich. »Ich muss nicht, will es aber gern. Nächste Woche habe ich alle Hände voll zu tun und werde vermutlich mit neuen Kunden von uns Russisch sprechen müssen. Dabei kann ich, glaub ich, kein einziges Wort mehr.« Ich wusste selbst nicht, warum ich ihr so viele Einzelheiten erzählte.

»Russisch? Das könnten wir heute Abend gemeinsam auffrischen«, schlug Silke vor. »Ich habe es seit dem Oberstufenkurs auch nie wieder gesprochen. Hey, wäre das nicht witzig, wenn wir in der *Schänke am Brunnen* Russisch parlieren würden? Natürlich, nachdem wir Michael, Olaf und Axel begutachtet haben, versteht sich.« Sie lachte leise. »Ach komm, gib dir einen Ruck! Kann ich dich nicht doch überreden?«

»Nein, ich glaube nicht«, sagte ich automatisch.

»Schade.« Silke klang ehrlich betrübt. »Ich hätte gern noch mit dir gequatscht. Sogar auf Russisch, wenn's sein muss.«

Wir legten auf, und ich sah auf die Uhr. In zweieinhalb Stunden ging mein Zug.

Dann tauchte das Bild von einem lächelnden Michael vor meinem inneren Auge auf.

Vielleicht sieht man sich noch …

Nein, ich musste zum Bahnhof.

Züge nach Düsseldorf fuhren aber auch morgen.

Nein, ich hatte bereits abgesagt.

Die Stimme in meinem Kopf war hartnäckig: »Wenn du morgen nach dem Frühstück losfährst, hast du noch genug Zeit, um dich in die Arbeit zu stürzen.«

Quatsch. Ich wollte nicht zu diesem albernen Abi-Treffen.

Die Stimme in meinem Kopf flüsterte: »Aber du würdest Michael wiedersehen und könntest endlich als starke und selbstbewusste Frau auftreten. Gestern hat er dich immerhin angesprochen.«

Was brachte mir das? Es war eine verblasste Erinnerung an frühere Schwärmereien.

Die Stimme hatte noch mehr Argumente: »Silke freut sich auch auf dich. Du könntest nebenbei dein Russisch auffrischen und wenigstens noch einmal Michael Rüsselberg sehen.«

So sehr ich mich auch bemühte, ich kam gegen diese beharrliche Stimme nicht an. Sie hatte sich in meinem Kopf festgesetzt.

Als meine Mutter eine halbe Stunde später in mein Zimmer spähte, kam es mir vor, als ob ich ferngesteuert wäre.

»Wann muss ich dich zum Bahnhof bringen, Victoria-Kind?«

Ich versuchte, so unbeteiligt wie möglich auszusehen. »Ähm, ich habe gerade online mein Ticket umgebucht und Silke eine SMS geschrieben. Ich fahre doch erst morgen und werde heute zu dem Abi-Treffen gehen.«

Sie war erstaunt und gleichzeitig begeistert. »Wirklich? Kein Scherz? Das freut mich aber. Ich muss sofort Irene anrufen und ihr die Neuigkeit berichten. Was hat dich umgestimmt?«

Sofort ploppte Michael Rüsselbergs Gesicht vor meinem inneren Auge auf. »Es war … Silke«, sagte ich. »Sie wird mir bei den Vorbereitungen für die russischen Geschäftsleute helfen, die nächste Woche kommen.«

# Kapitel 9

>*Und jetzt bist du doch hier. Von Sehnsucht,
Wehmut oder Neugierde getrieben?*«

RAINER

*D*as Problem erkannte ich erst, als es bereits zu spät war. Ich
hatte nichts Passendes zum Anziehen dabei. Um 15.00 Uhr
sollten wir uns in unserem ehemaligen Gymnasium treffen,
um halb drei hatte ich meine Haare in Form gebracht und
mich geschminkt, und nun stand ich ratlos vor meinem Koffer. Wenn ich wenigstens ein Top dabeigehabt hätte. Aber
alles, was mich hier anblickte, waren die Beerdigungsbluse,
der schwarze Rock, der Blazer, meine Jeans und der rosa-
farbene Pullover.

So ein Mist!

Meine Mutter war einkaufen, und ich beschloss, sie spontan damit zu beauftragen, mir etwas Heißes für den Abend zu
besorgen. Für heute Nachmittag taten es auch die Jeans und
der Pulli.

»Mama?« Als sie sich am Handy meldete, klapperte im
Hintergrund Geschirr. »Wo bist du denn?«

»Bei Aldi«, antwortete sie wie aus der Pistole geschossen.
»Das weißt du doch.«

Ich hätte sie gern gefragt, seit wann es bei Aldi Restaurants
gab, aber jetzt war nicht die Zeit dazu. »Hör mal, ich brauche für heute Abend noch was Vernünftiges zum Anziehen.

Ich kann ja schlecht in meinen Beerdigungssachen hingehen. Könntest du mir ein Top in Größe Vierzig besorgen?«

»Sehr gern.« Sie wirkte hocherfreut.

»Es sollte zu dem schwarzen Rock und dem Blazer passen. Wie gesagt, ein Top oder meinetwegen eine leichte Bluse. Aber bitte uni, auf keinen Fall gemustert. Und mit einem schönen, nicht zu tiefen Ausschnitt. Ich will elegant aussehen, nicht zu geschäftsmäßig. Farbe egal, außer Lila und Grün. Die mag ich nämlich nicht. Und Schwarz passt natürlich auch nicht.«

Meine Mutter räusperte sich, während im Hintergrund jemand ganz eindeutig »Noch einen Nachtisch?« sagte.

»Bist du in einem Restaurant?«, fragte ich.

»Victoria-Kind, ich bin bei Aldi, das sagte ich doch schon«, antwortete sie. »Aber jetzt konzentriere ich mich darauf, etwas Hübsches für dich zu finden. Ein Kleid vielleicht oder einen Hosenanzug …«

Ich ballte die Fäuste. »Mama! Kein Kleid und auch keinen Hosenanzug bitte. Ich habe doch gerade präzise gesagt, was ich haben möchte. Würdest du dich bitte danach richten?«

»Natürlich, Victoria-Kind. Überlass das ruhig mir. Du wirst sehen, deine Mama hat immer noch den besten Geschmack. Tschüssi!«

Wir legten auf, und ich bereute meine Bitte jetzt schon. Das letzte Mal, als meine Mutter etwas für mich ausgesucht hatte, war ich vierzehn, und sie hatte mir ein neongrünes Kleid mit einem breiten pinkfarbenen Querstreifen in der Taille mitgebracht. Seitdem ging ich alleine zum Shoppen.

Ich starrte auf den rosafarbenen Pullover. Vielleicht hatte meine Mutter ja etwas Dezenteres im Schrank, das ich mir zumindest für den Nachmittagstermin ausleihen konnte? Sie war zwar kleiner und schlanker als ich, aber ein großzügig fallendes Oberteil besaß sie bestimmt.

Im Schlafzimmer blieb ich einen Moment stehen. Sie hatte sich hier ganz schön eingerichtet. Die Möbel waren im Landhausstil, und auf dem Bett lag eine Tagesdecke mit Rosen, deren Muster sich in den Vorhängen wiederfand. Auf ihrer Frisierkommode stand unter anderem ein Foto meines Vaters, der mich als Baby im Arm hielt, und noch eins, das uns alle bei meiner Einschulung zeigte.

Ich öffnete die linke Tür des Kleiderschranks und sah die Regale durch, konnte mich aber auf Anhieb für keines der zusammengefalteten Kleidungsstücke erwärmen. So sehr ich unifarbene Sachen liebte, meine Mutter mochte das genaue Gegenteil. Fast alles war irgendwie gemustert: Streifen, Blumen, Karos, Punkte. Ich versuchte es weiter rechts bei der Stange mit Kleiderbügeln

Was war das denn?

Zwischen den Blusen und Blazern entdeckte ich ein paar Männerhemden. Hatte sie die etwa noch von Papa aufgehoben? Nach so vielen Jahren? Ich konnte mich nicht erinnern, ob sie schon immer hier gehangen hatten, hatte jetzt aber definitiv keine Zeit, weiter darüber nachzudenken, wenn ich pünktlich in der Schule sein wollte.

Hektisch probierte ich zwei taillierte Blusen an, die ein einigermaßen unauffälliges Muster hatten. Leider passten sie mir beide nicht. Als Presswurst im Schlafrock wollte ich nun wirklich nicht gehen.

Schließlich entdeckte ich ein dunkelblaues Polo-Shirt, das zwar recht eng saß, aber zu meiner Jeans eigentlich ganz gut aussah. Um zehn vor drei war ich fertig und ging zu Fuß und mit klopfendem Herzen meinen alten Schulweg entlang.

Wie albern.

Ganz ruhig, Victoria. Du bist nicht mehr die kleine graue

Maus, die niemand wahrnimmt, redete ich mir gut zu. Ein wenig Mentaltraining konnte nicht schaden.

Oooooommmm!

Du bist ein ganz anderer Mensch.

Michael Rüsselberg und die anderen aus der Stufe werden staunen, was aus dir geworden ist.

Eigentlich ist es total egal, was sie von dir denken.

Du bist nämlich nicht mehr auf sie angewiesen.

Also zeig es ihm, ähm ihnen, ihnen!

Oooooommmm!

Das graue Schulgebäude war noch genauso hässlich, wie ich es in Erinnerung hatte. Neu war auf der rechten Seite nur die bunt angestrichene Mensa, die so gar nicht in das triste Allgemeinbild passte. Ich wusste, dass wir in der Aula vom aktuellen Schulrektor empfangen werden sollten, weil das auf der Einladungskarte gestanden hatte, daher steuerte ich diese direkt an. Schon von weitem waren Stimmengewirr und Gelächter zu hören. Mein Herz raste schon wieder viel zu schnell, und ich fühlte mich wie vor der mündlichen Abiturprüfung.

Hörte denn die Schulzeit niemals auf?

Als Mentalistin konnte ich jedenfalls mein Geld nicht verdienen.

Ich schlich mich zur hinteren Tür und schlüpfte fast unbemerkt hinein. In der Aula waren die vorderen drei Stuhlreihen besetzt, und ich versuchte im Gehen, die einzelnen Personen auszumachen, was mir nicht gelang, obwohl etwa unsere halbe Stufe anwesend war.

Wer war denn bloß diese aufgetakelte Rothaarige, die in der ersten Reihe Hof hielt? Und der dicke Glatzkopf auf der rechten Seite? Überhaupt gab es erstaunlich viele Männer mit wenigen Haaren und einigem Übergewicht, wie ich feststellte.

Ich setzte mich in die vorletzte Reihe und versuchte, Silke oder Martina ausfindig zu machen, vergeblich. Ob Michael Rüsselberg auch schon da war? Wenn ich ehrlich war, war ich nur seinetwegen hier, also hoffte ich, ihn bald erspähen zu können. Aber die vielen Anzugträger sahen von hinten alle gleich aus, nämlich langweilig.

»Na Vicky, versteckst du dich auch hier hinten?«, ertönte eine Stimme neben mir.

Ich erkannte Rainer sofort wieder, auch wenn er sich ziemlich verändert hatte. Die ehemals dunkelblonden Haare waren wesentlich heller gefärbt, er war braun gebrannt und trug einen weißen Leinenanzug und ein königsblaues Hemd. Er sah richtig attraktiv aus.

»Ich wollte die ganze Zeit absagen und weiß nicht so recht, was ich hier eigentlich will«, meinte er breit lächelnd.

»Hallo, Rainer.« Ich grinste zurück und ließ mich von ihm auf die Wange küssen. »Bei mir ist es ähnlich, nur dass ich auch tatsächlich abgesagt habe. Ich wollte auf gar keinen Fall kommen.«

»Und jetzt bist du doch hier. Von Sehnsucht, Wehmut oder Neugierde getrieben?«

»Keine Ahnung, wahrscheinlich hab ich bloß einen Dachschaden.«

»Dann sind wir ja schon zwei.«

Wieder grinsten wir uns verschwörerisch an, und ich fühlte mich gleich wohler.

Flirtete Rainer etwa gerade mit mir? Er war zwar nicht mein Typ, aber zweifelsohne ein Mann, nach dem sich die Frauen umdrehten.

»Was machst du so?«, fragte ich. »Wo lebst du?«

Mein alter Schulfreund fuhr sich mit der Hand durch die blonden Strähnen. »Seit dem Abi wohne ich in München. Ich arbeite bei einer Plattenfirma, wo ich vor acht Jahren meinen Lebensgefährten kennengelernt habe. Seitdem wohnen wir zusammen.«

Hatte er gerade was von einem Lebensgefährten gesagt?

Meine Trefferquote in Sachen »schwule Männer erkennen« war ja phänomenal. Erst Oscar und jetzt Rainer. Gleich zweimal danebengelegen.

Eine Weile unterhielten wir uns leise, und ich erzählte ihm auch von meinem Leben. Auf mein Geständnis, ich sei nach zwei längeren Beziehungen seit einiger Zeit wieder Single, nickte er (im Gegensatz zu so vielen anderen, die einen dann mitleidig anguckten) einfach nur, was mich gleich für ihn einnahm. Überhaupt, so wie Rainer sich gab, hatte er nichts mehr mit dem ruhigen Jungen von damals zu tun. Ich fand, dass ihm die Großstadt richtig gutgetan hatte.

»Victoria Wein morgen – Sekt heute. Haha, kleiner Spaß. Du heißt doch noch Weinmorgen, oder hast du mittlerweile heimlich geheiratet? Und Rainer Drosske. Wie schön, euch zu sehen.«

Die Frau, die uns unterbrach, war eindeutig Beatrix, die Organisatorin des Abi-Treffens und Tochter von Mutters Freundin Irene. Sie sah ganz gut aus, das musste man ihr lassen. Schlank, blond, vorteilhaft geschminkt und frisiert, in einem hellgrauen Kostüm, mit den dazu passenden, hochhackigen Pumps.

»Hallo, Beatrix«, sagte ich. »Ich hoffe, es ist kein Problem, dass ich nun doch gekommen bin? Selbstverständlich bezahle ich den Beitrag noch. Soll ich dir das Geld überweisen?« Auf ihren vermeintlichen Witz ebenso wie die rhetorische Frage ging ich gar nicht erst ein.

»Weißt du, wie viel Aufwand es war, den heutigen Tag zu organisieren?«, antwortete Beatrix. Sie klang zwar freundlich, aber ihr Lächeln wirkte aufgesetzt. »Erst hast du viel zu spät und lange nach dem Stichtag abgesagt, und dann habe ich kurzfristig von meiner Mami erfahren, dass du es dir anders überlegt hast. Ich habe aber das Essen heute Abend ganz anders kalkuliert.«

Hatte sie gerade wirklich »von meiner Mami« gesagt?

Rainer mischte sich ein. »Es gibt doch ein Büffet, oder nicht? Da wird ja wohl auch eine Portion für Vicky abfallen.«

»Also das Geld möchte ich möglichst noch heute haben, in bar bitte«, meinte Beatrix. »Siebzig Euro, das weißt du. Ich werde nachher in der Schänke anrufen und fragen, ob sie das noch berücksichtigen können. Gut möglich, dass es so kurzfristig nicht mehr geht.«

»Ja, die noble *Schänke am Brunnen*, da war es schon immer schwer, an den Türstehern vorbeizukommen«, sagte ich, aber Beatrix verstand die Ironie nicht.

»Die haben doch keine Türsteher«, protestierte sie. »Es geht hier vielmehr um die kulinarische Versorgung.«

Ich hatte sie schon zu Schulzeiten nicht leiden können. Offenbar hat sie sich überhaupt nicht verändert. Am liebsten hätte ich ihr gesagt, dass ich mir ein Butterbrot mitnehmen würde, aber ich wollte keinen Streit in der Aula anzetteln. Außerdem fragte ich mich, wofür die siebzig Euro noch ausgegeben wurden, denn Getränke waren meines Wissens nicht im Preis enthalten. In einem Punkt musste ich ihr allerdings Recht geben: Ich hatte den Stichtag wirklich verpasst.

»Falls es nicht klappt, teile ich meine Portion mit dir, Vicky«, grinste Rainer mich an. »Oder wir bestellen uns eine große Pizza im *Istanbul-Grill*.«

»Das werdet ihr schön bleiben lassen. Das können wir dem Wirt der Schänke nicht antun.« Unsere ehemalige Schulkameradin hatte offensichtlich noch immer keinen Funken echten Humor.

Ich zückte meine Brieftasche und holte einen Hunderteuroschein heraus. »Hier, ich möchte natürlich nicht, dass du meinetwegen Probleme bekommst. Behalte ruhig den Rest, für die Umstände, die ich dir bereitet habe.«

»Du arbeitest ja bei einer Bank, also wird er wohl echt sein.« Jetzt kam sich Beatrix witzig vor. Sie steckte den Schein, ohne mit der Wimper zu zucken, ein und kommentierte meine Geste nicht weiter. »Dann wünsche ich euch viel Spaß. Heute Nachmittag haben es nicht alle geschafft, aber am Abend wird fast die gesamte Stufe da sein. Ich habe keine Kosten und Mühen gescheut, alle ausfindig zu machen. Man sieht sich.« Damit dackelte sie von dannen.

Rainer sah mich an. »War die schon immer so bescheuert?«, flüsterte er. »So eine affektierte Kuh! Ich hatte früher nicht viel mit ihr zu tun.«

Ich flüsterte zurück: »Ich auch nicht. Aber ja, sie war schon immer so bescheuert. Manches ändert sich eben nie.«

Kurz darauf begann der offizielle Teil. Erst hieß uns der Schulrektor willkommen, dann erschienen drei Lehrer auf der Bühne, die uns damals unterrichtet hatten. Auch Frau Langenmeier-Geweke, meine Hass-Mathelehrerin, gehörte schmallippig lächelnd dazu, und ich musste wieder an das Gespräch mit Silke denken. Dass die armen Schüler noch immer diese Frau ertragen mussten! Ich hatte sie damals im Leistungskurs, und sie brauchte drei Jahre, um endlich einzusehen, dass das ruhigste Mädchen im Kurs – nämlich ich – viel besser in Mathematik war als die meisten anderen Schüler. Meine Schüchternheit ließ sich nämlich nicht so schnell ablegen, sosehr ich mich auch bemühte. Nur leider dachte Frau Langenmeier-Geweke nicht im Traum daran, mir dabei irgendwie behilflich zu sein. Es kostete mich unglaublich viel Kraft und Anstrengung, auf meine Eins minus zu kommen, obwohl ich in allen Mathe-Klausuren fünfzehn Punkte, also eine Eins plus, erreicht hatte.

Ich hatte nicht die geringste Lust, auch nur ein höfliches Wort mit dieser Frau zu wechseln, und hoffte, ihr gleich nicht zu begegnen.

»Wer möchte, kann seine Arbeiten jetzt einsehen«, lud uns der Rektor ein. »Wenn Sie damit fertig sind, haben wir in der Mensa einen kleinen Imbiss vorbereitet.«

»Hoffentlich gibt es Alkohol«, murmelte Rainer. »Den werde ich brauchen, wenn ich mir meine literarischen Ergüsse von einst zu Gemüte führe.«

Mit ihm an meiner Seite fühlte ich mich schon wesentlich besser. Wir begrüßten die anderen ehemaligen Mitschüler per Handschlag, und jetzt erkannte ich einige von ihnen wieder. Die aufgetakelte Rothaarige entpuppte sich als Anja, die ehemalige Schönheitskönigin, und ihr Hofstaat waren noch immer Andrea und Corinna, damals die beliebtesten Mädchen.

Beim näheren Betrachten entdeckte ich bei Anja unter den vielen Schichten Make-up ein recht aufgedunsenes Gesicht und Brüste, die nicht unbedingt echt aussahen. An rote Haare konnte ich mich auch nicht erinnern, auf dem Abi-Foto waren sie noch braun. Andrea schien sie zu kopieren, wobei sowohl ihre Haarfarbe als auch ihr Make-up einen Tick dunkler waren. Corinna dagegen strotzte nur so vor gesunder, ungeschminkter Haut und ungefärbten, kurz geschnittenen Haaren, in denen sich die ersten grauen Strähnen zeigten.

Der dicke Glatzkopf entpuppte sich als Olaf, was mich fast zu einer Lachattacke veranlasste. Ob Silke ihn heute immer noch so heiß finden würde? Wo war sie überhaupt? Ich konnte sie nirgends entdecken. Auch von Michael war bisher nichts zu sehen, vermutlich würde er erst heute Abend kommen.

Ich merkte, wie sich alle während der allgemeinen Begrüßung gegenseitig von Kopf bis Fuß musterten, und fühlte mich nicht besonders wohl in meiner Haut.

»Mann, ist das eine Fleischbeschau«, meinte auch Rainer.

Viel Zeit für Unterhaltungen hatten wir jedoch nicht, denn wir wurden in ein Klassenzimmer geführt, wo auf einem Pult unsere Abiturklausuren nach Namen geordnet auslagen. Ich warf einen kurzen Blick in mein Geschreibsel und ärgerte mich sofort, dass ich in der Englisch-Klausur einige richtig blöde Fehler reingehauen hatte, die mir heute unverständlich schienen. Deshalb klappte ich das Heft schnell wieder zu und legte auch meine anderen Klausuren ungesehen zur Seite. Was brachte es, sie jetzt noch einmal zu analysieren?

Mir jedenfalls nichts.

Endlich stieß auch Silke zu uns und berichtete atemlos, dass Martina arbeiten musste und im letzten Moment abgesagt hatte. Sie schien sich umso mehr zu freuen, dass ich geblieben war, und verstand sich auch mit Rainer auf Anhieb, nachdem sie ihn mit den Worten »Ich wusste schon immer, dass du schwul bist« begrüßt hatte.

Da die beiden, genauso wie alle anderen Anwesenden, von nun an in ihre Klausurbögen vertieft waren, ging ich schon einmal in die Mensa vor und sah mich bei der Gelegenheit auf dem Schulgelände um.

Ich lief über den Pausenhof und war happy, nicht mehr zur Schule gehen zu müssen. Wenn andere von der »besten Zeit ihres Lebens« sprachen, konnte ich es nicht nachvollziehen. Für mich waren die Schuljahre eher ein notwendiges Übel. Wenn man nicht das Aussehen eines Models oder das entsprechende Selbstbewusstsein hatte, war man verloren. Ich fürchtete, dass dieses Gesetz auch heute noch galt.

Die Türen der Mensa waren geöffnet. An der Ausgabetheke standen mehrere Kaffeekannen und zwei Tabletts mit Kuchen. Ich lief direkt darauf zu. Kaffee war genau das, das ich jetzt brauchte.

»Noch jemand, der keinen Bock auf die alte Klausurscheiße hat.«

Überrascht drehte ich mich um. An einem Tisch in der Ecke saßen drei Männer, die mich angrinsten. Sofort lief ich knallrot an. Als ich erkannte, wen ich da vor mir hatte, wurde ich noch roter.

Einer von ihnen war Michael Rüsselberg.

Was sollte ich jetzt tun? Hingehen? Mich vorstellen? Einfach nur grüßen? Ohne Rainer oder Silke an meiner Seite war ich plötzlich wieder sechzehn.

»Hallo«, sagte ich, um Fassung bemüht. »Ich will lieber etwas trinken.«

»Jawohl, sie ist eine von uns!« Einer der Männer, ich erinnerte mich dunkel, dass er Dirk hieß, nickte. »Eine trinkfeste Braut, so lobe ich mir das. Hast du zufällig etwas dabei?«

Was denn? Einen Flachmann? Oh, da hatten wir uns wohl missverstanden. Ich schüttelte stumm den Kopf.

»Schade. Du, wir haben schon eine geraucht. In der alten Schule. Was für ein geiles Gefühl, es offiziell tun zu können. Willst du auch eine Zigarette?«

»Nein danke, ich rauche nicht«, antwortete ich und schenkte mir einen Kaffee ein.

Was jetzt? Betont langsam verrührte ich Milch und Zucker und hoffte, dass die anderen bald nachkamen.

»Wir kennen uns doch«, sagte Michael dann, und ich sah ihn überrascht und hoffnungsvoll an. Er erinnerte sich also an mich?

»Stimmt«, antwortete ich und ging automatisch zwei Schritte auf den Tisch zu.

»Wir sind uns gestern beim Chinesen begegnet. Warst du etwa auch in unserer Stufe? Das wusste ich ja gar nicht. Hast du damals wiederholt oder so was?«

So ein blöder Kerl! Er hatte wirklich keine Ahnung, wer ich war.

»Nein, ich war die ganze Zeit in der Stufe und habe auch nicht wiederholt«, sagte ich eine Spur zu scharf.

»Genau, du bist die Vicky, stimmt's? Unser Mathe-Genie«, meinte der Mann neben Michael. »Ich wollte immer von dir abschreiben, aber du hast mich nicht gelassen.«

»Echt nicht?« Ganz dunkel tauchte ein blasses, pickeliges Gesicht vor meinem inneren Auge auf. Ich schaute mir den Typen genauer an. Blass war er immer noch. War er dieses Gesicht? Keine Ahnung. »Ich hatte vermutlich meine Gründe.«

»Dann warst du also eine richtige Streberin?«, fragte Michael Rüsselberg und hatte wieder dieses unverschämte Grinsen im Gesicht. »Um die habe ich damals immer einen Bogen gemacht.«

Im Stehen nippte ich an meinem Kaffee. So hatte ich mir das Wiedersehen mit meinem Schwarm nicht vorgestellt. Am liebsten wäre ich auf der Stelle nach Hause gegangen.

»Du hast dich ganz schön verändert«, sagte Dirk. »Wir hatten zusammen Latein. Damals warst du irgendwie …« Er beendete den Satz nicht.

Überhaupt nicht trinkfest? Spießig? Langweilig?

Ich hielt mich an der Kaffeetasse fest und starrte angestrengt auf den Boden. Mein Handy klingelte und rettete mich. »Entschuldigung, ich muss da mal rangehen, das ist vielleicht mein Dealer«, murmelte ich, stellte die Kaffeetasse ab und lief wieder hinaus. »Hallo?«

»Victoria?« Es war irgendwie tröstlich, Daniels Stimme zu hören. »Bist du noch im Zug? Soll ich dich vom Bahnhof abholen? Auf NDR kommt ein guter *Tatort*, den wir noch nicht gesehen haben!«

Unser Krimi-Abend! Den hatte ich ganz vergessen. »Tut mir leid«, sagte ich zerknirscht. »Ich bin noch gar nicht unterwegs.«

»Okay … Ist etwas passiert? Bist du bei deiner Mutter?« Mein Nachbar klang richtig besorgt.

»Nein«, antwortete ich. »Es ist nichts passiert. Ich habe mich bloß überreden lassen, doch zu dem Abi-Treffen zu gehen, obwohl ich mittlerweile bezweifle, dass das eine gute Idee war. Vielleicht schaue ich mir heute Abend auch mit meiner Mutter *Deutschland sucht den Superstar* an. Auf jeden Fall fahre ich erst morgen früh los und werde dir dann alles erzählen, ja?«

Als ich auflegte, stand Michael Rüsselberg neben mir.

»Ich rauche noch eine, obwohl auf dem Schulhof Rauchverbot gilt. Dirk hat Recht, es fühlt sich an, als ob man sich an der Schule für alles rächen wollte.«

Jetzt musste ich lachen. »Weißt du, wie kindisch das klingt?«

Michael nickte grinsend. »Absolut. Aber es ist wahr. Und? Reservierst du heute Abend mindestens einen Tanz für mich, schöne Frau?«

# Kapitel 10

*»Werd mal lockerer, Victoria-Kind,*
*sonst kriegst du nie wieder einen Mann ab.«*

HELENE

*E*ine Stunde später liefen Silke, Rainer und ich wie in alten Zeiten den Weg von der Schule nach Hause. Ich fühlte mich leicht berauscht. Konnte man vom Kaffee einen Schwips bekommen? Michael hatte mich »schöne Frau« genannt. Und er wollte mit mir tanzen. Mindestens einmal.

»Was ist denn mit dir los? Du grinst die ganze Zeit vor dich hin«, fragte Silke. »So habe ich jedes Mal ausgesehen, wenn ich erfahren hatte, dass ich ein Kind bekomme. Du bist doch nicht etwa schwanger, oder?«

Ich lachte und merkte selbst, wie albern es klang. »Natürlich nicht. Ich bin … erfreut.«

»Worüber? Dass die meisten Weiber unserer Stufe fett und hässlich geworden sind und du nicht?«, bemerkte Rainer.

»Sei nicht so gehässig«, antwortete Silke. »Ich bin auch fett.«

»Nein, du bist eine Frau mit Format«, korrigierte ich.

»Ja, quadratisch, praktisch, gut.« Unsere Schulfreundin winkte ab. »Tolles Format. Aber ich habe auch eine Erklärung dafür: Tim, Timo und Tina.«

»Was soll das sein? Ein Comic?« Rainer trat von einem Fettnäpfchen ins nächste.

127

Ich stieß ihn mit dem Ellenbogen an. »Nein, das sind Silkes ... reizende Kinder.«

»Jetzt gib's schon zu, Vicky, du findest Tim und Timo furchtbar. Ich habe es dir angesehen. Reizend meinst du doch ganz anders.« Silke sprach mir zwar aus der Seele, klang aber nicht im Mindesten beleidigt. »Ich weiß doch, wie anstrengend die beiden sind. Was glaubst du, warum ich unbedingt in die Nähe meiner Eltern ziehen möchte? Zwischendurch brauche auch ich Hilfe.«

Ihre Offenheit war sehr sympathisch. »Okay, ich gebe zu, deine Jungs haben mich ein wenig ... überrannt«, sagte ich vorsichtig und bemühte mich, diplomatisch zu bleiben. »Aber ich habe auch keine Erfahrung mit Kindern, von daher kann ich es nicht richtig beurteilen. Und Tina kenne ich gar nicht.«

Rainer mischte sich wieder ein. »Sorry, Silke. Du warst damals schon ein verrücktes Huhn, aber wie konntest du deine Bande bloß Tim, Timo und Tina nennen? Fehlt nur noch ein Hund, der Tinnitus heißt.«

Silke seufzte, während ich ein Kichern unterdrückte. »Mein Mann und ich fanden es witzig, so wie andere es witzig finden, ihr Kind Pumuckl oder San Diego zu nennen. Aber mittlerweile bin ich mir nicht mehr sicher. Jedenfalls braucht man gute Nerven und die Dauerbereitschaft zum Schlafverzicht, um das Trio zu bändigen, und deshalb greife ich eben zu ... nennen wir es mal Nervennahrung. Das Ergebnis könnt ihr an meinen Hüften und Oberschenkeln bewundern.«

Obwohl ich es manchmal bedauerte, selbst keine Kinder zu haben, war ich jetzt doch froh darüber, mich nur mit anstrengenden Geschäftskunden beschäftigen zu müssen.

»Mein Freund und ich denken darüber nach, ein Kind zu adoptieren«, sagte Rainer. »Aber jedes Mal, wenn ich mit jungen Müttern spreche, erzählen sie ein paar echte Gruselstorys, das schreckt mich dann doch ab. Mein Schlaf ist mir heilig.«

»Den kannst du dann fürs Erste vergessen«, sagte Silke mit einer Grabesstimme. »Manchmal komme ich mir wie ein Zombie vor. Ich bin sogar schon im Auto vor dem Kindergarten eingeschlafen, das war vielleicht peinlich. Die Kinder standen am Zaun, und die Erzieherin hatte meinen Mann angerufen. Was meint ihr, wie froh ich bin, dieses Wochenende bei meinen Eltern zu sein. Die passen rund um die Uhr auf meine Kids auf, und ich hab endlich ein bisschen Zeit für mich. Ich habe heute Vormittag nur geschlafen.«

Wir sahen unsere Schulfreundin entsetzt an.

»So schlimm?«, fragte Rainer. Und als Silke nickte, fügte er hinzu: »Mir wäre auch ein Hund ganz recht, glaub ich.«

Ich schüttelte den Kopf. » Mit dem muss man Gassi gehen. Vielleicht solltet ihr euch lieber einen Hamster anschaffen.«

Silke zeigte uns einen Vogel. »Ihr habt sie doch nicht alle. Kinder und Haustiere kann man nicht miteinander vergleichen. Tim, Timo und Tina sind das Beste, was mir je passieren konnte. Ohne sie könnte ich nicht mehr sein.«

Ja, Mütter waren echt ein Phänomen.

Rainer fiel offenbar wieder ein, worüber wir ursprünglich gesprochen hatten. »Vicky, wir wollen trotzdem wissen, warum du so happy bist. Hast du Frau Langenmeier-Geweke eins auswischen können? Soweit ich mich erinnere, hat sie dir das Leben früher nicht gerade leichtgemacht.«

»Nein, ich bin ihr aus dem Weg gegangen«, antwortete ich wahrheitsgemäß. »Vertane Zeit.«

»Warum grinst du die ganze Zeit wie ein Honigkuchenpferd?«, bohrte er weiter nach.

Jetzt konnte auch Silke die Neugier nicht länger verhehlen.

»Ist dir irgendetwas Interessantes passiert, liebe Victoria? Oder gar irgendjemand?«

Eigentlich hatte ich es für mich behalten wollten, hielt es aber nicht mehr aus. »Nur so viel: der Typ, der mich Mauerblümchen früher nicht einmal bemerkt hat, will heute Abend mit mir tanzen. Mehr verrate ich aber nicht!« Ich spürte, wie ich wieder zu grinsen begann.

»Wer denn?«, wollte Rainer wissen. »Etwa Torsten, die tote Hose?«

»Wer?«, fragten Silke und ich gleichzeitig.

»Ach, vergesst es!«

Wir kamen an unserer Kreuzung an.

»Also, Vicky, wer schwebt heute Abend mit dir in den Tanzhimmel? Du guckst, als wär's der Kapitän des Footballteams. In Amerika sind das jedenfalls immer die Knallertypen.«

»Du musst es ja wissen«, gab ich amüsiert zurück.

Silke schmunzelte. »Manches ändert sich nie. Rainer hat damals schon alle möglichen Sportler bewundert, vor allem die gut aussehenden, genau wie die meisten Mädchen. Ihr wisst schon, Olaf und Axel und natürlich Michael …« Sie stockte. Dann sah sie mich breit lächelnd an. »Oh! Ich weiß, wen sich Vicky angeln wird. Hab ich nicht vorhin Michael Rüsselberg in der Mensa gesehen? Den einzigen gut aussehenden Hetero-Mann heute Nachmittag.«

Rainer runzelte die Stirn. »Echt jetzt? Der Rüsselberg? Ist der überhaupt Single?«, fragte er.

»Wen interessiert das?«, antwortete Silke an meiner Stelle. »Sie soll ihn ja nicht heiraten. Wäre Olaf noch so attraktiv wie früher, würde ich auch mit ihm tanzen wollen. Jetzt hoffe ich, dass wenigstens Axel noch Ähnlichkeit mit dem Typen hat, den ich in Erinnerung habe. Aber das werden wir erst heute Abend herausfinden. Also, werfen wir uns in die sexy Klamotten!«

Als ich zu Hause ankam, war niemand da. Ich überlegte, ob ich mich selbst auf die Suche nach einem Bekleidungsgeschäft machen sollte, denn Silkes Spruch mit den sexy Klamotten gab mir zu denken.

Wie aufs Stichwort klingelte mein Handy. »Victoria-Kind, bist du schon zu Hause?«

»Ja, Mama. Wo bleibst du denn? Haben in der Stadt noch irgendwelche Boutiquen geöffnet?«

»Am späten Samstagnachmittag in unserem Ort? Natürlich nicht. Na ja, bis auf die zwei Billigbekleidungsketten, aber die kann man vergessen. Warum fragst du? Ich habe dir etwas ganz Tolles gekauft.«

Warum bekam ich bei ihren Worten bloß eine Gänsehaut? »Ein Top hoffentlich?«

»So was in der Art.«

Das war mir nicht präzise genug. »Ist es ein Top, Mama?«

Ein Rauschen war die Antwort.

»Okay!«, rief ich in den Hörer. »Dann solltest du endlich heimkommen. Ich will mich in Ruhe fertigmachen. In zwei Stunden sollen wir in der *Schänke am Brunnen* sein.«

Die Verbindung war unterbrochen. Ich hoffte, dass sie wirklich etwas Passendes gefunden hatte, und überprüfte den schwarzen Blazer und Rock auf eventuelle Flecken. Nichts zu sehen, das war schon mal gut. Ich merkte, wie ich immer aufgeregter wurde.

Rainers Frage kam mir wieder in den Sinn. War Michael Single? Ich hatte keinen Ehering bemerkt, aber das hieß gar nichts. Was waren das für Gedanken? Eigentlich zählte doch nur, dass er mich attraktiv fand und wir quasi eine Tanzverabredung hatten. Meinte Silke das mit den sexy Klamotten ernst? Selbst wenn, ich hatte sowieso keine große Auswahl. Die Rock-Top-Blazer-Kombi musste es sein.

Wo blieb bloß meine Mutter?

Eine halbe Stunde später hörte ich endlich ihren Schlüssel in der Tür. Ich hatte gerade geduscht und kam ihr in ein Handtuch gewickelt und mit einem Turban auf dem Kopf entgegen.

»Uah!« Beim Anblick des fremden Mannes, der neben ihr in der Küche stand, schrie ich kurz auf, machte auf dem Absatz kehrt und flüchtete.

»Victoria-Kind«, rief mir meine Mutter hinterher. »Es tut mir leid. Ich hätte dir sagen sollen, dass Herr Hase mir die Einkäufe hochgetragen hat.« Sie lief mir ins Badezimmer nach. »Entschuldige vielmals, das war bestimmt unangenehm für dich.«

»Unangenehm ist die Untertreibung der Woche«, brummte ich. »Du kannst doch nicht fremde Männer mitbringen, ohne mir Bescheid zu geben. Stell dir vor, ich wäre nackt gewesen.«

»Warst du aber nicht«, gab sie zurück. »Ich hatte so viel zu schleppen, und Herr Hase war so freundlich, mir zu helfen. Warte, ich verabschiede ihn eben, dann reden wir weiter.«

Fünf Minuten später versicherte sie mir, dass wir wieder allein waren. Ich hatte in der Zwischenzeit Unterwäsche, Nylonstrumpfhose und den schwarzen, knielangen Rock angezogen, warf mir ein Handtuch über die Schulter und traute mich aus meinem Versteck. »Sind wir wirklich unter uns?«

Meine Mutter nickte. »Sicher. Herr Hase ist gegangen. Nochmals, es tut mir leid, ich wollte dich ganz sicher nicht in eine peinliche Situation bringen. Er hat mir wirklich sehr geholfen. Weißt du, ich bin nicht mehr die Jüngste.«

»Das war wirklich sehr nett von ihm«, antwortete ich. »Nur hätte ich ihm gern angezogen die Hand geschüttelt. Du hättest zumindest laut rufen können. Hoffentlich muss ich dem Mann nie wieder begegnen. Wer ist das überhaupt? Ein neuer Nachbar? Du hast ihn noch nie erwähnt.«

Sie goss sich ein Glas Wasser ein. »Habe ich das nicht? Kann ich mir kaum vorstellen …«

»Nein, ganz bestimmt nicht. Du erzählst mir sonst jede Klatschstory aus der Nachbarschaft. Sogar wer wann seine Terrasse gefegt hat, aber den Namen Hase habe ich noch nie gehört. Wo wohnt er denn?«

»Hier ganz in der Nähe«, antwortete meine Mutter. »Das ist sehr praktisch. Egal, du möchtest jetzt bestimmt meine Shopping-Ausbeute sehen, oder?«

Augenblicklich vergaß ich den Zwischenfall und nickte eifrig. »Klar. Ich muss mir noch die Haare trocknen und mich schminken, habe also jede Menge zu tun. Pack bitte die Tops aus. Falls sie gebügelt werden müssen: Könntest du es bitte übernehmen? Ich bin völlig unfähig, was das angeht.«

»Tops?«

Ich zeigte auf die Einkaufstaschen. »Du hast wohl mehrere gekauft. Auch gut, dann habe ich ein bisschen Auswahl. Zeig mal.«

»Ja. Ich hoffe sehr, dass dir die Sachen passen.« Meine Mutter griff in die erste Plastiktüte und holte etwas in Weiß und Hellorange heraus. »Es hat keine Muster, so wie du es wolltest.«

»Was ist das?« Auf den ersten Blick war das Kleidungsstück zu groß für ein Top.

»Eine Tunika. Die muss man aber angezogen sehen.«

»Ich wollte ein Top, keine Tunika.« Mein Gesicht wurde langsam wärmer.

Meine Mutter schnalzte ungeduldig mit der Zunge. »Jetzt sei doch nicht so modefremd! Öffne dich mal ein wenig. Der Bankjob hat dich ganz schön konservativ gemacht. Hier ist deine Arbeit ganz weit weg, und du musst nicht wie eine Managerin herumlaufen. Du gehst zu einem Event und darfst

133

dich amüsieren. Werd mal lockerer, Victoria-Kind, sonst kriegst du nie wieder einen Mann ab. Los, probier endlich die Tunika an.«

Ich wollte protestieren und mich echauffieren, weil sie mich mal wieder zur alten Junger abstempelte, aber dann kamen mir Silkes Worte über die sexy Klamotten in den Sinn. Zum Aufregen war jetzt keine Zeit. Ich würde das undefinierbare Ding anprobieren.

Mit Mutters Hilfe (es brauchte drei Anläufe, um die richtigen Öffnungen für die Arme zu finden) warf ich mir den weißen Kaftan über. Anders konnte ich das Ding nicht nennen. Es war so lang, dass man meinen Rock nicht mehr sah, und hatte eine Art Riesenkragen in Hellorange. Dieser war vorne mit zwei gleichfarbigen Schalstücken zusammengenäht, die man sich vor der Brust zusammenbinden konnte.

»Ich sehe aus wie der Pastor bei der Beerdigung von gestern«, sagte ich, als ich mich vor dem Riesenspiegel in der Diele drehte. »Ich könnte hier und jetzt eine Sekte gründen.«

»Nun, ich finde, du siehst zumindest … anders aus als sonst«, meinte meine Mutter zögernd.

»Ja, absolut lächerlich! Ich gehe nicht auf die Kanzel, sondern zu einer Fete. Das Ding hier ziehe ich auf keinen Fall an. Wo ist das bestellte Top?«

Sie strahlte mich an, und ich fand, dass ihr Lächeln eine Spur zu breit war. »Ich gebe zu, das ist es noch nicht. Vielleicht, wenn man den Schal abschneiden würde und du den Rock ausziehen könntest. Es ist ja schon fast ein Kleid …«

»Mama, du leidest doch sonst nicht unter Geschmacksverirrung!«, herrschte ich sie an. »Du kannst unmöglich finden, dass ich sexy darin aussehe.«

Sie legte den Kopf schief und musterte mich prüfend. »Sexy? Du willst sexy aussehen? Das hättest du mir sagen müssen. Du hast immer von elegant gesprochen, soweit ich mich erinnere. Hast du deine Meinung geändert?«

Erwischt. Das nahm mir den Wind aus den Segeln, denn ich hatte keine Lust, ihr die ganze Geschichte auf die Nase zu binden. »Was hast du sonst noch gekauft?«

Ich ging voraus zu den Tüten und schüttete den Inhalt auf den Tisch. Auf den ersten Blick war mir klar, dass ich vergeblich nach einem Top suchen würde. Stattdessen lagen da eine grellgemusterte Bluse, die mich sofort an Andy-Warhol-Popart-Bilder erinnerte, ein blau-weißes, breitgestreiftes Marinekleid und ein knallrotes Stretch-Longshirt.

»Was, zur Hölle, ist das?« Ich starrte die Ausbeute an und konnte es nicht fassen. »Wo ist mein Top?« Ich war den Tränen nahe. »Ist das etwa alles?«

Meine Mutter war sichtlich irritiert. »Ich weiß gar nicht, was du hast, Victoria-Kind. Ich habe dir eine beachtliche Auswahl mitgebracht. Du kannst verschiedene Stilrichtungen mixen oder zumindest ausprobieren. Das Marinekleid zum Beispiel …«

»… ist scheußlich!«, unterbrach ich sie. »Ich bin doch nicht die Chefstewardess auf dem Traumschiff.«

»Kein Grund, mich anzuschreien. So habe ich dich nicht erzogen.« Ihre ruhige Stimme machte mich schier wahnsinnig. »Die Tunika hat dir nicht gefallen, okay. Dann probierst du eben das nächste Kleidungsstück an. Wie wäre es mit der Popart-Bluse? Du sagtest doch: Top oder Bluse. Die Tops waren alle nichts. Einfach nur langweilig. Die Bluse dagegen ist frisch, auffällig und etwas ganz anderes.«

»Mama, das ist doch nicht dein Ernst. So etwas Ausgeflipptes werde ich garantiert nicht anziehen«, blaffte ich erzürnt.

Das durfte doch wohl nicht wahr sein! Ich sah mich schon wieder die Beerdigungsbluse anziehen. Super sexy.

»Victoria-Kind, du machst mich sprachlos. Zumindest anprobieren solltest du die Sachen. Ich kann nicht verstehen, warum du so wütend reagierst.« Meine Mutter hielt mir wieder das marineblaue Kleid hin. »Mach doch einfach.«

Ich dachte an Michael Rüsselberg und hätte heulen können. »Nein, die Sachen sind scheußlich!«

»Das ist kindisch und respektlos mir gegenüber. Ich will doch nur das Beste für dich. Und ich will hoffen, dass du mich genug liebst, um wenigstens die Sachen an-zu-pro-bie-ren.« Sie betonte das letzte Wort und schaffte es tatsächlich, dass in ihren Augen Tränen schimmerten. »So ein schönes, frisches Sommerkleid. Segelkleidung ist immer in.«

Ich wusste genau, dass sie mir gezielt ein schlechtes Gewissen machen wollte, und es gelang ihr tatsächlich. Seufzend nahm ich ihr das Kleid aus der Hand. »Gib schon her, ich ziehe es an. Aber nur, damit du erkennst, wie blöd das aussieht.«

Ich zog den Rock aus und stieg in das Teil. Ein Blick in den Spiegel genügte, um in hysterisches Gelächter auszubrechen. »Schlimmer als auf dem Traumschiff.«

»Wieso?«, sagte meine Mutter. »Sascha Hehn sieht doch ganz nett aus. Und neben ihm würdest du …«

»Wir sind weder im Fernsehen, Mama, noch auf einem Segeltörn vor Sylt. Also vergiss es!«

Ich sprang aus dem Kleid, doch sie war unerbittlich. »Jetzt noch die bunte Bluse, mir zuliebe, ja?«

»Nein, ich probiere zuerst das rote Longshirt an«, antwortete ich. »Vielleicht kann ich das irgendwie kombinieren.«

»Ähm …«, begann sie und stockte dann.

Ich zwängte mich in das rote Shirt und brauchte eine Weile, um es in Form und über den Po zu ziehen. »Ganz schön eng. Guck mal, ich habe ja einen Atombusen.« Ich betrachtete mich im Spiegel. Das Wort sexy hatte plötzlich eine neue Bedeutung. »Okay, unter dem Blazer würde es vermutlich gehen. Warte, ich ziehe eben den Rock darunter an. Ist das überhaupt meine Größe?«

Meine Mutter presste die Lippen aufeinander. »Nein, es ist meine«, sagte sie. »Und es ist kein Shirt, sondern ein Minikleid. Diese Tüte war gar nicht für dich, Victoria-Kind, sondern für mich.«

Ihre Worte brachten mich zum Lachen. »Haha, guter Witz!« Dann merkte ich, dass es kein Scherz sein sollte. »Du hast dir ein rotes Stretch-Minikleid gekauft?«

Sie nickte trotzig. »Ja.«

Ich war verblüfft. »In deinem Alter?«

»Was ist denn schon dabei? Ich bin doch noch nicht tot.«

Mein prüfender Blick ruhte auf ihr. »Im Ernst? Wofür denn? Ich meine, hast du einen besonderen Anlass? Man zieht mit Mitte sechzig doch nicht einfach so ein rotes Minikleid auf der Straße an.«

Diesmal schien ich einen besonderen Nerv getroffen zu haben, denn sie straffte die Schultern, strich sich die Haare glatt und antwortete: »Man hält mich für zehn Jahre jünger.«

»Das glaube ich gern, du siehst ja auch toll aus«, beeilte ich mich ihr zu versichern. »Aber du hast auch Stil, deshalb würdest du es sicher nicht zum Einkaufen anziehen oder in anderen Alltagssituationen. Es muss einen Grund geben, wenn du dir so ein heißes Teil kaufst und sogar auf deine geliebten Muster verzichtest.«

Gut, dass mir das mit dem Stil eingefallen ist, denn das Gesicht meiner Mutter wirkte direkt freundlicher. »Vielen Dank. Natürlich würde ich so ein Kleid niemals auf der Straße anziehen.«

»Wo denn dann?«

Sie winkte ab. »Manchmal gibt es eben besondere Anlässe ... Aber der Blick auf die Uhr sagt mir, dass du dich lieber auf dich konzentrieren solltest, denn viel Zeit hast du nicht mehr. Ich finde, auch dir steht es toll, und du kannst das Kleid gerne haben. Ich würde allerdings den schwarzen Rock dazu anziehen, damit es zum Longshirt wird. Los, lass uns ausprobieren, wie das aussieht.«

Oh ja, ich musste wirklich Gas geben, daher schlüpfte ich wortlos in den Rock und stellte mich wieder vor den Spiegel. Es schaute ... sexy aus. Tatsächlich war es das einzige treffende Adjektiv, das mir einfiel, und ich hatte sofort wieder das Gesicht von Michael vor Augen.

»Du siehst toll aus.« Meine Mutter nickte beifällig. »Elegant *und* sexy. Du kannst anfangs den Blazer darüber tragen und ihn dann zu später Stunde ausziehen. Und wenn du dir die Haare frisierst, dann mach dir mit dem Lockenstab noch ein paar weiche Wellen in die Haare, das steht dir so gut. Vielleicht findest du heute Abend ja einen netten Mann?«

Ich kommentierte die Bemerkung nicht, sonst hätte ich mich verraten.


Eine halbe Stunde später war ich fertig und mit dem Ergebnis sehr zufrieden. Ich hatte die Tipps meiner Mutter beherzigt und sogar den knallroten Lippenstift aufgetragen, den sie mir in die Hand gedrückt hatte.

Als mich Silke ein paar Minuten später abholte, fühlte ich mich attraktiv und begehrenswert. Eine Art freudige Erregung stieg in mir auf.

Erst viel später sollte mir bewusst werden, dass meine Mutter die Frage nach dem Kaufgrund des Minikleides unbeantwortet gelassen hatte.

# Kapitel 11

>*Ich bin durch und durch hetero*
*und ausschließlich an Männern interessiert.*«
VICTORIA

*W*aren Sie auch bei uns in der Stufe?«, fragte mich eine Blondine mit Brille, die ich als unsere damalige Schülersprecherin identifizierte, damals Frau Wichtigtuer persönlich.

»Von Piesneck.« Sie gab mir die Hand.

Natürlich, die Pissnelke. So hatte sie damals die halbe Stufe genannt. Sie trug ihren bescheuerten adeligen Namen also noch immer. Und sie siezte mich.

»Weinmorgen.«

»Morgen? Hihi, eigentlich haben wir schon Abend, nicht wahr? Ach, das passiert mir auch öfter, wenn ich in der Firma die Zeit vor lauter Terminen nicht beachte.« Sie lachte affektiert und mit ihr ein paar andere Umstehende.

»Ich sagte nicht ›guten Morgen‹, sondern mein Name ist Victoria Wein-mor-gen«, antwortete ich. »Und ja, ich war auch in der Stufe. Sogar die kompletten neun Jahre und damit genauso lange wie du.« Ich duzte sie bewusst.

Die Pissnelke hörte abrupt auf zu lachen. »Tatsächlich? Ich kann mich überhaupt nicht an Sie erinnern.«

»Ich mich an dich auch nicht«, gab ich zurück.

»Also, mich kannte eigentlich jeder. Camilla von Piesneck. Ich war drei Jahre lang Oberstufensprecherin, und alles Organisatorische lief damals über mich. Nicht wahr? Wenn Sie mir vielleicht Ihren Mädchennamen nennen, dann kann ich Sie besser zuordnen, nicht wahr? Ich habe nach der Heirat meinen Namen behalten, aber das hat traditionelle Gründe. Unsere Familie …«

Ich ließ sie weiterreden, denn eine Antwort erwartete sie offenbar sowieso nicht. Ich hörte aber nicht mehr zu, sondern unterdrückte ein Gähnen.

Wann bimmelte endlich das Glöckchen?

Worauf hatte ich mich hier bloß eingelassen?

Kaum waren Silke und ich in der Gaststätte angekommen, hatte ich das Gefühl, Teil einer perfekten Inszenierung zu sein. Im Eingang zur Schänke lag ein roter Teppich, auf dem irgendjemand goldene Sterne mit unseren Namen verteilt hat. Meinen hatte ich zwar auf den ersten Blick nicht entdecken können, aber ich wollte mich auch nicht zu auffällig hinunterbeugen und danach suchen.

Als wir den »Festsaal Möhnesee« betreten hatten, erwartete uns eine strahlende Beatrix im goldfarbenen Abendkleid und wies uns an, uns an die zehn Stehtische zu verteilen, die mit goldenen Hussen umwickelt waren und auf denen gefüllte Sektgläser standen.

»Aber bitte nicht mehr als fünf bis sechs Personen pro Tisch. So kommt ihr mit euren Mitschülern erst einmal ins Gespräch. Wenn ihr das Glöckchen bimmeln hört, wie in der Schule, nehmt ihr euer Glas und geht auf einen anderen Tisch zu, ganz bunt gemischt. Bitte achtet auf die Personenzahl und darauf, dass ihr immer wieder mit neuen Leuten zusammenkommt. So entdeckt ihr euch schon beim Sektempfang gegenseitig neu.«

Ich verkniff mir die Bemerkung, dass ich daran keinerlei Interesse hatte.

»Wäre es nicht einfacher, wir würden Namensschilder tragen und könnten uns direkt zu denen gesellen, mit denen wir auch damals in der Schule zusammen waren?«, wandte Silke ein, die ähnliche Gedanken zu haben schien wie ich.

Beatrix schüttelte energisch den Kopf. »Silke, wir waren eine ganz tolle Oberstufe, in der sich alle sehr gut verstanden haben. Ist doch klar, dass man von jedem wissen möchte, wie sich sein Lebenspfad entwickelt hat. Und Namensschilder benötigen wir wohl kaum. Zum Essen kann sich dann selbstverständlich jeder dorthin setzen, wo er möchte.«

»Wenigstens etwas«, meinte Silke und grinste mich an. »Entdecken wir also beim Sekt die Lebenspfade unserer Mitschüler. Ist Axel Ruhlmann schon da? Ich gehe mal gucken, ja?« Weg war sie.

So war ich eher zufällig an einem Tisch mit Leuten gelandet, an die ich mich kaum erinnerte, und mit Frau Wichtig von Wichtig, die ihren Monolog gerade beendete.

»Deshalb ist uns der Nachname natürlich sehr wichtig, nicht wahr?«

Sie erwartete offensichtlich eine Antwort, aber ich hatte keinen Schimmer, was sie meinte.

»Wie? Welcher Nachname? Von Piss… Was war noch mal deine Frage?« Ups! Ich biss mir auf die Lippen, hörte aber, wie ein paar Mitschüler kicherten.

»Ich erinnere mich noch an dich, wir hatten zusammen Erdkunde«, mischte sich ein rothaariger Typ ein, der mir auch irgendwie bekannt vorkam, an dessen Namen ich mich aber partout nicht erinnern konnte. Sein Anzug saß schlecht, und das weinrote Hemd spannte über dem Bauch. »Du bist ›Wein morgen – Sekt heute‹. Das richtige Glas hast du ja schon in der Hand, hahaha.« Er lachte am lautesten über seinen Witz. »Oder hast du etwa Herrn Taschenbier geheiratet? Stellt euch nur mal diesen Doppelnamen vor! Hahaha!«

Niemand lachte mit, und ich schwor mir, es dem Rothaarigen nachher heimzuzahlen. Leider fiel mir nämlich im Moment keine schlagfertige Antwort ein.

Ich wechselte das Thema und sah in die Runde. »Und? Was macht ihr alle so?«

Auf diese Frage schienen die Umstehenden nur gewartet zu haben, denn ich bekam unaufgefordert mehr Infos, als mir lieb war.

Der Rothaarige war Immobilienmakler und schwärmte von den tollen Häusern, die er der »gut betuchten Kundschaft« schon verkauft hatte. »Du, die sind super drauf. Ich bin wie ein Zauberer, der die Träume der Leute erfüllt. Wie … wie heißt der noch?«

»Pumuckl?«, half ich nach. »Das Sams? Schweinchen Dick?«

»Das sind doch keine Zauberer«, beschwerte er sich.

Wenn man ihm so zuhörte, bestand kein Zweifel, dass es kleine Paläste waren, die er den »Megareichen und Coolen« vermittelte und er von der Provision steinreich geworden war.

»Also mein Haus in Andalusien ist etwas größer als mein Appartement auf Sylt«, mischte sich ein weiterer Schulkamerad ein, der komplett in Polo-Ralph-Lauren gekleidet war und eine Ray-Ban-Sonnenbrille im Haar hatte. »Aber meine Frau und ich lieben die Kontraste der Meere.«

»Ja sicher, ist klar«, antwortete der Rothaarige. »Hast du Bilder dabei? Ich hab alles auf meinem Handy.«

Damit begannen der große Foto- und Handywettbewerb, denn ausnahmslos jeder hatte seinen Besitz und seine Familie im Jpg-Format auf dem neuesten Smartphone dabei. »Mein Haus, mein Auto, mein Pferd, meine Kinder, mein Hund, mein Kräutergarten, mein Büro, der letzte Urlaub, der vorletzte Urlaub …«

Es war einfach unerträglich.

Ungefragt hielten sie mir irgendwelche Gebäude, Räume, Fahrzeuge und fremde Menschen vor die Nase und erwarteten offensichtlich, dass auch ich bewundernd »Ah!« und »Oh!« im Dialog mit »Toll!«, »Super!« und »Wunderschön!« rief.

Eine boshafte Stimme in mir hinderte mich jedoch daran und ließ mich nur: »Aha«, »Dein Sohn sieht dir kein bisschen ähnlich«, »Das Wetter ist aber scheiße« und »Ganz schön kitschig, nicht mein Fall« denken.

»Hast du keine persönlichen Fotos dabei?«, fragte mich eine Mitschülerin.

Auf dem letzten Bild, das jemand von mir gemacht hatte, stand ich mit Schürze und Messer beim Gemüsedienst in Daniels Küche. Ich würde mich hüten, es jemandem zu zeigen. Anzubieten hatte ich außerdem noch Frau Iwanska mit ihrem Mann, verkleidet als »Zwei Chinesen mit dem Kontrabass« beim letzten Karneval, meine Abstellkammer, für die ich ein passendes Regal bei Ikea gesucht hatte, sowie die Fotos von Eva und ihren Freundinnen in der Düsseldorfer Altstadt.

»Nein«, sagte ich schlicht, und alle beäugten mich mit hochgezogenen Augenbrauen. Wahrscheinlich überlegten sie, was ich wohl zu verbergen hatte.

»Auch nicht von deinen Kindern?« Die Mitschülerin ließ nicht locker.

»Ich habe keine Kinder«, antwortete ich und wappnete mich gegen eine weitere persönliche Frage, die garantiert etwas mit Hochzeit, Ehemann oder wenigstens Scheidung zu tun hatte.

»Was machst du eigentlich beruflich? Hoffentlich bist du keine Telefonistin geworden und musst zehnmal in der Stunde deinen Nachnamen sagen, hahaha.« Der Rothaarige hatte mich zwar vor der Alten-Jungfer-Nummer gerettet, ging mir mit seinen blöden Witzen mittlerweile jedoch mächtig auf den Geist.

»Ich bin bei einer Bank«, sagte ich kurzangebunden.

»Interessant. Sind Sie schon einmal überfallen worden?«, wollte die Pissnelke wissen.

Ich verstand nicht. »Überfallen?«

»Man hört doch immer wieder, dass die Leute am Bankschalter mit Waffen bedroht werden und das Geld herausrücken müssen. Das stelle ich mir sehr traumatisch vor.«

»Und erst die vielen Bakterien, die man dort so in die Hände bekommt. Auf den Geldscheinen tummeln sich alle möglichen Erreger«, mischte sich Ulrike ein, die damals eigentlich ganz nett war, heute aber so tat, als kenne sie mich überhaupt nicht. »Und Kokain! Die haben im Fernsehen gesagt, dass es auf allen Scheinen Drogenspuren gibt.«

Der Rothaarige grinste. »Geil! Ich hätte auch Bankangestellter werden sollen, nur leider hatte ich in Mathe immer eine Vier. Und, wie ist das so, wenn man einem Bankräuber gegenübersteht? Wo ist eigentlich der Alarmknopf versteckt? Unter dem Schalter?«

»Ich arbeite nicht am Schalter«, sagte ich. Himmel, wo blieb diese dämliche Glocke? »Ich gehöre der Geschäftsleitung einer Düsseldorfer Bank an, genauer gesagt, dem Vorstand. Unsere Bank ist übrigens noch nie überfallen worden.«

Das Gespräch verstummte kurz, offenbar mussten die Anwesenden kurz die Schubladen in ihren Hirnen neu ordnen.

»Eigentlich sollten wir uns duzen, nicht wahr?« Die Pissnelke fand mich neuerdings offenbar ziemlich wichtig.

»Karrierefrauen sind einsam«, war Ulrikes bissiger Kommentar. »Du hast keine Kinder, und einen Ehering trägst du auch nicht. Geld bedeutet nicht alles. Ich möchte mein Familienleben keine Minute missen. Wollt ihr noch ein Foto von Florians erstem Zahn sehen?«

Der Rothaarige musste natürlich auch seinen Senf dazugeben. »Bankvorstand? Haha, wo doch Frauen und logisches Denken nicht zusammenpassen. War es eine Quotentscheidung? Heutzutage müssen die Firmen gezwungenermaßen Frauen befördern, ob sie nun qualifiziert sind oder nicht.«

Ein lautes Bimmeln erlöste mich.

»Man sieht sich«, sagte ich und eilte davon.

Sogar mein Sektglas hatte ich vergessen, aber das war mir egal. Hauptsache weg von diesen Leuten. Wenn das so weiterging, würde ich mich bis zum Essen auf der Toilette einschließen.

Drei Tische weiter erblickte ich Michael Rüsselberg. Jetzt oder nie! Toilette oder dieser Tisch. Ohne nachzudenken steuerte ich die Gruppe um ihn direkt an.

»Hallo zusammen.«

Die fünf Leute grüßten zurück und wandten sich wieder ihrem Smalltalk zu.

»Wie gesagt, ich bin lesbisch und stehe dazu. Ich erzähle das unaufgefordert, weil ich euch peinliche Fragen und Mutmaßungen ersparen möchte«, sagte gerade die einzige Frau in der Runde. Sie hatte kurz geschorenes, orangerot gefärbtes Haar und war sehr leger gekleidet. »Wer sich nicht mehr an mich erinnert: Ich bin Verena Zielke. Schön, dich zu sehen, Vicky, wir waren früher in einer Klasse.«

Das war Verena? Jetzt war ich wirklich baff. Sie hatte in der Oberstufe zu Anjas Schönheitsköniginnen-Clique gehört und war damals eines der begehrtesten Mädchen der Schule. War da nicht sogar etwas mit Michael Rüsselberg gelaufen? Am meisten erstaunte mich jedoch die Tatsache, dass sie sich an mich erinnerte.

Die Männer in der Runde schwankten nach ihrem Outing zwischen Abneigung und Unsicherheit, denn sie unterhielten sich von nun an ausschließlich miteinander und ließen Verena Zielke und mich links liegen. Nur Michael zwinkerte mir kurz zu, bevor er seinem Gesprächspartner irgendetwas von »Selbstständigkeit ist natürlich auch ein großes Stück Freiheit« erzählte.

»Du bist der Chef, und niemand hat dir etwas zu sagen, das genieße ich total. Die Welt steht mir im wahrsten Sinne des Wortes offen«, schwadronierte er.

Verena verwickelte mich in ein Gespräch, in dem hauptsächlich sie redete, eine aktuelle, politische Entscheidung nach der anderen in Frage stellte und sich über die mangelnde Intoleranz der Menschen im Allgemeinen beklagte. »Ich nehme wöchentlich an Demos teil. Und du?«

Ich nahm wöchentlich an Krimi-Abenden teil. Zählte das?

»Ich bin auch gegen viele Dinge«, antwortete ich ausweichend. »Dass Frauen … mit russischen Geschäftspartnern ausgehen müssen, zum Beispiel.«

»Ja, und dann werden sie zu Prostitution gezwungen,« pflichtete mir Verena bei. »Sie werden hörig gemacht und drogenabhängig.«

Ganz so hatte ich es nicht gemeint, dennoch nickte ich und versuchte krampfhaft, Michaels Unterhaltung zu belauschen, um mehr über ihn zu erfahren.

Er war also selbstständig. Etwas über eine Familie war nicht zu hören. Einen Ehering trug er jedenfalls nicht, vielleicht war er ja geschieden. Dass Michael Dauer-Single war, glaubte ich nicht, dazu sah er viel zu gut aus. Irgendeine Frau hatte ihn sicher schon eingefangen.

»Meine Partnerin ist sehr tolerant«, holte mich Verena Zielke aus meinen Gedanken zurück. »Wir lassen uns unsere sexuellen Freiheiten. Das ist in einer Beziehung sehr wichtig. Weißt du, dass du damals schon sehr attraktiv warst, Vicky? Hattest du jemals was mit einer Frau?«

Prompt hatte sie meine volle Aufmerksamkeit, und ich schüttelte erschrocken den Kopf. »Wer? Ich? N... nein!«

»Die Erfahrung sollte jede Frau einmal gemacht haben«, meinte sie und kam einen Schritt näher. »Der Sex ist ganz anders als mit Männern. Nur eine Frau kann deine Bedürfnisse richtig befriedigen. Tanzen wir nachher zusammen?«

Machte sie mich gerade an, oder wie sollte ich das verstehen? Ich merkte, wie ich rot wurde. Sollte ich mich geschmeichelt fühlen? Früher hat mich niemand beachtet, und jetzt wollten gleich zwei der ehemaligen Schulstars mit mir tanzen?

Ich wollte ganz sicher keine Erfahrung mit einer Frau machen, und bevor hier irgendetwas falsch verstanden wurde, sollte ich Klarheit schaffen. »Weißt du, Verena, ich bin durch und durch hetero und ausschließlich an Männern interessiert. Sie schaffen es sogar, meine Bedürfnisse richtig zu befriedigen«, sagte ich.

Offenbar war ich viel zu laut, denn die Männer unterbrachen ihr Gespräch und drehten grinsend die Köpfe. Michael zwinkerte mir zum zweiten Mal zu, und die Hitze in meinem Gesicht wurde unerträglich. Erde, tu dich auf!

Verena ließ sich davon nicht beirren. Lang und fast schon zu bildlich erklärte sie mir die Vorzüge des lesbischen Zusammenlebens und sparte auch das Schlafzimmer nicht aus. Als sie mir die Vagina ihrer Freundin beschreiben wollte, klingelte zum Glück die Glocke, und ich eilte schweißgebadet davon.

Diesmal marschierte ich geradewegs auf den Tisch zu, an dem Silke und Rainer standen.

»So, hier bleibe ich jetzt«, erklärte ich. »Da kann sich Beatrix auf den Kopf stellen und noch so viel bimmeln. Ich habe gerade ein unmoralisches Angebot von Verena Zielke bekommen, kenne ihre bevorzugte Sexstellung, habe mich als potenzielles Opfer eines Banküberfalls verhören lassen und kann keinen Familien-Volvo und auch keine Kinderfotos mehr sehen. Entschuldige, Silke.«

Meine Schulfreundin lachte. »Ja, ich hab schon gehört, dass die schöne Verena lesbisch ist. Und die Fotoschau nervt mich ebenfalls, obwohl ich natürlich auch ein paar Bilder von Tim, Timo und Tina dabeihabe.«

»Von deinem Mann auch? Der würde mich viel mehr interessieren als Verenas Sexpraktiken«, sagte Rainer. »Sieht er gut aus?«

Silkes Miene verfinsterte sich. »Mein Gatte war mal viel attraktiver, aber er hat ganz schön zugenommen. Na ja, wenn die Kinder größer sind, wollen wir wieder Sport treiben.«

Rainer wollte etwas erwidern, da sich aber andere Leute zu uns gesellten, schloss er den Mund wieder. Ich gab jedem höflich die Hand und erkannte diesmal sogar alle, aber mein Bedarf an Informationen, Verhören und Angebereien war für heute gedeckt.

Deshalb wandte ich mich gleich wieder Silke zu. »Und? Hast du die Person entdeckt, auf die du so neugierig warst?«

Sie lächelte und senkte die Stimme. »Na und ob! Dreh dich jetzt bitte nicht um, Axel steht gerade mit Olaf beim Rüsselberg. Und er ist noch immer total attraktiv. Den schnappe ich mir nachher zum Tanzen, das schwöre ich!«

Tanzen. Ich wünschte, wir wären bereits bei diesem Programmpunkt, denn nur deshalb war ich gekommen. Natürlich drehte ich mich trotzdem um und fand, dass Axel zwar attraktiv, aber auch irgendwie verlebt wirkte, sagte es jedoch nicht laut. Ich hatte nämlich das Gefühl, dass Silke ein großes Bedürfnis nach Anerkennung und Unterhaltung hatte. Sollte sie sich heute ruhig amüsieren.

Bei den nächsten Bimmelrunden blieben wir drei standhaft an unserem Tisch kleben, was zum Glück niemandem aufzufallen schien. Beim letzten Wechsel gesellte sich Beatrix höchstpersönlich zu uns.

»Victoria, da du dich so kurzfristig angemeldet hast, konnte ich leider keinen goldenen Stern auf dem Walk of Fame für dich machen. Das tut mir sehr leid. Ich habe allerdings einen Bogen Silberpapier und die Schablone im Kofferraum. Wenn du möchtest, können wir dir noch schnell einen Stern ausschneiden, er wäre dann aber silberfarben. Das Gold ist mir leider ausgegangen. Meine Tochter hat die letzten Reste zum Basteln benutzt.«

Zuerst hielt ich es für einen Scherz, doch dann merkte ich, dass Beatrix es vollkommen ernst meinte. »Nicht nötig«, sagte ich daher, um einen ernsten Gesichtsausdruck bemüht. »Danke für deine Mühe, ich bleibe gern sternlos.«

»Da bin ich aber froh!«, rief sie. »Weißt du, Anja hat mir beim Ausschneiden geholfen. Ich bin nämlich in Sachen Basteln sehr untalentiert. Unsere Laternen für Sankt Martin bastelt auch immer die Oma.«

»Was für Laternen?«

Jetzt sah sie mich verständnislos an. »Im November? Zum Sankt-Martins-Zug? Seit dem Kindergarten wird jedes Jahr eine andere Laterne gebastelt. Und in der Schule werden sie richtig aufwendig.«

»Stimmt«, pflichtete Silke ihr bei. »Obwohl ich das eigentlich ganz gern mache.«

»Und wenn die Kinder auf der weiterführenden Schule sind, müsst ihr das immer noch machen? Können sie es nicht irgendwann allein? Wie lange geht das? Bis zum Abi?«

Silke und Beatrix wechselten einen vielsagenden Blick. »Ab der fünften Klasse geht man da nicht mehr hin«, sagte Beatrix und klang fast vorwurfsvoll. »Das weiß man doch, das war schon früher so.«

Nun ja, ich wusste es nicht. Das bestätigte mal wieder meine Theorie, dass Mütter auf einem anderen Planeten lebten als wir Normalsterblichen.

»Übrigens, Victoria«, sagte Beatrix, und Stolz klang aus ihrer Stimme, »ich habe es noch geschafft. Du hast die volle Berechtigung, am Büffet teilzunehmen.«

Rainer verdrehte die Augen. »Die volle Berechtigung? Ist das dein Ernst?«

Ich klopfte ihr mit der Hand auf den Rücken. »Das freut mich, Beatrix. Wird es strenge Kontrollen geben? Wer kommt denn? Das Ordnungsamt oder der Bürgermeister persönlich? Dann kann ich ja die Pizzalieferung absagen.«

»Du hast doch nicht ernsthaft Pizza bestellt? Der Wirt ist der Freund meines Vaters. Das fällt auf mich zurück.« Die nackte Panik stand ihr in den Augen.

»Keine Sorge«, gab ich zurück. »Selbstverständlich werde ich die Bestellung stornieren und mit meiner vollen Berechtigung am Büffet teilnehmen.«

# Kapitel 12

*»Zwei attraktive Männer in einer Woche,*
*das sieht dir gar nicht ähnlich.«*

EVA

Nach dem Abendessen im »Festsaal Sauerland« (der »Festsaal Möhnesee« wurde währenddessen für die sich anschließende Party hergerichtet, wie uns Beatrix stolz erzählte), bei dem Rainer, Silke und ich Smalltalk mit einigen zum Glück ganz netten Stufenkameraden gemacht hatten, begann endlich der lockere Teil.

Der »Festsaal Möhnesee« war nun eine Art Disco, wo uns der Discjockey lautstark mit dem Schlager »Hello Again« begrüßte und eine bunte Lichtorgel penetrant blinkte. Er hatte ein Werbebanner mit »Manni macht Mega-Mucke« vor seinem DJ-Pult aufgestellt, und ich war gespannt, was damit wohl gemeint war. Um die große Tanzfläche herum waren Tische und Stühle zu Sitzgruppen zusammengestellt worden, die mit Blumen und Kerzen geschmückt waren. Auf der linken Seite gab es eine langgezogene Theke, wo ein Barmann Getränke mixte und Knabbereien in kleine Schälchen füllte. An den Wänden hingen große Fotos von verschiedenen Schulfesten von früher. Langsam verstand ich, wofür die siebzig Euro noch ausgegeben worden waren.

Ich schielte unauffällig nach rechts und links und versuchte, Michael in der Menge auszumachen, aber er war nirgends zu sehen. Leichte Panik erfasste mich. Hoffentlich war er nicht schon gegangen!

»Ich entdecke uns auf keinem der Bilder«, bemerkte Rainer, nachdem wir zu dritt eine der Sitzgruppen geentert hatten.

»Also ich bin froh darüber«, meinte Silke und senkte die Stimme. »Guck dir die Schabracken um uns herum doch mal an. Die müssen sich jetzt den ganzen Abend daran erinnern, wie jung, hübsch und schlank sie mal waren. Man wird sie automatisch vergleichen. Ich will gar nicht daran denken, dass ich einmal in Größe achtunddreißig reingepasst habe.«

»Ach, Silke«, versuchte ich sie zu trösten. »Du bist immer noch hübsch. Wir haben uns alle verändert. Wichtig ist allein der Charakter.«

»So ein Quatsch!«, widersprach sie. »Man schaut doch jeden erst einmal an. Wenn Axel nicht auf mollige Brünette steht, dann muss ich mir etwas einfallen lassen.«

»Füll ihn ab«, riet Rainer. »Sonst tue ich es. Mein Typ ist er nämlich auch.«

»Rainer!«, riefen Silke und ich halb belustigt und halb entsetzt.

Unser Schulfreund beugte sich vor. »Seien wir doch mal ehrlich. Die meisten hier sind neugierige, fremde Leute, die ab morgen wieder getrennte Wege gehen. Fast jeder will beweisen, dass er es besser gemacht hat als die anderen. Oder habt ihr das Gefühl, irgendeine Freundschaft verpasst zu haben?«

»Von uns dreien mal abgesehen, nein«, sagte ich und meinte es ehrlich. Rainer winkte ab. »Ja, aber auch wir werden in unser jeweiliges Leben zurückkehren, und der Kontakt wird vermutlich wieder einschlafen. Machen wir uns nichts vor.«

Silke schüttelte den Kopf. »Es liegt an uns, ob wir es zulassen. Aber ich gebe dir Recht, Rainer. Ich habe den meisten nichts mehr zu sagen.«

»Frag mich mal«, Rainer deutete auf eine Gruppe von Männern, die an der Theke standen. »Trotz aller angeblichen Toleranz. Meine sogenannten Freunde von früher machen heute Abend einen ziemlich großen Bogen um mich. Die haben vermutlich Angst, dass ich sie anfallen könnte.«

Der Discjockey unterbrach uns mit der Ansage, dass die Sause jetzt endlich losgehe und er ab sofort die beste Stimmung sehen wolle. Die Musikauswahl würde uns unmittelbar in die alten Zeiten versetzen, und wir dürften selbstverständlich Wünsche äußern.

Zum Auftakt legte er »I Am What I Am« auf, und die ersten Mitschüler stürmten auf die Tanzfläche. Silke fing an, mit dem Fuß zu wippen, und Rainer zog sein Jackett aus.

»Ich liebe Gloria Gaynor. Vielleicht wird die Party ja doch noch einigermaßen erträglich.«

»Im Zweifelsfall können wir beobachten, wer sich als die vier Party-S entpuppt, wie meine Freundin Eva und ich sie immer nennen«, schlug ich vor.

Silke und Rainer wandten sich fragend zu mir um.

Ich lachte. »Schnapsdrossel, Sexbombe, Seitenspringerin und Spaßbremse – unserer Theorie nach gibt es sie auf jeder Feier. Manchmal auch zwei oder drei in einer Person, wobei ich die Spaßbremse heute für mich in Anspruch nehmen könnte, wenn die Pissnelke sie nicht auf Lebenszeit gepachtet hätte.«

Rainer deutete nach rechts. »Wenn man vom Teufel spricht … Da kommt sie.«

Tatsächlich. Camilla von Piesneck marschierte direkt auf uns zu.

»Was will die denn?«, murmelte Silke. »Die hat uns früher auch nicht beachtet.«

»Victoria, meine Liebe.« Unsere ehemalige Stufensprecherrin lächelte mich strahlend an. »Ich würde mit dir gern Kärtchen tauschen, ja? Spielst du eigentlich Golf?«

»Nein, ich habe noch Sex«, rutschte es mir heraus, obwohl es derzeit nicht einmal stimmte.

Silke und Rainer kicherten, und die Pissnelke verzog kurz die Lippen. »Das macht nichts. Es ist nie zu spät, um damit anzufangen. Ich mache einmal im Monat einen Ladies Lunch und würde dich gerne dazu einladen. Also? Gibst du mir dein Kärtchen? Hier ist meins.« Ungefragt drückte sie mir eine goldumrandete Visitenkarte in die Hand.

Ich schüttelte den Kopf. »Ich habe keine Karten dabei.« Sie lagen in meinem Büro, schließlich war ich privat hier.

»Dann schreib mir schnell deine Rufnummer auf, ja?« Die Pissnelke ließ nicht locker.

»Ich habe nichts zu schreiben dabei.«

Ja, es war kindisch, aber ich hatte weder Lust, zu ihrem Ladies Lunch zu gehen, noch ihr meine Nummer zu geben.

»Schreib deine Daten einfach auf die Rückseite meines Kärtchens.« Sie holte eine zweite Visitenkarte heraus und einen Stift. »Die E-Mail-Adresse bitte auch.«

Da sie keine Anstalten machte, wieder zu gehen, griff ich seufzend nach dem Stift und der Goldkarte. Schade, dass ich nicht die Handynummer von Britta im Kopf hatte. Ihr würde ich die Pissnelke nur zu gerne auf den Hals hetzen. Dann kam mir eine Idee. Bei meiner Handynummer »vergaß« ich einfach eine Ziffer, und bei der E-Mail-Adresse tauschte ich den Punkt gegen einen Strich. Konnte schließlich jedem mal passieren.

»Du hörst von mir.« Endlich zog sie von dannen.

Wie aus dem Nichts stand der Rothaarige vor uns. »Tanzen?«

»Ich gern«, antwortete Rainer, und Silke und ich kicherten. Der Rothaarige wich einen Schritt zurück. »Ach so, nein, kein Anschluss unter dieser Nummer, hahaha.« Er lachte eine Spur zu laut. »Ich meinte Wein morgen – Sekt heute, also vielleicht sollten wir zuerst einen trinken, hahaha. Ich wollte mit dir doch noch über die Drogen auf den Scheinen sprechen.«

Was für ein Idiot.

Ich hob abwehrend die Hände. »Dreimal nein. Nicht trinken, nicht tanzen und nicht sprechen. Ich bin clean.«

Beleidigt zog er ab, und ich ging erst einmal auf die Toilette. Wenn das weiter so lief, würde ich ganz schnell den Heimweg antreten. Ich zog mein Handy aus der Tasche und entdeckte drei SMS von Eva, die sich nach der Trauerfeier von Onkel Herbert und meinem Wohlbefinden erkundigte.

Ich rief sie an, das ging schneller, als zwanzig Zeilen zu tippen.

»Die Beerdigung ist längst vergessen«, verkündete ich atemlos. »Ist alles so weit prima gelaufen. Sarg unter der Erde, Leichenschmaus lecker, alles bestens.«

»Sag mal, Victoria, bist du betrunken?«, fragte Eva.

»Noch nicht, wieso?« Zumindest hatte ich noch keine s-Schwäche, und das war ein gutes Zeichen, trotz der beiden Weißweinschorlen beim Essen.

»Weil du so seltsam redest. Wenn alles vorbei ist, warum bist du dann nicht zu Hause? Ich habe es schon mehrfach bei dir auf dem Festnetz probiert. Bist du noch bei deiner Mutter?«

Ich nickte, bis mir einfiel, dass sie mich nicht sehen konnte. »Ja, ich bleibe bis morgen hier und bin gerade auf unserer Abiturfeier. Ich hab dir doch von der Einladung erzählt, oder?«

»Das ist heute? Wolltest du nicht absagen?« Eva klang neugierig. »Was hat dich umgestimmt?«

»Du meinst wohl, wer?«

Meine Freundin lachte. »Aha, damit kommen wir der

Sache schon näher. Jemand hat dich also umgestimmt. Männlich natürlich?«

»Mhm.«

»Soso. Wo bist du gerade? Ich höre keine Stimmen um dich herum.«

Ich grinste in mich hinein. »Auf der Toilette. Ich mache mich frisch und werde hoffentlich gleich mit einem sehr attraktiven Mann tanzen. Zu irgendwelchen Schlagern aus den Achtzigern vermutlich, das ist die schlechte Nachricht. Sofern ich nicht von Lesben, Angebern oder Bekloppten daran gehindert werde.«

»Oh, das klingt nach einer gelungenen Party«, lachte Eva. »Halte dir die Irren vom Leib, und ran an den Mann!«

Ich schluckte. »Ich versuch's.«

»Was heißt das?«

Mein Mund fühlte sich auf einmal staubtrocken an. »Weil ich in seiner Gegenwart wie gelähmt bin.«

Eva seufzte. »Victoria, du bist eine gestandene Frau, die mit lauter Männern zusammenarbeitet. Sei locker, und stell dir einfach vor, du bist in einem Meeting.«

»Soll ich vielleicht über Bilanzen sprechen? Darin bin ich nämlich einsame Spitze.«

Meine Freundin lachte. »Wenn du dir den Typen angeln möchtest, dann lieber nicht. Jetzt hast du mich echt neugierig gemacht. Zwei attraktive Männer in einer Woche, das sieht dir gar nicht ähnlich.«

»Wieso zwei?«

»Na, zuerst der Werbe-Krolock und jetzt ein alter Schulfreund, nehme ich an?«

Ich senkte die Stimme, weil ich Schritte hörte. »Ganz genau. Mein alter Schulschwarm. Drück mir die Daumen!«

»Mach ich. Mir ist auch jemand eingefallen, der mir gefällt. Dein netter Nachbar.«

»Daniel? Ach, den bekommt man doch nicht von seiner blöden Freundin Britta losgeeist. Du solltest dir jemand anders suchen.«

Als ich den Festsaal wieder betrat, lief irgendein deutscher Titel, und ich entdeckte Silke und Rainer in einem Pulk auf der Tanzfläche.

»Hölle, Hölle, Hölle!«, rief die ganze Gruppe. »Müll! Müll! Sondermüll!«

Okay, das war ja schnell gegangen mit der Stimmung.

Ich blickte mich um. Diejenigen, die nicht tanzten, schienen sich bestens zu unterhalten. Auch die Smartphones mit Fotos kreisten noch immer. Auf noch mehr Lobhudeleien hatte ich nun wirklich keine Lust, also steuerte ich die Theke an. Ich orderte noch eine Weißweinschorle, allerdings musste ich langsam aufpassen, dass ich die deutsche Sprache noch fehlerfrei beherrschte.

»Na, schöne Frau? Haben wir schon herausgefunden, warum wir uns nicht kennen?« Michael stand plötzlich neben mir und hatte Olaf und Axel im Schlepptau. »Victoria, richtig? Warst du wirklich bei uns auf der Schule? Meine Kumpels können sich nämlich auch nicht an dich erinnern, und das wundert uns.«

Ich nickte. Die alte Schüchternheit war schlagartig wieder da, und ich trank hastig ein paar Schlucke. »Ich glaube, wir hatten keinen einzigen Kurs gemeinsam«, brachte ich heraus.

»Dann müssen wir heute Bekanntschaft schließen.« Wieder hatte Michael dieses unverschämte Grinsen im Gesicht, das meine Knie weich werden ließ.

Nein, Victoria, du bist nicht mehr sechzehn und schon gar nicht die graue Maus von damals, sagte ich mir. Eva hat völlig Recht. Fang einfach ein lockeres Gespräch an. So wie mit der Pissnelke.

»Wollen wir Kärtchen tauschen?« Ich Idiotin! Blöder konnte ich nicht anfangen. »Ich meine, was macht ihr drei denn so?«, verbesserte ich mich schnell. Der Satz war heute Abend eindeutig die Nummer eins und passte eigentlich immer.

»Ich bin Gesamtschullehrer in einer kleinen westfälischen Stadt«, antwortete Olaf als Erster und kratzte sich am Hinterkopf. »Pauker! Hätte das früher nie für möglich gehalten, aber so ist es gekommen. Geschieden bin ich auch, ein Kind.«

»Willkommen im Club«, meinte Michael.

Axel lachte mit. »Ebenfalls Mitglied. Zweifach sogar.«

Mein Schwarm war also geschieden. Aus irgendeinem Grund war ich ungeheuer erleichtert und fast schon übermütig. »Olaf ist also Lehrer. Und du, Michael? Und Axel? Was macht ihr beruflich?«

»Das würde mich auch interessieren.« Die atemlose Silke gesellte sich zu uns und warf sich kokett in Pose.

Zum ersten Mal fiel mir auf, dass sie einen ziemlich großen Ausschnitt in ihrer dunkelblauen Bluse hatte, den sie Axel direkt unter die Nase hielt.

»Steuerberater«, sagte Axel und starrte genau dahin, wo Silke ihn offensichtlich haben wollte.

»Komm, wir tanzen«, forderte Michael mich auf und nahm meine Hand. »Quatschen können wir auch auf der Tanzfläche.«

Ich ließ mich mitziehen, und mein Herz klopfte. Hoffentlich spielte DJ Manni als Nächstes einen schönen Klammerblues. Doch weit gefehlt.

Kurz darauf grölten alle lautstark »You gotta fight for your right«, worauf direkt »to paaartyyyy!« folgte. An eine Unterhaltung war nicht zu denken, denn wir reihten uns in den Kreis der wild Umherhüpfenden ein, hielten uns an den Händen und warfen die Beine abwechselnd vor und zurück. Die

Mega-Mucke von Manni kam gut an, und bei jedem neuen Lied wurde immer lauter mitgesungen und ebenso ausgefallen getanzt.

Ob bei »Sexy« oder »Hurra, hurra, die Schule brennt!«, ich war tatsächlich mittendrin, auch wenn ich keinen Ton über die Lippen brachte, sondern mich krampfhaft bemühte, so auszusehen, als sei ich locker und hätte einen Megaspaß. In Wirklichkeit musste ich die ganze Zeit daran denken, dass ich meinem Schwarm noch nie so nah war. Solange Michael meine Hand hielt, machte ich tapfer mit, hüpfte umher, klatschte, stampfte und lächelte breit, sobald er mich anstrahlte.

Aus den Augenwinkeln bemerkte ich, dass Rainer vor Lachen fast vom Stuhl kippte, und hoffte, dass niemand ein Video davon ins Internet stellen würde. Frau Doktor Victoria Weinmorgen tanzte einen Möchtegern-Sirtaki zu »Was wollen wir trinken, sieben Tage lang«.

»Zieh doch deine Jacke aus, du bist ja total überhitzt«, brüllte Michael mir zu.

Er selbst war mittlerweile ebenfalls ohne Jackett, und ich folgte seiner Aufforderung, ohne darüber nachzudenken, dass ich darunter das enge Stretchshirt anhatte.

Als sich eine Polonäse bildete, wollte ich aufhören, aber Michael umfasste mich einfach fest von hinten und schob mich in die Reihe.

»Du hast tolle Kurven«, raunte er mir dabei ins Ohr.

Ich wusste überhaupt nicht, wie ich reagieren sollte, wünschte mir aber, dass er mich noch lange so festhielt. Wer hätte gedacht, dass ich im Kleid meiner Mutter meinen alten Schwarm anmachte.

Nach weiteren drei Party-Songs erbarmte sich der Discjockey endlich und spielte »Every Breath You Take«. Anstatt mich zu entspannen, hoffte ich nur, dass mein Deo nicht versagt hatte, denn Michael zog mich fest an sich und führte mich gekonnt im Takt der Musik.

»Da kommen Erinnerungen auf, was?«, flüsterte er mir ins Ohr und summte die Melodie mit.

Keine Ahnung, warum, aber ich erinnerte mich wieder an den Abiturball, bei dem ich neben meiner Mutter saß und meinen Schulkameraden dabei zuschaute, wie sie sich kichernd über das Parkett schoben. Auch Michael war dabei und tanzte einen Klammerblues mit Beatrix, während seine Hand auf ihrem Po ruhte.

»Und? Erzählst du mir jetzt, was du beruflich machst?«, fragte ich, um die Gedanken abzuschütteln.

»Ich bin Geschäftsführer, selbstständig«, sagte er.

»In welcher Branche?«

»Im Dienstleistungsbereich. Meine Firma beliefert große Kunden mit Elektroware.« Er summte wieder den Refrain mit. »Sag mal, wo wohnst du eigentlich, schöne Frau?«

Ich fing an, mich zu entspannen. »In Düsseldorf. Und du?«

»Der Firmensitz ist derzeit Frankfurt, aber ich bin sehr viel unterwegs, man könnte fast sagen, ich bin in der Welt zu Hause.« Er lachte. »Es macht Spaß, ist aber auch extrem stressig, wenn man zwölf Stunden am Tag arbeitet.«

Ich nickte. »Das kenne ich.«

»Was machst du so?«

Ich erzählte ihm kurz von der Bank, und als er nachfragte und herausfand, dass ich im Vorstand saß, sah er mir tief in die Augen. »Alle Achtung. Ich liebe kluge Frauen! Darf man dich in Düsseldorf besuchen, oder hat jemand etwas dagegen?«

Ich bekam Gänsehaut. »Ich wüsste nicht, wer«, antwortete ich. »Wenn du also in der Nähe zu tun hast …«

»Ich werde es auf jeden Fall einrichten.«

Ich fühlte, wie seine Hand meinen Rücken herunterwanderte. Endstation Po.

»Hat denn bei dir jema…«

»Aufgepasst! Jetzt alle auf den Boden hintereinandersetzen.« Die Stimme von Manni, dem nervigen Discjockey, unterbrach unseren Flirt. »Bildet Boote, wir fangen an zu rudern. Und alle singen mit. Aloha-he!«

Michael hob grinsend die Schultern und ließ mich los. »Wir reden in Ruhe weiter, wenn wir zu zweit sind. Jetzt geht es erst mal an die Ruder, den Tanz fand ich schon damals geil.«

Als er Anstalten machte, der Aufforderung des DJs nachzukommen und sich auf den Boden zu hocken, schüttelte ich den Kopf. »Ich mach mal eine Pause, rudere du mal ohne mich.«

Ich hatte erwartet, dass er mich zu meinem Platz begleitete, aber weit gefehlt. Erstaunt beobachtete ich, wie sich fast alle meine ehemaligen Mitschüler kreischend in ihren Festkleidern und Anzügen auf den Boden warfen und vier lange Ruderboote bildeten. Auch Silke, Axel und Rainer waren mittendrin. Die Ex-Schönheitskönigin Anja landete hinter Michael und Beatrix direkt vor ihm, was mir überhaupt nicht gefiel, ihm vermutlich dagegen schon.

Als dann das Lied begann, sah der »Tanz« so aus, dass sich alle Bootsinsassen im Takt hin und her wiegten und singend mit den Armen Ruderbewegungen nachahmten. »Aloha-he, Aloha-he, Aloha-he«, sangen sie laut mit.

Beatrix mit ihrem goldenen Kleid war eindeutig dabei, den Preis der Schnapsdrossel abzusahnen, wie ihre glasigen Augen verrieten. Hoffentlich wollte Silke nicht die Seitenspringerin werden. So wie sie gerade Axel betatschte, war sie nicht weit davon entfernt.

Sollte ich sie davon abhalten? Keine Ahnung, ob unsere eben erst aufgefrischte Freundschaft mich dazu berechtigte.

Ich zückte mein Handy und schoss ein paar Fotos, wobei ich mich vor allem darum bemühte, Michael im Fokus zu haben. Dass er mich zu Hause besuchen wollte, versetzte mich in eine freudige Erregung. Unsere Bekanntschaft würde sich also festigen. Schon komisch, dass wir zwanzig Jahre dafür gebraucht hatten. He, Anja sollte gefälligst ihre Griffel von seinen Schultern nehmen!

Drei weitere Partysongs bedurfte es, bis auch Michael endlich genug hatte und auf mich zukam. »Lust auf Sex on the Beach?«

»Findest du das nicht ein wenig zu direkt? Außerdem gibt es hier gar keinen Strand«, gab ich spontan zurück.

Er lachte. »Du bist ein stilles Wasser, was?«

Das hatte ich vor nicht allzu langer Zeit schon einmal gehört.

»Ich meinte den Cocktail, aber Sex am Strand wird sowieso völlig überbewertet. Überall der Sand … Schon einmal ausprobiert?« Michael musterte mich anzüglich.

Prompt wurde ich rot und war froh, dass man es bei der spärlichen Beleuchtung nicht sah. »Such mir doch einfach einen passenden Cocktail aus«, antwortete ich ausweichend.

Kurz darauf kam er mit zwei bunten Gläsern zurück, und ich trank ein paar Schlucke.

»Lecker. Was auch immer da drin ist, du hast einen guten Geschmack.«

»Victoria, Victoria. Wieso habe ich dich bloß früher nicht wahrgenommen?« Er schüttelte den Kopf und sah mir wieder tief in die Augen.

»Vielleicht weil du mit Anja, Beatrix und den anderen Schönheitsköniginnen beschäftigt warst?«, gab ich zurück und deutete auf die Clique, die auf der anderen Seite der Tanzfläche saß und uns argwöhnisch beobachtete. »Ich wundere mich, dass sie keine Ansprüche auf dich erheben, oder sind die mittlerweile verjährt?«

Mein früherer Schwarm lachte. »Witzig bist du auch noch. Und sexy. Dieses rote T-Shirt steht dir ausgezeichnet. Komm, lass uns tanzen, bevor Beatrix oder Anja mich schon wieder auffordern.«

Hastig trank ich mein Glas leer, denn auch ich hatte keineswegs vor, für eine andere Frau das Feld zu räumen. Ich war nur wegen Michael hier und würde ihn gewiss nicht mehr abgeben.

Weit nach Mitternacht erreichte die Stimmung ihren Siedepunkt. Die Hälfte der Feiernden war bereits gegangen, unter anderem Rainer, dem ich versprechen musste, mich zu melden, wenn ich mal nach München kam. Die andere Hälfte amüsierte sich dagegen prächtig. Silke saß mittlerweile fast auf Axels Schoß, Beatrix tanzte ausgelassen mit einem Mann nach dem anderen, und ich versuchte, nicht mehr so viel zu sprechen, da ich mittlerweile wieder heftige Probleme mit den s-Lauten hatte, was Michael jedoch niedlich fand. Er wich mir nicht mehr von der Seite, und nach weiteren zwei Cocktails war auch ich zum Rudern bereit.

Mega-Mucke-Manni hatte jedoch eigene Pläne und entschied sich für eine Depressionsphase. Ein trauriger Song jagte den nächsten und ließ uns alle wehmütig werden. »Wir wollen niemals auseinandergeh'n« und »Holding Back The Years« waren nur zwei der Lieder, die sich in mein Gedächtnis gebrannt hatten, und ich schwor mir, sie gleich morgen auf meinen iPod zu ziehen.

»Schade, dasss Rainer nicht mehr da issst. Er und sssseine

Plattenfirma sssollten eine Abitreffen-Collection herausss-
geben, dasss wäre der totale Knaller«, sagte ich zu Michael
und nahm mir sogleich vor, nur noch Sätze ohne S zu bilden.
»Upsss … ich meine, uppp!«

Ich überlegte, ob ich mich nach seiner geschiedenen Frau
erkundigen sollte, bis mir einfiel, dass es wichtiger sein könnte,
ob es da noch gemeinsame Kinder gab.

»Hasss… hat er Kinder?«, fragte ich.

»Wer?«

»Er. Du. Michael. Hat er?«

Michael zog die Augenbrauen hoch. »Sprichst du jetzt von
mir in der dritten Person?«

Ich nickte. »Jawohl. Machen viele. … Ich glaube, ich habe
zu viel getrunken«, erklärte ich dann. »Bekommt man hier
einen Kaffee? Und ich meine Antwort?«

»Wie wäre es mit einem Kaffee in meinem Hotel?«, schlug
mein Begleiter vor und schien förmlich in meinen Augen ver-
sinken zu wollen. »Hier ist es sowieso viel zu laut, findest du
nicht? Dann kannst du mir alle Fragen stellen, die du auf dem
Herzen hast.«

Jetzt war also der Moment da.

Ich hatte den ganzen Abend geahnt, dass so etwas kommen
würde, und mir überlegt, wie ich am besten reagieren sollte.
Genug Mut hatte ich mir wohl angetrunken, ich war Single
und ungebunden, aber sprang ich deshalb mit einem Mann
sofort ins Bett? Natürlich nicht.

»Ich kenne dich noch nicht lange genug, um mit dir Kaffee
in deinem Hotel zu trinken«, antwortete ich und lallte dabei
kein einziges Mal.

»Sind über zwanzig Jahre nicht genug? Ich bin doch kein
Fremder«, sagte Michael und kam ganz nah an mein Gesicht.
»Aber wenn du nicht magst …«

Sprachen wir noch über Kaffee?

»Ich würde erssst einen Esssspressso mit Milch und Zucker hier trinken. Aber ohne Schlagsssahne. Dasss auf keinen Fall.«

»Kommt sofort.«

Er nickte, brachte mir den Espresso und beobachtete mich, während ich ihn trank. »Genau richtig. Kann er mir noch einen holen?«

»Er kann, aber ich versichere dir, dass der Kaffee in meinem Hotel ebenfalls stark und gut ist. Während du noch überlegst, könnten wir unsere Handynummern austauschen. Ich bin nächste Woche in deiner Gegend, dann gehen wir zusammen essen, ja?«

Ich jubelte innerlich. Ich würde ihn schon in ein paar Tagen wiedersehen. Und zwar allein. Während wir die Telefonnummern austauschten, zeigte der Espresso seine Wirkung, aber ich war trotzdem wie im Rausch. Ich sollte nach Hause gehen, bevor ich mich doch noch verführen lasse, dachte ich. Die Anziehungskraft, die von diesem Mann ausging, war mir nicht ganz geheuer, und ich war mir nicht sicher, wie lange ich ihm noch widerstehen konnte.

»Ich gehe jetzt«, sagte ich, nachdem meine zweite Tasse leer war und stand auf.

»Ich komme mit.« Michael lächelte mich an.

»Das geht nicht. Ich schlafe in meinem alten Kinderzimmer, und meine Mutter passt auf.« »Sie ist sehr streng.«

»Ich bringe dich nach Hause, du kannst unmöglich allein durch die Dunkelheit laufen.«

»Ganz sicher? Du kannst noch bleiben.«

»Ich will aber auch los«, antwortete Michael.

Ich suchte Silke, um mich zu verabschieden.

Sie umarmte mich ganz fest und flüsterte mir ins Ohr: »Ich

verrate dir ein Geheimnis, Vicky: Ich fühle mich seit langem wieder begehrenswert.«

Ich flüsterte zurück: »Aber du darfst deinen Mann nicht betrügen, ihr habt drei kleine Kinder zusammen. Die Jungs sind anstrengend, aber irgendwann werden sie erwachsen, also keine Sorge.«

Sie nickte. »Ich weiß. Ich flirte doch nur. Wenn mich mein Mann nur einmal wieder so ansehen würde, wie Axel es die ganze Zeit tut …«

Ich drückte sie noch einmal. »Mach's gut. Ich melde mich, wenn ich mal wieder im Lande bin.«

Silke lächelte. »Du kannst dich auch melden, wenn du nicht im Lande bist. Gehst du jetzt allein, oder nimmst du Herrn Rüsselberg mit?«

Ich zuckte mit den Schultern. »Er will mich nach Hause bringen.«

Meine Schulfreundin zwinkerte mir zu. »Im Gegensatz zu mir bist du niemandem Rechenschaft schuldig, also genieß das Leben, und tu, wonach dir ist. Man lebt nur einmal!«

Michael half mir in die Jacke, und wir winkten Beatrix und den anderen zu, die gerade »Komm, hol das Lasso raus« sangen und dabei wilde Verrenkungen machten. Sie verzog das Gesicht zu einem schiefen Lächeln, und Anja starrte uns unverhohlen feindselig an. Zum Glück war von der Pissnelke nichts zu sehen, wahrscheinlich arbeitete sie an ihrem Golf-Handicap.

Zu meinem Erstaunen war es mir überhaupt nicht peinlich, dass alle mitbekamen, mit wem ich in die Nacht verschwand. Im Gegenteil, ich war sogar stolz darauf. Nach über zwanzig Jahren hatte ich, die graue Maus von einst, den immer noch bestaussehenden Typen der Stufe am Haken, wie Eva es ausdrücken würde.

# Kapitel 13

*»Dass du dich einsam fühlst, ist normal,
so geht es uns Singles manchmal.«*

VICTORIA

Am nächsten Morgen weckte mich mein Handy mit sanftem Meeresrauschen. Ich war müde, hatte aber erstaunlicherweise keine Kopfschmerzen und fragte mich, was wohl in den Cocktails drin gewesen war, das mir zwar einen leichten Schwips, jedoch keinen Kater verpasste.

Als ich zum Frühstück hinunterging, saß meine Mutter mit pikiertem Gesichtsausdruck vor einem Obstsalat. »Victoria-Kind, was höre ich da für Geschichten von dir. Du weißt, dass wir hier in einem kleiner Ort leben, wo sich Skandale ganz schnell herumsprechen.«

Ich war völlig verdattert. »Auch dir einen guten Morgen, Mama. Was willst du denn gehört haben?«

»Du hast das Stufentreffen zusammen mit einem Mann verlassen? So etwas gehört sich nicht. Irene und Ulla haben mich schon beide angerufen. Ihre Töchter haben es ihnen erzählt.«

Mit Ullas schwangerer Tochter Antje hatte ich zwei ganze Sätze gewechselt, und soweit ich mich erinnerte, war sie gleich nach dem Abendessen verschwunden. Und was Beatrix anging … Was konnte sie schon groß erzählt haben?

»Beatrix war total betrunken und weiß gar nichts«, stellte ich klar, während ich mir einen Kaffee einschenkte. »Es ist

167

überhaupt nichts passiert, oder meinst du, ich hätte einen Mann in mein Kinderzimmer geschmuggelt? Ein früherer Schulfreund hat mich nach Hause begleitet, damit ich nicht in der Nacht allein durch die Straßen laufen muss. Das kann nur in deinem Sinne sein, oder etwa nicht?«

Dass wir uns vor der Haustür mindestens eine Viertelstunde lang geküsst hatten und er mich mehrfach zu überreden versucht hatte, mit in sein Hotel zu kommen, brauchte sie nicht zu wissen.

Ich aber sah noch immer Michaels Gesicht vor mir und spürte die Hand, die mir erst eine Strähne aus dem Gesicht gestrichen und dann mein Kinn umfasst hatte, bevor sich unsere Lippen trafen. In dem Moment hatte sich mein Verstand verabschiedet und sich erst wieder eingeschaltet, als mir Michael unmissverständlich die Worte »Wie sieht es denn jetzt mit dem Kaffee in meinem Zimmer aus?« ins Ohr murmelte, während er an meinem Ohrläppchen knabberte.

Ich gebe zu, dass ich fast schwach geworden wäre, aber mein Bauch sagte mir, dass das alles zu schnell ging. Als ich es dann aussprach, konnte ich Michaels Gesichtsausdruck nur schlecht deuten, aber immerhin hatte er den magischen Satz »Wir sehen uns dann also in Düsseldorf?« ausgesprochen.

Obwohl ich mich noch an fast alles erinnerte, schien es bei Tageslicht so unwirklich, dass ich es selbst kaum glaubte.

»Mehr war da nicht?« Meine Mutter durchbohrte mich mit ihrem Röntgenblick. »Wer war das überhaupt?«

»Jemand aus unserer früheren Stufe. Michael Rüsselberg, ich glaube nicht, dass du ihn kennst. Er lebt schon seit langem in Frankfurt. Und nein, mehr ist nicht passiert. Übrigens bin ich alt genug, um zu entscheiden, was ich mit wem tue.«

»Nicht, wenn du bei mir zu Besuch bist.« Die Stimme

meiner Mutter klang sehr energisch. »Du fährst wieder weg, und ich darf mir die nächsten Wochen anhören, wie verlottert meine Tochter ist. Nicht verheiratet, nicht einmal geschieden und hüpft nach nur einem Abend mit jedem ins Bett. Dieses Gerücht ist jedenfalls laut Irene seit gestern über dich im Umlauf, außerdem soll dieser Mann nicht bei seiner Familie, sondern im Hotel wohnen.«

Ein Glück, dass ich standhaft geblieben bin. In dieser Kleinstadt blieb wirklich nichts unbemerkt.

Ich verdrehte die Augen. »Weißt du, Mama, genau das ist der Grund, weswegen ich niemals hierher zurückziehen würde. Jeder beobachtet jeden und streut Gerüchte, die überhaupt nicht stimmen. Das ist einfach ätzend!«

»Das stimmt.« Überraschenderweise gab sie mir Recht. »Man steht wirklich unter Dauerbeobachtung. Manchmal kann ich dich verstehen, Victoria-Kind, und würde auch am liebsten von hier weggehen. Die Leute … Ach, lassen wir das.«

Das waren ja ganz ungewohnte Töne von meiner Mutter, die mir sonst immer die Vorzüge der Heimat pries. »Sag mal, ist irgendetwas?«, fragte ich, doch sie schüttelte den Kopf.

»Natürlich nicht, was soll denn sein? Und jetzt erzähl mal, wie war der Abend? Hast du dich gut amüsiert?«

»Wie man es nimmt«, antwortete ich.

»Immerhin bist du ganz schön spät heimgekommen, demnach muss es gut gewesen sein«, bemerkte meine Mutter. »Wen hast du alles getroffen?«

Ich fasste den Abend zusammen und servierte ihr sogar ein paar Klatsch-Häppchen, ließ aber meinen Flirt mit Michael komplett aus. Es war schön, mal wieder ein kleines Geheimnis zu haben, das mit Schmetterlingen im Bauch zu tun hatte.

Nach dem Frühstück packte ich meine Sachen zusammen, und Mama fuhr mich zum Bahnhof.

»Habt ihr eigentlich ausreichend geübt?«, fragte sie beim Abschied.

»Was denn geübt?«

»Russisch«, antwortete sie. »Konnte Silke dir da helfen?«

Ich dachte daran, wie Silke mit Axel getanzt und geflirtet hatte, und nickte grinsend. »Absolut! Silke ist als Russisch-Coach wirklich zu gebrauchen. Wenn ihre Kinder größer werden, wird sie vielleicht auf Dolmetscher umschulen. Ich hab dich lieb, Mama. Wir sehen uns dann auf Skype.«

»Bitte sag Bescheid, wenn du angekommen bist. Wenigstens per SMS, ja?«

Kurz darauf stieg ich in den Zug, der diesmal fast komplett leer war, und während ich mich immer weiter von meiner Heimat entfernte, breitete sich ein komisches Gefühl im Magen aus, das ich nicht näher definieren konnte. Ich dachte über die letzte Nacht nach. Vor allem über ihr Ende. Ich hoffte, dass ich Michael schon bald wiedersah. Vielleicht hätte ich doch alle meine Prinzipien über Bord werfen sollen?

Mein Handy piepte, und sofort klopfte mein Herz etwas schneller. Ich hatte vier Kurznachrichten bekommen. Daniel lud mich ein, mit ihm abends den *Tatort* im Ersten zu schauen, Silke schrieb, dass sie es schön fände, wenn wir uns irgendwann wiedersehen würden, Eva erkundigte sich mit einem Smiley nach der vergangenen Nacht, und Willem van de Toel setzte mich darüber in Kenntnis, dass er auf Firmenkosten Fußballkarten für ein Bundesliga-Spiel besorgt hatte. Dahinter hatte er zehn begeisterte Ausrufezeichen gesetzt.

Ich war enttäuscht, dass keine der SMS von Michael stammte, und schalt mich selbst dafür. Zu Hause angekommen, fand ich auf dem Küchentisch einen Zettel von Frau

Iwanska. »Habe alle Tiere gewaschen. Im Kihlschrank steht Essen fir sie.«

Sofort fiel mir ein, was meine Putzhilfe über die drohende Vereinsamung gesagt hatte, und ich bekam Panik. Sie hatte ohne Rücksprache Tiere in meine Wohnung gebracht und Essen für sie bereitgestellt? Dann fielen mir ihre Probleme mit dem Ü ein, und alles klärte sich. Die Türen glänzten wie alles andere in meiner Wohnung, und im Kühlschrank standen selbst gemachter Kartoffelsalat und Wiener Würstchen.

Nach dem Essen rief ich Eva an und berichtete ihr in groben Zügen vom Verlauf des Abends. Als ich bei dem Punkt ankam, als Michael mir einen Kaffee in seinem Hotel angeboten hatte, fiel sie mir ins Wort.

»Ich hoffe, dass du sofort ja gesagt hast.«

»Natürlich nicht«, antwortete ich gespielt entrüstet. »Ich bin doch keine Frau für eine Nacht.«

»Du weißt, was man sagt: Zwei Stunden hätten auch gereicht«, erwiderte sie. »Dann hättest du jetzt eine Kerbe mehr in deinem Bettpfosten.«

»Eva!« Seit der Scheidung erkannte ich sie kaum wieder. »Mein Bett ist aus Metall, da kann ich keine Kerben machen. Außerdem …«

»Dann nimm einen wasserfesten Edding. Wir brauchen alle dringend mehr Sex.« Sie seufzte. »Mist, verdammter. Höre ich mich jetzt wie eine Nymphomanin an?«

Ich presste den Hörer ans Ohr. »Irgendwie schon. Was ist denn los mit dir?«

Sie seufzte. »Keine Ahnung. Ich bin einsam. Es tut sich nichts auf dem Single-Markt. Ich bin alt. Keiner will was von mir. Ich bin hässlich. Ich will nicht ausgehen und neue Typen aufreißen, die sich als totale Nieten entpuppen. Ich glaube, Tom fehlt mir.« Ihre Stimme klang fast weinerlich.

Darauf hatte ich insgeheim die ganze Zeit gewartet. Meine Freundin hatte endlich den Scheidungsblues. Dieses ganze Wir-sind–ja-so–glücklich-und-bleiben-beste-Freunde-Getue war zwar ganz nett, aber innerlich hatte es sie offenbar doch ziemlich getroffen.

»Du fängst an, dich mit der Scheidung auseinanderzusetzen«, sagte ich sanft und machte es mir auf dem Wohnzimmersofa bequem. »Das ist normal und braucht seine Zeit. Du bist nicht alt und hässlich. Dass du dich einsam fühlst, ist normal, so geht es uns Singles manchmal. Trotz guter Freunde.«

Eva schniefte. »Das hat mir aber niemand vorher gesagt. Ich dachte, ich würde ganz viele Dinge erleben.« Jetzt klang sie wie ein trotziges, kleines Mädchen.

»Eva, du bist seit gefühlten zehn Minuten geschieden. Du musst Geduld haben und dir Zeit zum Trauern geben, auch wenn ihr beide davon überzeugt seid, dass die Scheidung der richtige Schritt war. Dass du direkt losziehst und dir einen neuen Mann angeln willst, ist der falsche Weg. Verarbeite erst die Trennung, und fang dann neu an. Glück lässt sich doch nicht erzwingen, aber ganz viele aufregende Dinge werden noch kommen, du wirst sehen.« Ich kreuzte die Finger hinter dem Rücken und hoffte, dass es auf Eva zutreffen würde.

»Meinst du?« Sie schniefte noch einmal.

»Natürlich. Alles braucht seine Zeit. Eure Trennung hat Spuren hinterlassen. Es ist schmerzhaft, weil ihr so lange zusammen wart. Überstürze nichts, und lass dich vor allem nicht sofort mit dem nächstbesten Mann ein.«

Meine Freundin räusperte sich. »Also verkuppelst du mich nicht mit deinem Nachbarn?«

»Ich verkuppele dich mit niemandem«, antwortete ich. »Du musst erst mal runterkommen.«

»Vicky, weißt du, dass du eine gute Psychologin abgeben

würdest? Du hast mich echt aufgebaut.« Meine Freundin sprach wieder mit ihrer normalen Stimme. »Und jetzt lenk mich bitte ab.«

»Wie denn?«

»Erzähl mir, wie die Sache mit diesem Mister Universum ausgegangen ist. Du bist also nicht noch mit ihm ins Hotel? Habt ihr denn wenigstens wild geknutscht? Ich will Einzelheiten!«

Ich verdrehte die Augen. Das war wieder typisch Eva: himmelhochjauchzend und zu Tode betrübt. »Er hat mich nach Hause begleitet, und wir haben Handynummern getauscht.«

»Das war alles? Kann nicht sein!«, kreischte meine Freundin.

»Möglicherweise haben wir uns auch geküsst.«

»Möglicherweise, oder habt ihr?«

Ich atmete tief durch. »Wir haben, und zwar mehr als nur einmal, aber wir hatten Alkohol getrunken, daher weiß ich nicht, wie das zu werten ist. Außerdem will Michael in der kommenden Woche herkommen und mit mir essen gehen, aber wahrscheinlich macht er es sowieso nicht, denn bisher hat er nichts von sich hören lassen.«

»Kein Anruf?« Jetzt wollte es Eva ganz genau wissen.

»Nein.«

»Auch keine SMS?«

»Gar nichts. Keinen Ton. Vielleicht ist er beschäftigt.«

Diesmal seufzte Eva. »Vicky, ich sage es nicht gern, aber das ist kein gutes Zeichen. Für eine kurze Nachricht ist man nie zu beschäftigt, das ist ein dicker Minuspunkt für ihn. Ist er gebunden?«

»Geschieden. Und falls du gleich nach Kindern fragst, keine Ahnung. Irgendwie hat sich ein privates Gespräch mit ihm nicht ergeben, obwohl mir alle anderen ständig ungefragt ihre Nachkommen per Handy vor die Nase gehalten haben.«

»Früher gab es Dia-Abende, heute gibt es Handys, sagt meine Mutter immer«, lachte Eva. »Also wenn du mich fragst, warte ab, ob sich dieser Michael meldet, aber lass bloß nichts von dir hören. Das hast du nicht nötig, du hast einen Doktortitel. Er muss aktiv werden, schließlich will er dich besuchen.«

Ich stand auf. »Was, wenn er nicht anruft? Dann nützt mir der Doktortitel auch nichts.«

»Tja, dann war es nur ein One-Night-Kiss, und genauso solltest du es dann auch verbuchen. Ich kann dir den gleichen Rat geben wie du mir: Mach dich nicht verrückt. Immerhin hast du noch diesen vampirischen Werbefuzzi, und das ist mehr, als ich von mir behaupten kann.«

Das war zwar kein Trost, denn weder »hatte« ich Oscar noch wusste ich, ob ich ihn überhaupt haben wollte. Trotzdem beschloss ich, auf Eva zu hören. »Okay. Wo wir gerade bei den Werbeleuten sind, ich gehe jetzt rüber zu Daniel, dann komme ich auf andere Gedanken. Mit Rotwein beim *Tatort* vergeht die Zeit schneller, und ich muss nicht grübeln. Wir sehen uns morgen in der Bank.«

Keine halbe Stunde später saß ich bei Daniel auf dem Ledersofa und berichtete ungefähr noch mal das Gleiche wie zuvor Eva. Nur die Sache mit Michael ließ ich aus, schließlich musste er nicht alles wissen. So gut befreundet waren wir nun auch nicht, als dass ich ihm solche Details erzählen würde.

»Das hört sich witzig an, das müsste man in einen Werbespot für Smartphones oder Tablets packen«, begeisterte sich mein Nachbar, nachdem ich ihm den Jpg-Wettbewerb geschildert hatte. »Hast du was dagegen, wenn ich mir die Idee für den nächsten Kunden aus der Elektrobranche aufhebe?«

»Mach ruhig«, winkte ich lässig ab. »Das neueste Handy für Ihre Fotosammlung – damit ist Ihnen auf jedem Klassentreffen der Neid sicher. Und für gute Laune auf jeder Beerdigung ist auch gesorgt.«

Auf seinen fragenden Blick hin erzählte ich ihm von den Senioren, die bei Onkel Herberts Trauerfeier ebenfalls ihre technischen Novitäten unter Beweis gestellt hatten.

»Das riecht ja nach einer ganzen Kampagne«, grinste Daniel und schenkte sich Wein nach. »Wurde eigentlich auch getanzt?«

»Gerudert, geritten, gehüpft, geschunkelt und zwischendurch auch mal getanzt.« Ich beschrieb ihm die Mega-Mucke von DJ Manni sowie das Tanzgebaren der Feiernden, und mein Nachbar fiel vor Lachen fast vom Sofa.

Als er sich wieder beruhigt hatte, fragte er: »Bevor die Kommissare gleich mindestens zehn Leute umnieten … Warum bist du am Ende doch hingegangen? Hattest du nicht erst abgesagt?«

Ich wich seinem Blick aus. »Ich habe mich dazu überreden lassen. Du weißt ja, wie das ist: Man kann dann so schlecht Nein sagen.«

Daniel griff nach der Fernbedienung. »Ja, du schon, du bist viel zu gutmütig. Andererseits hast du dich letztendlich amüsiert, wenn auch anders als deine Stufenkameraden.«

Ich fuhr zusammen. Hatte er hinter meinem Rücken einen heißen Draht zu meiner Mutter oder gar zur Eva? »Wie meinst du das?«

Während er den Fernseher einschaltete und die *Tatort*-Melodie losdudelte, sah er mich kurz von der Seite an. »Na, du hast doch über das Verhalten der Leute gelacht. Es hätte schlimmer kommen können.«

Offenbar wurde ich langsam paranoid. »Stimmt«, sagte ich

seltsam erleichtert. »Eigentlich bin ich doch ganz froh, dass ich hingegangen bin.« Wenn er wüsste!

»Und? War auch ein netter und gutaussehender Typ dabei?«, fragte Daniel unvermittelt, als könnte er meine Gedanken lesen, und ich fühlte mich prompt ertappt.

Das Handy in meiner Hosentasche klingelte, und ich wirbelte herum. War es endlich Michael?

»Wer ruft dich denn um diese Uhrzeit noch an? Etwa Oscar?«, wollte Daniel wissen. »Du kannst ihn stumm schalten, wenn er dich nervt.«

»Ich schau nur mal kurz nach.« Damit griff ich nach meinem Telefon, und meine Hand zitterte.

Doch die Nummer auf dem Display war die meiner Mutter. »Hallo, Mama? Ist etwas passiert?«

»Wann wolltest du mir eigentlich mitteilen, dass du gut angekommen bist, Victoria-Kind? Oder befindest du dich in der Hand von Entführern und kannst nicht frei telefonieren?« Sie klang ziemlich sauer.

Das war mir tatsächlich völlig entfallen. »Entschuldige bitte«, sagte ich zerknirscht. »Ich hatte vorhin so viel zu tun. Ich habe ausgepackt und es darüber irgendwie …«

»Vergessen? Du vergisst einfach deine alte Mutter. Das kommt davon, wenn man sich betrinkt und nachts mit fremden Männern durch die Gegend zieht.«

Jetzt reichte es aber. »Ich habe mich nicht betrunken, und Michael ist kein Fremder«, sagte ich. »Das habe ich dir doch schon heute Morgen erklärt. Deine tratschsüchtigen Freundinnen sollen sich jemanden anderen suchen, über den sie herziehen können. Ich bin gut angekommen, und es tut mir leid, dass ich nicht gleich angerufen habe. Aber jetzt will ich den *Tatort* zu Ende sehen. Bis morgen.«

Ich legte auf, und Daniel stellte den Ton wieder lauter.

»Ist das jetzt der Mörder, oder nicht?«, fragte ich.

Er zuckte mit den Schultern. »Ich bin auch irgendwie raus. Mal sehen, ob wir es noch auf die Reihe bekommen.«

Eine Weile schauten wir schweigend zu, aber ich war nicht bei der Sache. Die ganze Zeit überlegte ich, ob ich Michaels Worte richtig gedeutet hatte oder ob der Alkohol nicht nur meine Sprache, sondern auch mein Auffassungsvermögen beeinflusst hatte.

»Wer ist eigentlich Michael?«, fragte Daniel unvermittelt. »Entschuldige, ich weiß, es geht mich nichts an, aber es war nicht zu überhören.«

Ich lachte nervös und winkte ab. »Schon gut. Das ist jemand aus meiner früheren Stufe, den ich gestern wiedergesehen habe«, erklärte ich und erzählte ihm von Mutters Kleinstadtinformantinnen, die ihr Sodom und Gomorra ausgemalt hatten. »Wie alt bin ich eigentlich, und warum sollte ich ihr Rechenschaft ablegen?«

»Du wirst immer ihre kleine Tochter bleiben, schätze ich«, versuchte Daniel zu vermitteln. »Ganz egal, wie alt und selbstständig du bist. Sobald sie dich um sich hat, fühlt sie sich für alles verantwortlich. Sie wird sich schon wieder beruhigen, und die Kleinstädterinnen werden sich einem neuen Tratschopfer zuwenden, so etwas geht ganz schnell.«

Ich trank einen Schluck Wasser (auf den Rotwein hatte ich lieber verzichtet, sonst hatte Frau Iwanska wirklich allen Grund, mich für alkoholkrank zu halten). »Ja, das denke ich auch. Hoffentlich weiß Britta es zu schätzen, was für ein kluger Mann du bist. Wo ist sie heute überhaupt? Oder wie ist derzeit euer Beziehungsstatus?«

Daniels Miene verfinsterte sich. »Auf off. Und da bleibt er auch. Sie kapiert einfach nicht, wie ich mir eine Beziehung vorstelle, und meint, ein gemeinsamer Italienurlaub würde uns stärker aneinander binden. Dabei sollte es vor allem im Alltag gut funktionieren, und da haben wir völlig unterschiedliche Vorstellungen.«

»Oje«, bedauerte ich ihn. »Es ist bestimmt nicht einfach, sich zu trennen, wenn man in derselben Branche ist, denselben Freundeskreis hat und sich ständig über den Weg läuft.«

»Genau, und wenn du demnächst auch noch mit Oscar ausgehen solltest, dann komme ich aus diesem Job-Privatleben-Karussell gar nicht mehr heraus«, brummte er.

»Keine Sorge«, sagte ich. »Ich habe ganz bestimmt nicht vor, mich mit Oscar einzulassen.«

# Kapitel 14

*»Schon komisch, dass wir Frauen so oft*
*auf Äußerlichkeiten reduziert werden.«*
VICTORIA

*A*m Dienstagmorgen hatte sich Michael immer noch nicht gemeldet, und ich schwankte zwischen hoffnungsvollem Display-Checken (vielleicht hatte ich ja den Anruf überhört?), sehnsüchtiger Traurigkeit (ruuuuuf mich doch endlich aaaan!) und ohnmächtiger Wut (was bildete sich dieser Fatzke eigentlich ein?). Als die Wut kurz Oberhand hatte, löschte ich trotzig seine Nummer aus meinem Telefonverzeichnis, damit ich gar nicht erst in Versuchung geriet, mich bei ihm zu melden. Eva riet mir zwar, mich einfach abzulenken und den Anruf ganz lässig abzuwarten, aber ich hatte Angst, dass ich das nicht konnte.

Im Büro erwartete mich Willem schon im Vorzimmer. »Die Russen kommen!«, rief er aufgeregt.

»Meine Güte, Herr van de Toel, so wie Sie das aussprechen, meint man, der dritte Weltkrieg stünde vor der Tür«, sagte meine Assistentin, die uns gerade ein Tablett mit Kaffee herrichtete.

Ich konnte mir ein Grinsen nicht verkneifen. »Da hat Frau Unterbach Recht, Willem. Kannst du nicht etwas erfreuter wirken? Die Sorgenfalten im Gesicht sind diesmal mein Part, schließlich wird von mir erwartet, dass ich Russisch spreche.

Von meinen Schulkenntnissen ist leider nicht viel geblieben, also hoffen wir, dass uns der Dolmetscher nachher nicht im Stich lässt.«

»Er ist der Beste, Frau Doktor Weinmorgen. Das hat man mir von mehreren Seiten bestätigt«, antwortete Frau Unterbach. »Er dolmetscht unter anderem auch im Landtag und bei internationalen Konferenzen.«

Willem lockerte seine Krawatte. »Ich bin ein wenig nervös, denn du weißt, es ist ein Riesengeschäft, wenn es klappt …«

»Ist schon klar. Aber wir sind sehr gut vorbereitet. Unser Meeting gestern ist sehr gut gelaufen, Konferenzraum zwei ist für alle vorbereitet, und wenn der Dolmetscher da ist, kann nicht viel schiefgehen.«

Mein Kollege nickte. »Stimmt, das Programm für die nächsten Tage steht. Wird Herr Weinert-Winkelmann eigentlich zu uns stoßen?«

»Nur kurz zur Begrüßung, wie ich gehört habe«, erklärte ich. »Bei so einem großen Kunden lässt der Vorstandsvorsitzende sich das offenbar nicht nehmen. Außerdem kennt er einen von den Russen ein bisschen näher.«

Das hatte mir Frau Unterbach zugetragen, die es wiederum von seiner Sekretärin hatte, die sozusagen an der Quelle saß. Überhaupt war meine Assistentin seit neuestem irgendwie zugänglicher. Loyal war sie schon immer, das musste man ihr lassen, aber in letzter Zeit war sie noch eine Spur freundlicher als sonst. So gesehen hatte Onkel Herbert mir mit seinem Ableben sogar etwas Gutes getan, und ich schämte mich, so wenige Erinnerungen an ihn zu haben.

Willem und ich nahmen in meinem Büro Platz, und er sah mich prüfend an. »Du wirkst gar nicht nervös, ich dagegen bin wie vor allen wichtigen Terminen total aufgeregt«, gestand er. »Zu allem Überfluss hat mir meine Ex für morgen Abend die

Mädchen aufgebrummt, und da sie sich mit meiner Freundin nicht verstehen, müssen die Kinder alleine zu Hause bleiben, bis wir von dem Spiel zurückkommen.«

»Welches Spiel?« Verständnislos hob ich den Kopf.

»Morgen Abend ist doch das Derby auf Schalke, es sind englische Wochen.«

»Oder böhmische Dörfer. Geht das auch auf Deutsch? Ich habe bisher nur ›morgen Abend‹ verstanden.«

Willem lachte. »Hinter deiner zurückhaltenden Fassade bist du ganz schön schlagfertig, Victoria. Also hier noch einmal für dich: Wir haben für morgen Abend Fußballkarten. Es geht nach Gelsenkirchen in die Arena, wo der FC Schalke 04 gegen Borussia Dortmund spielt. Weil es benachbarte Städte sind, spricht man von einem Derby. Und weil die Mannschaften unter der Woche und am kommenden Wochenende antreten müssen, nennt man das ›englische Wochen‹, da die Vereine auf der Insel ganz oft in diesem Turnus spielen.«

Okay, der Schleier lichtete sich ein wenig. »Ich habe von Fußball nicht so viel Ahnung, tut mir leid, aber danke, dass du mich aufgeklärt hast. Muss ich da eigentlich auch mit?«

»Sicher, das fällt schließlich unter Kundenpflege. Es war schwer genug, die Karten zu bekommen, die Derbys sind immer Monate im Voraus ausverkauft. Da hat unser Boss persönlich seine Beziehungen spielen lassen. Er kommt übrigens auch mit.«

Ich stöhnte. »Auch das noch!«

Wenn Herr Weinert-Winkelmann dabei war, konnte ich mich schlecht verdrücken. Davon abgesehen erwartete er garantiert Fachkenntnisse. Jetzt musste ich mir bis morgen Abend auch noch ein paar Fußballfakten auf meine Hirnfestplatte laden, um nicht als total doof dazustehen.

Willem trank einen Schluck Kaffee. »Zum Glück ist er

heute Abend nicht mit von der Partie. Es bleibt doch bei der Altstadt, oder?«

Ich dachte an Evas unzureichenden Bericht und nickte langsam. »Ja, obwohl ich immer noch nicht weiß, welche Kneipe die richtige für die Typen ist. Zur Not musst du dich mit ihnen dort betrinken und willige Touristinnen anflirten. Ich hätte ja einen Musicalabend bevorzugt. Egal, wir werden es schon irgendwie über die Bühne bringen. Aber zunächst konzentrieren wir uns auf die geschäftliche Seite.«

»Apropos, du siehst übrigens sehr gut aus, so … geschäftstüchtig-sexy«, antwortete Willem.

Ich blickte an meinem dunkelbraunen Kostüm mit der cremefarbenen Bluse herunter. »Vielen Dank für das ›geschäftstüchtig‹. Das andere Wort mag ich während der Arbeitszeit gar nicht. Schon komisch, dass wir Frauen so oft auf Äußerlichkeiten reduziert werden.« Plötzlich fiel mir Michaels Kompliment zu meinem roten Shirt wieder ein, und ich spürte einen Stich im Magen.

»Du darfst mich gern sexy nennen, ich würde mich darüber freuen«, meinte Willem mit einem entwaffnenden Grinsen, was mich wieder zum Lächeln brachte.

Wir einigten uns darauf, einfach weiterzuarbeiten und darauf zu warten, bis man uns rief. Die Mittagspause nutzte ich, um noch einmal mein Handy zu checken und mich zu vergewissern, dass es geladen und funktionstüchtig war. Noch immer kein Lebenszeichen von Michael Rüsselberg. Ich stellte es auf Vibration und schwor mir, diesen Kerl aus meinen Gedanken zu verbannen.

Am frühen Nachmittag stand Frau Unterbach in meiner Tür. »Frau Doktor Weinmorgen, die russischen Gäste sind soeben eingetroffen. Ich soll Ihnen von Herrn Doktor Weinert-Winkelmann ausrichten, dass Sie die Herrschaften unten empfangen und in sein Büro führen möchten. Herr van de Toel ist ebenfalls informiert.«

Der große Moment war also da. Ich nickte und griff nach meiner Notebook-Tasche, die schon bereitstand. »Vielen Dank, Frau Unterbach. Bin unterwegs.«

Ich lief die Treppen hinunter und betete, dass der Dolmetscher schon anwesend war oder die Russen Englisch konnten. Außer *spasiba* für *danke, na sdorowje* für *auf die Gesundheit, da* für *ja* und *njet* für *nein* fiel mir leider im Moment nicht viel in ihrer Sprache ein.

Am Empfang angekommen, blieb ich überrascht stehen. Vor mir standen drei Frauen, die wie Topmodels aussahen. Oder besser noch, wie Charlies Engel. Alle drei zwischen dreißig und vierzig Jahre alt, hochgewachsen, extrem schlank, sehr hübsch, gekonnt geschminkt und gut frisiert. Ihre Hosenanzüge waren von Armani, das erkannte ich auf den ersten Blick, und in der Hand trugen sie alle drei einen Gucci-Aktenkoffer.

Waren das die Ehefrauen unserer Geschäftspartner? Außer ihnen war aber niemand zu sehen, und irgendetwas am Auftreten des Trios sagte mir, dass sie unsere potenziellen Kundinnen waren.

Warum in aller Welt hatte ich die ganze Zeit angenommen, der russischer Besuch seien vollbärtige Kerle à la Donkosaken?

Und wir hatten Fußballkarten besorgt!

»Sdrastwujtje«, sagte ich auf Russisch. Das Pendant zu *Guten Tag* war mir im letzten Moment noch eingefallen. »Do you speak english?«

»Wir können uns auch auf Deutsch unterhalten«, sagte die rothaarige Frau, die in der Mitte stand. Sie ging einen Schritt auf mich zu. »Tatjana Rugatschowa, guten Tag. Das hier sind Olga Mirskaja und Ludmilla Ladicenko. Sie können aber auch Tatjana, Olga und Ludmilla sagen, den Deutschen fällt es schwer, unsere Nachnamen zu behalten.«

Mir fiel ein Stein vom Herzen, und ich erholte mich von meinem ersten Schrecken. »Freut mich sehr. Ich bin Victoria Weinmorgen, bitte nennen Sie mich Victoria.« Ich schüttelte der rothaarigen Tatjana sowie den beiden Blondinen Olga und Ludmilla die Hand. Jetzt erinnerte ich mich an eine geschäftliche Mail, in der die Nachnamen der drei aufgetaucht waren, aber ohne die dazugehörigen Vornamen. Ich hatte nicht eine Sekunde darüber nachgedacht, dass es Frauen sein könnten.

»Wein? Morgen?« Olga lächelte. »Mit Ihrem Namen tun sich die Deutschen bestimmt auch schwer? Ich habe in Deutschland studiert und weiß, dass hier immer alles ernst genommen wird. Ihr Name würde eher nach Russland passen, die melancholische russische Seele mag solche poetischen Bezeichnungen.«

Poetisch hatte meinen Namen bisher niemand genannt, das gefiel mir. Ich hätte mir gewünscht, dass schon damals unser Russischlehrer auf dem Gymnasium etwas in dieser Richtung gesagt hätte. Das wäre eine ziemliche Hilfe für mich gewesen.

In diesem Moment kam Willem durch die Glastür und blieb wie angewurzelt stehen. »Wer ist …? Wo sind …?«

»Darf ich vorstellen?«, fiel ich ihm schnell ins Wort. Es fehlte noch, dass er scherzhaft fragte, wo die Ehemänner der schönen Frauen waren oder dass er sie als sexy betitelte. »Das hier sind unsere russischen Gäste, Olga, Tatjana und Ludmilla. Und das ist Herr Willem van de Toel, aber er hat sicher nichts dagegen, wenn Sie ihn nur Willem nennen.«

Mein Kollege gab dem Besuch zwar nickend die Hand, sagte aber immer noch nichts, daher versuchte ich, die Situation zu meistern. »Wie du merkst, Willem, bist du derzeit der Hahn im Korb. Und jetzt gehen wir alle zusammen zu unserem Vorstandsvorsitzenden Herrn Doktor Weinert-Winkelmann. Er möchte Sie sehr gerne persönlich begrüßen.«

»Einen Moment bitte«, sagte Ludmilla. »Wir sind eigentlich zu viert und warten noch auf unseren Partner Igor Petrovsky. Er sollte jeden Moment hier sein.«

Warum ihr Partner noch nicht da war, erklärte sie nicht, aber es ging uns ja auch nichts an.

»Natürlich«, meinte ich daher nur. »Hatten Sie eine gute Anreise? Ist Ihr Hotel schön?«

Wir hatten sie in einem Luxushotel direkt an der Königsallee einquartiert, deshalb hoffte ich, dass es eine rhetorische Frage sei.

»Es ist ganz nett«, sagte Tatjana und schüttelte ihre roten Haare. »Aber wichtiger sind die Shoppingmöglichkeiten in der Nähe, nicht wahr? Neben allem Geschäftlichen möchten wir das selbstverständlich ebenfalls auskosten.« Sie lachte melodisch, und ich merkte sofort, dass Willem hingerissen war.

Ich konnte es verstehen. Wären Frauen mein Fall gewesen, ich hätte mich auch auf der Stelle in Tatjana verknallt.

»Eines noch vorab: Wir haben für unsere Präsentation und die Verhandlungen einen Dolmetscher bestellt«, sagte ich. »So gut, wie Sie Deutsch sprechen, frage ich mich, ob wir ihn überhaupt brauchen?«

Unsere Kundinnen sahen sich an. »Auf jeden Fall. Es ist eine Absicherung für alle Seiten. Im Business nehmen wir immer einen staatlich geprüften Dolmetscher«, meinte Ludmilla.

»Selbstverständlich.« Willem hatte offenbar seine Sprache wiedergefunden. »Sie sollen es so bequem wie nur möglich bei uns haben. Bitte zögern Sie nicht, alle Wünsche zu äußern.«

Die drei Grazien bedankten sich mit einem Nicken, dann öffnete sich die Eingangstür, und ein Mann kam herein, in dem ich sofort Igor Petrovsky vermutete. Auch er hatte keine Ähnlichkeit mit dem Russenbild, das ich bis eben im Kopf gehabt hatte und das eher Ivan Rebroff, dem alten Schlagersänger, ähnelte, den meine Mutter früher so gern aufgelegt hatte.

Igor Petrovsky war ein schlanker, sehr drahtig wirkender Mann um die fünfzig mit kurzem, dunklem Haar, in dem sich bereits mehrere graue Strähnen zeigten, und einem sehr markanten Gesicht. Auch er war sehr elegant gekleidet und ließ mich keine Sekunde daran zweifeln, dass er überaus reich und mächtig war.

Sobald er die Empfangshalle betrat, begannen die drei Frauen, auf Russisch auf ihn einzureden. Leider verstand ich nur einen Bruchteil davon, aber dann erklärte ihm Tatjana, wer Willem und ich waren.

»Angenehm.« Auch Igor Petrovsky sprach Deutsch, und ich dankte insgeheim Gott, dass er ein Einsehen mit mir hatte und ich vor Herrn Weinert-Winkelmann keine nicht vorhandenen Russischkenntnisse würde simulieren müssen.

Ich deutete auf den Fahrstuhl. »Wir müssen in die dritte Etage. Unser Vorstandsvorsitzender erwartet uns schon.«

Zu sechst quetschten wir uns in den Aufzug und machten artig Smalltalk über das Wetter, die Kö und die Boutiquen. Mein Kollege musste in dem Punkt genauso passen wie Igor Petrovsky, und so blieb das Gespräch uns Frauen überlassen.

»Gut, dass eine Frau dabei ist«, bemerkte Igor und deutete mit seinem Zeigefinger auf mich. »Mode ist ein Thema, das mich überhaupt nicht interessiert.«

Auch mir drängte sich zwischenzeitlich die Frage auf, ob Herr Weinert-Winkelmann mich nur deswegen auserwählt hatte, diese Kunden an Land zu ziehen? Hatte er gewusst, wer die russische Firma vertreten würde?

Die Türen zu seinem Vorzimmer und dem Büro standen weit offen, und ich sah, dass seine Assistentin einen kleinen Stehempfang vorbereitet hatte. Es gab Häppchen und belegte Sandwiches, Champagner und andere Getränke, sogar Cracker mit Frischkäse und Kaviar. Unsere Bank zog mal wieder alle Register.

»Igor!«

Ich hatte schon gerätselt, wen aus der russischen Gruppe unser Chef näher kannte, und jetzt war es klar. Die beiden Männer klopften sich gegenseitig auf den Rücken und küssten sich auf beide Wangen zur Begrüßung. Dann wandte sich unser Vorstandsvorsitzender zu den drei Ladys, und ich konnte seinem Gesicht nicht ablesen, ob er überrascht war oder nicht.

»Meinst du, dass wir auf die Schnelle noch Musical-Karten bekommen?«, raunte mir Willem im allgemeinen Begrüßungstrubel zu.

»Hab auch schon dran gedacht«, flüsterte ich zurück. »Wir sollten uns nach den geschäftlichen Verhandlungen unbedingt noch mal mit der Freizeitplanung befassen.«

»Die beiden haben ein ausgezeichnetes Programm für Ihren gesamten Aufenthalt ausgearbeitet«, sagte gerade Herr Weinert-Winkelmann und deutete auf Willem und mich. »Sie leisten nicht nur hervorragende Arbeit im Vorstand, sondern kümmern sich auch persönlich um die Belange unserer Kunden.«

Aha, er stellte gerade die Weichen für die Verhandlungen.

Ich lächelte und griff den Faden auf. »Was die Freizeitgestaltung angeht, sind wir selbstverständlich flexibel und richten uns ganz nach Ihren Wünschen. Es gibt in Düsseldorf zahlreiche Möglichkeiten, sich zu amüsieren oder zu entspannen.«

»Seien Sie nicht so bescheiden, Frau Weinmorgen«, sagte Herr Weinert-Winkelmann lächelnd. »Sie selbst übernehmen die Führung durch die Altstadt, nicht wahr?«

Ich räusperte mich. »Nun ... ja. Wenn Sie es wünschen.«

Igor lächelte schmallippig. »Gehen Sie nicht so gern aus?«

Was war die richtige Antwort darauf? Wenn ich Nein sagte, hielt er mich für eine langweilige Spießerin, aber ein Ja konnte schnell ein Party-Luder aus mir machen. »Hin und wieder«, sagte ich daher ausweichend und hatte das Gefühl, dass er mich erneut abschätzend musterte.

»Für morgen haben wir hervorragende Sitzplätze bei einem Fußballspiel. Erste Liga selbstverständlich und zwei Topmannschaften«, ergänzte unser Vorstandsvorsitzender.

Ich wollte gerade eingreifen und eine Alternative vorschlagen, aber Ludmilla lächelte entzückt, und auch Tatjana überraschte mich.

»Genau die richtige Mischung. Ein Fußballspiel der deutschen Bundesliga wollte ich schon immer live erleben. Ich hatte befürchtet, dass Sie Ballett- oder Theaterkarten besorgen würden. Nichts gegen Kultur, aber die haben wir in Sankt Petersburg zur Genüge.«

So viel zum Thema Musical.

»Wo findet das Fußballspiel statt?«, wandte sich Olga an mich.

Wie war das noch mal? »In Schalke-Gelsenkirchen oder war es umgekehrt?«, antwortete ich unsicher.

Willem verbesserte mich schnell. »In der Arena auf Schalke. Es ist das Derby gegen Dortmund, und wie immer geht es um die oberen Plätze in der Tabelle, denn die Saison ist bald zu Ende.«

Auf Schalke.

Ein Derby.

Das musste ich mir unbedingt merken. Ein Crashkurs in Sachen Fußball war unausweichlich.

Igor zwinkerte Willem zu. »Ein russischer Gas-Anbieter ist dort Sponsor, nicht wahr? Ein guter Freund von mir ist Mitglied der Geschäftsleitung.«

Ach ja?

Was die Russen so alles wussten.

Willem verwickelte Igor in ein Gespräch über Fußballsponsoring, und ich beschloss, dieses Thema ebenfalls auf meine Liste zu setzen. Viel Schlaf würde ich heute Nacht nicht bekommen, das war jetzt schon klar.

»Also sind Sie mit dem Fußballspiel einverstanden?«, fragte ich die drei Frauen. »Wir können natürlich auch etwas anderes machen, oder Sie nehmen sich den Abend frei, ganz wie Sie wünschen.«

»Nein«, antwortete Tatjana. »Es ist schön, wenn man mit einem neuen Geschäftspartner auch etwas Freizeit verbringt. So kann man sich besser einschätzen, bevor man eine Bindung eingeht.«

War das eine versteckte Drohung, dass wir keinen Mist bauen sollten, weil sie sich sonst jemand anders suchen würden? Ich hoffte, dass wir vor allem mit unserem geschäftlichen Konzept punkten konnten. Das war endlich ein Feld, auf dem ich mich sicher fühlte.

»Ich wollen Sie etwas fragen, bevor wir zum Business übergehen, so von Frau zu Frau. Können Sie das Chanel-Geschäft auf der Königsallee empfehlen?«, wandte sich Ludmilla an mich, während sie an ihrem Champagnerglas nippte.

Tja, konnte ich es empfehlen?

Von außen schon. Ein schönes Schaufenster, saubere Scheiben … Dass ich die Boutique noch nie betreten hatte, sollte

189

ich wohl besser nicht zugeben. Eine weitere Blöße wollte ich mir nicht geben.

»Natürlich«, sagte ich daher. »Wobei Chanel auf dem Rodeo Drive oder in der Fifth Avenue sicher mehr Flair hat. Aber die Auswahl hier ist ebenfalls ganz gut. Sie wissen ja, wie es ist, Chanel ist ein Klassiker, und Coco bleibt die Stilikone.«

Na also. Ludmilla nickte, und die beiden anderen Damen ebenfalls. »Ja, wir lieben sie alle und freuen uns schon aufs Shoppen«, sagte Tatjana. »Sie kommen doch sicher mit, Victoria?

»Natürlich«, sagte ich, »selbstverständlich begleite ich Sie.«

Hoffentlich erwartete niemand, dass ich dort auch etwas kaufte.

Nach einer gewissen Zeit des Plauderns und Essens (die drei Russinnen hatten keinen Bissen angerührt, und ich ahnte, wie sie ihre schlanke Linie hielten) gingen wir zum geschäftlichen Part über. Ich linste auf mein Handy, nur um festzustellen, dass sich niemand gemeldet hatte, und fluchte innerlich, weil ich mich dermaßen davon beeinflussen ließ. Ab jetzt würde ich mich nur noch auf die Verhandlungen konzentrieren.

Willem und ich führten unsere potenziellen Geschäftspartner in den Konferenzraum zwei, wo zeitgleich unser Dolmetscher Herr Stanikowitsch eintraf. Er ähnelte schon eher einem russischen Barden, hatte sogar einen Vollbart, und ich war froh, dass mein Klischeedenken nicht völlig abwegig war.

Sobald alle an dem rechteckigen Besprechungstisch Platz genommen hatten, packten die vier Russen ihre Aktenkoffer aus. iPhone, iPad, Macbook ... Ich zählte elf Geräte mit dem angebissenen Apfel und entdeckte nicht einen einzigen Stift oder Zettel.

»Frau Doktor Weinmorgen und ich freuen uns sehr, dass

Sie unsere Bank als Partner für den deutschen Markt anvisiert haben. Zuallererst möchten wir Ihnen das grundsätzliche Konzept …«, begann Willem und hielt inne, als ihn der Dolmetscher mit sonorer Stimme unterbrach.

Lautstark parlierte Herr Stanikowitsch auf Russisch drauflos, und ich erahnte aus einigen Wortfetzen, dass er alles detailgenau übertrug.

Nachdem er geendet hatte, fuhr Willem fort. »Wir möchten Ihnen also unser Konzept vorstellen, das wir erfolgreich mit diversen Großkunden …«

Wieder fiel ihm der Dolmetscher ins Wort, und seine laute Stimme machte ein Weitersprechen unmöglich. Das sollte ein Profi sein?

Willem warf ihm zwar einen verwirrten Seitenblick zu, machte aber mit seiner Präsentation weiter, nur um nach fünf Wörtern erneut mitten im Satz laut unterbrochen zu werden.

Ich brauchte einen Moment, bis ich kapierte, was da vor sich ging: Der Mann dolmetschte simultan. Nur hatte niemand von uns einen Knopf im Ohr, und Herr Stanikowitsch saß auch nicht in einer schalldichten Kabine. Warum machte ihn Willem nicht darauf aufmerksam?

So konnte es nicht weitergehen.

»Verzeihung«, diesmal unterbrach ich Herrn Stanikowitsch, der mich überrascht ansah.

»Ja, bitte?«, sagte er, um es gleich darauf auf Russisch noch einmal zu wiederholen.

»Wir sind hier weder im Landtag, noch im Europaparlament«, sagte ich betont freundlich. »Und das brauchen Sie jetzt nicht ins Russische zu übertragen. Die Herrschaften sprechen sehr gut Deutsch und verstehen uns sehr gut. Vielen Dank für Ihre Mühe, aber wenn Sie nicht ab sofort abwarten, bis der Redner, der gerade dran ist, eine Pause macht und

Ihnen durch ein Nicken das Zeichen zum Übersetzen gibt, dann müssen wir auf Ihre Dienste verzichten«

Der Dolmetscher sah mich leicht verwirrt an. »Wie … wer?«

Ohne groß nachzudenken, sagte ich auch auf Russisch, dass er warten müsse, bis der jeweilige Redner zu Ende gesprochen habe. Irgendwie waren mir die notwendigen Vokabeln eingefallen. Ich beendete den Satz mit »*Spasiba, na sdorowje*« und merkte jetzt erst, dass mich alle verblüfft anschauten.

Igor fing leise an zu lachen. »Victoria«, sagte er, und seine Stimme klang zum ersten Mal an diesem Nachmittag anerkennend. »Sie sind, wie sagt man noch, ein stilles Wasser. Jetzt verstehe ich, warum Sie diese Position in der Bank bekleiden.«

# Kapitel 15

*»Wenn er für Sie bestimmt ist,
dann ist er in Ihrer Hand.«*

TATJANA

*A*ls ich am frühen Abend zu Hause ankam, um zu duschen und mich für die Altstadt umzuziehen, war ich mit dem beruflichen Part mehr als zufrieden. Willem und ich hatten eine hervorragende Präsentation hingelegt, unser Konzept war stimmig und schlüssig, und wir hatten alle Fragen unserer potenziellen Neukunden beantworten können. Igor hatte noch mehrfach betont, dass ich ein »stilles Wasser« sei, und ich dachte daran, den Satz auf meine Visitenkarten drucken zu lassen: »Dr. Victoria Weinmorgen, Vorstandsmitglied und stilles Wasser, das sehr tief gründet.«

Morgen wollten die Russen den Rest durchgehen und, wenn alles glatt lief und ihnen zusagte, den Vertrag unterzeichnen. Damit blieb das Fußballspiel als Abend-Highlight, und am Donnerstagvormittag wollten wir Frauen shoppen gehen.

Privat dagegen war ich ziemlich down. Mein Handy war leider den ganzen Tag stumm geblieben, und ich war mittlerweile davon überzeugt, dass sich Michael nicht mehr melden würde. Eva weiter damit nerven wollte ich nicht, aber ich stand langsam am Rande der Verzweiflung.

Vielleicht hatte er ja meine Nummer verloren? Wohl kaum,

denn dann hätte er sein Telefon ebenfalls verlieren müssen, schließlich hatte er in meinem Beisein die Daten gespeichert. Möglicherweise war er überfallen worden und hatte es irgendwelchen Kleinkriminellen aushändigen müssen?

Victoria, jetzt drehst du komplett am Rad.

Im Hausflur lief mir Frau Iwanska über den Weg. »Hallo, Frau Weinmorgen, ich habe gerade von Ihnen gesprochen. Herr Bichner wollte wissen, wie es Ihnen geht.«

»Wer?«

»Ihr Nachbar, Herr Daniel. Sie kennen ihn doch ganz gut, oder?«

»Ach, Sie meinen Herrn Büchner.« Ich biss mir auf die Lippen. »Ja, wir sind gute Freunde.«

»Sag ich doch, Bichner.« Frau Iwanska lachte. »So ein netter Mann. Er ist immer um Sie besorgt. Wäre er nichts für Sie? Er fragt dauernd nach Ihnen. Ich habe ihm gesagt, dass Sie nicht mehr trinken, aber mit Russen unterwegs sind. Wie sind die denn so? Gehen Sie in Karaoke-Bar?«

Ich überhörte ihre Alkoholanspielung und schüttelte den Kopf. »Also Daniel ist wirklich ein toller Mann, den ich sehr mag. Aber wir sind nur gute Freunde. Und was meine Kunden betrifft: Es sind Russinnen und richtige Geschäftsfrauen. Ich kann mir nicht vorstellen, dass sie gern singen, aber ich werde sie nachher fragen. Wir wollen uns gleich in der Altstadt treffen. Schönen Abend noch und bis morgen.«

Frau Iwanska schlug sich mit der Hand gegen die Stirn. »Fast hatte ich vergessen: Sie haben Blumen bekommen. Mit Boten. Bestimmt von einem Verehrer? Komischer Strauß ohne Tulpen, Rosen oder Nelken, aber mit viel Gras. Steht in der Kiche.«

Blumen? Ein freudiger Schauer lief mir den Rücken herunter. War das die Art, wie sich Michael bei mir meldete? Hatte er sich von Beatrix meine Adresse besorgt?

»Von wem ist er? War eine Karte dabei?«

Meine Haushaltshilfe gab sich entrüstet. »Frau Weinmorgen, ich lese nicht fremde Karten. Neugier ist die erste Stufe zum Teufel. Jesus, Maria und Josef, bitte verschont mich!« Sie bekreuzigte sich. »Aber wenn Sie einen Verehrer haben, dann freut mich das. Allein sein ist nicht gut. Agatka Migawska hat immer gesagt, besser hässlicher Mann als gar kein Mann. Machen Sie sich also nix draus, wenn Ihr Verehrer hässlich ist.«

Ich fragte nicht weiter nach, wer Agatka Migawska war, und erwähnte auch nicht, dass Michael alles andere als hässlich war, sondern verabschiedete mich eilig und schloss meine Wohnung auf.

Der Strauß, den Frau Iwanska auf den Küchentisch gestellt hatte, bestand aus vereinzelten exotischen Blüten und vielen langen Gräsern. Die Karte steckte in einem Umschlag und war mit einer Klammer daran befestigt. Ich öffnete ihn mit zittrigen Händen.

»Ich will nicht im Büro stören, also warte ich auf deinen Anruf«, las ich. Unterschrieben war das Ganze mit »XOXO. M«.

XOXO. Ich schmunzelte. Wollte Michael besonders cool wirken? XOXO – Hugs and Kisses.

Mist, Mist, Mist!

Und ich Idiotin hatte seine Nummer gelöscht.

Wie bekam ich sie jetzt heraus? Kurz war ich versucht, meine Mutter darauf anzusetzen, überlegte es mir dann aber anders. Sie würde erst von mir alles wissen wollen und dann garantiert Irene, die Mutter von Beatrix, fragen, und damit wäre die Story im ganzen Ort bekannt. Darauf konnte ich dankend verzichten. Ob Silke die Nummer hatte? Sie konnte ich garantiert um Diskretion bitten.

Ich schrieb ihr eilig eine SMS: »Hast du zuf. d. Handy-Nr. von M. Rüsselb.? Oder könntest du sie mir sehr unauffällig (!) und sehr schnell (!) besorgen? Erkl. folgt. Danke u. LG, V.«

Jetzt hieß es geduldig sein. Ich hatte Michael zwar bereits gegoogelt, aber keinen Firmeneintrag unter seinem Namen gefunden. Da ich nicht wusste, wie seine Firma hieß, kam ich nicht weiter. Es blieb mir nichts anderes übrig, als zu warten, ob Silke erfolgreich war. Ich war mir sicher, dass Beatrix als Organisatorin des Abends alle Kontaktdaten besaß, im Zweifelsfall würde ich sie anrufen müssen. Trotzdem war es mir lieber, die Recherche ging in diesem Fall von Silke aus.

Nach dem Duschen fiel mir ein, dass ich ganz vergessen hatte, meiner Mutter wegen heute Abend Bescheid zu geben. Mal sehen, ob sie jetzt auch schon über Skype erreichbar war. Ich setzte mich an den Computer und zog mich dabei an. Es klingelte ziemlich lange, aber irgendwann nahm sie den Videoanruf an.

»Victoria-Kind, ist etwas passiert? Es ist noch lange nicht halb acht.« Sie klang abgehetzt und fuhr sich mehrfach durch die Haare.

»Hallo, Mama«, antwortete ich und machte den Reißverschluss meines Rockes zu. »Ich wollte dir nur eben sagen, dass ich heute Abend mit den russischen Kunden unterwegs bin.«

»Bestens, bestens«, erwiderte sie, und ich hatte den Eindruck, als würde sie gar nicht richtig zuhören.

»Was machst du gerade? Hab ich dich bei irgendetwas gestört?«, fragte ich. Dann meinte ich, einen Schatten hinter ihr wahrgenommen zu haben. »Hast du Besuch?«

»Wie kommst du denn darauf? Natürlich nicht«, sagte meine Mutter und räusperte sich. »Wer soll mich denn schon besuchen?«

Ich fand ihre Reaktion äußerst merkwürdig, denn sie hatte

oft Freundinnen zu Gast, und ich rief schließlich außerplanmäßig an. »Ich habe gerade hinter dir eine Bewegung gesehen, deshalb dachte ich, dass du nicht allein bist.«

»Vielleicht war es ein Baum vor dem Fenster, der sich im Wind bewegt und dessen Schatten du wahrgenommen hast«, erklärte sie, ohne sich umzudrehen, und wechselte abrupt das Thema. »Sag mal, hast du eine Strumpfhose an? Es ist noch ziemlich kalt draußen, also geh ja nicht ohne Mantel und Strumpfhose aus dem Haus. Und hast du deine Haare ganz trocken geföhnt?«

Jetzt war sie wieder ganz die Alte.

»Mama, ich bin doch keine zwölf mehr«, sagte ich kopfschüttelnd. »Ich habe eine Strumpfhose an, meine Haare sind trocken, und natürlich ziehe ich einen Mantel an. Mein Rock und meine Bluse sind übrigens frisch gewaschen und gebügelt, falls du das auch noch wissen möchtest. Frau Iwanska hat mal wieder alles gegeben.«

Normalerweise hätte sie mir jetzt eine Predigt darüber gehalten, dass Mütter sich nun einmal immer Gedanken um ihre Kinder machten, aber diesmal überraschte sie mich. »Victoria-Kind, wenn das alles ist, würde ich sagen, wir hören uns morgen wieder, ja? Du musst sicher gleich los.«

»Morgen Abend sind die Russen noch da, und wir werden zu einem Fußballspiel fahren, demnach könnten wir entweder miteinander telefonieren oder uns erst am Donnerstag hören.«

Mama nickte. »Jaja, am Donnerstag passt es hervorragend. Wir skypen dann, okay? Morgen schreiben wir uns nur eine kurze SMS. Tschüss.«

Die Verbindung war unterbrochen.

Das war eine sehr untypische Unterhaltung zwischen uns, da sie normalerweise immer alles wissen wollte. Dennoch machte ich mir nicht weiter Gedanken darüber, denn ein

Blick auf die Uhr zeigte, dass ich spät dran war. Die russischen Gäste, Willem und ich wollten im *Picasso*, einem spanischen Restaurant, zu Abend essen und dann ein wenig um die Häuser ziehen. Treffpunkt war in einer knappen Stunde vor der Schneider-Wibbel-Statue in der gleichnamigen Gasse in der Altstadt. Wir hatten unseren Gästen zwar angeboten, sie im Hotel abzuholen, aber Ludmilla meinte gehört zu haben, dass es Glück bringe, den Schneider zu berühren, daher wollten sie vor dem Essen einen Spaziergang dorthin machen.

Als ich kurz darauf in der Altstadt aus dem Taxi stieg, simste gerade Silke zurück. »Operation Elefant erfolgreich. Ertrinke in Kleinstadtlangeweile, bitte melde dich demnächst mit heißem Klatsch. Habe mich so gefreut, von dir zu hören. LG, Silke«. Dahinter folgte tatsächlich Michaels Handynummer, die ich diesmal sorgsam speicherte und sogar in meinem kleinen Taschenkalender notierte.

Während ich Richtung Schneider Wibbel stöckelte, beschloss ich spontan, Michael anzurufen und mich für die Blumen zu bedanken. Wozu Zeit verlieren?

»Rüsselberg.« Seine Stimme klang beschäftigt und alles andere als freundlich.

»Ha… hallo«, sagte ich und schluckte. »Hier ist Victoria.«

Stille. Dann ein kurzes »Wer ist da bitte?«

»Victoria Weinmorgen, deine ehemalige Schulfreundin«, antwortete ich und kam mir auf einmal richtig blöd vor. »Wir haben uns am Samstag auf dem Klassen … äh Abi-Treffen wiedergesehen.«

Eigentlich kennengelernt.

Und geküsst.

Jetzt wurde er etwas freundlicher. »Victoria, hallo! Entschuldige bitte, ich war gerade mitten in einem wichtigen Gespräch.«

»Oh. Soll ich vielleicht später noch mal anrufen? Wenn es passender ist?«, fragte ich.

Das war das Problem mit den Handys. Einerseits musste niemand mehr zu Hause sitzen und auf das Festnetztelefon starren, um ja keinen Anruf zu verpassen. Andererseits erwischte man die Leute in den unmöglichsten Situationen, wobei ich mich jedes Mal fragte, warum sie dann überhaupt rangingen.

»Einen Moment«, sagte Michael zu mir. Dann hörte ich gedämpfte Stimmen und das Zuschlagen einer Tür. »Ich wollte dich auch schon angerufen haben.«

»Und ich wollte mich für die schönen Blumen bedanken«, sagte ich, wobei mein Herz hüpfte.

»Blumen?«

»Ich habe heute den Blumenstrauß bekommen, und du hast mir geschrieben, dass ich mich melden soll«, erklärte ich. »Das tue ich hiermit, habe aber leider nicht viel Zeit.«

Michaels Stimmte klang belustigt. »Dann hast du wohl einen heimlichen Verehrer, denn ich habe dir keine Blumen geschickt.«

»Oh.« Ich blieb mitten in der Schneider-Wibbel-Gasse stehen, und ein junges Pärchen wäre fast in mich hineingelaufen. »Das ist mir jetzt aber peinlich.«

»Wieso denn?«, meinte Michael. »Wie gesagt, ich hätte mich die Tage auch gemeldet. Wir wollten doch in Düsseldorf zusammen essen gehen. Zufällig muss ich morgen in deine Richtung.«

Zufällig morgen? Das klang jetzt nicht so, als ob er es geplant hätte, und mir war das Ganze derart unangenehm, dass ich auf der Stelle auflegen wollte.

»Morgen kann ich nicht«, gab ich kurzangebunden zurück. »Tut mir leid, dich gestört zu haben. Kommt nicht wieder vor, tschüss.«

Ich stellte mein Handy auf lautlos und warf es in die Handtasche. Wie konnte ich mich nur so blamieren. Ich war so eine Idiotin!

Zum Glück hatte ich keine Zeit, mich weiter zu ärgern, denn ich erspähte Tatjana, Olga, Ludmilla und Igor, die sich so richtig in Schale geworfen hatten und mir gerade fröhlich zuwinkten.

»Kommen Sie schnell, Victoria. Sie müssen die Nase vom Schneider streicheln, das bringt Glück!«, rief Olga.

Glück konnte ich in diesem Moment mehr als gebrauchen, also rieb ich die Hand an Nase, Wangen und Ohren der Statue, bis mich die Russen komisch musterten. Willem, der kurz danach auftauchte, verdonnerten sie ebenfalls dazu, die Nase des Schneiders zu streicheln. Er übernahm dann die Konversation, bis wir im Restaurant saßen.

»Was ist los?«, fragte leise Tatjana, als sie neben mir Platz nahm. »Heute Nachmittag waren Sie so mitreißend und jetzt …«

»… ziehe ich die Stimmung herunter«, beendete ich ihren Satz. »Es tut mir leid, das war nicht meine Absicht. Ich bin geschäftlich forscher und privat eher ruhig.« Ich lächelte.

»Nein, nein, das ist es nicht. Vermutlich geht es um einen Mann?« Tatjana erwiderte mein Lachen nicht, sondern sah mich prüfend an. »Wenn Frauen so schauen wie Sie jetzt gerade, dann geht es immer um einen Mann.«

Fast hätte ich mich ihr anvertraut, aber ich wollte professionell bleiben, daher schüttelte ich den Kopf. »Danke für Ihr Mitgefühl, aber es ist wirklich nichts von Bedeutung.« Nichts durfte das Unterzeichnen des Vertrages gefährden.

Tatjana nahm einen Schluck von ihrem Aperitif. »Victoria, in meiner Familie haben alle Frauen … wie sagt man … das zweite Gesicht. Ich kann Ihnen aus der Hand lesen, wenn

Sie möchten. Und ich spüre, dass Sie ruhelos sind und enttäuscht.«

Ich beobachtete die anderen in der Runde, aber niemand schien unser Gespräch mitbekommen zu haben. Dann wandte ich mich wieder an die Russin. »Es ist nicht weiter schlimm. Es gab heute ein Missverständnis, und es war ein wenig peinlich für mich.«

Tatjana wartete geduldig, also fuhr ich fort: »Jemand hat mir Blumen geschickt, und ich dachte, sie seien von einem Mann, den ich am Samstag nach vielen Jahren wiedergetroffen habe, aber es hat sich herausgestellt, dass er es nicht gewesen ist. Das war's schon. Keine große Lovestory, kein Drama.«

Sie zeigte auf meine Hand. »Soll ich mal hineinschauen und Ihnen sagen, ob aus Ihnen beiden etwas wird?«

»Sie können das in meiner Hand lesen?«

»Wenn er für Sie bestimmt ist, dann ist er in Ihrer Hand«, nickte Tatjana, und ich überlegte ernsthaft, wie ich darauf reagieren sollte.

Da meldete sich eine Stimme in meinem Kopf: »Victoria, du hast hier millionenschwere Kunden sitzen, deren Auftrag du an Land ziehen willst. Du kannst dich unmöglich so aufführen, als wärst du auf der Kirmes und würdest eine russische Wahrsagerin aufsuchen. Zumal Tatjana in ihrem eleganten schwarzen Samtkleid und der Hochsteckfrisur ganz bestimmt nicht wie eine Kirmes-Wahrsagerin aussieht. Vielleicht unterzieht sie dich nur einer Prüfung.«

Der junge Kellner, der unsere Bestellung aufnehmen wollte, rettete mich. Er war von den russischen Damen sichtlich entzückt, und als die drei dann auch noch in perfektem Spanisch ihr Essen bestellten, war seine Begeisterung grenzenlos. Besonders Tatjana hatte es ihm angetan, und unsere Unterhaltung schien vergessen. Ich war froh, dass die Gespräche von da an in der großen Gruppe stattfanden, und zwang mich dazu, aufmerksam zuzuhören und mich daran zu beteiligen.

Nach dem Essen ging die gesamte russische Delegation mit Willem nach draußen, um eine Zigarette zu rauchen, und ich nutzte den Moment, um Eva oder Silke anzurufen. Wenn ich die Story nicht bald jemandem erzählen konnte, würde ich platzen.

Auf meinem Handy waren drei verpasste Anrufe. Mein Herz schlug sofort schneller, als ich feststellte, dass sie alle von Michael stammten. Ich hörte die Mailbox ab.

»Ja, hier Rüsselberg noch mal. Du hast vorhin so schnell aufgelegt, dass ich keine Gelegenheit hatte, dich zu fragen, ob wir uns vielleicht am kommenden Sonntag treffen wollen, das würde mir ganz gut passen. Schade, dass du morgen nicht kannst. Ähm … es war schön, deine Stimme zu hören. Aber ich bin derzeit beruflich so im Stress, dass mir die Zeit nur so davonläuft. Also, melde dich, wenn du das abhörst, und gib mir Bescheid. Ich würde mich freuen, wenn das mit Sonntag klappen würde.«

Ich schmolz dahin. Er wollte sich mit mir treffen.

»Es war schön, deine Stimme zu hören.« Ich hörte die Nachricht noch sechsmal ab, bis die Gruppe zum Tisch zurückkehrte.

»Oh, jetzt wirken Sie ganz anders als vorhin. Sie strahlen Freude und Hoffnung aus«, sagte Tatjana halblaut. »Sie haben wohl gerade einen vielversprechenden Anruf bekommen.«

»Sie werden mir langsam unheimlich«, flüsterte ich fröhlich zurück. »Haben Sie wirklich das zweite Gesicht und können die Zukunft vorhersagen?«

Tatjana nickte ernst. »Natürlich. Es ist eine Gabe, die in unserer Familie weitervererbt wird. Ich kann Ihnen aus der Hand lesen, das habe ich doch schon gesagt. Die Handlinien verraten alles, was Sie wissen müssen, aber ich möchte Sie nicht überreden. Immerhin kann es sein, dass Ihnen die Antworten nicht gefallen.«

Ich zögerte. »Vielleicht will ich es dann doch nicht wissen …«

»Wollen wir weiterziehen?«, unterbrach uns Willem. »Igor und die Damen möchten gern ein paar typische Altstadtkneipen sehen.«

»Es gibt doch das Lied von der längsten Theke der Welt«, sagte Ludmilla. »Ich würde gern einen guten Cocktail trinken und dann vielleicht tanzen gehen.«

Frau Iwanskas Worte fielen mir wieder ein. »Möchten Sie auch singen?«, fragte ich. Mit meiner guten Laune war ich bereit, unseren Gästen alles zu bieten, was sie haben wollten. »Sollen wir schauen, ob es irgendwo eine Karaoke-Bar gibt?«

Die Russen warfen sich überraschte Blicke zu.

»Karaoke singen? Ich dachte, das machen nur die Japaner. Sie auch, Victoria? Sie singen gern?« Igor war vollauf begeistert. »Jawohl, ich möchte Sie gern singen hören. Der Abend ist noch jung. Diese Frau gefällt mir immer besser. Da macht es nichts, wenn Sie für Fußball nichts übrig haben, dafür haben wir ja Willem. Mit Ihnen beiden werden wir noch viele Geschäfte machen, das fühle ich. Gehen wir los und halten nach Cocktails und einer Karaoke-Bar für Victoria Ausschau.«

Für mich?

So war das aber nicht gemeint.

»Das ist ein kleines Missverständnis«, stammelte ich. »Ich kann überhaupt nicht sin…«

»Ich habe dir doch gleich gesagt, dass du Victoria nicht unterschätzen solltest, Igor«, meinte Olga und lächelte mich anerkennend an. »Männer! Die sind voller Vorurteile, finden Sie nicht? Die müssen erst noch lernen, dass wir Frauen vielseitig sind. Sehen Sie, Victoria, deshalb lernen wir unsere Geschäftspartner gerne näher kennen, bevor wir eine Entscheidung treffen. Wie soll man mit hohen Geldsummen jonglieren, wenn man kein Vertrauen zueinander hat?«

Augenblicklich verstummte ich.

Als wir das Restaurant verließen, flüsterte mir Willem anerkennend zu: »Gut gemacht! Wenn es weiter so hervorragend läuft, unterschreiben sie garantiert alle Verträge. Ich hätte aber nicht gedacht, dass du singst, du bist doch sonst so zurückhaltend.«

»Ich singe auch gar nicht«, protestierte ich leise. »Das haben sie falsch verstanden.«

Willem legte mir eine Hand auf die Schulter. »Jetzt bloß keinen Rückzieher machen. Du hast unsere Gäste mächtig beeindruckt. Wenn du willst, singe ich mit dir ein Duett. Wie wäre es mit Sony und Cher? Oder lieber etwas Modernes?«

Drei Stunden später waren wir alle in bester Stimmung. Die reizenden Russen erzählten von ihrer Heimat und den dortigen Gepflogenheiten. Ich hätte zu gern gewusst, ob jemand von ihnen verheiratet war oder Kinder hatte, sagte mir aber, dass ich nicht zu neugierig sein durfte, um die Geschäftsbeziehung nicht zu gefährden. Wirklich zu dumm, dass ich Tatjana schon von Michael erzählt hatte.

Ihm hatte ich zwischendurch eine SMS geschrieben, dass ich am Sonntag auf jeden Fall Zeit hätte, woraufhin er postwendend antwortete, dass er mich abholen würde. Er freue sich schon sehr auf einen langen Abend. Daraufhin fiel jegliche Last von mir ab, und ich war der Charme in Person. Ich plauderte und lachte, warf mir mit Willem gekonnt die Bälle zu und stieß mit unseren Gästen immer wieder an, wobei ich darauf achtete, dass in meinem Glas stets etwas Nichtalkoholisches war. Willem versuchte, mit Tatjana zu flirten, aber sie ging kein einziges Mal auf seine charmanten Komplimente ein.

Mittlerweile waren wir in der fünften (oder gar sechsten?) Kneipe angekommen, und Igor fragte wie jedes Mal zuvor den Wirt an der Theke, ob sie eine Karaoke-Anlage hätten. Ich betete, dass der Kelch auch dieses Mal an mir vorübergehen möge, doch zu meinem Entsetzen nickte diesmal der bärtige Mann.

»Haben wir. Hier ist jeden Mittwoch Karaoke-Abend. Kommt morgen wieder vorbei.«

Puh. Noch mal Glück gehabt.

»Schade, morgen können wir nicht«, sagte ich mit gespieltem Bedauern. »Vielleicht ein anderes Mal.«

Zu früh gefreut. »Machen Sie bitte heute eine Ausnahme und bauen die Anlage auf«, insistierte Igor und schob zwei Hunderteuroscheine über die Theke. »Das macht doch sicher keine Umstände, oder?«

Der Wirt grinste und griff nach den Scheinen. »Ihr wollt singen? Kein Problem. Ey, Ludger! Mach mal die Karaoke klar. Die Gäste hier wollen sich eine Runde amüsieren.«

»Victoria, jetzt kommt Ihre große Stunde«, sagte Igor und drehte sich zu mir um. »Darauf freue ich mich schon den ganzen Abend.«

Schlagartig war ich wieder wie gelähmt und verwünschte Frau Iwanska. Wenn sie mir nicht den Floh ins Ohr gesetzt hätte, dass Russen gerne singen, wäre ich niemals in diese Situation geraten.

»Ich kann eigentlich gar nicht singen«, sagte ich lahm und schluckte.

Olga lachte. »Das erwartet doch gar niemand. Aber Sie

können sich amüsieren, und das ist für uns entscheidend. Ich habe inzwischen auch Lust, auf der Bühne zu stehen.«

»Ihr Deutschen seid immer so steif, das wirkt sich oft bei Geschäften aus. Willem und Sie beweisen uns heute Abend das Gegenteil«, bekräftigte Igor. »Ich schätze es, wenn jemand Kopf *und* Seele hat.«

Das verstand ich zwar nicht ganz, nickte aber. Um nichts in der Welt hätte ich diesen Abschluss gefährdet, und mir wurde klar, dass ich um eine Gesangseinlage nicht herumkommen würde, wenn nicht noch etwas Entscheidendes passierte.

Ein Erdbeben zum Beispiel. Ein Bombenalarm. Oder eine Prüfung des Gesundheitsamtes.

Da nicht zu erwarten war, dass eines dieser Szenarien eintraf, wappnete ich mich innerlich gegen das Unvermeidliche. Okay, in der Kneipe saßen zwar noch eine Handvoll Gäste, aber da es kurz vor Mitternacht war, würde es garantiert nicht voller werden. Außerdem war niemand hier, den ich kannte. Ich schwor mir, höchstens das Duett mit Willem zum Besten zu geben und ihm den Vortritt zu lassen.

Die Karaoke-Anlage war im hinteren Bereich des Lokals aufgebaut. Unter einem Riesenfoto des weltberühmten »Rat Pack« – Dean Martin, Frank Sinatra und Sammy Davis Jr. – waren drei Mikrofone und zwei Monitore aufgestellt, einer davon zum Publikum und der andere zur Wand gedreht. Ich nahm an, dass darauf der Text sowohl für den Sänger als auch für die Zuhörer eingeblendet wurde.

Igor wählte den Tisch, der direkt davor stand, und bestellte ungefragt eine Flasche Champagner. »Damit die Stimmbänder warm werden.«

Ich fürchtete eher um meine Sprachkompetenz, weshalb ich mein Glas unberührt ließ und insgeheim hoffte, dass die Anlage defekt war. Meine Gebete wurden leider nicht erhört.

Irgendein Kellner fummelte daran herum, und nach zwei lauten Rückkoppelungen war das Ding einsatzbereit.

»Wer möchte anfangen?«, fragte er durchs Mikro, und alle Augenpaare unserer Gruppe richteten sich auf mich.

»Ich kann wirklich nicht singen«, wiegelte ich ab.

»Sie werden doch jetzt keinen Rückzieher machen?« Igor erinnerte mich plötzlich an einen strengen russischen General, den ich neulich im Fernsehen gesehen hatte. Es war klar, was unsere Gäste von mir erwarteten.

Irgendwie musste ich es hinbekommen. »Willem?« Ich sah meinen Bankkollegen hilfesuchend an. »Ein Duett?«

Doch der winkte ab. »Nicht sofort. Erst will ich deine Soloeinlage sehen.«

Diese feige Ratte ließ mich glatt im Stich!

Olga trank ihr Glas leer. »Die Männer sind doch alle gleich. Wenn es drauf ankommt, ziehen sie den Schwanz ein. Wir Frauen müssen zusammenhalten, ich singe mit Ihnen, Victoria. Mögen Sie Madonna? Wie wäre es mit ›Material Girl‹?«

»Ich singe, was immer Sie möchten.« Dankbar über die Verstärkung stand ich auf. Wo war denn bloß der Feueralarmknopf? Vielleicht sollte ich den mal drücken?

Olga hakte sich bei mir unter und schob mich auf die provisorische Bühne. Der Typ von der Bar betätigte irgendwelche Regler und deutete auf den kleineren der beiden Monitore. »Hier kommt der Text. Sobald sich die Buchstaben färben, müssen Sie lossingen. Viel Spaß!«

Plötzlich hatte ich ein Mikro in der Hand und stand mit Olga vor dem »Rat-Pack«-Bild. Ich konnte mich nicht bewegen, denn mein Körper fühlte sich wie eingefroren an. Ein Glück, dass mich Michael oder ein anderer meiner Bekannten so nicht sehen konnte.

Als der Text bunt aufleuchtete, waren wir ein paar Sekunden zu spät dran, aber kurz darauf hatten wir irgendwie den Dreh raus und fingen an zu singen. Es half, dass ich die Melodie ganz gut kannte und dass Olga voller Innbrunst und offenbar ohne Scheu ins Mikro brüllte. Meine eigene Stimme hörte sich erst zaghaft und leise an, aber spätestens beim Refrain war es, als hätte jemand den Lautstärkeregler hochgeschoben. Ich wurde immer sicherer und lauter.

Ob es daran lag, dass Olga ansteckend mit den Hüften wackelte und sich offenbar ganz wie Madonna fühlte, oder an meiner bevorstehenden Verabredung mit Michael Rüsselberg – keine Ahnung. Jedenfalls fielen alle Hemmungen von mir ab, und ich hatte unverhofft unglaublichen Spaß.

Als wir mit dem Song fertig waren, applaudierte die ganze Kneipe, und Olga grinste mich an.

»Spasiba, wir sind der Hit. Ich brauche dringend mehr Champagner«, sagte sie.

Ich dagegen hatte mich gerade erst warm gesungen. »Haben Sie auch ›It's Raining Men‹?«, fragte ich den Kellner, der anerkennend nickte. »Den einen Song gebe ich mir noch, danach hänge ich meine Gesangskarriere an den Nagel«, verkündete ich.

Und dann war ich nicht mehr zu halten.

# Kapitel 16

*»Warum glauben eigentlich immer alle,*
*ich sei ruhig und zurückhaltend?«*
VICTORIA

*D*u hast echt Madonna in einer Karaoke-Bar gesungen?«
Daniel bekam große Augen. »Das hätte ich zu gern gesehen.
Habt ihr es zufällig gefilmt?«

Ich hatte am nächsten Morgen vor der Arbeit an seiner Tür
geklingelt, weil ich ihn um ein paar Tipps in Sachen Fußball
bitten wollte. In der Nacht hatte ich es nicht mehr geschafft,
mich schlau zu machen. Jetzt saßen wir an seiner Theke im
Esszimmer und tranken noch schnell einen Kaffee zusammen.

»Ganz nüchtern betrachtet hoffe ich nicht, dass es jemand
gefilmt hat«, antwortete ich. »Andererseits war ich auch nicht
betrunken und muss sagen, es hat großen Spaß gemacht. Ich
habe irgendwann sogar Marianne Rosenberg und Britney
Spears zum Besten gegeben.«

Daniel fiel vor Lachen fast vom Hocker. »Ist nicht wahr!
Du? Wer hat dich denn aus deinem Schneckenhaus befreit?
Das sieht dir ja überhaupt nicht ähnlich.«

»Warum glauben eigentlich immer alle, ich sei ruhig und
zurückhaltend?« Ich war fast schon beleidigt. »›Stilles Wasser‹
hat dein Chef zu mir gesagt und dann Igor … Und das habe
ich nicht zum ersten Mal gehört. Ich kann auch ganz anders,
das wisst ihr nur alle nicht. Schließlich habe ich einen seriösen

209

Ruf zu verlieren.« Bei der belustigten Miene meines Nachbarn musste ich selbst lachen. »Okay, ich gebe zu, dass ich bis gestern nicht wusste, dass Singen solchen Spaß machen kann und dass ich es irgendwie ganz gut kann. Die Russen waren jedenfalls ganz angetan, und zum Abschluss musste ich noch mit Igor ›Kalinka‹ trällern. Auf Russisch und a cappella.«

Daniel verschluckte sich fast an seinem Kaffee. »Was du so alles kannst. Wir müssen unbedingt auch mal in den Laden gehen. Ich will aber von dir die Madonna- und Marianne–Rosenberg-Performance.«

»Abgemacht«, sagte ich. »Aber jetzt brauche ich dringend deine Hilfe. Kannst du mir einen Crash-Kurs in Sachen Fußball geben? Heute Abend müssen wir mit den Kunden nach Gelsenkirchen zu einem Fußballspiel, und davon habe ich nun wirklich keinen Plan. Du als bekennender Fan kannst mir doch bestimmt ein paar relevante Dinge beibringen.«

»Warum? Willst du selbst auf dem Platz antreten?«

»Haha, sehr witzig.« Ich goss mir noch mehr Kaffee ein. »Ich will einfach nicht völlig ahnungslos sein. Natürlich weiß ich, dass der Ball ins Tor muss, mir geht es eher um ein paar Fakten über die Mannschaften aus Gelsenkirchen und Dortmund, ein bisschen Hintergrundwissen und vielleicht noch zwei bis drei Besonderheiten. Könntest du mir da ein bisschen was zusammenschreiben und es mir mailen, bitte? Ich hab versucht zu googeln, bin aber von den Infos erschlagen worden.«

Mein Nachbar nickte. »Mach ich, aber du wirst es nicht schaffen, dir das alles bis heute Abend zu merken. Es fängt schon damit an, dass man nicht Gelsenkirchen gegen Dortmund sagt, sondern Schalke gegen die Borussia oder den BVB.«

Ich sah ihn fragend an. »Ist das nicht dasselbe? Die Mannschaften kommen doch aus Gelsenkirchen und Dortmund.«

»Ja … Nein.« Daniel seufzte. »Entschuldige, aber die Welt ist ungerecht. Ich würde das Derby total gern live sehen, und du gehst hin, weil du musst und nicht weil es dich interessiert.«

»Wieso willst du es live sehen? Ist das nicht viel bequemer, die Partie im Fernsehen zu schauen?«

Die Antwort war wieder ein Seufzer. »Victoria, Lektion Nummer eins: Jeder glühende Fußballfan erlebt wichtige Spiele am liebsten live im Stadion. Die Stimmung kann kein Fernseher transportieren, verstehst du das?«

»Wie an Karneval? Den Rosenmontagszug würde ich mir niemals in der Glotze anschauen. Live allerdings auch nicht.«

In gespielter Verzweiflung legte Daniel den Kopf auf die Theke. »Diesen Vergleich solltest du unter keinen Umständen heute Abend anbringen. Zu niemandem. Und was die Fußballlektionen angeht: Ich hab um zehn Uhr ein Meeting in der Agentur, danach stelle ich dir etwas zusammen.«

»Danke«, ich stand auf. »Du bist mein Retter, und ich schulde dir was.«

»Ach, übrigens«, sagte Daniel, während er mich zur Tür brachte. »Frau Iwanska hat mir gestern erzählt, du hättest Blumen bekommen? Waren sie von Oscar?«

»Von deinem Chef?« Ich hatte mir bisher keine Gedanken mehr über den Absender des Straußes gemacht. Jetzt stutzte ich. »Hältst du das für möglich?«

»Keine Ahnung, er bespricht nicht mit mir, wen er zurzeit anbaggert.«

»Meinst du, er baggert mich an?«

Daniel zuckte mit den Schultern. »Sieht ganz so aus, oder? Wie stehst du dazu?«

»Im Moment gar nicht«, antwortete ich wahrheitsgemäß. »Aber ob der Strauß von ihm war …«

»War denn keine Karte dabei?«

»Doch, warte mal, ich hole sie. Vielleicht kannst du etwas mit der Signatur anfangen«, rief ich und war schon auf dem Weg in meine Wohnung. An den schwarzen Mann hatte ich gar nicht mehr gedacht.

Eine Minute später las Daniel den Spruch auf der Karte. »Dieser alte Schwerenöter«, murmelte er. »Das ist ja mal ein ganz neuer Stil.«

Ich war erstaunt. Die Blumen waren also tatsächlich von Oscar? »Bist du dir sicher, dass er sie mir geschickt hat?«

»Es ist eindeutig seine Schrift«, antwortete Daniel. »Außerdem hat er mit O. M. für Oscar Martens unterschrieben.«

»Dann steht aber nur XOX davor, und das ergibt keinen Sinn«, widersprach ich, konnte mir die Antwort allerdings schon denken.

»Victoria!«, Daniel verdrehte die Augen. »Er hat entweder ein O vergessen oder war mal wieder besonders …«

»… kreativ«, beendete ich den Satz. »Ich hätte es wissen müssen.«


Auf dem Weg ins Büro überlegte ich, wie ich mich am kreativsten bedanken sollte. Eine Karte schreiben und sie mit einer Brieftaube verschicken? Eine SMS auf Polnisch schreiben (mit Hilfe von Frau Iwanska)? Noch vor ein paar Tagen hätte ich vermutlich versucht, mir etwas ganz Besonderes auszudenken, aber momentan hatte ich andere Dinge im Kopf. Besser gesagt, jemand anders.

Als ich mein Vorzimmer betrat, eilte Frau Unterbach mir entgegen.

»Frau Doktor Weinmorgen, Sie möchten bitte umgehend zu Herrn Doktor Weinert-Winkelmann kommen.« Sie nahm meinen Mantel und die Aktentasche in Empfang. »Umgehend, hat er gesagt. Herr Doktor Weinert-Winkelmann hat sogar persönlich angerufen, es muss also wichtig sein.«

Ich überlegte, ob jemand meine Gesangseinlage doch gefilmt und sie heimlich meinem Chef zugespielt hatte, aber selbst wenn – es war nichts Anstößiges dabei.

»Dann will ich mich mal auf den Weg machen«, sagte ich und bemühte mich um einen neutralen Ton, denn meine Sekretärin wirkte extrem neugierig. Am liebsten hätte sie vermutlich gefragt, was ich angestellt hatte.

Im Büro unseres Vorstandsvorsitzenden winkte mich seine Sekretärin direkt durch. »Frau Unterbach hat Sie angekündigt. Gehen Sie hinein, Sie werden schon erwartet.«

Ich klopfte an und betrat das Allerheiligste. Herr Weinert-Winkelmann saß an seinem riesigen Mahagoni-Schreibtisch und telefonierte gerade. Als er mich bemerkte, winkte er mich näher.

»Kommen Sie, Victoria. Nehmen Sie bitte Platz.«

Ich registrierte, dass er mich für seine Verhältnisse recht freundlich anlächelte, also hatte ihm entweder meine Show-Einlage gefallen oder es gab andere gute Neuigkeiten. Ich schien nichts angestellt zu haben.

»Ich muss auflegen, Hasi-Schnutzi«, sagte er gerade, und ich biss mir auf die Unterlippe. »Sie ist gerade gekommen, ganz genau. Bis später. Ja, Hasi-Schnutzi. Auf jeden Fall.«

Er legte auf und hob den Kopf. »Schöne Grüße von meiner Frau. Sie möchten demnächst mal zu uns zum Essen kommen, soll ich Ihnen ausrichten.«

»Oh, vielen Dank.« Eine Einladung nach Meerbusch, wo unser Chef wohnte, glich einer privaten Papstaudienz und war, soweit ich wusste, bisher ganz wenigen Vorstandsmitgliedern vorbehalten. »Das würde mich sehr freuen. Schöne Grüße zurück.« An Hasi-Schnutzi, fügte ich in Gedanken hinzu.

»Ich habe Sie hergebeten«, begann Herr Weinert-Winkelmann, »weil ich Ihnen gratulieren möchte. Igor Petrovsky hat mich vorhin angerufen und Sie in den höchsten Tönen gelobt.«

Das hörte ich natürlich sehr gern. »Vielen Dank. Willem van de Toel und ich haben uns große Mühe gegeben, unsere russischen Gäste für die Bank einzunehmen«, antwortete ich.

»Da bin ich mir ganz sicher«, meinte der Vorstandsvorsitzende. »Aber Igor hat nicht nur Ihre hervorragende Präsentation erwähnt, sondern auch die perfekte Betreuung am gestrigen Abend. Er sagte, dass insbesondere Sie dazu beigetragen hätten, ihm und seinen Geschäftspartnerinnen die deutsche Kultur näherzubringen. Da alle großen Wert auf eine stabile geschäftliche Basis legen, haben Sie gestern das Vertrauen unserer Gäste gewinnen können. ›Vor allem Frau Victoria hat einen enorm großen Anteil daran, dass wir eine Zusammenarbeit mit Ihrer Bank begrüßen.‹ Das waren Igors Worte. Die Russen werden unsere neuen Großkunden, das steht inzwischen fest, die Verträge werden gleich heute Mittag ohne Änderungen unterschrieben.«

Ich errötete leicht bei seinen Worten, ließ mir aber sonst nichts anmerken. Schließlich war ich Profi, und mein Chef sollte nicht mitbekommen, wie sehr mich seine Worte belustigten. Natürlich freute ich mich sehr, dass wir die Russen als unsere Kunden gewinnen konnten, aber vielmehr erheiterte mich die Tatsache, dass Igor unseren Kneipen-Karaoke-Abend als »deutsche Kultur« bezeichnet hatte.

»Daher möchte auch ich Ihnen meine Dankbarkeit aussprechen«, sagte Herr Weinert-Winkelmann.

Oha! Winkte etwa neben der normalen Provision ein Bonus?

»Das ist wirklich sehr großzügig von Ihnen«, sagte ich. »Aber Herr van de Toel war mindestens genauso daran beteiligt.«

»Igor hat es aber bei der Erwähnung Ihrer Person belassen«, widersprach mir mein Chef. »Deshalb werden heute Sie dafür belohnt. Sie bekommen meine Eintrittskarte für das Derby und dürfen eine Begleitperson zum Spiel mitnehmen.«

Moment mal. Das war der Bonus?

Ich blinzelte kurz. »Ihre Eintrittskarte?«

Unser Vorstandsvorsitzender strahlte. »Jawohl! Ich kann Sie heute Abend leider nicht auf Schalke begleiten, da meine Frau ein Wohltätigkeitsessen gibt, bei dem ich anwesend sein muss. Deshalb habe ich mich entschlossen, Ihnen mein Ticket zu überlassen. Sie können dazu einladen, wen auch immer Sie möchten. Es sind hervorragende Plätze, das kann ich Ihnen versichern.«

Er öffnete eine Schublade und überreichte mir feierlich einen Umschlag. »Hier sind alle sieben Eintrittskarten. Ich überlasse sie Ihnen zu treuen Händen. Der Shuttle-Bus ist für achtzehn Uhr bestellt. Wir sehen uns dann später, wenn die Verträge unterzeichnet werden.«

Damit war die Audienz beendet. An seinem erwartungsvollen Gesicht konnte ich ablesen, dass Herr Weinert-Winkelmann eine große Dankesrede für seine Großzügigkeit erwartete. Ich war aber zu perplex, um mich an die Spielregeln zu halten, deshalb stammelte ich nur ein lahmes Dankeschön und sah zu, dass ich schleunigst aus dem Büro wegkam.

Der Flurfunk schien perfekt zu funktionieren, denn meine Assistentin erwartete mich mit strahlender Miene.

»Wie ich höre, darf man gratulieren«, sagte sie. »Wissen Sie, dass Sie in unserem Hause die erste weibliche Führungskraft sind, die einen solchen Großkunden gewinnen konnte? Gönnen Sie sich doch noch ein paar ruhige Minuten, bis die russischen Gäste bei uns eintreffen. Schließlich sollten Sie bei der Vertragsunterzeichnung frisch aussehen.«

Man hätte meinen können, Frau Unterbach spreche über einen Staatsvertrag. Ich ersparte es uns beiden, sie daran zu erinnern, dass ich die erste Frau war, die überhaupt in diese Position gehievt worden war, und dass nur deshalb keine andere vor mir die Gelegenheit dazu bekommen hatte.

Stattdessen nickte ich lächelnd. »Vielen Dank. Sie haben Recht, ich muss mich ein wenig erholen. Der gestrige Tag war anstrengend, und der heutige wird es sicher ebenfalls.«

Vor allem, wenn ich spätnachts von diesem blöden Fußballspiel zurückkommen werde, zu dem ich absolut keine Lust habe.

Ich setzte mich in meinen Sessel, verstellte die Lehne weit nach hinten und legte die Beine auf den Schreibtisch. Anfangs ärgerte ich mich noch über die Borniertheit meines Chefs, der offenbar allen Ernstes glaubte, mir ein halbes Königreich geschenkt zu haben. Die zweite Karte brachte mir rein gar nichts. Ich schmollte. Wenn ich diese Verpflichtung nicht hätte, könnte ich Michael schon heute sehen. So ein Mist!

Dann fielen mir Daniels Worte wieder ein, dass jeder glühende Fußballfan es vorzöge, ein Spiel live zu verfolgen. Ich richtete mich wieder auf. Ich dürfe mir meine Begleitung selbst aussuchen, hatte der Chef gesagt. Wie wäre es, wenn ich Michael zum Spiel einladen würde? Schließlich wollte er sich ursprünglich heute Abend mit mir treffen. Bevor ich weiter darüber nachdenken konnte, ob das eine gute Idee war, hatte ich auch schon mein Handy in der Hand und suchte im Telefonverzeichnis nach seinem Namen.

Als Michael ranging, ließ er sich nicht anmerken, ob er meine Nummer erkannte. »Rüsselberg.«

»Hallo, Michael, hier ist Victoria Weinmorgen«, wiederholte ich den Satz von gestern noch einmal.

Diesmal änderte sich sein Tonfall sofort. »Hallo! Einen

Moment bitte«, sagte er recht freundlich. »Ich muss mal eben rechts ranfahren.«

»Hast du denn kein Bluetooth im Auto?«, fragte ich, als er sich nach einigen Momenten wieder meldete.

»Mein Firmenwagen ist zur Inspektion in der Werkstatt, und der Leihwagen ist technisch miserabel ausgestattet«, erklärte er. »Was ist los?«

Ich holte tief Luft. »Bist du eigentlich Fußballfan?«

»Ja, ein totaler. Warum fragst du?«

»Du sagtest gestern, du bist heute in Düsseldorf. Ich gehe mit Kunden von uns zu dem Spiel in Gelsenkirchen und hätte noch eine Karte übrig. Wenn du möchtest, kannst du mitkommen. Es sind Spitzenplätze.«

»Auf Schalke?«

»Ja, genau. Hast du Zeit und Lust?«

Michael zögerte einen Moment, dann sagte er: »Schon, aber ich müsste meine Termine neu koordinieren. Weißt du, die Firma läuft nicht ohne mich. Kann ich dir im Laufe des Tages Bescheid geben?«

Irgendwie hatte ich mehr Begeisterung erwartet. Schließlich ging es um eine abendliche Verabredung, die die Existenz seiner Firma sicher nicht gefährdete.

»Du müsstest dich bis heute Mittag um eins entscheiden«, erklärte ich. »Ansonsten vergebe ich die Karte anderweitig.«

Michael versprach, sich bis dahin zu melden, dann legten wir auf. Ich grübelte. Was hatte ich eigentlich erwartet? Dass er mir sagte, wie gern er mit mir dorthin gehen würde? Irgendetwas in dieser Richtung, jedenfalls nicht eine derart neutrale Reaktion. Oder fühlte er sich überfahren, gleich beim ersten Mal als mein offizieller Begleiter zu fungieren? Schreckte ihn gar der Gedanke ab, dass ich mit Kunden unterwegs sein würde?

Ja, das musste es sein! Oder?

Ich brauchte dringend eine zweite Meinung und rief die interne Nummer von Eva an. Sie hatte gerade Kreditkunden im Büro und keine Zeit, um mit mir zu plaudern. Also probierte ich es bei Silke. Leider war nur die Mailbox dran.

»Jetzt wollte ich dir heißen Großstadtklatsch liefern, und du bist nicht da«, redete ich drauflos. »Daher hier nur die Kurzversion: Michael R. und ich wollen uns in Düsseldorf treffen. Danke für deine Hilfe beim Beschaffen der Handynummer. Ich weiß noch nicht genau, wie ich ihn einschätzen soll, aber ich will ihn auf jeden Fall wiedersehen. So, jetzt ist es raus. Ich werde dir demnächst mehr Details erzählen. Liebe Grüße.«

Wenn man mal jemanden zum Reden brauchte!

Ich erwog, Daniel anzurufen und ihn nach seiner Einschätzung zu fragen, verwarf den Gedanken aber sofort wieder. Bislang wusste er gar nichts von Michaels Existenz.

Mit einem Mal wurde mir klar, dass ich außer Eva kaum Freunde hatte, denen ich persönliche Dinge erzählen konnte.

Wie war das möglich? Hatte ich mich im Laufe der Jahre so sehr abgekapselt, dass ich nicht fähig war, Freundschaften aufzubauen? Oder bemühte ich mich zu wenig darum?

Sicher, ich hatte Bekannte, die ich hin und wieder traf, einige Kolleginnen von unserem Bank-Stammtisch, den wir einmal im Quartal veranstalteten, Elisa aus dem Yoga-Kurs, den ich im vergangenen Jahr angefangen und doch nicht beendet hatte, sowie Evas Cousine Gitta. Aber letztendlich waren sie alle flüchtige Bekannte, die ich alle Jubeljahre sah und die als Beichtschwestern nicht geeignet waren.

Auf einmal fühlte ich mich ziemlich einsam. Als Single hatte man niemanden, der abends auf einen wartete und mit dem man seine Tageserlebnisse besprechen konnte. Solange ich beruflich stark eingespannt war, fiel es mir nicht weiter auf, aber wenn es mir privat mal nicht gut oder um komplizierte Beziehungssachen ging, brauchte auch ich jemanden zum Reden.

»Freundschaften müssen gepflegt werden«, sagte meine Mutter immer, wenn ich mich darüber lustig machte, dass sie mit ihrem Damenkreis wöchentlich Poker spielte.

Sie hatte ja so Recht.

Silkes Worte fielen mir wieder ein, wie sehr sie sich gefreut habe, von mir zu hören. Hätte ich sie nach dem Abi-Treffen auch kontaktiert, wenn ich die Nummer von Michael nicht gebraucht hätte? Und was wusste ich eigentlich über Daniel, der direkt nebenan wohnte? Stand ich ihm jemals bei, wenn er mit Britta Stress hatte?

»Du bist eine Egoistin«, sagte ich laut zu mir selbst. »Wenn du so weitermachst, wirst du eines Tages einsam sterben.«

Ich beschloss, auf der Stelle etwas daran zu ändern. Silke würde ich demnächst übers Wochenende zu mir einladen und Eva und Daniel zum Essen. Außerdem würde ich einen kleinen Cocktailabend bei mir zu Hause geben. Ich musste ja nicht selbst kochen, keine Servietten falten und auch keine kreativen Programmpunkte einbauen.

Spontan wählte ich in meinem Kalender einen Samstag Ende Juni aus und schrieb Einladungs-Mails an Eva, Gitta, Daniel, Elisa aus dem Yoga-Kurs und drei der netten Kolleginnen vom Bank-Stammtisch – »gerne mit Begleitung«. Je bunter die Gruppe wurde, umso lustiger, außerdem sollte mein Nachbar nicht der einzige Mann bleiben.

Ich schloss kurz die Augen, und als ich sie wieder öffnete, blinkte eine Mail auf meinem Bildschirm. Daniel hatte Wort gehalten und mir die Fußballfakten zusammengetragen. Er war wirklich ein guter Freund. Auf ihn konnte ich mich immer verlassen. Ich las die Infos mehrmals durch und versuchte, irgendetwas davon zu behalten – Spielernamen, Trainer, Tabellenstand, Gründungsjahr –, befürchtete aber, am Abend alles durcheinanderzuwerfen. Das wäre dann ziemlich peinlich, also druckte ich mir die Seiten aus und steckte die Blätter in meine Handtasche. Ich würde zwischendurch immer mal wieder einen Blick darauf werfen, um mir möglichst viel davon einzuprägen.

Irgendwann rief Willem an. Er wollte wissen, ob ich gut heimgekommen war und ob wir uns heute Vormittag noch mal zusammensetzen müssten.

»Ich wüsste nicht, warum. Die Russen haben alle Unterlagen bekommen und genügend Bedenkzeit. Außerdem haben sie uns gestern auf Herz und Nieren geprüft.« Ich erzählte ihm von dem Gespräch bei unserem Chef, wobei ich Igors Lobeshymne auf mich ein wenig abschwächte und sie auf uns beide bezog. »Aus irgendwelchen Gründen hat Herr Weinert-Winkelmann mir seine Derby-Karte überlassen, da er uns nun doch nicht begleiten kann. Als besonderes Bonbon sozusagen. Ich hoffe, das ist für dich in Ordnung.«

Willem lachte. »Der Alte mal wieder. Hätte er dir besser eine Kiste Champagner spendiert. Nein, im Ernst: Wen hätte ich auch mitnehmen sollen? Meine Ex macht mich wahnsinnig, meine Freundin auch, und meine Töchter haben tausend andere Wünsche. Victoria, sei froh, dass du ungebunden bist.«

In solchen Momenten war ich es tatsächlich, aber wollte ich das auf Dauer?

Mein Kollege wechselte das Thema. »Wen bringst du nachher mit? Hast du einen Loverboy, von dem wir hier noch nichts wissen?«

Ich verdrehte belustigt die Augen. »Du willst eindeutig zu viel Privates wissen«, antwortete ich. »Vielleicht kommt ein

Freund mit, mal schauen. Lass uns lieber die Verträge über die Bühne bringen. Noch ist nichts unterschrieben.«

Willem munterte mich auf. »Das wird schon, zur Not singst du noch ein Solo, das haut sie dann wieder um. Übrigens: In der Karaoke-Bar hast du ganz zauberhaft ausgesehen. Also wenn ich nicht in festen Händen wäre, würde ich mich glatt an dich ranschmeißen.«

Ich lachte. »Vielen Dank, aber mit Kollegen fange ich prinzipiell nichts an.«

Kurz vor der Mittagspause meldete sich Frau Unterbach aufgeregt über die Sprechanlage. »Die russischen Gäste sind im Konferenzraum zwei. Sie werden erwartet, Frau Doktor Weinmorgen.«

Es war also so weit. Der wichtige Abschluss stand unmittelbar bevor. Hoffentlich hatten die Russen es sich nicht anders überlegt. Ich strich mein Kostüm glatt, puderte mir die Nase und wollte mich auf den Weg machen. Genau in diesem Moment klingelte mein Handy. Michael.

»Hallo? Tut mir leid, aber es ist gerade der denkbar ungünstigste Augenblick«, sagte ich hastig. »Ich muss zu einem wichtigen Meeting.«

»Okay«, antwortete er. »Das kenne ich. Ich wollte nur sagen, ich habe alles geklärt und komme heute Abend sehr gerne mit. Ich freue mich, dich wiederzusehen, Victoria. Wollen wir nach dem Spiel noch etwas trinken gehen?«

Mein Herz klopfte wie verrückt. »Klar«, sagte ich und versuchte, mich zu sammeln.

»Schön«, meinte Michael. »Und am kommenden Sonntag führe ich dich groß zum Essen aus. Wann soll ich dich heute abholen?«

»Wie wäre es mit halb sechs? Ich simse dir meine Adresse.«

»Super, bis dann.«

Auf dem Weg zum Konferenzraum zwei war mein Gang beschwingt wie schon lange nicht mehr. Die Tür stand offen, und mein Blick fiel auf die drei schönen Frauen, die wieder einmal überaus geschmackvoll und elegant gekleidet waren. Im Businesslook versteht sich. Niemand hätte es für möglich gehalten, dass Olga und ich noch vor ein paar Stunden gemeinsam singend auf einer Kneipenbühne gestanden hatten.

»Victoria, wie geht es Ihnen heute?« Ich wurde mit Küsschen rechts und links begrüßt.

Igor, Willem und Herr Weinert-Winkelmann waren bereits anwesend, und ich spürte, dass die Atmosphäre fast schon freundschaftlich war.

»Wir haben uns die Konditionen noch einmal angesehen, über alles gesprochen und uns für Ihre Bank entschieden«, eröffnete Tatjana ohne Umschweife das Gespräch. »Frau Doktor Weinmorgen und Herr van de Toel haben uns mit ihrer Präsentation überzeugt, und wir freuen uns auf eine lange und produktive Zusammenarbeit.«

Igor und ihre Kolleginnen nickten beifällig.

Herr Weinert-Winkelmann strahlte übers ganze Gesicht und musterte Willem und mich wie ein gütiger Großvater seine Enkel. »Ich wusste, dass ich mich auf meine Mitarbeiter verlassen kann«, sagte er.

Wir breiteten die Unterlagen aus, und dann unterschrieben alle nacheinander. Ab sofort würden ein paar stattliche Summen auf die Konten unserer Bank fließen.

»Dürfen wir Sie noch zum Lunch ausführen?«, fragte Herr Weinert-Winkelmann, der aus dem Strahlen gar nicht mehr herauskam. »Wir haben hier in der Nähe ein paar ganz ausgezeichnete Lokale.«

»Nein, danke«, sagte Igor. »Bevor wir heute Abend zu dem Fußballspiel fahren, habe ich noch einige Termine zu erledigen.«

Ludmilla sagte auf Russisch etwas zu den beiden anderen Frauen, und dann wandten sie sich alle drei an mich. »Victoria, hätten Sie vielleicht Zeit, mit uns shoppen zu gehen? Wir brechen morgen früher als erwartet auf, deshalb wollten wir die Zeit bis zum Spiel nutzen.«

Ich nickte. »Selbstverständlich. Ich begleite Sie gern zu einem Einkaufsbummel. Willem? Herr Doktor Weinert-Winkelmann? Möchten Sie vielleicht mitkommen?« Den letzten Satz musste ich mir einfach geben, weil ich so eine gute Laune hatte.

Die Antworten waren natürlich klar.

»Ich würde gern alles Notwendige für die Konten in die Wege leiten«, redete sich Willem heraus.

Unser Chef pflichtete ihm prompt bei. »Genau. Ich muss ebenfalls noch so einiges erledigen, wünsche den Damen aber viel Vergnügen.«

Eine halbe Stunde später standen wir mitten auf der Königsallee. Die Schadow-Arkaden, der Kö-Bogen und die Altstadt interessierten die shoppingwilligen Russinnen nicht weiter, sie zog es direkt zu den Luxuslabels.

»Lasst uns mit Prada anfangen.«

Ludmilla und Olga gingen voran, und Tatjana und ich folgten den beiden.

»Sie strahlen heute wieder so«, meinte die Russin. »Ich muss nicht erst in Ihrer Hand lesen, dass Sie glücklich sind.«

Beschwingt ließ ich mich hinreißen und berichtete ihr von meiner Verabredung. »Gestern habe ich Ihnen doch von dem Mann erzählt, den ich neulich nach vielen Jahren wiedergesehen habe. Das Missverständnis zwischen uns hat sich in der

Zwischenzeit aufgeklärt, und er wird heute Abend mit ins Stadion kommen.«

»Dann lernen wir ihn also kennen? Das ist wirklich aufregend«, antwortete Tatjana. »Er bedeutet Ihnen etwas? Kann daraus etwas werden?«

»Um das sagen zu können, ist es noch zu früh«, antwortete ich wahrheitsgemäß. »Er ist geschieden, und ich bin Single, da muss man sehen, was die Zeit bringt.«

Im selben Moment ärgerte ich mich, so viel Privates verraten zu haben. Eigentlich wollte ich Michael heute Abend gern nur als einen guten Freund vorstellen.

Tatjana schien mein Unbehagen zu spüren, denn sie wechselte das Thema und zeigte auf das Schaufenster, das wir ansteuerten. »Sehen Sie nur. Diese Schuhe muss ich einfach haben!«

# Kapitel 17

*»Warten Sie nicht auf den Prinzen!*
*Nehmen Sie die Kröte!«*
FRAU IWANSKA

Am frühen Nachmittag trennten sich unsere Wege. Die drei Russinnen wollten sich nach ihrer Einkaufsorgie (sie hatten ein paar Tausender in den Nobelläden gelassen, ich dagegen keinen Cent) im Hotel eine Massage gönnen, und auch ich war froh, nach Hause fahren zu können. Ich wusste zwar nicht, was mir der Abend im Fußballstadion bringen würde, wollte aber zumindest auf alles vorbereitet sein.

In meiner Wohnung traf ich auf Frau Iwanska. »Sie sind heute schon so frih hier? Sind Sie krank?«, fragte sie besorgt.

»Nein. Ich habe mir den Nachmittag frei genommen, weil ich heute Abend mit Kunden unterwegs sein werde«, erklärte ich. »Muss ich einkaufen gehen, oder gibt mein Kühlschrank etwas Essbares her?«

Meine Putzhilfe wackelte missbilligend mit dem Kopf. »Frau Weinmorgen, ich habe natirlich Einkäufe gemacht nach Ihrer Liste. Sie haben Tomaten, Salat, Eier, Käse und Wurst. Außerdem Toastbrot und Brötchen.«

»Und Wein? Ich bekomme vielleicht Besuch.«

Sie sah mich durchdringend an und lächelte dann breit. »Ach, wie schön! Sie bekommen Herrenbesuch. Von dem Verehrer, der den Blumenstrauß geschickt hat, ja?«

225

Ich liebte Frau Iwanska über alles, fand aber, dass es sie nichts anging. »Ich schaue selbst nach, danke schön. Sind Sie für heute fertig?«, antwortete ich daher ausweichend.

»Sie wollen mich loswerden?« Meine Haushälterin war alles andere als dumm. »Ich kann noch schnell das Bett frisch beziehen. Sie haben so eine schöne Satin-Bettwäsche. Man weiß ja nie …«

»Woran Sie schon wieder denken.« Ich tat entrüstet.

»Warum? Sex ist doch normal und gut. Nur denken Sie daran: Nicht gleich am ersten Abend. Ist heute erster Abend oder haben Sie sich schon oft getroffen?«

Ich fühlte, wie ich errötete. »Wie war das mit der Neugierde als Vorstufe zur Hölle?«, gab ich schnippisch zurück, und sie schmunzelte.

»Frau Weinmorgen, endlich passiert hier mal was. Ich bin froh, dass Sie wieder einen Mann an der Rute haben. Immer allein sein, das ist nicht gut. Die Freundin meiner Cousine Karolinka aus Katowice hat sich auch immer für den Einen aufgehoben. Sie dachte, eines Tages kommt er vorbei. Aber er ist wohl immer nur bis Krakow gefahren. Nach Katowice hat er es nicht geschafft.«

»Und dann?« Ich ließ mich auf einem Stuhl nieder und wartete gespannt.

»Dann ist sie ins Kloster gegangen. So hatte es wenigstens einen Sinn, dass sie sich aufgehoben hatte.«

Jetzt musste ich lachen. »Ich habe mich nicht ›aufgehoben‹. Sie wissen doch, dass ich schon einige Beziehungen hatte, und auch wenn es Sie nichts angeht, sie waren durchaus intim.«

»Im Team? Gruppensex?«

»Frau Iwanska!« Mein Gesicht brannte. »Nein, ich hatte keinen Gruppensex. Aber eben … Sex.«

Meine Haushaltshilfe kam einen Schritt näher. »Je länger

die Zeit vergeht, desto mehr wird das zur Legende, die niemand glauben wird. Und Sie werden nicht jinger. Also warten Sie nicht auf den Prinzen. Nehmen Sie die Kröte. Vorausgesetzt natirlich, dass die gut verdient und treu wie Golf ist.«

Ihre Worte hinterließen eine gewisse Wirkung, und sobald sie weg war, bezog ich tatsächlich das Bett neu, duschte und schaute nach dem Wein. Alles war vorhanden, sogar noch eine Flasche Champagner, die ich mal von einem Kunden zu Weihnachten bekommen hatte. Im Kloster würde ich garantiert nicht landen.

Das Telefon klingelte, und die atemlose Eva wollte auf den neuesten Stand gebracht werden.

»Ich hoffe, du hast mindestens eine halbe Stunde Zeit«, sagte ich und setzte mich aufs Sofa. »Seit gestern gibt es einiges zu berichten.«

Während ich von dem Abend mit den Russen, dem Gespräch mit unserem Vorstandsvorsitzenden und meiner Einladung an Michael erzählte, überlegte ich die ganze Zeit, was ich für das Spiel anziehen sollte.

»Hältst du das für eine gute Idee, den Typen zu einem Geschäftstermin einzuladen?« Eva klang skeptisch. »Da kannst du nicht gelöst sein, nicht flirten und musst dich zwischendurch noch um die Kunden kümmern.«

Ich war verunsichert. »Findest du? Die Verträge sind doch unterzeichnet, und wir gehen ins Stadion. Dort schauen doch alle völlig gebannt zu, wie ein paar Typen einem Ball hinterherjagen. Daniel sagte, jeder Fußballfan wäre happy, so ein Spiel live sehen zu können. Und Michael ist definitiv ein Fan, ich habe ihn gefragt.«

»Aber das ist doch nicht romantisch!«, rief meine Freundin. »Du kannst weder seine Hand halten noch mit ihm knutschen, weil da Leute sind, um die du dich kümmern musst.«

»Eva«, sagte ich und hoffte, dass ich richtig lag. »Ich habe danach noch jede Menge Zeit für alles. Und am Sonntag wollen wir uns sowieso wieder treffen. Irgendwie denke ich sogar, dass ich nicht halb so nervös sein werde, wenn ich ihn unter diesen Umständen wiedersehe. Ich weiß doch gar nicht, wie wir zueinander stehen.«

»Ihr habt euch geküsst.«

Ich legte die Beine hoch und versuchte, mich zu entspannen. »Richtig, aber es war in der Hitze der Nacht, unter Alkoholeinfluss und überhaupt. Das zählt nicht richtig, sonst hätte er sich direkt am Sonntag melden müssen.«

»Auch wieder wahr.« Eva seufzte. »Als Tom und ich uns getrennt haben, hätte ich nicht erwartet, dass man sich mit Ende dreißig noch immer genauso verhält wie mit achtzehn.«

»Du hättest mich fragen sollen. Das Einzige, das sich verändert hat, ist die Technik.«

Eine Stunde später war ich geschminkt und frisiert und versuchte, das richtige Stadion-Outfit zu finden. Eva hatte mir zu »lässig und sportlich, aber sexy und elegant« geraten, konnte mir jedoch keine praktischen Tipps geben, denn in einem Bundesliga-Stadion war sie ebenfalls noch nie. Die Google-Bildersuche hatte auch nichts gebracht, denn es gab entweder jede Menge Fans mit Trikots oder Promis, die die VIP-Tribüne zur Selbstinszenierung nutzten. Auch die Farben der beiden Fußballvereine bissen sich total. Auf der einen Seite die gelb-schwarzen Dortmunder und auf der anderen die blau-weißen Schalker. Wie blieb man da am besten neutral?

Ich entschied mich für nicht eben bequem sitzende Spitzenunterwäsche und probierte gerade das achte Ensemble an – ein cremefarbenes Strickkleid mit einer kurzen schwarzen Wildlederjacke sowie flache Ballerinas –, als es an der Tür klingelte. Mein Herz klopfte. Das war doch nicht schon Michael, oder?

Als ich öffnete, hielt mir ein Bote eine einzelne, in durchsichtige Folie eingepackte Orchidee entgegen. »Blumenlieferung für Frau Victoria Weinmorgen.«

Ich stellte die Blume in ein Glas und machte die beiliegende Karte auf.

»*Wie wäre es demnächst mit Sushi?* XOX *O. M.*«

Dieser Mann ist wirklich originell, dachte ich und fühlte mich irgendwie geschmeichelt. Ich würde ihn morgen auf jeden Fall anrufen, jetzt war dafür keine Zeit. Ich zog die Ballerinas aus und dafür ein Paar Turnschuhe an. Albern. Also doch wieder die flachen Schuhe.

Mein Handy meldete sich, und ich erkannte Michaels Nummer auf dem Display. Eine böse Vorahnung überkam mich.

»Hallo, Michael?«

»Hi. Ich habe schlechte Nachrichten. Leider, leider werde ich es heute doch nicht schaffen. Mir ist ein Notfall in der Firma dazwischengekommen. Ich hätte mir das Spiel sehr gerne mit dir zusammen angesehen, aber es klappt nicht.«

Eine riesige Enttäuschung breitete sich in mir aus. »Schade«, sagte ich matt.

»Das finde ich auch, und ich mache es am Sonntag wieder gut, versprochen.«

»Okay«, antwortete ich.

Michaels Stimme klang einschmeichelnd. »Wie gesagt, es tut mir sehr leid, das musst du mir glauben. Aber als Selbstständiger ist man eben immer im Dienst. Bist du jetzt böse?«

Ich setzte mich auf einen Stuhl und streifte die Ballerinas ab. »Nein, natürlich nicht. Es ist nur sehr schade. Und du meinst, bei Sonntag bleibt es?«

»Auf jeden Fall!«, antwortete er, und meine Enttäuschung wurde ein wenig abgemildert. »So, jetzt muss ich auch schon wieder weiter. Bis dann.«

Wir legten auf, und ich rief umgehend Eva an. »Stell dir vor, Michael hat abgesagt.«

Während ich ihr von seinem Anruf berichtete, tauschte ich Spitzenunterwäsche, Kleid und Strumpfhose gegen eine hellblaue Jeans sowie ein passendes Poloshirt. Zumindest musste ich jetzt nicht mehr sexy sein.

»Sieh es von der positiven Seite«, tröstete mich meine Freundin. »Euer nächstes Treffen bleibt privat und wird nicht durch berufliche Dinge gestört.«

»Findest du?«

»Natürlich.« Eva klang zuversichtlich. »Du hättest dich heute beruflich-professionell geben müssen, auch ihm gegenüber. Vielleicht hätte es ihn irritiert. Wenn ihr euch zu zweit trefft, könnt ihr direkt übereinander herfallen und müsst euch über gute Manieren und Smalltalk keine Gedanken machen.«

»Ich falle über niemanden her«, widersprach ich matt und erzählte meiner Freundin von Oscars neuer Blumensendung.

»Der kreative Graf Krolock gefällt mir immer besser«, antwortete sie. »Wenn das mit diesem Michael nichts wird, dann hast du gleich noch einen heißen Kandidaten fürs Bett. Oder du gibst ihn mir ab, ich brauche dringend Sex mit einem willigen, heißen Mann.«

»Du redest schon wie Frau Iwanska«, kicherte ich und merkte, dass es mir besser ging. »Übrigens: Willst du vielleicht mitkommen? Ich habe eine Eintrittskarte übrig und könnte dir dazu einen heißen Russen anbieten. Allerdings weiß ich nicht, ob Igor Petrovsky überhaupt zu haben ist.«

Eva lachte. »Fußball? Nee, lass mal, da sollte man Ahnung von haben, und mich interessiert das nicht. Ich habe mich mit meiner Mutter fürs Kino verabredet. Und Russland ist mir für eine Affäre zu weit weg.«

Ich sprang auf. »Du bringst mich auf eine Idee: Vielleicht

hat Daniel Lust mitzukommen, dann müsste ich mich nicht mit den Fußball-Infos auseinandersetzen und könnte ganz gelassen bleiben. Ich werde ihn gleich fragen, dann könnten Willem und er die Fachsimpelei übernehmen.«

Wir legten auf, und ich rief meinen Nachbarn in der Agentur an.

»Hi, hier ist Victoria. Falls du zufällig spontan Zeit hast, hätte ich für dich ein Ticket für die Schalke-Borussia-Darbietung«, sagte ich, sobald er sich meldete.

Einen Moment lang sagte er nichts, und ich befürchtete schon, dass die Verbindung unterbrochen war. »Hallo? Daniel?«

»Für die Darbietung?«, wiederholte er und klang belustigt. »Du meinst das Derby?«

»Na, hör mal«, sagte ich ein wenig beleidigt. »Immerhin habe ich Schalke und Borussia gesagt und nicht Gelsenkirchen und Dortmund. Willst du mit? Mein Chef hat abgesagt und mir seine Karte überlassen. In einer knappen Stunde ist Abfahrt.«

»Was muss ich dafür tun?«

Ich verstand nicht. »Gar nichts, wieso?«

Daniel lachte leise. »Soll ich mich als dein Mann ausgeben, oder so was? Du gehst doch mit diesen russischen Kunden dorthin, oder? Belästigt dich der Kalinka-Igor etwa?«

Wie süß von ihm! Jetzt musste auch ich lachen. »Nein, nichts dergleichen. Sie sind alle sehr nett, und wir haben sogar schon alles Geschäftliche geregelt. Mein Kollege Willem wird auch dabei sein, und ich würde mich einfach freuen, wenn du mitgehst. Außerdem hast du gesagt, Fußball guckst du am liebsten live. Und du hast Ahnung davon, also kannst du schön fachsimpeln, und ich muss mir nicht diese Spieler- und Trainernamen einhämmern, die du mir geschickt hast. Klops oder Hops oder so.«

»Wenn das so ist«, antwortete er, »dann komme ich sehr gern mit. Danke, dass du an mich gedacht hast, Victoria. Ich mache mich sofort auf den Weg.«

»Victoria? Ist das deine Nachbarin?«, hörte ich im Hintergrund eine tiefe Stimme. »Kann ich sie eben mal sprechen?«

Der schwarze Mann.

Der Blumenkavalier.

»Ähm …«, sagte Daniel.

Ich unterbrach ihn. »Ja, bitte, gib ihn mir mal kurz.«

»Oscar Martens.« Schon war der schwarze Mann am Telefon. »Ist die Lieferung am Zielort angekommen?«

Wie er wieder redete.

»Nein, der Drogenkurier war noch nicht da«, gab ich zurück.

Am anderen Ende herrschte Stille, offenbar hatte ich ihn aus dem Konzept gebracht.

»Ja, Oscar«, sagte ich, »ich wollte mich auch schon bei dir bedanken, für die schöne Blume und auch für den Strauß von neulich, aber ich war total beschäftigt. Jedenfalls … danke.«

»Gern geschehen.« Mehr sagte Daniels Chef nicht, und ich fragte mich, ob wir jemals eine normale Unterhaltung würden führen können.

»Ich habe es leider auch jetzt sehr eilig«, meinte ich. »Aber um auf deine Einladung zu antworten: Wir können gerne zusammen Sushi essen gehen.«

»Schön. Ich bringe dann alles mit.«

Ich überlegte noch, was das bedeutete und wann wir uns am besten treffen sollten, da sagte Oscar, dass er mich nicht aufhalten wolle, und legte einfach auf.

Ich blieb dabei: Alle Männer, die sich für mich interessierten, hatten einen Dachschaden. Hoffentlich galt das nicht auch für Michael.

Kurz vor 18.00 Uhr standen Daniel, Willem und ich vor dem Hotel auf der Kö und warteten auf unsere russischen Gäste. Die beiden Männer hatten sich, nachdem ich sie einander vorgestellt hatte, direkt in ein Gespräch über Taktik und irgendwelche Punkte vertieft, und ich war umso froher, meinen Nachbarn mitgebracht zu haben. Vermutlich hätte sich Michael als Fußballfan genauso gut geschlagen, aber neben ihm wäre ich wesentlich angespannter gewesen. Als Igor und seine Begleiterinnen im Foyer erschienen, verstummten die beiden jedoch, und ich bemerkte, wie bewundernd Daniel die Russinnen musterte, als er ihnen die Hand schüttelte.

Dass Männer sich so sehr von Äußerlichkeiten beeindrucken ließen.

Als wir im Shuttle-Bus Platz nahmen, raunte er mir zu: »Wow, du hast mir gar nicht gesagt, was für Granaten deine Geschäftspartnerinnen sind. Wenn ich das gewusst hätte, würde mein Outfit nicht aus Jeans und Jacke bestehen.«

Ich grinste. »Ich dachte, hier geht es um Fußball?«

Daniel warf mir einen Seitenblick zu. »Sag mal, was wollte Oscar vorhin von dir? Oder ist das zu persönlich?«

»Quatsch. Er hat mich zum Sushi-Essen eingeladen«, antwortete ich. »Sehr originell, mit einer Orchideen-Lieferung. Aber ich bin mir nicht sicher, ob das Date noch in diesem Jahr stattfinden soll, denn er war ziemlich wortkarg.«

»Oscar hat dir schon wieder Blumen geschickt?« Mein Nachbar wirkte erstaunt.

Ich nickte. »Warum bist du so überrascht? Weil du noch immer glaubst, dass wir nicht zusammen passen?«

»Unsinn! Das habe ich nie behauptet.«

Ludmilla, die mit Olga vor uns saß, drehte sich um und unterbrach uns. »Sind Sie Schalke- oder Dortmund-Fan, Daniel?«

»Ich bin grundsätzlich ein Fußballfan«, antwortete mein Begleiter höflich. »Und Sie? Mögen Sie den Sport auch?«

»Rhythmische Sportgymnastik gefällt mir besser«, mischte ich mich ein, aber sie beachteten mich beide nicht.

»Absolut. Es ist unglaublich spannend. Ich würde mich freuen, wenn Sie mir nachher ein wenig mehr über die einzelnen Spieler erzählen könnten. Meinem Bruder gehört ein Fußballclub, und wir interessieren uns immer für neue Talente.« Sie klimperte mit den Wimpern und lächelte Daniel an.

Flirtete sie etwa mit ihm?

Er war dafür offenbar ganz empfänglich, denn er strahlte sie ebenfalls an. »Das mache ich sehr gern, Frau ähm …«

»Ludmilla, bitte.« Wieder ein Wimpernklimpern.

Ich registrierte, dass sie eindeutig auf meinen Nachbarn abfuhr und ein wenig zu stark geschminkt war.

»Ludmilla. Ein schöner Name. Ich arbeite in der Werbebranche und bin für den Klang von Wörtern empfänglich«, sagte er charmant.

Hallo?!

Solch eine Äußerung hörte ich von Daniel zum ersten Mal.

»Ludmilla klingt auch schöner als zum Beispiel Britta«, mischte ich mich ein, und er warf mir einen Blick zu, den ich nicht deuten konnte.

»Sie arbeiten in der Werbung? Wie interessant.« Ludmilla nahm mich gar nicht zur Kenntnis. »Davon müssen Sie mir auch etwas erzählen.«

»Ja, erzähl ihr von der Werbung. Und von Britta aus deiner Agentur.« Ich weiß auch nicht, welcher Teufel mich da gerade ritt, aber Daniel ließ sich nichts anmerken.

»Selbstverständlich. Sehr gerne.«

Dann sagte Igor etwas auf Russisch, und sie drehte sich wieder zu ihm um. Daniel und ich schwiegen.

»Bist du sauer, weil ich ihr fast von deiner Freundin erzählt hätte?«, fragte ich schließlich, weil mich das schlechte Gewissen plagte.

Er schüttelte den Kopf. »Nein, außerdem sind Britta und ich nicht mehr zusammen, also …«

»… kannst du tun und lassen, was du willst«, beendete ich leise seinen Satz. »Ja, natürlich, entschuldige. So wie du als Freund um mein Wohlergehen in Sachen Oscar bemüht bist, liegt mir auch etwas an dir. Ich wollte dich wohl nur irgendwie warnen oder beschützen.« Die letzten Worte flüsterte ich fast. »Schließlich fahren die Russen morgen wieder nach Hause, und ich glaube nicht, dass Ludmilla zum nächsten Kochabend vorbeikommen wird. Das zumindest sollte dir klar sein.«

Daniel nickte, sagte jedoch nichts mehr, und auch ich schwieg, bis wir auf einem Parkplatz vor der hell erleuchteten Arena ausstiegen. Willem, der sich hier offenbar auskannte, lotste uns durch Hunderte von Menschen zu einem großen, gläsernen Eingang, wo wir unsere Eintrittskarten vorzeigten und pinkfarbene Bändchen ums Handgelenk bekamen.

Igor und Olga entschuldigten sich, um ein paar russische Freunde zu suchen, und versprachen, pünktlich zum Anstoß zu uns zu kommen. Uns anderen zeigte eine Hostess den Weg zu unserer privaten Loge. Ich wusste gar nicht, dass es so etwas auch in Fußballstadien gab. Wen auch immer Herr Weinert-Winkelmann kannte, seine Kontakte waren ganz hervorragend.

»Ich dachte, wir säßen auf Plastikstühlen unter freiem Himmel inmitten von grölenden Leuten, die mit ihren Schals wedeln«, sagte ich halblaut zu Willem, als wir einen Raum mit einem üppigen Büffet betraten. Daran grenzte eine Art abgetrennte Terrasse, auf der sich unsere ledernen Sitze mit Blick auf das Spielfeld befanden.

Außer uns liefen noch ein paar andere gut gekleidete Menschen in der Loge herum, die ihre Vereinsverbundenheit höchstens durch eine farbige Krawatte demonstrierten, sowie zwei sehr höfliche Kellner.

»Wo sind wir denn hier gelandet? In einem Opernhaus?«

»Der Alte kennt einen Sponsor, der die Loge hier angemietet hat«, antwortete Willem. »Fußball ist längst nicht mehr nur ein bisschen gegen den Ball treten, sondern ein Event der Spitzenklasse.«

»Aha.« Ich drehte mich um und entdeckte einen bekannten Schauspieler, der gerade unsere Loge betrat. »Den kenne ich. Gibt es hier noch mehr Promis?«

»Ganz bestimmt. Für wen bist du eigentlich? Für Schalke oder den BVB?«

»Also ich mag den Cristiano Ronaldo ganz gern, der sieht einfach sensationell gut aus.«

Willem grinste mich an. »Du hast echt keinen Plan, oder? Ronaldo spielt hier heute nicht mit.«

Ich zuckte mit den Schultern. »Das habe ich mir schon gedacht. In den ganzen Infos, die mir Daniel gegeben hat, habe ich seinen Namen nicht gefunden. Also bin ich für die Mannschaft, die die schöneren Spieler hat.«

Mein Kollege schüttelte belustigt den Kopf. »Alles klar, wie du meinst. Jetzt muss ich erst einmal etwas essen und dann die Mädchen zu Hause anrufen, bevor das Spiel beginnt.«

Ich holte mir ein Mineralwasser und stellte mich an einen der Stehtische. Aus den Augenwinkeln beobachtete ich Ludmilla und Daniel, die einträchtig nebeneinander Platz auf der Terrasse nahmen und sich offenbar prächtig amüsierten, obwohl das Spiel noch gar nicht begonnen hatte.

»Keine Sorge, er hat kein Interesse«, sagte Tatjana, die neben mich getreten war.

Ich lächelte sie an. »Daniel? Oh, ich denke, er weiß, was er tut.«

»Wollen Sie immer noch nicht, dass ich Ihnen aus der Hand lese und einen Blick in die Zukunft werfe? Heute Abend ist die letzte Gelegenheit dafür, denn so bald werden wir uns nicht wiedersehen.«

Ich drehte mich um, aber die anderen beachteten uns gar nicht, sondern steuerten mit ihren Getränken die offenen Terrassentüren an, hinter denen ein Stadionsprecher irgendwelche Ansagen machte.

»Hier? Ich weiß nicht. Irgendwie habe ich auch Angst, dass Sie mir negative Dinge berichten könnten.«

Tatjana schüttelte den Kopf. »Das würde ich niemals tun. Meine Großmutter hat mich gelehrt, dass man schlechte Sachen den Menschen nicht sagen darf, selbst wenn man sie sehen kann, denn sie sind sowieso nicht zu ändern. Man sollte den Leuten nur den Weg weisen, die Richtung sozusagen.«

»Also würden Sie mir nur die guten Sachen verraten? Zum Beispiel, ob es für mich ein Happyend gibt?«

Sie lächelte. »Ich könnte Ihnen sagen, was Sie erwartet, und Sie müssen es selbst interpretieren. Möchten Sie?«

Zögerlich streckte ich ihr die rechte Hand hin. »Okay. Aber erzählen Sie niemals meinem Chef, dass ich mich darauf eingelassen habe. Mich interessiert übrigens nur die Liebe, falls Sie etwas in dieser Richtung erkennen können.«

Tatjana nahm meine Hand und betrachtete die Innenseite. Sie nickte ein paarmal und sagte etwas auf Russisch, das ich nicht verstand. Wahrsagen hatte damals bei uns nicht auf dem Lehrplan gestanden.

»Jemand hat Sie verletzt, und Sie befürchten, dass das noch einmal passiert. Aber da ist ein Mann, der Sie sehr glücklich machen wird. Ihm können Sie sich öffnen, er ist für Sie da, aber Sie müssen bis dahin noch zahlreiche Hürden überwinden und vor allem einige Fehler korrigieren. Dann haben Sie ein langes, glückliches Leben vor sich. Mit ihm zusammen.«

Eine tolle Vorhersage. Und so konkret! Wenn das schon alles war, dann konnte ich mit der Wahrsagerei auch mein Geld verdienen.

»Kenne ich diesen Mann schon sehr lange?«, fragte ich trotzdem hoffnungsvoll. »Seit der Schulzeit?« Vielleicht ging es etwas mehr in die Tiefe?

»Das kann ich nicht so genau bestimmen, aber er ist schon länger in Ihrem Leben.«

»Wie lange denn? Seit über zwanzig Jahren?«, insistierte ich.

Tatjana vertiefte sich noch mehr in meine Hand. »Ich weiß nicht, wie er aussieht, und kann auch keine genauen Zeitangaben machen, aber mit ihm werden Sie glücklich werden. Allerdings müssen Sie erst einen Schatten loswerden, der sich dunkel über Sie legt.«

»Einen Schatten?«, wiederholte ich.

Die Russin nickte und fuhr mit dem Zeigefinger meine Handlinien entlang. »Ja, da ist ein dunkler Schatten, der Ihr Glück bedroht. Sie können ihn überwinden, indem Sie den ersten Schritt machen und sich lösen. Dann werden Sie endlich glücklich.«

Alles klar, also kein Sushi-Essen mit dem schwarzen Mann.

Sie hob den Blick und sah mir in die Augen. »Victoria, haben Sie keine Angst. Ludmilla ist keine Gefahr. Er will nur Sie und wartet auf ein Zeichen. Warum gehen Sie nicht hin und kümmern sich ein bisschen mehr um Ihren netten Begleiter? Sie haben sich doch so gefreut, dass er heute dabei ist.«

Ich entriss ihr meine Hand. »Ach, Sie meinen Daniel? Nein, nein! Das ist jetzt ein Missverständnis. Er ist nicht der Mann, den ich mitbringen wollte. Er ist mein Nachbar und nur ein sehr guter Freund. Derjenige, um den es geht, hat leider abgesagt. Das mit den Hürden, die Sie gesehen haben, passt also schon. Haben Sie vielleicht noch ein anderes Zeichen erkannt?« Ich sah sie erwartungsvoll an.

Zum Beispiel einen Elefanten?

Tatjana schüttelte den Kopf »Das nicht, aber ich fühle, dass es Daniel sein muss, denn es ist ein Mann in Ihrer Nähe.«

»Oh nein, das kann er nicht sein. Klar habe ich Daniel sehr gern, und wir sind eng befreundet, aber in meiner Nähe gibt es viele Männer«, widersprach ich heftig. »Also auch ganz bestimmt in meiner Hand. Da wären Willem van de Toel, Herr Weinert-Winkelmann, Kollegen aus der Bank, Graf Krolock, also … Oscar, Daniel natürlich, aber auch Herr Lampe, der Nachbar aus dem Erdgeschoss, oder der Paketbote, der immer so nett grüßt. Sie sehen, ich bin quasi von Männern umzingelt.« Am meisten hoffte ich natürlich, dass Michael ebenfalls in den Handlinienradius fiel.

Ein lautes Lied aus dem Stadioninneren unterbrach mich, und Daniel drehte sich um und winkte uns zu sich.

Ich räusperte mich. »Ich glaube, das Spiel geht los, wir sollten lieber unsere Plätze einnehmen.«

# Kapitel 18

*»Du musst dich wieder mehr öffnen*
*und Menschen an dich heranlassen.«*
DANIEL

Als wir zurückfuhren, hing wohl jeder seinen Gedanken nach, denn es war ungewöhnlich still im Bus. Vielleicht waren alle aber auch nur von den vielen Eindrücken im Stadion ermüdet, von den Lichtern, dem Geräuschpegel und der Partie. Ich war vermutlich die Einzige, die sich weder für das Ergebnis noch den Spielverlauf interessiert hatte. Schöne Fußballer hatte ich von meinem Platz auch nicht erkennen können, dafür war die Loge zu hoch.

Stattdessen war ich froh, dass es endlich nach Hause ging und unsere Gäste mit ihrem Deutschlandbesuch »mehr als zufrieden waren«, wie sie uns mehrfach versichert hatten. Ein paar ruhige Abende daheim würden mir guttun, bis ich am Sonntag Michael wiedersah.

Mit Tatjana hatte ich nach dem Handlesen nicht mehr unter vier Augen gesprochen, aber das war mir ganz recht, denn ich befürchtete, dass sie mir weiter Daniel einreden wollte. Ihre sogenannte Vorhersage war nicht relevant, und ich ärgerte mich ein wenig, dass ich mich überhaupt dazu hatte hinreißen lassen. Ich hätte ahnen müssen, dass Tatjana Daniel auf Anhieb mochte und ihn daher als potenziellen Partner ins Spiel brachte. Mit seiner liebenswerten und charmanten Art

240

hatte ihn jeder sofort gern, und wir beide wirkten vermutlich sehr vertraut miteinander.

Im Auto setzte ich mich bewusst neben Willem und überließ Daniel den rotlackierten Krallen von Ludmilla. Was auch immer die beiden noch treiben wollten, weder Tatjana noch ich würde es zu verhindern wissen.

Vor dem Hotel angekommen sah es jedoch nicht so aus, als ob jemand geheime Pläne hätte, denn mein Nachbar und sein russischer Fan verabschiedeten sich mit höflichem Handschlag und Küsschen rechts und links. Willem und ich bedankten uns bei unseren neuen Geschäftskunden für die erfolgreiche Zusammenarbeit und wünschten ihnen eine gute Heimfahrt. Auch wir bekamen ein paar herzliche Wangenküsse und lobende Worte für die »perfekte Rundum-Betreuung«.

»Liebe Victoria, den richtigen Weg für ihr Herz erkennen Sie, wenn Sie auf Ihren Bauch hören«, sagte Tatjana leise, als sie mich zum Abschied drückte. »Schreiben Sie mir eine Mail, wenn Sie ihn gefunden haben.«

Ich versprach es. Dann stieg Willem in ein Taxi, und Daniel und ich ließen uns vom Shuttle nach Hause fahren.

»Was für ein Abend«, meinte mein Nachbar, sobald wir nebeneinander auf der Rückbank saßen.

»Ja, die hübsche Russin hatte es dir angetan, was?«, neckte ich ihn. »Ich dachte wirklich, du gehst mit ihr noch … etwas trinken.«

Er tat völlig erstaunt. »Warum das denn? Sie ist genauso ein Fußballfan wie ich, und das Derby war doch nun wirklich super spannend.«

»Aber du hast ihr auch gesagt, was für einen schönen Klang ihr Name hat. Das hat sich für mich nach mehr als einem Fußballkumpel angehört.« Ich wusste selbst nicht, warum ich das jetzt sagte.

Daniel nickte. »Ja, weil es stimmt. Er ist sehr melodisch, und ich habe ein Faible für gut klingende Namen. Außerdem waren deine Geschäftspartnerinnen äußerst attraktiv und charmant. Nicht zu vergleichen mit meinem Gulaschsuppen-Kunden zum Beispiel. Der hat kein einziges Kompliment verdient.«

»Stimmt, die Russen waren schon besonders«, stimmte ich ihm zu. »Tatjana hat sogar versucht, mir aus der Hand zu lesen, kannst du dir das vorstellen?« Ich kicherte und war drauf und dran, ihm sogar von ihrer absurden Interpretation meiner Handlinien zu berichten, aber dann hätte ich Daniel auch von Michael erzählen müssen, und danach war mir im Moment nicht.

»Und was hat sie darin entdeckt?«

»Eigentlich nicht viel. Einen Schatten und dann wieder Licht. Also irgendwie ein Happyend«, antwortete ich ausweichend. »Es war ziemlich allgemein gehalten, außerdem konnte ich mich nicht mit der schönen und reichen Tatjana als Wahrsagerin anfreunden.«

Daniel lächelte. »Ja, der Gedanke ist wirklich abwegig. Kannst du dir vorstellen, dass Ludmillas Bruder einen bekannten Fußballverein besitzt? Wie leben Menschen, die so viel Geld haben?«

Ich seufzte. »Sie geben bei Chanel, Prada und Co., ohne mit der Wimper zu zucken, Tausende von Euros aus, aber sonst so wie wir, schätze ich. Liebe können auch sie sich nicht kaufen.«

»Das stimmt. Ludmilla lässt sich gerade scheiden und kämpft um das Sorgerecht für ihre vier Kinder.«

»Ist nicht wahr!« Mir fiel auf, dass ich von den privaten Verhältnissen unserer russischen Gäste keine Ahnung hatte. »Vier Kinder? Jetzt sag bloß, dass du auch über die anderen Bescheid weißt.«

Daniel nickte. »Du etwa nicht? Olga lebt mit Igor zusammen, und sie haben einen Sohn, und Tatjana ist ledig, aber gerade frisch verliebt.«

»Olga und Igor sind ein Paar?« Jetzt war ich wirklich baff.

Der Shuttle-Bus hielt an, und wir stiegen aus.

»Du warst drei Tage mit ihnen zusammen, Victoria. Redet man da nicht zwischendurch auch mal über private Dinge oder die Familie?«, wunderte sich mein Nachbar. »Oder warst du wieder zu verschlossen und wolltest unbedingt professionell bleiben? Manchmal möchte ich dich am liebsten schütteln. Du bist so eine tolle Frau und versteckst dich immer nur hinter einer kühlen, abwehrenden Fassade.«

»Das ist nicht wahr«, protestierte ich ziemlich lahm.

Oder etwa doch?

Daniel blieb mitten auf der Straße stehen. »Dann erklär mir mal bitte, warum man auch als Freund nicht wirklich an dich herankommt? Dauernd reden wir aneinander vorbei. Oder bin ich dir irgendwie lästig?«

Lästig? Wie kam er denn jetzt darauf?

»Natürlich nicht«, antwortete ich leise und bekam eine Gänsehaut. Ich fühlte mich auf einmal ganz eigenartig. Nicht unwohl und doch ziemlich unbehaglich. »Du bist mir sehr wichtig, aber ich bin nicht so wie du, nicht so offen und redselig. Ich versuche, es zu ändern. Hast du meine Einladung zu dem Cocktailabend im Juni bekommen?«

»Hab ich, aber das meine ich nicht, und das weißt du ganz genau.«

Ein Schauer lief mir über den Rücken. »Sondern?«

»Was macht dich glücklich, Victoria?«

Mit dieser Frage verblüffte er mich. »Keine Ahnung. Erfolg. Musik. Freundschaft. Liebe. Worauf willst du hinaus?«

Daniel strich sich eine Haarsträhne aus der Stirn. »Die Reihenfolge spricht Bände.«

»Sie war rein zufällig.«

Er schüttelte den Kopf. »Oder direkt aus deinem Unterbewusstsein. Ich konnte dich lange nicht richtig einschätzen. Mittlerweile denke ich, dass die Erfahrung mit deinem letzten Lebensgefährten dich misstrauisch und vorsichtig gemacht hat. Doch das ist schon eine Weile her. Du musst dich wieder mehr öffnen und Menschen an dich heranlassen. Karriere ist doch nicht alles.«

Ich schluckte. »Das weiß ich. Und die Schlagsahne kann auch nichts dafür.«

Michael sah mich irritiert an. »Welche Schlagsahne?«

Ich winkte ab. »Vergiss es, nicht so wichtig.«

»Dann sag mir, dass du bereit bist, etwas zu wagen. Allein die Tatsache, dass du glaubst, jemand sei eine Nummer zu groß für dich oder seine Welt passe nicht zu dir, macht mich rasend. Wenn dich jemand gern hat, dann ist es doch egal, was er tut oder ist.«

Damit spielte er auf Oscar an, und ich musste lächeln. »Manchmal ist es trotzdem kompliziert.«

Daniel schüttelte wieder den Kopf. »Unsinn! Ich fange jetzt mal mit einem einfachen Kompliment an. Der Name Victoria hat einen noch viel schöneren Klang als Ludmilla, falls ich es noch nicht erwähnt haben sollte.«

Mein Lächeln wurde breiter. »Nicht dass ich wüsste, aber danke. Du bist auch toll, und ich bin froh, dich in meiner Nähe zu wissen.«

»Ich meine das ganz anders.«

Ich bekam wieder eine Gänsehaut. »Wie denn?«

Daniel kam einen Schritt näher. »Weißt du …«

In diesem Moment ging auf der gegenüberliegenden Stra-

244

ßenseite eine Autotür auf, und ein Mann stieg aus einem dunkelblauen Volvo. »Vicky? Habe ich doch richtig gesehen«, hörte ich ihn rufen.

Augenblicklich wurde mir heiß und kalt zugleich. Diese Stimme kannte ich. Michael? Was machte er denn hier? Oder hatte ich schon Halluzinationen?

Nein, er war es tatsächlich. Spontan lief ich auf ihn zu, und er küsste mich zur Begrüßung kurz auf den Mund, was mich vollends aus der Fassung brachte. »Was … was machst du denn hier?«

Er grinste. »Mein Termin war früher zu Ende, und ich dachte, ich überrasche dich.«

»Das ist dir gelungen. Ich … wir … sind gerade erst angekommen«, stammelte ich.

In diesem Moment fiel mir Daniel ein, der uns von der anderen Straßenseite mit undurchdringlicher Miene beobachtete.

»Das ist mein Nachbar«, sagte ich und deutete auf ihn. »Ich hatte ihn mit ins Stadion genommen.« Ich war vollkommen durcheinander. Michael stand wirklich vor meiner Haustür. Und er wollte mich überraschen. »Wollen wir … willst du noch irgendwo hingehen, oder kann ich dir etwas bei mir zu trinken anbieten?«

Michael sah mir tief in die Augen. »Wenn du keine Nachbarschaftsparty daraus machen musst …«

»Nein, natürlich nicht.«

»Dann sehr gerne.«

Wir gingen auf Daniel zu, der noch immer wie angewurzelt dastand. »Wenn ich gewusst hätte, dass du noch verabredet bist, hätte ich dich nicht aufgehalten.«

Ich lachte und hörte selbst, wie gekünstelt es klang. »Nein … ja … Bis gerade eben wusste ich ja selbst nicht. Also, das ist Michael … und das ist Daniel, mein Nachbar.«

Ich fand, dass diese Vorstellung ausreichend war, schließlich war ich niemandem Rechenschaft schuldig, oder? Trotzdem hatte ich ein komisches Gefühl im Bauch, so als hätte ich Daniel mehr erklären müssen.

»Der Nachbar, der meine Karte bekommen hat. Ich hab im Radio gehört, dass es ein Bombenspiel war«, sagte Michael und hörte sich für mein Empfinden etwas zu großspurig an. »Vicky, du wirst mir gleich sicher alles erzählen.«

Daniel ließ sich nicht anmerken, ob ihm der Spruch etwas ausmachte. »Ja, es war super, und Sie haben wirklich etwas verpasst. Dann muss ich also Ihnen für die Karte danken. Dann wünsche ich noch einen schönen Abend zusammen. Ich lasse die Tür für euch auf.«

Damit drehte er sich um, schloss die Haustür auf und war verschwunden, bevor wir überhaupt reagieren konnten. Ich fühlte, wie ich rot wurde, und ärgerte mich darüber. Schließlich gab es keinen Grund dafür. Außerdem wollte Daniel doch, dass ich mich wieder mehr öffne. Ich konnte nun mal nichts dafür, dass mir Michael mehr zusagte als sein Chef Oscar, auf den er offensichtlich angespielt hatte.

»Jetzt sind wir allein«, sagte Michael. »Und hier wohnst du also? Schönes Haus.«

»Danke.«

Wir gingen die Treppen hoch zur meiner Wohnung, und als wir über die Schwelle traten, berührten sich zufällig unsere Arme. Ich zuckte zusammen. Auf einmal fühlte ich mich so unsicher wie schon immer in seiner Gegenwart und überlegte, was wohl heute noch passieren würde.

»Sollen wir einen Wein aufmachen?«, fragte ich. »Und hast du Hunger?«

»Wein ja, Hunger nein«, sagte mein Schulschwarm und sah sich um. »Nette Einrichtung.«

Ich folgte seinem Blick, und wir blieben beide an der schwarzen Spitzenunterwäsche hängen, die von der Sofalehne baumelte. Daneben lagen das Strickkleid und die Strumpfhose auf dem Boden.

Verdammt!

Wieder lief ich knallrot an, während Michael grinste.

»Schöne Teile. Ist das ein Notset für Überraschungsbesuche? Tu dir keinen Zwang an, insbesondere die schwarze Unterwäsche finde ich heiß.«

Hastig sammelte ich die Sachen ein. »Ich … war vorhin mit Kunden unterwegs und habe mich dann schnell für das Fußballspiel umgezogen.« Diese kleine Lüge musste jetzt einfach sein.

»Du ziehst für deine Kunden Spitzenunterwäsche an? Ich dachte, du arbeitest bei einer Bank?«

»Haha, sehr witzig«, antwortete ich, den Blick auf den Boden gerichtet.

»Ach, komm.« Michael stand jetzt dicht hinter mir. »Knüll das Kleid nicht so zusammen, das gibt bloß Falten. Ich hätte dich gern in den Sachen gesehen, aber du gefällst mir in allem, was du anhast.«

Ich wusste, wenn ich mich jetzt umdrehte, dann könnte ich einen Kuss herausfordern, war mir aber nicht sicher, ob dies der geeignete Zeitpunkt dafür war. Daher machte ich zwei Schritte von ihm weg.

»Ich hänge die Sachen weg und hole Gläser. Wenn du magst, könntest du aus dem Weinregal eine Flasche aussuchen und sie aufmachen, ja? Du findest es in der Abstellkammer neben der Wohnungstür.«

»Sicher.«

Im Schlafzimmer atmete ich ein paarmal tief durch. Ganz ruhig, Victoria, sagte ich mir. Trink nicht zu viel Alkohol, damit du einen klaren Kopf behältst. Du musst Michael erst näher kennenlernen, bevor du entscheidest, wie weit du zu gehen bereit bist.

Als ich ins Wohnzimmer zurückkehrte, hatte er es sich auf dem Sofa bequem gemacht. Sein Sakko lag achtlos auf einer Stuhllehne, das Hemd war zwei Knöpfe geöffnet, und er lehnte lässig in den Sofakissen. Die Weinflasche stand entkorkt auf dem Tisch, und er hatte sogar die dicke Kerze angezündet. Ich stellte die Gläser ab und schenkte uns beiden Wein ein.

»Die Überraschung ist dir gelungen«, sagte ich, setzte mich an den Rand des Sofas und lächelte. »Obwohl wir zusammen in der Schule waren, weiß ich so gut wie nichts von dir. Erzähl mal ein bisschen über dich.«

Michael prostete mir zu und trank dann einen Schluck. »Da gibt es nicht viel zu erzählen. Ich habe nach der Schule eine Ausbildung zum Versicherungskaufmann gemacht und mit einem BWL-Studium angefangen. Dann hat mich meine jetzige Firma angeworben, und da bin ich noch immer.«

»Ich dachte, du wärst selbstständig?«, wunderte ich mich.

Mein Gast nickte. »Bin ich auch. Ich war so gut, dass ich sie vor fünf Jahren übernommen habe.«

»Glückwunsch! Welche Branche ist das noch mal? Ich habe versucht, dich zu googeln, habe aber nichts gefunden«, sagte ich.

Mit seiner Reaktion hatte ich nicht gerechnet. »Du hast mir hinterherspioniert? Warum? Ich kann dir jede Frage beantworten, die dir auf der Seele brennt. Dass Frauen immer so neugierig sein müssen.« Michaels Gesicht wirkte plötzlich verkniffen.

Ich war verwirrt. »Also entschuldige, ich bin nicht neugierig und spioniere auch niemandem hinterher. Ich habe nur nach einer Möglichkeit gesucht, dich zu kontaktieren, weil ich deine Handynummer … nicht mehr hatte. Aber im Netz warst du nicht zu finden. Zumindest nicht unter Michael Rüsselberg. Das war schon alles.«

Er entspannte sich sichtlich. »Ach so, sorry, aber ich habe einige schlechte Erfahrungen mit neugierigen Menschen gemacht, die meiner Firma und mir Schaden zufügen wollten. Deshalb gebe ich auch nichts mehr einfach so heraus.«

»Warum? Entwickelt ihr geheime Projekte für die Regierung?« Es sollte ein Scherz sein, aber Michael lachte nicht.

»Wir entwickeln immer wieder innovative Produkte, die vor der Markteinführung geheim bleiben müssen.«

»Was denn zum Beispiel?« Meine Neugierde war geweckt.

»Sei mir nicht böse, aber ich habe heute den ganzen Tag über die Firma geredet und will einfach mal abschalten, ja?« Michael sah mir wieder tief in die Augen. »Warum habe ich dich früher in der Schule nie wahrgenommen?«

Das fragte ich mich auch. Ich zuckte mit den Schultern. »Keine Ahnung, ich war wohl nicht dein Typ.«

»Kann ich mir heute nicht vorstellen«, antwortete er und rutschte wieder etwas näher.

Es war nur eine Frage der Zeit, wann wir uns küssen würden, das lag förmlich in der Luft. Einerseits ging es mir viel zu schnell, andererseits hatten wir so viel nachzuholen.

»Bist du in festen Händen?«

Mit dieser Frage hatte ich nicht gerechnet. »Meinst du, ich würde hier mit dir sitzen, wenn ich einen Mann hätte?«

»Keine Ahnung. Vielleicht bist du eine Abenteurerin. Tagsüber die strenge Bankerin, nachts der Vamp. Das gefällt mir übrigens.«

Ich warf ein Kissen nach ihm.

»Nein, natürlich bin ich in keiner Beziehung und auch kein Vamp in der Nacht«, sagte ich halb ernst und halb lachend.

»Was ist mir dir? Du bist geschieden, habe ich auf der Abi-Feier mitbekommen? Hast du denn auch Kinder?«

Er griff nach seinem Glas und trank einen Schluck. »Ja, eine Tochter. Sie ist zehn.«

»Siehst du sie oft?«

»Ich bin viel unterwegs, versuche aber, möglichst oft in Frankfurt zu sein.«

»Das stelle ich mir nicht so schön vor. Für Kinder muss es hart sein, wenn sich die Eltern scheiden lassen. Verstehst du dich denn gut mit deiner Exfrau?« Ich musterte ihn prüfend.

»Warum willst du das alles wissen? Wollen wir unseren ersten gemeinsamen Abend nicht lieber mit schönen Dingen verbringen, anstatt Probleme zu wälzen?«, fragte Michael leicht ungehalten.

Ich biss mir auf die Lippen. Das war mein Problem bei diesem Mann. Ich war dermaßen unsicher, dass ich überhaupt nicht wusste, was richtig war und was falsch. Im Grunde genommen hatte er Recht. Warum musste ich so sehr in seiner Vergangenheit bohren? Ich sollte mich als unabhängige, moderne Frau geben, die nichts mehr mit der schüchternen grauen Maus von damals gemein hat.

»Entschuldige«, sagte ich. »Ich wollte nicht zu neugierig wirken. Noch mehr Wein?«

»Wenn auf der Besucherseite deines Bettes noch Platz ist, dann schon«, sagte er prompt, und ich hielt die Luft an.

Rasch versuchte ich das Thema zu wechseln. »Du hattest also heute in Düsseldorf zu tun?«

»Mhm«, er nickte. »Meetings über Meetings, bis zum Abend. Aber ich war ziemlich erfolgreich und dachte mir dann, wir beide arbeiten so hart und haben uns eine Belohnung verdient. Und da bin ich!« Dieses Grinsen, das mich jedes Mal völlig durcheinanderbrachte, funktionierte auch jetzt wieder.

Es war klar, was die Belohnung sein sollte, oder interpretierte ich etwa alles falsch?

Als er kurz danach mein Bad benutzen wollte, versuchte ich, die Sachlage nüchtern zu analysieren. Ich war eindeutig an ihm interessiert, das stand zweifelsfrei fest. Allerdings war Michael geschieden und hatte ein Kind. Obwohl ich ihn rein theoretisch schon so lange kannte, kannte ich ihn eigentlich überhaupt nicht. Weder damals – noch heute. Demnach war er ein Fremder, mit dem ich, wenn ich es wollte, Sex haben konnte.

Wollte ich das? Ja. Nein. Ich wollte mehr. Wie sah ich überhaupt aus?

Victoria, dreh jetzt ja nicht durch! Ich griff nach meinem Handy und betrachtete mein Gesicht im Display. Angesichts der Dauerröte auf meinen Wangen musste ich fast lachen. Ganz ruhig. Ooommm! Eva hatte völlig Recht: Egal, wie alt man war, sobald Gefühle im Spiel waren, spielte es keine Rolle. Ich konnte nicht sagen, dass ich irgendetwas dazugelernt hätte. Ich versuchte, ein paarmal tief durchzuatmen und ruhiger zu werden.

Das Handy vibrierte kurz. Drei entgangene Anrufe von meiner Mutter, dann eine SMS: »Wenn du vom Stadion nach Hause kommst und nicht zu müde bist, dann lass uns skypen. Ich bleibe heute lange auf. Ansonsten auf jeden Fall morgen. Ich muss dringend mit dir reden. Es gibt Neuigkeiten. LG«.

Was hatte das zu bedeuten?

Die SMS hörte sich nicht nach einem Notfall an, dennoch war es ungewöhnlich, dass meine Mutter noch so spät mit mir sprechen wollte. Vermutlich hatte sie irgendeinen heißen Klatsch gehört. Nun, sie würde sich bis morgen gedulden müssen. Ich schrieb zurück: »Ich melde mich morgen. LG.«

Just in diesem Moment kam Michael zurück ins Wohnzimmer. »Alles in Ordnung?«

»Ja«, antwortete ich und legte das Handy weg.

Er setzte sich ganz dicht neben mich und nahm meine Hand. »Wie fühlst du dich?«

Unbehaglich. Nervös. Durcheinander. Aufgeregt.

Laut schwindelte ich: »Ganz gut. Wollen wir vielleicht doch etwas essen? Es gibt noch so viele Dinge …«

»Schsch«, unterbrach er mich und fasste mit der anderen Hand unter mein Kinn. »Nicht jetzt. Komm her.«

Als er mich küsste, wirbelten alle meine Gedanken durcheinander, und ich war nicht in der Lage, auch nur einen davon auszusprechen. Jetzt sollte ich den Moment genießen, für Fragen blieb noch jede Menge Zeit. Ich spürte, wie Michaels Umarmung immer fester wurde. Als seine Hand unter mein Poloshirt wanderte, ärgerte ich mich, dass ich nicht die Spitzenunterwäsche angelassen hatte.

»Du bist die Verführung pur«, murmelte er zwischen den Küssen.

Ich – die Verführung pur? Das hat noch kein Mann zu mir gesagt, ging es mir durch den Kopf. Wie schade, dass ich keine Sahne im Haus hatte.

Als er mir das Shirt über den Kopf ziehen wollte und gleichzeitig sein Hemd aufzuknöpfen begann, musste ich an Frau Iwanskas Worte denken: »Nicht gleich am ersten Abend. Ist heute erster Abend?«

Ja, es war unser erster Abend, das Abi-Treffen zählte schließlich nicht als Verabredung. Prompt versteifte ich mich, und Michael merkte es sofort.

»Was ist los? Entspann dich, es passiert nichts, was du nicht auch willst.«

»Nein.« Ich richtete mich auf. »Tut mir leid, aber das geht

mir alles etwas zu schnell.« Ich zog das Poloshirt wieder an. »Ich bin nicht so.«

Er sah mich irritiert an. »Wie … so?«

»So schnell.« Ich sah an ihm vorbei. »Ich brauche ein bisschen mehr Zeit. Ich will noch Einiges wissen.«

Mein früherer Schwarm nahm wieder meine Hand. »Können wir das nicht am Sonntag nachholen und uns heute einfach nur entspannen? Ich bin echt geschafft. Mir ist nicht nach Reden zumute. Bitte sei keine Spielverderberin.« Er sprach mit warmer, lockender Stimme, und natürlich wollte ich keine Spielverderberin sein.

»Trotzdem bin ich nicht bereit …«

Er küsste mich wieder und erstickte meine letzten Worte. Als wir etwas atemlos eine Pause machten, sah er mir tief in die Augen.

»Ich habe schon verstanden, aber küssen darf ich dich trotzdem, oder?«

Ich nickte stumm. In diesem Moment klingelte mein Festnetztelefon, und wir fuhren erschrocken auseinander. »Wer ruft dich denn um diese Uhrzeit noch an?«, fragte Michael. »Es ist fast Mitternacht.«

Das wollte ich auch gerne wissen. »Vielleicht ein Notfall?« Ich spähte auf das Display. Meine Mutter.

»Hallo? Mama? Geht's dir gut? Ist etwas passiert?«

»Nichts Negatives.« Sie klang nicht so, als ob sie in Not wäre. »Aber da du mir vor zehn Minuten eine SMS geschrieben hast, bist du wohl noch wach. Und ich muss mit dir reden. Unbedingt. Jetzt sofort.«

Was nun? Wenn ich sie jetzt abwürgte und ihr sagte, dass ich Besuch hatte, würde ich ihr morgen alles darüber erzählen müssen. Bis ich jedoch wusste, wie das mit Michael und mir weiterging, wollte ich es für mich behalten.

»Ich bin ziemlich müde«, schwindelte ich daher. »Können wir das nicht auf morgen verschieben?«

»Auf keinen Fall, Victoria-Kind. Ich habe ein schrecklich schlechtes Gewissen dir gegenüber und kann dich nicht länger anlügen«, antwortete sie mit eigenartiger Stimme. »Ich bin seit deinem Besuch sehr aufgewühlt und habe mich nun entschlossen, reinen Tisch zu machen.«

Ich stand auf. War sie etwa todkrank? Aber sie hatte doch gesagt, es sei nichts Negatives.

»Was meinst du denn? Was ist los?«, fragte ich erschrocken und hörte, wie sie tief durchatmete.

»Ich … sage es jetzt gerade heraus, Victoria-Kind. Ich habe mich verlobt. Schon vor einiger Zeit. Im August werde ich heiraten.«

Wie bitte?

Hatte ich mich gerade verhört? Oder träumte ich das alles?

»Sagtest du … verlobt?« Augenblicklich vergaß ich Michael, der mich noch immer verständnislos beobachtete.

»Jawohl.«

»Aber«, ich versuchte, das Gehörte auf die Reihe zu bekommen. »Du hast doch nicht mal einen Freund. Mit wem willst du dich denn verlobt haben? Ist das jetzt ein blöder Scherz? Musst du deinen Pokerfreundinnen etwas beweisen?«

Meine Mutter seufzte. »Nein, das ist es ja gerade. Ich verheimliche dir Howard schon ein paar Monate.«

»Carpendale?«

»Wie bitte?«

»Sagtest du gerade Howard?« Ich befürchtete, dass meine Mutter phantasierte. Helene Fischer und Howard Carpendale, Mann, war das krank!

»Ja. Howard Hase und ich … Wir lieben uns und werden heiraten. Direkt wenn wir aus Hawaii zurück sind. Wir ziehen die Flitterwochen vor, weil wir gern am achten Achten getraut werden möchten. So, jetzt weißt du alles, wenn auch nicht der Reihe nach.«

Hatte sie gerade »Howard Hase« gesagt? Und wieso flog sie mit ihm nach Hawaii? War das schon Altersdemenz?

»Entschuldige bitte, dass ich dir nichts gesagt habe«, fuhr sie beschwörend fort. »Du bist Howard sogar schon begegnet, als er mir mit den Einkäufen geholfen hat. Eigentlich wollte ich ihn dir da vorstellen, aber du warst ja halbnackt, und der Moment war nun wirklich unpassend.«

Es war verrückt, aber es ergab alles Sinn. Der Mann, der mich nur in ein Handtuch gewickelt gesehen hatte, hieß Howard Hase und war mit meiner Mutter verlobt?

Das waren eindeutig einige Informationen zu viel.

Michael machte sich mit wilden Zeichen bemerkbar. Jetzt galt es leider, Prioritäten zu setzen. »Einen Moment, Mama. Ich rufe dich in fünf Minuten zurück, ja?« sagte ich. »Ich muss … schnell etwas erledigen.«

Sie rief irgendetwas von »Bitte mach jetzt bloß keine Dummheiten«, doch ich legte erst einmal auf.

»Michael.« Ich sah meinen früheren Schulschwarm an. »Ich weiß nicht, ob du aus diesem Gespräch schlau geworden bist, aber ich muss das jetzt unbedingt klären. Wie es scheint, dreht meine Mutter gerade völlig durch. Sie will mit irgendeinem Hasen nach Hawaii abdüsen und ihm auch noch ewige Treue schwören. Es tut mir schrecklich leid, aber das wird eine Weile dauern. Du wirst hautnah ein Mutter-Tochter-Inferno miterleben, bei dem noch ungewiss ist, ob es Überlebende geben wird.«

Er grinste, und für einen Moment hasste ich meine Mutter aus tiefstem Herzen. Nicht nur, dass sie mich angelogen und hinter meinem Rücken wichtige Entscheidungen getroffen hatte. Jetzt ruinierte sie auch noch meinen Abend mit Michael, auf den ich über zwanzig Jahre gewartet hatte.

»Nee, lass mal, kompliziertes Familienleben ist nichts für mich«, sagte er und griff nach seinem Sakko. »Ich fahre dann mal lieber. Wir sehen uns am Sonntag, ja?«

Das konnte ich nur zu gut verstehen und nickte bedauernd. »Ich hätte auch am Freitag Zeit. Oder am Samstag? Falls ich nicht bis dahin im Gefängnis sitze, weil ich meine Mutter gekillt habe und den Hasen obendrein.«

Michael lachte. »Sorry, aber an den beiden Tagen bin ich schon verplant. Sollte sich etwas anderes ergeben, rufe ich dich an. Ansonsten komme ich am Sonntagabend gegen sieben zu dir, okay?«

»Ich reserviere uns einen Tisch«, sagte ich. »Dann können wir in aller Ruhe über alles reden.«

Das Telefon klingelte schon wieder.

Michael griff nach seinen Sachen und winkte mir zu. »Reden wird oft überbewertet, aber geh ruhig ran. Ich finde allein zur Tür.«

# Kapitel 19

*»Ich bin ein bekennendes Einzelkind.«*

VICTORIA

*V*ictoria-Kind, bist du okay? Kannst du bitte mal deinen Computer anmachen, ich will mit dir skypen, sofort!« Die Stimme meiner Mutter klang schrill.

»Warum? Wir können uns genauso gut am Telefon unterhalten«, gab ich unwirsch zurück. »Das heißt, du erzählst alles der Reihe nach, und dann werde ich mir überlegen, ob ich überhaupt noch mit dir reden will.«

»Nein, bitte! Ich möchte sehen, ob es dir gut geht und dir von Angesicht zu Angesicht alles erzählen. Ich kann mir vorstellen, dass du ziemlich schockiert bist. Fahr deinen Rechner hoch, ja? Schlag nicht die Bitte deiner alten Mutter aus.«

Jetzt kam sie wieder mit ihrer Alte-Mutter-Tour.

»Sonst setze ich mich morgen in den Zug und komme persönlich vorbei«, drohte sie. »Ach, das hätte ich sowieso tun sollen, statt dich einfach so am Telefon zu überfallen.«

»Also wenn Heirat und Flitterwochen dein Ernst sind, wäre ein persönliches Gespräch tatsächlich angebrachter gewesen«, sagte ich. »Doch jetzt hast du mal eben so die Katze aus dem Sack gelassen oder vielmehr den Hasen.«

»Ich kann schon morgen Mittag bei dir sein. Ich fange sofort an zu packen. Bis zum Wochenende kann ich bleiben.«

Das fehlte noch. Momentan konnte ich sie hier nicht

gebrauchen. Ich seufzte ergeben. »Nein, ist schon okay. Lass uns skypen. Ich lege jetzt auf und hole mir etwas zu trinken, solange der PC hochfährt.«

»Nein, du trinkst eindeutig zu viel.«

»Mama!« Ich verdrehte die Augen. »Ich hole mir eine Cola, okay? Bis gleich.«

Ehe die Verbindung stand, hoffte ich, dass sich meine Mutter einen Spaß mit mir erlaubte. Doch sobald ich in ihr feierlich-ernstes Gesicht blickte, wurde mir das Gegenteil klar.

»Endlich! Bist du noch vernünftig angezogen, Victoria-Kind?«, rief sie. »Jemand möchte dir nämlich Hallo sagen.«

Neben ihr löste sich ein Schatten. Es war der Mann, an den ich mich vage von meinem letzten Besuch erinnerte. »Das ist Howard, Victoria-Kind«, sagte meine Mutter. »Howard, das ist meine Tochter Victoria.«

»Hase«, der Mann verbeugte sich in Richtung des Bildschirms. »Ich freue mich, Ihre Bekanntschaft zu machen, Victoria. Ihre Mutter hat mir schon so viel von Ihnen erzählt, dass ich das Gefühl habe, Sie sehr gut zu kennen.«

»Dann sind Sie eindeutig im Vorteil«, gab ich zurück.

Plötzlich fielen mir die Belege aus Bad Sassendorf ein, die ich bei meiner Mutter gesichtet hatte, genauso wie die Herrenhemden in ihrem Schrank sowie einige weitere merkwürdige Begebenheiten, die nun alle einen Sinn ergaben …

»Mama? Könnte ich dich vielleicht kurz unter vier Augen sprechen?« Ich war nicht gewillt, den Hasenmann ab sofort an allem teilhaben zu lassen. Vielleicht war er ein Heiratsschwindler und wollte meine Mutter nur ausnutzen?

»Natürlich. Howard, würdest du uns bitte allein lassen? Ich muss meiner Tochter einiges erklären.«

»Ich gehe dann schon mal ins Schlafzimmer, Bärchen«, sagte der Typ, und ich verschluckte mich fast an meiner Cola.

Sobald wir allein waren, funkelte ich meine Webcam angriffslustig an. »So, und nun erzählst du mir alles der Reihe nach und lässt keine Einzelheit aus, Bärchen. Ich kann einfach nicht glauben, dass du mich dermaßen hintergangen hast.«

Meine Mutter kannte die Tricks, um mich weichzuklopfen, und sie zog wirklich alle Register. Fast unter Tränen berichtete sie mir, wie einsam sie sich gefühlt hatte, seitdem ich nicht mehr in ihrer Nähe war, wie sie Howard Hase vor mehr als fünf Jahren am Geldautomaten bei der Post kennengelernt hatte, wo er dreimal eine falsche Geheimzahl eingegeben und seine EC-Karte eingezogen wurde. Sie hatte ihm geholfen, und er hat sie daraufhin zum Essen eingeladen.

»Du kennst ihn schon seit fünf Jahren?« rief ich dazwischen.

Mama ließ sich nicht beirren, sondern erzählte einfach weiter. Er war verwitwet, und man traf sich zuerst sporadisch, dann immer regelmäßiger, bis irgendwann mehr daraus wurde. Vor zehn Monaten wurde dann der Bungalow direkt bei ihr um die Ecke frei, in den Herr Hase prompt einzog.

»Da waren wir schon länger zusammen, aber ich hatte den Zeitpunkt verpasst, dich einzuweihen. Ich wollte nicht, dass du eine schlechte Meinung von mir hast, Victoria-Kind. Du hast ja immer gedacht, ich würde noch deinen Vater lieben und sehr gut allein zurechtkommen. Außerdem hast du einen Mann viel nötiger, und ich wollte nicht, dass du dich noch schlechter fühlst. Aber weißt du, ich bin eine Frau, und ich habe auch Bedürfnisse.«

Bevor sie mir ausführlicher erklärte, warum der Hase im Schlafzimmer auf das Bärchen wartete, fiel ich ihr ins Wort. »Meine Güte, Mama, was für lächerliche Gründe! Ich hätte dir die Beziehung doch gegönnt. Das hat nicht das Geringste mit meinem Privatleben zu tun. Ich bin froh, dass du nicht alleine bist.«

»Wirklich?« Meine Mutter trocknete ihre Tränen. »Victoria-Kind, du weißt gar nicht, wie sehr mich das freut. Ich habe bisher alle meine Freunde vor dir geheim gehalten und erst jetzt den Mut gefunden, dir die Wahrheit zu sagen, aber auch nur, weil Howard und ich heiraten wollen.«

Hatte sie gerade den Plural benutzt? »Wie viele waren es denn?«

»Was?«

»Freunde. Du sagtest, du hättest alle deine Freunde vor mir geheim gehalten«, wiederholte ich ihre Worte.

Meine Mutter äugte in die Kamera. »Das spielt doch jetzt keine Rolle mehr. Ich liebe Howard, nur das ist wichtig.«

Prinzipiell hatte sie Recht. Es war utopisch von mir zu glauben, dass sie zwanzig Jahre lang allein geblieben war. Wie naiv ich doch gewesen bin, schalt ich mich.

»Und es macht dir nichts aus, dass ich jetzt vor dir heiraten werde?«, schniefte sie. »Davor wollte ich dich eigentlich bewahren.«

Ach herrje! »Du weißt doch, dass ich gar nicht heiraten will, Mama«, erklärte ich. »Aber bist du dir absolut sicher? Oder hat Herr Hase finanzielle Schwierigkeiten und braucht deine Unterstützung?«

Meine Mutter vergaß augenblicklich ihre Tränen und hob entrüstet die Hände. »Victoria-Kind, das verbitte ich mir. Howard Hase ist sehr gut abgesichert und seine Kinder ebenfalls.«

Kinder? Der Hasenmann hatte Kinder? »Jetzt sag nicht, dass ich Stiefgeschwister bekomme. Ich bin bekennendes Einzelkind.«

»Sei nicht albern.« Sie schüttelte den Kopf. »Howards Sohn und seine Tochter leben in Kalifornien. Wir werden einen Abstecher zu ihnen machen, wenn wir nach Hawaii fliegen. Leider können sie nicht zur Hochzeit kommen, aber dafür habe ich sie zu Weihnachten eingeladen, dann lernt ihr euch kennen. Sie freuen sich übrigens sehr für uns. Und auf dich.«

Wie viele Eindrücke und Informationen konnte ein Mensch an einem einzigen Abend verkraften? Das Fußballspiel und die Russen schienen Lichtjahre weit weg, selbst Michaels Überraschungsbesuch war in weite Ferne gerückt.

»Bist du mir noch böse?« Meine Mutter sah mich einschmeichelnd an.

»Weißt du, Mama«, antwortete ich seufzend. »Das alles kommt ganz schön überraschend. Du hast mir nicht einen Freund präsentiert, sondern direkt einen Verlobten. Über wichtige Dinge in meinem Privatleben wolltest du immer alles wissen, hattest aber so wenig Vertrauen, mir über deine Beziehung reinen Wein einzuschenken. Natürlich freue ich mich, wenn du glücklich bist. Aber du kannst dir denken, dass ich die Neuigkeiten erst verdauen muss.«

Sie fuchtelte aufgeregt mit den Händen. »Natürlich, natürlich! Aber sag deiner alten Mutter, dass du ihr vergibst. Bitte! Sonst kann ich nicht ruhig schlafen.«

Ich verdrehte die Augen. »Das wird vermutlich andere Gründe haben, Bärchen.«

»Victoria-Kind!«

»Schon gut, ich vergebe dir. Morgen werde ich dennoch Herrn Hases Bonität überprüfen und hoffe, dass ich auch seinen Charakter in den nächsten Wochen durchleuchten kann. Du solltest mit der Hochzeit nichts überstürzen.«

»Du bist so was von pessimistisch, Victoria-Kind. Du musst auch mal wieder an die Liebe glauben und Vertrauen haben. Kein Wunder, dass du schon so lange allein lebst. Damals, als du diesen schrecklichen Claus rausgeworfen hast, hast du eindeutig einen Schaden davongetragen. Vielleicht hätte ich dir mein Glück doch nicht auf die Nase binden sollen.«

Ich schluckte. Da war sie wieder, meine Mama, die immer nur das Beste für mich wollte. »Hättest du ruhig schon viel früher tun können«, sagte ich. »Dann würde ich mich jetzt nicht so von dir überfahren fühlen.« Meinen vermeintlichen Schaden kommentierte ich lieber nicht.

Meine Mutter lächelte. »Trotzdem bin ich froh, dass du nun Bescheid weißt. Endlich haben alle Heimlichkeiten ein Ende. Ich hatte immer Angst, dass du es irgendwie hintenherum mitbekommst, daher waren wir stets äußerst vorsichtig. Howard hat sich hier jedes Mal rein- und rausgeschlichen, das war ganz schön anstrengend.«

Ich fühlte, wie ich mich langsam entspannte. »Ach, Mama, wenn du glücklich bist, dann bin ich es auch. Aber jetzt brauchen wir beide Ruhe, um das alles zu verarbeiten.«

Vor allem ich, denn mir sind heute noch mehr Sachen passiert, fügte ich in Gedanken hinzu. »Außerdem wartet der Hase auf das Bärchen.« Den Spruch konnte ich mir einfach nicht verkneifen.

Sie nickte eifrig. »Und du siehst zu, dass du dein Privatleben auf die Reihe bekommst. Diese eine Partnervermittlung soll ja sehr gut sein …«

»Bitte!« Ich hob die Hand und unterbrach sie. »Fang nicht wieder damit an. Ich gebe dir Recht, dass ich lange Zeit zu verschlossen und zurückhaltend war, und ich habe vor, es zu ändern, aber ich tue es auf meine Weise. Du hast dein Ding auch ganz allein durchgezogen.«

»Also besteht noch Hoffnung, dass du nicht als alte Jungfer endest?«

Ich hob den Zeigefinger. »Vorsicht, Bärchen! Treib es nicht auf die Spitze. Du bist gerade auf Bewährung.«

Am nächsten Tag verrichtete ich meine Arbeit automatisch, denn in Gedanken war ich noch immer bei den Ereignissen des Vorabends. Zum Glück war die russische Delegation abgereist, und im Büro blieb es ziemlich ruhig.

Mittags ging ich mit Eva essen und erzählte ihr alles, was ich erlebt hatte. Als ich fertig war, sah sie mich entgeistert an.

»Ist nicht wahr! Deine Mutter hat dir ihren Lover verschwiegen? Das gibt es doch nicht. Und du hast nicht mit deinem Traummann geschlafen? Ich weiß gar nicht, was ich skandalöser finden soll.«

Beim Wort »Lover« zuckte ich zusammen, denn es in Bezug auf meine Mutter zu hören, war äußerst befremdlich. »Ich habe diesen Howard heute Morgen direkt überprüft«, gestand ich. »Mit Hilfe einer Kollegin vom Bank-Stammtisch weiß ich nun, dass er finanziell mehr als abgesichert ist. So groß ist die Postbeamtenpension meiner Mutter nun auch wieder nicht.«

»Also ist es tatsächlich Liebe, und du bekommst einen Stiefvater«, stellte Eva fest, und ich zuckte wieder zusammen. »Wird deine Mutter nach der Hochzeit seinen Namen annehmen oder einen Doppelnamen tragen? Weinmorgen-Hase klingt total niedlich, findest du nicht?«

Ich zuckte mit den Schultern. »Darüber haben wir nicht gesprochen. Ich komme mir vor, als würde seit gestern jemand den Vorspulknopf drücken. Irgendwie fehlt ein ganzes Stück in der normalen Geschwindigkeit.«

Eva nickte. »Kann ich verstehen. Hase, wein morgen. Auch süß. Das vergisst niemand.«

»Viel kurioser finde ich die Tatsache, dass ich damit auch zwei Stiefgeschwister bekomme«, sagte ich grimmig.

Meine Freundin lachte. »Ja, aber in Kalifornien. Da können wir dann demnächst super Urlaub machen, also stell dich gefälligst gut mit ihnen. Ich finde, dass deiner Mutter das späte Glück zu gönnen ist.«

Da sich mein erster Schock gelegt hatte, war ich derselben Meinung. »Das auf jeden Fall. Aber sie soll noch ein wenig schmoren, weil sie mich die ganze Zeit hinters Licht geführt hat. Sie hat es zwar erklärt und sich entschuldigt, aber es war trotzdem nicht in Ordnung.«

Eva tupfte sich mit einer Serviette die Mundwinkel ab. »Du solltest dich ablenken und mehr an dich denken. Was hast du nun mit diesem Michael vor? Sex, nehme ich an?«

»Keine Ahnung. Wie es scheint, stecke ich wohl bis Sonntag in der Warteschleife«, antwortete ich. »Ich habe bei dem neuen Thailänder einen Tisch bestellt und hoffe auf einen ungestörten Abend. Ich kann beim besten Willen nicht einschätzen, wohin das mit uns beiden geht.«

Meine Freundin lächelte. »Dafür ist es auch zu früh. Was macht er eigentlich beruflich?«

Wenn ich das mal so genau wüsste. »Geschäftsführer einer Firma im Dienstleistungsgewerbe.«

»Klingt wie ein Zuhälter.«

»Eva!«

Sie verzog die Lippen. »Tut mir leid, aber kannst du etwas präziser werden?«

»Das ist es ja gerade. Ich weiß es selbst nicht. Er wollte gestern nicht über die Firma reden. Als ich ihn auf seine Scheidung angesprochen habe, ist er mir ebenfalls ausgewichen.«

»Kann ich gut verstehen. Ich hasse es auch, darüber zu reden«, bekannte Eva. »Aber hey, Informationen lassen sich auch anderweitig beschaffen. So wie du Herrn Hase überprüft hast, müsstest du doch auch diesen Michael checken können.«

Ich sah sie erschrocken an. »Nein! Ich spioniere ihm nicht

hinterher. Ich werde ihn einfach alles fragen. Gestern sind wir nur nicht mehr dazu gekommen.«

Meine Freundin legte mir eine Hand auf den Arm. »Willst du echt, dass er dir etwas über seine Ex erzählt? Oder die Bankauszüge vorlegt? Super Stimmungskiller! Kennst du nicht jemanden, der dir mehr über ihn berichten kann?«

»Silke vielleicht«, antwortete ich zögernd. »Sie hat mir auch die Handynummer beschafft. Ich könnte sie zumindest fragen, ob sie noch ein paar Details herausfinden kann …«

»Tu das«, riet mir Eva. »Dann kannst du dich am Sonntag voll und ganz auf die angenehmen Dinge konzentrieren. Außerdem kann es nicht schaden, gut vorbereitet zu sein.«

Bis zum Abend hatte ich gehofft, Michael würde mir wenigstens eine SMS schreiben, aber nichts passierte. Kurzerhand tippte ich eine Nachricht an ihn: »Ich habe den Mutter-Crash überlebt und auch niemanden gekillt. Ruf doch mal kurz an, wenn du Zeit hast.«

Zu Hause angekommen beschloss ich, erst einmal bei Daniel anzuklopfen und mich für das abrupte Ende unseres Abends zu entschuldigen. Ich hatte irgendwie ein schlechtes Gewissen und schwor mir, ihm sowohl von Michael als auch von den Heiratsplänen meiner Mutter zu erzählen. Immerhin war er mein Freund, und ich wollte mich doch mehr um meine Freunde kümmern.

Auf mein Klingeln hin öffnete aber niemand die Tür, und als ich es auf seinem Handy versuchte, ging nur die Mailbox an. Ich kochte mir einen Tee und dachte über mein Gespräch mit Eva nach. Eigentlich war ich der Meinung, dass Michael und ich erwachsen genug waren, um über alles zu sprechen, aber vielleicht schadete es wirklich nicht, einiges vorher in Erfahrung zu bringen. Ich hoffte, dass mir Silke die Anfrage nicht übel nehmen würde, und wählte ihre Nummer.

»Na, endlich!«, meldete sie sich. »Ich dachte schon, du rührst dich überhaupt nicht mehr. Was läuft denn da mit dir und dem Rüsselberg?«

Es tat gut, ihre fröhliche Stimme zu hören, und ich hatte sofort wieder ein schlechtes Gewissen, weil ich meine wenigen Freunde so vernachlässigte. »Es ist ziemlich viel passiert, seit du mir die Nummer gesimst hast«, antwortete ich. »Aber bevor ich mit dem Bericht anfange, wollte ich dich fragen, ob du Lust hast, mich an einem der nächsten Wochenenden zu besuchen?«

»Ist das dein Ernst? Ja! Tim, Timo, Tina und ich kommen sehr gerne«, sagte sie.

Ach, du Schreck. An ihre Monsterkinder hatte ich gar nicht gedacht. Die Vorstellung, wie sie in meiner Wohnung herumwüteten, versetzte mich in Panik. »Ähm … ja«, begann ich, mich zu winden.

Silke unterbrach mich kichernd. »Reingelegt! Ich wette, du hast dir gerade überlegt, wie du uns wieder ausladen kannst.«

Ich räusperte mich. Jetzt bloß nichts Falsches sagen. Mütter waren bei allem Humor empfindlich, sobald es um ihre Kids ging, das hatte ich mittlerweile kapiert. »Ich gebe zu, dass ich eigentlich nur an dich gedacht hatte, aber wenn du die Kinder mitbringen möchtest … Oder auch deinen Mann …«

»Quatsch! Ich war noch nie in Düsseldorf und komme natürlich alleine.« Meine frühere Schulfreundin war richtig begeistert. »Ich muss das nur langfristig planen und organisieren. Mitte Juli hat mein Mann ein paar Tage Urlaub, da würde es ganz gut passen.«

Erleichtert stimmte ich zu und merkte, dass ich mich auf ihren Besuch freute. »Und jetzt hoffe ich, dass du ein bisschen Zeit hast, denn ich muss die Story von Anfang an erzählen.«

Dann berichtete ich ihr, wie Michael Rüsselberg und ich dank des Blumen-Missverständnisses und ihrer Hilfe wieder in Kontakt gekommen waren, von seinem überraschenden Auftauchen gestern Abend und unserer bevorstehenden Sonntagsverabredung. Als ich zu dem Punkt kam, wo meine Mutter mir ihrem Hasen-Howard präsentiert hatte, brüllte Silke geradezu in den Hörer.

»Also stimmt es doch! Der Hase und deine Mama! Meine Eltern haben es ja schon lange vermutet, du weißt doch, dass die Nachbarn alles mitbekommen. Aber sicher waren wir uns nicht. Die beiden wollen echt heiraten?«

»Du musst mir versprechen, es noch für dich zu behalten«, beschwor ich sie. »Ich denke, dass meine Mutter die Neuigkeit gern selbst verkünden möchte.«

Silke gluckste. »Du, ich sag dir jetzt mal, wie der Hase läuft … hihihi. Nein, im Ernst: Howard Hase ist ein sehr netter Mann. Das sagt jedenfalls mein Vater, und du weißt, dass er nicht jeden ins Herz schließt. Er hatte eine amerikanische Mutter und einen deutschen Vater, daher die komische Namenskonstellation. Ist doch schön, dass deine Mama glücklich mit ihm ist. Außerdem ist er meines Wissens recht vermögend und damit eine gute Partie. Seine Kinder leben übrigens in Kalifornien.« Silke war bestens informiert.

»Mensch, in der Kleinstadt weiß wirklich jeder über jeden Bescheid«, stellte ich fest.

»Zumindest die interessanten Sachen. Die Buschtrommeln funktionieren hier ganz gut.«

Das war mein Stichwort. »Silke?«, begann ich. »Ich hätte da ein kleines Attentat auf dich vor.«

»Du willst, dass ich dir die Pissnelke vom Hals halte, oder? Sie hat mich angerufen und gefragt, ob ich wüsste, wo du bist. Sie hätte bisher keine Antwort auf ihre fünf Mails bekommen.

Ich habe ihr gesagt, dass du für drei Monate im Ausland bist. War das okay?«

Ich lachte auf. »Perfekt. Pass nur auf, dass sie dich nicht zum Golfen zwingt.«

»Da ich einen Golf fahre, besteht keine Gefahr.« Meine alte Schulfreundin kicherte. »Ich bin nicht ihre finanzielle Kragenweite.«

Ich holte tief Luft. »Eigentlich wollte ich gar nicht mit dir über Camilla sprechen. Ich weiß bisher so gut wie nichts über Michael Rüsselberg, will ihn aber auch nicht zu sehr ausquetschen, wenn wir uns am Sonntag wiedersehen.«

»Du willst also, dass ich eine detektivische Meisterleistung vollbringe?«

Ich schmunzelte. »Zumindest dachte ich, dass du dich mal vorsichtig umhören könntest?«

»Mach ich doch glatt«, sagte Silke. »Endlich passiert mal etwas Spannendes. Das ist wie in einer von diesen Serien, nur dass ich diesmal die Hauptfiguren persönlich kenne.«

Ich beschwor sie, nicht zu verraten, für wen sie die Informationen brauchte. »Ich will nicht, dass meine Mutter das hintenherum mitbekommt. Du musst also bitte äußerst diskret vorgehen, Miss Marple.«

»Vor allem muss ich aufpassen, dass nicht bald alle glauben, ich wollte fremdgehen. Was meinst du, wie sehr sich Beatrix gewundert hatte, als ich Michaels Handynummer gebraucht habe. Ich habe ihr vorgelogen, dass ich ihm Fotos von der Abi-Feier schicken wollte. Ob sie es geschluckt hat, weiß ich allerdings nicht.«

»Du bist einfach die Beste! Ich weiß echt nicht, was ich ohne dich tun würde. Sorry, dass ich mich so viele Jahre nicht gemeldet habe.« Ich war wirklich zerknirscht.

»Schon vergeben«, antwortete Silke. »Ich hätte ja deine

Mutter auf deine Nummer ansprechen können, aber ich schätze, dass jede von uns erst ihr Leben auf die Reihe bekommen musste.«

Um Punkt halb acht saß ich vor dem PC, da ich mir sicher war, dass meine Mutter auf unsere Skype-Gewohnheiten nicht verzichten wollte. Doch sobald der Anruf erfolgte, fiel ich fast vom Hocker. Auf dem Bildschirm erschien nicht sie, sondern einzig und allein Herr Hase. Er trug ein weißes Hemd, eine schwarze Krawatte und einen hellblauen Pullunder.

»Wo ist Mama?«, fragte ich ohne Begrüßung. »Was haben Sie mit ihr gemacht?«

Er kam so nah an die Webcam, dass ich die Haare in seinen Nasenlöchern erkennen konnte. »Hallo? Hallo! Fräulein Victoria? Können Sie mich hören?«, brüllte er.

»Laut und deutlich«, antwortete ich. »Und bitte nennen Sie mich nicht Fräulein Victoria.«

»Verzeihung. Ja, jetzt kann ich Sie ebenfalls gut verstehen. Also, ich wollte mich noch einmal in aller Förmlichkeit … Ja, einen Moment …«

Verblüfft beobachtete ich, wie der Verlobte meiner Mutter aufstand. Nun konnte ich nur noch den hellblauen Pullunder sehen, ohne Kopf und ohne Beine. Er machte so etwas wie eine Verbeugung in Richtung des Computers.

»Ich liebe Ihre Mutter. Es tut mir aufrichtig leid, dass wir Sie nicht früher eingeweiht haben. Aber die Umstände waren nicht günstig. Es wäre mir eine Ehre, wenn Sie uns Ihren Segen geben würden. Und jetzt können Sie mich alles fragen, was Sie wollen.«

Ich biss mir auf die Lippen, um nicht laut loszulachen. Irgendwie war das schon wieder niedlich, auch wenn ich immer noch nur den Pullunder vor Augen hatte.

»Sie kann dich doch gar nicht mehr richtig erkennen«, hörte ich im Hintergrund meine Mutter flüstern. »Guck mal da, in dem kleinen Fenster siehst du, was die Kamera erfasst.«

Aha. Also lauerte sie im Hintergrund und wollte wohl erst meine Reaktion abwarten, bevor sie sich zeigte. Im ersten Moment war ich versucht, sie ein wenig zu quälen und Howard die Leviten zu lesen, aber dann dachte ich, dass ich mich mittlerweile wirklich für die beiden freute. Wenn es Liebe war, dann würde ich ihnen nicht im Weg stehen.

»Haben Sie denn ehrenhafte Absichten?«, fragte ich gespielt ernst.

Howard Hase, der einen Schritt zurücktrat, nickte. »Jawohl, Ma'am. Das habe ich. Ich werde Ihre Mutter zu einer ehrbaren Frau machen.«

Oha. So schnell wurde man von »Fräulein Victoria« zu »Ma'am«. Und er beabsichtigte, aus meiner Mutter eine ehrbare Frau zu machen, wie schön.

»Ja, von wilder Ehe zwischen Hasen und Bärchen halte ich nichts.« Es fiel mir schwer, nicht zu grinsen. »Und von Lügen und Heimlichkeiten noch weniger.«

Hasen-Howard wirkte ein wenig hilflos, doch meine Mutter schien den Satz als ihr Stichwort aufzufassen, denn sie tauchte wie aus dem Nichts neben ihm auf.

»Victoria-Kind, lass die Sprüche, das ist Schnee von gestern. Wir haben das alles geklärt, ich habe mich entschuldigt, Howard hat dir seine ehrbaren Absichten versichert, und nun sollten wir nach vorne schauen. Gestern war gestern, und heute ist heute«, meinte sie energisch, und ihre Stimme duldete keinen Widerspruch. »Möchtest du eigentlich unsere Trauzeugin sein oder lieber Rosenblüten streuen?«

# Kapitel 20

*»Ich will dich ganz für mich allein.«*
MICHAEL

*A*m Sonntagmorgen weckte mich das Pfeifgeräusch meines Handys, das eine SMS ankündigte. Sie war von Michael.

*»Ich freue mich auf heute Abend. Bis später, M.«*

Ich freute mich auch, war jedoch gleichzeitig ein wenig verärgert, denn dies war das erste Lebenszeichen, das er seit Mittwochnacht von sich gab. Er hatte weder auf meine Nachricht geantwortet noch angerufen. Eva hatte mich zwar damit getröstet, dass Männer von Natur aus »telefonfaul« seien, aber ich fand, dass er sich nach meiner SMS und dem Krisengespräch mit meiner Mutter ruhig nach meinem Befinden hätte erkundigen können.

Das Wochenende hatte ich bisher mehr oder weniger vertrödelt. Am Freitagnachmittag hatte ich Frau Iwanska die sechs Kleider frisch aufbügeln lassen, die für mein Rendezvous in Frage kamen. Clever, wie sie war, konnte sie mir prompt den Anlass entlocken (»Treffen mit einem schönen Mann?«) und überschüttete mich dann mit Tipps von Ur-Oma Dorotka.

»Sie sagte immer, beim Bigeln und in der Liebe sind alle Tricks erlaubt. Man muss nur aufpassen, dass die Finger nicht verbrennen, ja?«

Ich hoffte, dass ich mich in der Liebe besser anstellte als im Umgang mit meinem Bügeleisen.

Am Samstag erreichte ich endlich Daniel auf dem Handy, der in Eile war und keine Zeit für einen Kaffee hatte. Ich beruhigte mein schlechtes Gewissen damit, dass ich es immerhin versucht hatte, und bat ihn, sich bald bei mir zu melden. Eva machte mit Tom einen Ausflug, und langsam fragte ich mich, ob die beiden auf eine zweite Chance spekulierten oder doch noch den Best-Friends-Preis ergattern wollten. Von meiner Mutter war, wie immer an den Wochenenden, außer Kurznachrichten nichts zu hören, nur dass ich inzwischen den wahren Grund dafür kannte.

Silke hatte bisher nichts über Michael herausgefunden, war aber »dran«, wie sie mir gestern versichert hatte.

»Wenn mein Mann morgen Abend die Kinder übernimmt, gehe ich mit Beatrix etwas trinken. Dann werde ich sie abfüllen und ausquetschen«, hatte sie mir kichernd berichtet. »Ich habe sie zufällig getroffen und mich mit ihr verabredet. Lass dein Handy an, ich melde mich.«

Nachmittags war ich frisch geduscht, geföhnt und geschminkt. Damit konnte die Modenschau beginnen. Ich zog alle Kleider nacheinander an und wieder aus, bis ich mich für das dunkelrote Etuikleid entschieden hatte, das dank Frau Iwanska flecken- und faltenfrei war. Nachdem Michael mich nun schon in der Beerdigungsgarderobe, dem Stretchkleid meiner Mutter sowie dem Stadion-Outfit kannte, wollte ich ihm heute Abend mal meine elegante Seite zeigen. Er als Geschäftsführer wusste es sicher zu schätzen, wenn seine Begleiterin in der Öffentlichkeit repräsentativ aussah.

Um kurz nach sechs klingelte es an der Tür. Ich tigerte bereits nervös durch die Wohnung und hoffte, dass es nicht ausgerechnet Daniel war. Zu meiner Überraschung stand Michael vor mir.

»Ich bin ein bisschen zu früh dran, aber das macht dir sicher nichts aus.« Er küsste mich leicht auf den Mund, und in meinem Bauch kribbelte es. Wie gut er doch aussah. »Wie geht's?«

»Ganz gut, danke. Ich habe mich mittlerweile erholt«, antwortete ich, während er wie selbstverständlich ins Wohnzimmer spazierte.

»Wie schön«, sagte Michael, fragte aber nicht weiter nach. Irgendwie war ich deshalb ein wenig enttäuscht.

»Können wir los? Ich bin halb verhungert und ziemlich erledigt. Und könntest du vielleicht fahren? Ich habe immer noch den blöden Leihwagen.«

Als wir kurz darauf auf mein Auto zugingen, pfiff Michael leise. »Eine so große Limousine für eine Frau?«

»Das ist mein Dienstwagen«, erklärte ich und wusste auch nicht, warum es wie eine Rechtfertigung klang.

»Steht dir gut, genauso wie dein Kleid.«

Das Kompliment ging mir runter wie Öl, und ich dachte, dass er es wirklich beherrschte und man ihm nicht lange böse sein konnte.

Das Restaurant lag in einer Seitenstraße und war recht gut besucht. Obwohl die Wahrscheinlichkeit nicht groß war, dass ich hier einem Bekannten begegnete, ging ich erhobenen Hauptes zu unserem Tisch und genoss insbesondere die Blicke der Frauen, die meinen Begleiter taxierten.

Tja, Mädels, dachte ich, dieser Mann gehört mir.

Kurz nachdem wir unsere Bestellung aufgegeben hatten, vibrierte mein Handy. Unauffällig warf ich einen Blick darauf und entdeckte eine SMS von Silke. »Sitze mit B. bei Drinks. Newsticker läuft.«

Ich schmunzelte. Silke hat sich nicht bloß ein Wochenende in Düsseldorf verdient. Notfalls würde ich sogar ihre Kinder in Kauf nehmen, allerdings müsste dann meine Mutter als Babysitterin mitkommen.

»Warum lachst du?«, fragte Michael. »Angenehme Neuig-keiten?«

»Ich bekomme bald Besuch von einer guten Freundin«, schwindelte ich. »Sie muss mir nur noch ein paar Termine zur Auswahl durchgeben.«

Er nickte. »Vor allem sollten sie nicht mit unseren Treffen kollidieren. Ich will dich ganz für mich allein.« Es folgte das unverschämte Grinsen, das bei mir wie üblich Lähmungs-erscheinungen hervorrief. Er hatte also vor, sich weiterhin mit mir zu treffen.

»Ich werde darauf achten«, sagte ich, und er zwinkerte mir anzüglich zu.

Den Reiswein, den es zur Begrüßung gab, leerte ich in einem Zug und war froh, dass in diesem Augenblick die Suppe kam. Einatmen, ausatmen, Victoria.

»Was hast du so in den letzten Tagen getrieben?«, fragte ich, um ein normales Gespräch in Gang zu bringen.

»Viel gearbeitet, was sonst«, sagte er.

»Eigentlich hatte ich gehofft, dass du dich am Freitag oder Samstag meldest«, rutschte es mir heraus. »Dann hätten wir mehr Zeit füreinander gehabt.«

»Der heutige Abend ist doch noch lang«, antwortete Michael, und es klang irgendwie ausweichend.

»Du wolltest mir erzählen, was deine Firma so macht«, erinnerte ich ihn. »Du hast beim letzten Mal etwas von Elek-trogeräten erzählt?«

Mein Schwarm verzog die Lippen zu einem schmalen Lächeln. »Wir vertreiben hochwertige Produkte wie zum Bei-spiel Dampfbügelstationen oder Staubsauger-Roboter.«

Ich kicherte. »Klingt gut. Sollte Frau Iwanska jemals kündi-gen, werde ich eine Großbestellung bei euch aufgeben.«

»Ist das deine Putzfrau?«

»Ein schreckliches Wort. Ich bevorzuge Haushaltshilfe, doch eigentlich ist sie meine Perle, der gute Geist in meiner Wohnung und meinem Kleiderschrank. Aber keine Sorge, sie steckt da nicht drin.«

Okay, der Witz war ziemlich flach, und es wunderte mich auch nicht, dass Michael nicht lachte. Vielmehr sah er mich voller Interesse an. »Vielleicht willst du ihr ja das Leben erleichtern, damit sie dir lange erhalten bleibt? Wir haben einige innovative Geräte im Programm, die marktführend sind. Der neue Bügelautomat glättet zum Beispiel quasi fast von ganz allein. Es gibt keine Falten, die er nicht in den Griff bekäme.«

»Hat ihn zufällig Uroma Dorotka mit entwickelt? Die hatte beim Bügeln nämlich die besten Tricks auf Lager.« Ich kicherte schon wieder. Vielleicht hätte ich den Reiswein langsamer trinken sollen.

»Wer?« Michael zog die Augenbrauen hoch.

»Ach, vergiss es. Erzähl mir lieber mehr von deiner Tätigkeit in der Firma«, sagte ich, denn ich merkte, dass er heute wesentlich gesprächiger war.

Es schien, als ob er auf diese Aufforderung nur gewartet hätte. Allerdings redete er ausschließlich über die »innovativen Geräte«, die »jeder haben sollte«. Ich hörte mit halbem Ohr zu und konzentrierte mich dabei auf sein hübsches Gesicht, das ich schon vor über zwanzig Jahren so toll gefunden hatte.

Diese wunderschönen Augen …

Nach dem ersten Gang vibrierte mein Handy wieder. »Entschuldige nur ganz kurz«, sagte ich und schaltete das Display unter dem Tisch an.

»M. R. ist Vertreter. Forts. folgt«, las ich.

Wie, Vertreter?

Das musste ein Irrtum sein.

275

Hatte er nicht gesagt, ihm gehöre die Firma? Es war doch die ganze Zeit vom Geschäftsführer die Rede. Mein Hang, alles genau zu checken, ließ mich sofort nachhaken.

»Das ist wirklich sehr interessant, was du mir hier über eure Produkte erzählst. Michael. Mal angenommen, ich wollte mir diese Bügelstation kaufen, an wen in deiner Firma sollte ich mich da am besten wenden?«

»An mich natürlich. Ich kann dir alles vorführen und genau erklären. Ich bin der Gebietsleiter Rheinland.«

Man brauchte keinen Doktortitel, um zwei und zwei zusammenzuzählen. »Ich dachte, du wärst der Geschäftsführer? Ein Gebietsleiter ist doch etwas anderes, oder?«

Seine Miene veränderte sich. Die Augen flackerten kurz, und die Mundwinkel zogen sich zusammen. Offenbar behagte ihm die Frage nicht.

»Ähm … nein, das hast du falsch verstanden, Vicky. Als Gebietsleiter habe ich natürlich auch einen Mitarbeiterstab unter mir und vertrete die Firma bei wichtigen Kunden.«

»Trotzdem würdest du mich auch beraten? Ich bin eine Einzelperson und kein Großkunde.«

Er schenkte mir ein strahlendes Lächeln. »Bei dir würde ich eine Ausnahme machen. Da wir uns privat kennen, würde ich selbstverständlich die Sache persönlich in die Hand nehmen. Vielleicht habt ihr bei deiner Bank ja auch Bedarf … Wir sollten gleich heute Abend noch einen Termin machen.«

»Wofür genau?«

»Damit ich dir die Geräte vorführen kann. Du wirst von der Effizienz begeistert sein.«

Michael redete weiter, und ich hatte das Gefühl, dass er nur noch einstudierte Phrasen abspulte. Er pries die Produkte an und gebrauchte die Redewendung »Das hilft der Hausfrau ungemein« gleich mehrere Male. Vielleicht wollte er auch nur von irgendetwas ablenken, aber da ich ihn aufmerksam beobachtete, merkte ich sofort, wie sich seine Körpersprache veränderte.

Ich selbst fühlte nun auch etwas in meinem Bauch, und es war kein angenehmes Kribbeln mehr.

Hatte er mich bewusst angelogen?

Ich war mir ganz sicher, dass er auf dem Abi-Treffen das Wort »Geschäftsführer« benutzt und die ganze Zeit so getan hatte, als gehöre ihm die Firma. Nicht dass es mir darauf angekommen wäre, aber Großspurigkeit konnte ich nicht ausstehen. Wenn er zugegeben hätte, auf der Feier übertrieben zu haben, hätte ich es vielleicht nachvollziehen können. Doch ich hatte den Eindruck, dass er es keineswegs bereute, sondern mir vielmehr unbedingt etwas verkaufen wollte.

Der Kellner servierte die Hauptgerichte, und Michael strahlte mich an. »Das Essen sieht köstlich aus. Wirklich eine sehr gute Wahl. Ich liebe die asiatische Küche. Hör mal, wenn da jetzt ein Missverständnis zwischen uns steht, dann will ich das aus dem Weg räumen. Du bist mir nämlich sehr wichtig, weißt du?«

Sein Geständnis entwaffnete mich. Okay, er hatte ein wenig angegeben und auf dem Klassentreffen übertrieben, aber konnte ich es ihm verdenken? Die meisten dort hatten nichts anderes getan. Vermutlich hatte er hinterher nur nicht gewusst, wie er es wieder hinbiegen sollte, und war mir deshalb am Mittwochabend ausgewichen.

Ich seufzte. »Schon gut. Du hast es ja jetzt richtiggestellt. Deine Geheimniskrämerei hat mich verwirrt.«

Mein Schulschwarm rückte ein Stück näher und nahm meine Hand. »Ich dachte, Frauen stehen auf geheimnisvolle Männer. Jedenfalls wird es mit mir nicht langweilig, das kann ich dir versichern.« Er nahm mir die Gabel aus der Hand und küsste mich kurz auf den Mund. Seine Lippen schmeckten nach Zitronengras, und ich schmolz dahin.

»Wenn du so weitermachst, kann ich nichts mehr essen«, sagte ich. »Außerdem will ich noch mehr über dich erfahren.«

»Mensch, das ist ja hier wie ein Verhör.« Es sagte es mit einem schiefen Lächeln, aber ich hörte den ungehaltenen Unterton sehr wohl heraus.

»Ist es nicht selbstverständlich, dass sich zwei Menschen, die sich mögen, ein wenig besser kennenlernen?«, gab ich zurück.

Er nickte. »Natürlich, natürlich. Aber was ich noch wegen des Fensterreinigers sagen wollte … Ihr habt bei der Bank doch sicher sehr viele Fenster?«

Sein Handy klingelte. Michael holte es aus der Hosentasche und schaute aufs Display. »Hoppla, jetzt musst du mich bitte für einen Moment entschuldigen, schöne Frau. Die Firma.« Er verdrehte gespielt die Augen. »Selbstständigkeit ist bei aller Freiheit manchmal auch eine Strafe. Ich gehe am besten kurz nach draußen.« Er wartete meine Antwort nicht ab, sondern verschwand ganz schnell.

Apropos Handy. Ich hatte schon länger nicht auf meines geachtet. Vielleicht hatte Silke ja noch etwas herausgefunden?

Ich entriegelte die Tastensperre. Zwei Kurznachrichten waren gekommen. Die erste meldete vier verpasste Anrufe von Silke Ringel, und die zweite war eine SMS. Sie lautete:

»ACHTUNG!!! B. sagt, M. R. ist VERHEIRATET!!! Und er hatte nach dem Abi-Tr. im Hotel noch BESUCH von ANJA!!! LASS BLOSS DIE FINGER VON IHM!!!«

Ich fühlte, wie mir das Blut aus dem Gesicht wich. Aufgewühlt las ich die Nachricht noch zehnmal, aber ihr Inhalt blieb derselbe. Ich wollte es nicht glauben, wusste aber tief in meinem Inneren sofort, dass die Info stimmen musste.

Es erklärte Michaels seltsames Verhalten, wie ein wichtiges Puzzlestück, das ein Bild erst vollständig macht.

Das Telefon in meiner Hand vibrierte wieder. Silke. Ich ging schnell dran. »Hallo?«

»Gott sei Dank! Hast du meine Nachricht gelesen, Vicky? Kannst du gerade überhaupt sprechen?« Ihre Stimme überschlug sich fast.

»Ja«, antwortete ich heiser.

»Was sagst du dazu? Ist er jetzt bei dir?«

»Er telefoniert draußen. Angeblich mit der Firma.«

»Am Sonntagabend?«

Ja, das ist mir auch merkwürdig vorgekommen. »Meinst du, dass Beatrix wirklich alles richtig …«

Silke fiel mir ins Wort: »Es stimmt, das kannst du mir glauben. Sie hat mir noch viel mehr erzählt. Er hat Anja nach dem Abi-Treffen auf dem Handy angerufen, als sie noch mit Beatrix zusammen war. Sie hat alles live mitbekommen. Kurz darauf ist sie zu ihm ins Hotel. Nachdem er dich nach Hause gebracht hatte! Außerdem ist er definitiv verheiratet. Und das ist noch viel, viel schlimmer.«

In meinem Kopf begann sich alles zu drehen. Aus den Augenwinkeln sah ich, dass Michael zurückkam. Ich konnte Silke nichts mehr fragen und auch nichts mehr sagen.

»Ja, okay. Du, ich muss jetzt auflegen. Ich rufe wieder an«, sagte ich schnell.

Ich fühlte, wie ich am ganzen Körper zu zittern anfing. Die widersprüchlichsten Gefühle fuhren in mir Achterbahn. Ungläubiges Staunen, Wut, Traurigkeit, Kummer, Enttäuschung und noch mehr Wut …

Mit wem hatte er soeben telefoniert? Mit seiner Frau?

»Das Essen ist hoffentlich nicht kalt geworden.«

Michael bemerkte offensichtlich nichts von meinem Gemützustand und wirkte ziemlich siegessicher. Wahrscheinlich hatte er sich eine Strategie zurechtgelegt, um dem Verhör zu entgehen. Zu der dummen, naiven Victoria nach Hause fahren, auf dem Sofa knutschen und sie dann verführen. Und ihr hinterher eine Bügelstation, einen Staubsauger, einen Fensterreiniger, eine Bohrmaschine und einen Kühlschrank aufschwatzen. Vielleicht hätte ich ihn nach einem Vibrator fragen sollen.

Es hätte vielleicht sogar funktioniert, doch nun hatten sich die Dinge geändert. Silke hatte mich davor bewahrt, eine riesige Dummheit zu begehen. Ich musste dem Ganzen ein Ende bereiten – traurig sein konnte ich noch später. Nach allem, was ich inzwischen wusste, gewann die unglaubliche Wut in mir von Sekunde zu Sekunde die Oberhand. Am liebsten hätte ich Michael auf der Stelle eine saftige Ohrfeige verpasst. Ich umklammerte das Messer in meiner Hand.

Ganz ruhig, Victoria. Erst einmal musst du ihn mit der Wahrheit konfrontieren und Klarheit schaffen.

»Ich habe da eine Idee«, begann er nichtsahnend. »Wir lassen uns das Essen einpacken und nehmen es mit. Wir können es nachher in der Mikrowelle warmmachen. Du hast doch eine gute Mikrowelle, oder? Wenn nicht, sollte ich dir unbedingt unser neuestes Modell zeigen.«

Mir wurde übel.

»Im Moment will ich noch nicht gehen«, sagte ich, krampfhaft um einen ruhigen Ton bemüht. »Ich habe doch gesagt, dass ich noch einige Fragen habe.«

»Och, Vicky, findest du nicht, dass Reden überbewertet wird? Wir könnten das bei dir …«

»Nein!«, schnitt ich ihm das Wort ab. Dann versuchte ich, ruhig zu atmen und meiner Stimme einen einschmeichelnden Klang zu geben. »Bei mir soll es doch den Nachtisch geben, nicht wahr? Dann lass uns hier wenigstens den Hauptgang abschließen.«

Michael knipste sein Charming-Boy-Lächeln wieder an, allerdings lähmte es mich diesmal seltsamerweise nicht. »Also gut, wenn du meinst.« Er lehnte sich in die Polster zurück. »Was will die Frau Kommissarin denn sonst noch wissen?«

Zuerst nur, wie weit er zu gehen bereit war. »Sind wir denn jetzt eigentlich zusammen? Ich meine, so als Paar?«

Ein seltsames Flackern in seinen Augen. »Nun … es ist noch verfrüht, das so zu bezeichnen, findest du nicht? Ich meine, wir lernen uns gerade erst kennen, das hast du selbst gesagt, schöne Frau. Dieser Prozess dauert nun mal seine Zeit.«

Das mit der schönen Frau zog nun auch nicht mehr. »Ja, das stimmt. Aber es knistert doch zwischen uns, oder? Ich meine, ich bin Single und du auch … Was steht uns also im Weg? Ich würde dich gern meiner Mutter vorstellen.«

»Deiner Mutter?« Leichtes Entsetzen spiegelte sich auf Michaels Miene. »Vicky, wollen wir nicht erst abwarten, wie sich alles entwickelt? Wir sind erwachsene Menschen. Erst müssen wir uns richtig nahekommen, und überhaupt.«

»Natürlich.« Ich hoffte, meine Stimme weiter unter Kontrolle zu haben. Auch wenn ich vorher vielleicht die dumme Hoffnung gehegt hatte, Silke und Beatrix hätten sich geirrt, wurde mir mit einem Mal schlagartig klar, dass alles stimmte, was ich erfahren hatte. Er wand sich wie ein Aal und war eindeutig nur auf eine Affäre aus. Vielleicht sogar auf weniger als das.

Jetzt konnte ich nicht mehr.

»Bist du dir eigentlich sicher, dass du geschieden bist?«, platzte es aus mir heraus. »Das zumindest hast du auf dem Klassentreffen nicht nur zu mir, sondern auch zu Axel und Olaf gesagt.«

Michael legte seine Gabel beiseite. »Was soll das denn jetzt? Willst du die Scheidungsurkunde sehen, oder was?« Sein Unterton klang aggressiv.

Entweder war er ein sagenhafter Lügner, oder alles war doch ein großer Irrtum.

»Scheidungsurkunde?«, blaffte ich. »Ich habe aber aus sicherer Quelle gehört, dass du verheiratet bist. Wie ist das dann möglich?«

»Also das ist ja wohl die Höhe! Du spionierst mir hinterher?«

»Ist das deine Antwort?« Ich merkte selbst, dass auch meine Stimme lauter wurde. Vermutlich boten wir den anderen Gästen gerade eine perfekte Live-Show. »Du behauptest also nach wie vor, du seist geschieden?«

Er öffnete den Mund und schloss ihn wieder.

»Nun?«, bohrte ich nach. »Ich will übrigens die Wahrheit wissen! Oder wird die auch überbewertet?«

Michael drehte sicher erst um und blickte dann zu Boden. »Könnten wir das bitte woanders bespre…«

»Nein, ich verlange sofort eine Antwort.«

Auf einmal fand ich sein Gesicht nicht halb so attraktiv wie vorher. Auch das komische Flackern in seinen Augen war wieder da.

»Also … ich bin … beides«, sagte er und klang fast geschäftsmäßig. »Ich habe zum zweiten Mal geheiratet. Damit war das mit der Scheidung keinesfalls eine Lüge.«

Ich lachte freudlos auf. So einfach machte er sich das? »Ach so, klar, du hast mir also nur die halbe Wahrheit erzählt und deine zweite Ehefrau … vergessen? Verdrängt? Wie lange bist du denn schon wieder verheiratet?«

»Fünf Jahre.«

»Fünf Jahre«, wiederholte ich.

»Aber ich bin nicht glücklich.«

Klar. Wer's glaubt …

»Habt ihr Kinder zusammen? Und verdreh jetzt bitte nicht wieder die Antwort.« Ich hielt den Atem an.

»Nein …«

Es klang zögerlich. »Bist du sicher?«

»Noch nicht. Meine Frau ist schwanger. Nur weiß ich nicht, ob das die richtige Entscheidung war.«

Ich starrte ihn sprachlos an. Mein Kopf war leer.

Plötzlich wollte ich nur noch weg. Es interessierte mich nicht einmal mehr, ob er seine aktuelle Frau mit Anja betrogen hatte. Ob da noch mehr Affären waren. Oder warum er es tat.

Er war es nicht wert, dass man sich Gedanken über seine Beweggründe machte, das wurde mir in diesem Moment deutlich klar. Dieser Mann war ein Fremder. Ein Schulkamerad, der vor langer, langer Zeit einmal dieselbe Klassenstufe wie ich besucht hatte. Nicht mehr und nicht weniger.

Ich war fertig mit Michael Rüsselberg.

# Kapitel 21

*»Eigentlich kannst du froh sein, dass er dir
damals nicht das Herz gebrochen hat.«*
SILKE

»Ihre Mutter wird wirklich in sechs Wochen Hochzeit feiern? Gibt es dann auch eine große Party? Als Cousine Amelka
ihren Tommek geheiratet hat, wurde mit hundertzwanzig Personen drei Tage lang gegessen, getrunken und getanzt. Danach
waren Amelkas Eltern fast pleite, aber glicklich.« Frau Iwanska
bügelte meine Kleider und war wie immer zum Plaudern aufgelegt. Seit ich ihr vor zwei Wochen das von meiner Mutter
und ihrem Hasenmann verraten hatte, hörte sie endlich auf,
mich zu bemuttern und ständig zu fragen, wie es mir denn
gerade gehe.

»Da vermutlich weder das Brautpaar noch die Gäste drei
Tage Dauertrinken überleben würden, feiern wir nur am Tag
der Hochzeit«, erklärte ich. »Außerdem soll es ein kleines Fest
werden, nur Familie und der engste Freundeskreis.«

»Schade! Aber wenn Sie heiraten, dann gibt es eine große
Feier, ja? Mit Kutsche und Tauben und Blumenkindern und
auf dem Tisch tanzen.«

»Ich werde niemals heiraten, und so ein Kitsch käme für mich
sowieso nicht in Frage, das wissen Sie doch«, knurrte ich.

Frau Iwanska ignorierte den Einwand. »Sie missen ganz
viele Fotos machen von der Hochzeit Ihrer Mutter und mir

284

alle zeigen, ja? Bei freundlichen Ereignissen ist ausnahmsweise Neugierde erlaubt, und ich freue mich fir Ihre Mama wie verrickt.« Um den Teufel dennoch fernzuhalten, bekreuzigte sie sich dreimal prophylaktisch und sinnierte dann weiter: »Für Sie kommt auch noch der Richtige. Sie missen nur die richtige Brille aufsetzen.«

»Meine Augen sind in Ordnung«, widersprach ich. »Was ich von meinem gesunden Menschenverstand dagegen nicht behaupten kann …« Ich ließ den Satz unvollendet, und prompt sah mich meine Haushaltshilfe neugierig an.

Ich biss mir auf die Lippen. Mehr würde ich nicht verraten, auch wenn sie noch so sehr darauf brannte zu erfahren, was vor vier Wochen passiert war. Ich hatte mir nach dem Fiasko mit Michael drei Tage freigenommen und war zu Hause geblieben, um mich zu beruhigen und das Ganze zu verarbeiten. Dummerweise hatte ich Frau Iwanska vergessen, die am Montag auf der Matte stand und mich prompt beim Tränenvergießen erwischte.

Als sie erschrocken auf mich zustürmte – »Frau Weinmorgen, Kindchen, was ist denn passiert?« –, ließ ich mich von ihr in den Arm nehmen und trösten.

»Haben Sie Kummerliebe?«, wollte sie wissen, woraufhin ich spontan »Alle Männer sind Betrüger, Schweine und Arschlöcher!« schluchzte.

»Haben Sie sich unglicklich verliebt?«, bohrte sie nach.

Ich schüttelte den Kopf. »So weit ist es nicht gekommen, denn ich habe ihn zum Glück vorher durchschaut. Warum gerate ich bloß jedes Mal an notorische Betrüger?«

Mehr sagte ich nicht, und Frau Iwanska reichte mir eine Packung Taschentücher und bot an, meine Mutter anzurufen. »Meine Mama sagte immer, hast du eine Mutter, hast du immer Butter. Im ibertragenen Sinne, verstehen Sie?«

»Ich brauche keine Butter, und mir geht es morgen bestimmt schon wieder besser«, antwortete ich schniefend. »Ich möchte meine Mutter auch nicht unnötig beunruhigen und habe ihr gesimst, dass ich bis Mittwoch auf einer Geschäftsreise bin. Dabei belassen wir es bitte. Es ist ja eigentlich nichts passiert.«

Das stimmte, und darüber war ich echt froh. Auch wenn es wehtat.

Meine Haushälterin gab sich mit der Erklärung zufrieden und ging einkaufen. Während ich zwei Päckchen Taschentücher durchfeuchtete, kam sie mit der Uroma-Dorotka-kannte-Mittel-gegen-alles-Therapie. Sie kochte mir eine Kanne Baldriantee und reichte dazu Johanniskrautdragees, eine XXL-Tüte Chips und eine Riesenschachtel Pralinen.

»Nur Alkohol habe ich nicht mitgebracht. Uroma Dorotka hatte zwar noch selbstgebrannten Wodka für die ganz harten Fälle, aber Sie sehen nach Stufe eins aus, da missen Sie nicht aus Kummer Gehirn verbrennen.«

»Welche Stufe ist denn der ganz harte Fall?«, fragte ich neugierig und vergaß weiter zu weinen.

»Stufe vier, das ist kurz vor Selbstmord«, antwortete sie mit einer Selbstverständlichkeit, die mich innerlich zum Schmunzeln brachte. »Bei Ihnen scheint es eher Selbstbemitleidung zu sein.«

Damit hatte sie wohl Recht. In meinem Kopf kreisten unaufhörlich die gleichen Fragen: Wie konnte ich mich so von Äußerlichkeiten blenden lassen? Warum hatte ich mir dieses Verhalten überhaupt gefallen lassen?

Sämtliche Signale hatte ich übersehen, die mir im Nachhinein glasklar erschienen. Dass Michael sich tagelang überhaupt nicht gemeldet hatte, dass er mir ausgewichen war und mir weder seine Adresse noch den Namen seiner Firma gegeben hatte. Ich war blind gewesen! Und blöd dazu. Ich war wirklich selbst schuld.

Am Dienstagmorgen schien Uroma Dorotkas Therapie schon zu wirken, denn ich wachte mit einem Bauch voller Wut und ohne Tränen auf. Es musste raus, sonst würde ich platzen. Also stöpselte ich das Telefon wieder ein und schaltete mein Handy an. Die nächsten Stunden verbrachte ich damit, abwechselnd Silke und Eva von dem Sonntagabend zu berichten und die Sachlage mit ihrer Hilfe zu analysieren.

Eva war entsetzt, bedauerte mich gebührend und schimpfte mit mir zusammen über Michael, den untreuen Claus, ihren Exmann Tom und alle Männer dieser Welt, bis sie mir riet, mir schnell einen Ersatzmann zum Trost zu suchen. »Vielleicht diesen Graf Krolock, der dich zum Sushi einladen wollte?«

Ich wollte zwar nichts davon wissen, aber am Ende bestand sie darauf, dass ich den schwarzen Mann wenigstens zu meinem Cocktailabend einlud. »Es sind noch x Wochen bis dahin, und du hast dann zumindest eine Männeroption offen.«

Silke gab sich wesentlich pragmatischer. Sie analysierte mein Verhalten und traf dabei empfindlich genau den springenden Punkt. »Ein chinesisches Sprichwort besagt: ›Hüte dich vor der Erfüllung deiner Träume‹. Jetzt weißt du, was es bedeutet«, meinte sie. »Es war ein Schuss in den Ofen. Ich glaube allerdings nicht, dass du der Typ Frau bist, der sich schnell in jemanden verliebt, daher wirst du den Idioten rasch vergessen. Es ist ja noch nichts passiert.«

»Ja, aber es hätte passieren können, wenn du mich nicht gewarnt hättest«, gab ich zurück. »Ich war ziemlich nah dran.«

»Das denkst du heute, meiner Meinung nach war es eher dein Bedürfnis, all das nachholen zu müssen, was dir während der Schulzeit verwehrt war. Du hast seit der fünften Klasse für Rüsselberg geschwärmt, und nun schien dieser Traum endlich in Erfüllung zu gehen. Eigentlich kannst du froh sein, dass er dir damals nicht das Herz gebrochen hat. Als junges Mädchen ist man wesentlich sensibler.«

Ihre Theorie leuchtete mir ein. »Du meinst, wenn er sich schon in der Schule für mich interessiert hätte, wäre es genauso katastrophal ausgegangen?«

Silke räusperte sich. »In den Sonnenuntergang wärt ihr jedenfalls nicht geritten. Er hat auch damals eine Freundin nach der anderen gehabt, das weißt du ganz genau. Glaubst du echt, für dich hätte er sich geändert?«

»Träumen wir nicht alle davon, einen wilden Hengst zu zähmen?«, gab ich zurück.

Silke fing an zu lachen. »Du bist hoffnungslos romantisch. Michael war schon immer ein Arsch.«

»Dann hätte ich also Schweinebilder statt Elefanten malen sollen«, sagte ich grimmig. »Ich sollte froh sein, dass ich mir nicht auch noch elektronische Geräte von ihm habe auf-schwatzen lassen. Andererseits hätte ich jetzt Hackfleisch aus den Dingern machen können.«

Silke räusperte sich. »Ach, es wäre schade um dein Geld gewesen. Du wirst sehen, bald merkst du, dass alles eine reine Illusion und ohne tiefere Bedeutung war.«

Ich hoffte, dass sie Recht behielt.

Am Mittwoch ging es mir noch ein wenig besser, und ich verbannte alles aus meiner Wohnung, was mich an die Epi-sode mit Michael Rüsselberg erinnerte. Die Satin-Bettbezüge warf ich genauso weg wie die schwarze Spitzenunterwäsche. Ich schwor mir, auf eine andere Weinmarke umzusteigen, und löschte zum zweiten Mal seine Handynummer aus meinem Verzeichnis. Diesmal für immer.

Frau Iwanska tauchte mittags mit den Worten auf: »Ich habe für Sie Hühnersuppe gekocht, nach Rezept von meiner

Mama. Hilft gegen alles.« Sie nickte wohlwollend. »Sie sehen schon viel besser aus. Liebe war Strohfeuer, ja?«

Ab Donnerstag stürzte ich mich wieder in die Arbeit und beschloss, mir künftig alle Männer vom Leib zu halten. Ich war ohne sie einfach besser dran. Ich würde mich auf meine Arbeit und die Menschen konzentrieren, denen ich etwas bedeutete.

An zwei der darauf folgenden Wochenenden besuchte ich meine Mutter und ihren Verlobten, um mich zu vergewissern, dass wenigstens sie in gute Hände geraten war. Howard Hase schien tatsächlich ein sehr netter Mann zu sein, der um meine Mutter mehr als besorgt war. Sie blühte in seiner Gegenwart regelrecht auf.

In der Heimat traf ich natürlich auch Silke, die mir noch einige pikante Einzelheiten über Michael erzählte. Offenbar hielt er immer noch locker Kontakt zu Beatrix und hatte nicht nur ihr und Anja, sondern auch anderen willigen Hausfrauen einige seiner »innovativen Elektro-Geräte« angedreht. Ich wollte mir nicht ausmalen, ob er sich dabei einiger Begleitmethoden bediente.


Heute, nach nunmehr vier Wochen, konnte ich guten Gewissens sagen, dass ich die Episode abgeschlossen hatte. Silke hatte Recht behalten. Ich war einem Gefühl nachgerannt, das gar nicht existierte, und konnte im Prinzip heilfroh sein, es so schnell erkannt zu haben.

»Und wie ist der Herr Hase so?«, unterbrach Frau Iwanska meine Gedanken. Offensichtlich beschäftigte sie sich noch immer mit der Hochzeit meiner Mutter.

»Er hat zumindest keine langen Ohren«, kicherte ich.

Ein strafender Blick. »Frau Weinmorgen! Niemand kann was für seinen Namen. Ich habe Iwanska behalten, weil ich sonst Kriger heißen müsste. Damals war das ein Kampf mit meinem Mann. Aber ich habe gesagt: ›Werner, willst du, dass jeder denkt, deine Frau ist ein Kriger? Das wirde jeder falsch schreiben, wenn ich mich vorstelle, also lass mich.‹«

Ich konnte mir ein Lachen nicht verkneifen. Frau Iwanskas Mann hieß Werner Krüger. Von allen Männern verliebte sie sich ausgerechnet in denjenigen, der einen für sie unaussprechlichen Namen hatte.

»Also? Wie ist der Herr Hase denn nun? Kommen die Verlobten auch morgen zu Ihrer Party?«

»Gott bewahre! Es ist nur ein netter Abend im Bekanntenkreis. Meine Mutter und ihr Hasenmann fliegen ja bald nach Hawaii, die haben genug mit sich selbst zu tun«, antwortete ich. »Aber zu Ihrer Frage: Howard ist eigentlich ganz nett. Ich glaube, er tut meiner Mutter richtig gut.«

»Das freut mich. Dann können Sie sich auf Ihr eigenes Glick konzentrieren, ja? Ich bin ibrigens froh, dass Sie wieder unter die Leute gehen.«

Morgen Abend sollte meine kleine Cocktailparty stattfinden, und bisher hatte noch niemand abgesagt, selbst Oscar nicht, dem ich vor etwa einer Woche auf Evas Drängen hin tatsächlich noch eine Einladungs-Mail geschickt hatte. Meine Freundin wollte zusammen mit Tom kommen und hatte wegen »Graf Krolock« nicht locker gelassen.

»Du sollst ja gar nichts mit ihm anfangen, aber zumindest ein Signal aussenden, dass du noch lebst. Immerhin hat er wochenlang nichts von dir gehört.«

Ich von ihm übrigens auch nicht. Selbst Daniel war seit einiger Zeit wie vom Erdboden verschluckt. Wir hatten nur zweimal kurz telefoniert, doch beim ersten Mal war er auf dem Weg zum Flughafen, und beim zweiten Mal war ich in Richtung Sauerland unterwegs. Unser Timing war schlecht, aber ich hatte ihn vor einigen Tagen per WhatsApp an meine Cocktailparty erinnert und geschrieben, dass ich ihm einiges zu erzählen hätte. Er simste zurück, dass er komme und ebenfalls Neuigkeiten habe.

Als hätte Frau Iwanska meine Gedanken gelesen, fragte sie prompt neugierig: »Kommt denn morgen ein netter Herzblatt-Kandidat? Zum Beispiel der Herr Bichner von nebenan? Ich denke, dass er Sie in sein Herz geschlossen hat. Sie missen ihm nur ein Zeichen geben. Sie haben ihn doch auch gern, oder?«

Natürlich hatte ich Daniel gern und vermisste ihn auch. Er war mein Freund. Als ich vorgestern einen Krimi angeschaut hatte, war mir klar geworden, dass es ohne ihn nicht halb so viel Spaß machte. Allerdings wollte ich mein kompliziertes Gefühlsleben nicht mit meiner Haushälterin diskutieren. Sie hatte in letzter Zeit mehr über mich mitbekommen als meine eigene Mutter, die nur noch von Luft und Hase lebte.

»Frau Iwanska, bald reichen die Kreuzzeichen auch nicht mehr, denn Sie werden wieder zu neugierig.« Ich bemühte mich, meine Hilfe streng anzusehen. »Ich freue mich, dass Sie sich so um mich sorgen, aber es geht mir wirklich sehr gut, und Sie brauchen nicht krampfhaft irgendeinen Mann für mich auszusuchen, weder Daniel Büchner noch sonst irgendwen. Ich bin auch so glücklich.«

»Papierlapapier«, sagte sie. »Ich winsche mir fir Sie auch ein Happy mit Ende. Ziehen Sie morgen nur nicht das dunkelrote Kleid an. Das hat schlechte Energie. Zuerst hat es die Scheidung von Ihrer Freundin miterlebt und dann Ihre eigene Kummerliebe. Onkel Leschek hat nach seiner Scheidung seinen Hochzeitsanzug verbrannt, und dann hat er prompt sein Herzblatt Marek kennengelernt.«

Manchmal kam ich bei den Familiengeschichten von Frau

Iwanska nicht wirklich mit, und eigentlich wollte ich auch gar nicht wissen, ob Onkel Leschek erst nach seiner Scheidung homosexuell geworden war, daher nickte ich nur.

»Okay, ich werfe das Rote in die Altkleidersammlung.«

# Kapitel 22

*»Du hast dich in letzter Zeit ziemlich rar gemacht.«*
DANIEL

*E*va und Tom waren die Ersten, die am nächsten Abend vor meiner Tür standen. Ich hatte gerade die gelieferten Platten mit den italienischen Antipasti auf der Arbeitsplatte meiner Küche neu geordnet sowie Brot, Tomaten und Käse dazugestellt.

»Tom macht uns den Barmann«, erklärte Eva und küsste mich zur Begrüßung. »Du als Gastgeberin kannst ja nicht pausenlos Cocktails zubereiten, sondern musst dich um die Gäste kümmern.« Sie zwinkerte mir zu. »Besonders um die adeligen Musical-Darsteller.«

»Du hast Adelige in deinem Bekanntenkreis, die in einem Musical mitspielen? Das wusste ich gar nicht«, wunderte sich Tom.

»Ich auch nicht«, gab ich zurück, aber Eva winkte ab. »Du musst nicht alles wissen, Tommy.«

»Ich dachte eigentlich, dass sich jeder seine Cocktails selbst mixt. Es soll schließlich locker zugehen. Das Büffet steht in der Küche, und mein Kühlschrank ist voller Säfte, Eiswürfel und Alkohol«, erklärte ich.

Eva sah ihren Exmann an. »Ich habe dir gesagt, dass Vicky einen Barmann braucht. An deine Margaritas kommt niemand ran.«

Er nickte geschmeichelt. »Genau das wollte ich hören. Ich baue auf dem Sideboard im Wohnzimmer eine kleine Bar auf, wenn's recht ist.«

Eva wartete meine Antwort nicht ab, sondern übernahm das Kommando. »Mach das.«

Ich fragte mich, ob wieder mehr zwischen den beiden lief. Nach einigen nichtssagenden Dates hatte meine Freundin heute unbedingt ihren Ex mitbringen wollen und mir versichert, dass sie mittlerweile ein Bruder-Schwester-Verhältnis zueinander hätten.

Es klingelte, und nach und nach trafen die Gäste ein, die sich plaudernd in meinem Wohnzimmer verteilten. Sowohl Elisa vom Yoga als auch zwei der Bank-Stammtisch-Kolleginnen hatten ihre Ehemänner mitgebracht, die sich zu Tom gesellten und ebenfalls ihre Dienste als Cocktailmixer anboten. Vielleicht aber auch als Fußballtrainer, denn es ging direkt um irgendwelche »Bundesliga-Fehleinkäufe« und »vergeigte Pokalspiele«.

»Wann kommt endlich Graf Krolock?«, flüsterte Eva mir zu, während wir Gläser aus der Küche holten. »Ich bin schon so auf ihn gespannt.«

Ich freute mich mehr auf Daniel und hoffte, dass wir wenigstens Zeit für ein kurzes Gespräch haben würden. Seine Freundschaft fehlte mir, das war mir in den letzten Tagen immer mehr klar geworden.

»Oscar ist ein ziemlich seltsamer Typ, den ich nicht einschätzen kann«, antwortete ich leise. »Ich bin mir nicht einmal sicher, ob er kommt. Er hat auf meine Mail nur ›Vielen Dank für die Einladung, XOX O. M.‹ geantwortet. Vielleicht bringt er auch den Bischof als Begleitung mit oder zehn halbnackte Samba-Tänzerinnen, die mit ihren Brüsten Servietten in Form des Eiffelturms falten.«

»Hast du schon ein paar Cocktails intus?« Eva beäugte mich prüfend. »Du redest Schwachsinn.«

Ich lachte. »Nein, aber die Werbetypen sind unberechenbar kreativ, glaub mir.«

Unser Gespräch wurde durch die Klingel unterbrochen, und wir steuerten beide die Tür an. Das Erste, das ich sah, war ein bunter Luftballon in Cocktailglasform. Dahinter standen der schwarze Mann, der ihn in der Hand hielt, und Daniel.

»Wenn man vom Teufel spricht«, hörte ich Eva hinter mir murmeln. »Das muss der Graf sein, und er sieht verdammt gut aus.«

Mein Herz hüpfte kurz, und ich versuchte, mir meine Verwirrung deswegen nicht anmerken zu lassen. »Schön, dass ihr da seid«, sagte ich übertrieben fröhlich. »Wir haben uns ja alle eine Ewigkeit nicht gesehen. Kommt bitte rein.« Meine letzten Worte richteten sich vor allem an Daniel, der mein Lächeln nur sparsam erwiderte.

Da tauchte hinter ihm eine Frauengestalt auf. »Hier bei euch einen Parkplatz zu bekommen, ist schier unmöglich, Schatz. Hallo, Vicky, danke für die Einladung. Eine Cocktailparty, das ist so … retro.«

Britta. Sie sah wieder einmal atemberaubend schön aus in ihrem beigefarbenen Wickelkleid. Trotzdem war ich einen Moment lang versucht, ihr den Zutritt zu versperren, als sie besitzergreifend einen Arm um Daniels Schulter legte.

Aha. Man war also wieder zusammen. Das hätte er mir ruhig sagen können, schließlich wusste Daniel, dass ich Britta nicht besonders mochte.

Oscar überreichte mir den mit Helium gefüllten Ballon sowie eine Flasche Tequila. »Wer kocht heute?«

Ich schluckte verwirrt. Kochen? Meinte er das ernst?

»Jedenfalls niemand von uns, denn dann gäbe es Nudeln

mit Spiegeleiern«, antwortete Eva für mich und streckte ihm die Hand hin. »Ich bin übrigens Eva. Von dir habe ich schon sehr viel gehört.«

»Siehst du, Oscar, nicht nur in unserer Branche wird über dich geredet«, kicherte Britta.

Daniel begrüßte mich zwar mit einem Wangenkuss, aber er wirkte nicht so locker wie sonst. Ich nahm an, dass ihm das mit Britta peinlich war, schließlich hatte er mir vor einigen Wochen gesagt, es sei ein für alle Mal Schluss zwischen ihnen.

Aber auch ich fühlte mich gehemmt, wenn ich an unser letztes Zusammensein dachte. Ich hatte ihn wegen Michael ziemlich blöd stehenlassen, das war mir klar, und ich wollte es auf jeden Fall wiedergutmachen.

»Wie geht es dir?«, fragte ich Daniel leise. »Man bekommt dich gar nicht mehr zu Gesicht. Wir haben ja leider nur aneinander vorbeitelefoniert.«

»Viel zu tun«, antwortete mein Nachbar achselzuckend. »Dir ging es ja wohl genauso.«

Ich nickte. »Wenn du wüsstest, was ich dir alles erzählen muss. Sogar eine Hochzeit erwartet mich.«

Daniel sah mich mit hochgezogenen Augenbrauen an. »Na, das ging aber schnell …«

»Worüber flüstert ihr denn so, ihr Geheimniskrämer?« Britta drängte sich in unsere Mitte. »Vicky, wo gibt es denn die Cocktails? Ich brauche jetzt etwas ganz Exquisites.«

Ich besann mich auf meine Gastgeberpflichten und führte alle in mein Wohnzimmer, in dem mittlerweile fast kein Platz mehr frei war. Ich hatte zwei Stehtische aufgestellt sowie alle Stühle, die ich besaß, neben dem Sofa um meinen Glastisch herum verteilt.

Tom und Elisas Mann Alex schienen sich die Cocktailzubereitung zu teilen, und alle Gäste unterhielten sich angeregt.

Zufrieden blickte ich in die Runde. »Britta, die Herren da vorn mixen dir deinen Wunschcocktail. In der Küche gibt es etwas zu essen und im Kühlschrank weitere Getränke. Bitte fühlt euch wie zu Hause, und bedient euch selbst.«

Oscar und Daniel steuerten einen der beiden Stehtische an, an dem Evas Cousine Gitta und ihr Freund standen, und ich stellte alle einander vor. Wir machten ein wenig Smalltalk miteinander, bis mich jemand am Arm packte.

»Komm mal bitte mit. Wir brauchen noch Eis.« Es war Eva, die mich in Richtung Küche zog.

»Dieser Graf Krolock ist unglaublich anziehend«, sagte sie, sobald wir allein waren. »Du solltest zugreifen und dir das Blut aussaugen lassen.«

Ich schüttelte mich. »Was für eine Vorstellung! Ich möchte nicht gebissen werden. Nein, im Ernst: Ich weiß immer noch nicht, wie ich ihn finden soll.«

»Heiß?«, half meine Freundin nach. »Sexy?«

»Findest du? Was mich momentan vielmehr beschäftigt, ist Daniel, der schon wieder auf die blöde, oberflächliche Britta hereingefallen ist. Er ist so ein toller Kerl, und sie passt überhaupt nicht zu ihm. Warum lässt er sich bloß immer von ihr einwickeln?«

Eva zuckte mit den Schultern. »Wahrscheinlich ist sie eine Granate im Bett. Wieso tangiert es dich überhaupt? Er ist doch alt genug.«

»Aber offensichtlich blind! Sie ist doch keine Frau für ihn. Er hat was Besseres verdient.«

»Jeder macht seine eigenen Fehler, das wissen wir beide am besten. Ich glaube, Tom findet sie auch ganz gut. Er flirtet nämlich gerade wie wild mit ihr.«

Ich brauste auf. »Siehst du! Britta ist ein Miststück. Sie ist mit Daniel hier und flirtet mit anderen Männern. Unmöglich! Und dich ärgert es gar nicht?«

»Vielleicht ein bisschen«, gab Eva zu. »Aber wir sind geschieden und hatten ausgemacht, dass jeder tun und lassen kann, was er will.«

Ich hakte nach. »Ist nicht wieder mehr zwischen euch? Ich hatte so den Eindruck.«

Meine Freundin war sichtlich verlegen. »Nein … Okay, bis auf den kleinen Sex-Zwischenfall, den wir vorgestern hatten, aber sonst … Nein, nicht wirklich.«

»Sex-Zwischenfall?« Ich musste mich beherrschen, um nicht lauter zu werden. »Du meinst, ihr hattet Sex miteinander? Nur einmal? So … als Ausrutscher?«

Ich hatte das Gefühl, dass sie noch verlegener wurde. »Vielleicht war doch noch etwas, so vor einer Woche. Und davor noch einmal, nein, eigentlich dreimal. Aber das war's dann auch schon.« Sie kicherte. »Es ist ein komisches Gefühl, eine Affäre mit seinem Exmann zu haben.«

Ich wollte mich setzen, aber meine Stühle standen alle im Wohnzimmer, also lehnte ich mich an den Kühlschrank. »Eva! Du musst wissen, was du tust, aber normal ist das nicht. Gehört das noch zu eurer Wer-weiß-was-wir-alles-während-der-Ehe-verpasst-haben-Phase?«

Sie winkte ab. »Wir sind frei und ungebunden, also können wir schlafen, mit wem wir wollen.«

Komisch, solche Phasen hatte ich irgendwie nie. Ich fühlte mich auf einmal richtig alt. Alt und konservativ. Vermutlich hatte Britta doch Recht. Ich war total retro.

Meine Mutter zog Mini-Stretchkleider an, und meine Freundin hatte unbeschwerten Sex mit ihrem Ex, während ich auf einen Gestörten nach dem anderen hereinfiel. Jetzt stand ich hier mit erhobenem Zeigefinger und mischte mich in Dinge ein, die mich nichts angingen.

»Vielleicht sollte ich mich an Daniel ranschmeißen«, schlug Eva vor. »Mal sehen, wer besser flirten kann – Tom oder ich.«

Also, das war ja wohl unmöglich!

»Daniel ist kein Spielzeug, das du benutzen kannst, um deinen Ex eifersüchtig zu machen«, brauste ich auf. »Lass die Finger von ihm. Wenn du jemanden dafür brauchst, dann nimm Oscar.«

Meine Freundin sagte einen Moment lang nichts.

»Was ist? Warum starrst du so?«, fragte ich mit einem unbehaglichen Gefühl.

»Vicky?« Eva kam einen Schritt näher und flüsterte fast. »Kann es sein, dass du mehr für Daniel empfindest, als du zugeben möchtest?«

Ich lachte auf. Was für ein absurder Gedanke. »Für Daniel? Nein! Wie kommst du darauf? Wir sind nur gute Freunde. Also, wir waren es mal, vor der Sache mit Michael. Ich glaube, er ist sauer auf mich, weil ich ihm nichts erzählt habe und ihn nach dem Fußballspiel einfach stehenließ. Krimis haben wir auch schon seit Wochen nicht zusammen gesehen.«

»Gefühle können sich ändern, und aus Freundschaft kann Liebe werden«, erklärte meine Freundin und klang ziemlich pathetisch. »Das weiß man nicht erst seit *Harry und Sally*.«

Ich strich mir eine Haarsträhne aus dem Gesicht. »So ein Quatsch! Ich will nur nicht, dass Daniel wehgetan wird und jemand mit ihm spielt.«

Sie zog die Stirn in Falten. »Er ist alt genug und schafft es sicher auch ohne deine Fürsorge. Trotzdem solltest du dein Gefühlschaos überdenken. Ich glaube nämlich, dass du dich selbst belügst und Daniel dir viel mehr bedeutet, als du zugeben willst.«

Mit diesen Worten ließ sie mich stehen und kehrte ins Wohnzimmer zurück.

Ich schüttelte den Kopf. Lächerlich! Warum wollten mir alle Daniel einreden? Erst Tatjana, dann Frau Iwanska und jetzt auch noch Eva. Ich sorgte mich um ihn als Freund, das war doch normal, oder? Der Kloß in meinem Magen, den ich seinetwegen schon die ganze Zeit verspürte, machte mir deutlich, dass ich mich wieder mehr um unsere Freundschaft bemühen sollte. Sein reserviertes Verhalten hatte mich getroffen, und ich wusste, dass ich nicht unschuldig daran war. Hoffentlich konnte zwischen uns alles wieder so unbeschwert wie früher werden.

Jetzt brauchte auch ich etwas zu trinken, und dann würde ich mich bei ihm entschuldigen. Ja, das war ein guter Plan.

»Die geheimnisvolle Frau.« Der schwarze Mann stand auf einmal im Türrahmen. »Dein Partyservice ist wirklich gut, aber wir hätten auch Sushi zubereiten können.«

Ja klar. Das hätte mir noch gefehlt.

»Davon mal abgesehen, dass nicht jeder Sushi mag«, erklärte ich, »glaube ich nicht, dass ich talentiert genug bin, Reis mit Fisch zu rollen und in Algen einzuwickeln.«

Er verzog kurz die Lippen. »Ich könnte es dir beibringen, aber wie ich höre, bist du eher damit beschäftigt, Männer einzuwickeln.«

Wie bitte? Ich und Männer einwickeln? Sollte das ein Kompliment sein oder eher ein Vorwurf?

Aus diesem Typen wurde ich einfach nicht schlau. Hatte er sich deshalb nicht mehr gemeldet, weil ihm Daniel (denn nur er kam in Frage) etwas von Michael erzählt hatte?

»Glaub nicht alles, was du so hörst«, gab ich zurück. »Außer meinem nicht vorhandenen Kochtalent stimmt vermutlich nichts.«

Er holte tief Luft. »Aus uns beiden wird trotzdem nichts, oder?«

Das war ganz schön direkt, doch es gefiel mir. »Nein, aber das hast du hoffentlich nicht ernsthaft in Erwägung gezogen?«

Oscar strich sich über die gegelten Haare. »Vielleicht einen Moment lang. Du bist anders als die Frauen, die ich sonst so treffe. Sie sind durchschaubar wie ein schlechter Werbespot. Ich mag das überraschend Kreative.«

Ich fühlte mich geschmeichelt. »Ganz recht«, sagte ich. »Ich bin sehr kreativ, wenn auch nicht so offensichtlich wie ihr Werbeleute.«

Er nickte. »Das glaube ich sofort. Sollen wir Freunde bleiben?«

Ich lachte. »Gern. Aber ich kann nicht kochen, und zu einem Poetry-Slam will ich auch nicht mit dir gehen. Dann lieber in eine Karaoke-Bar.«

»Ist nicht dein Ernst.« Durch Oscars Skepsis fühlte ich mich herausgefordert.

»Was denn? Ich war vor einiger Zeit mit Geschäftspartnern dort, und wir haben die halbe Nacht durchgesungen. Da ist doch nichts dabei«, prahlte ich.

Ha! Das hatte er nicht erwartet und sollte ruhig sehen, wie kreativ ich war.

»Alles klar, dann komm mal mit. Deine Gäste brauchen Unterhaltung.« Oscar nahm meinen Arm und dirigierte mich zum Wohnzimmer. »Victoria will für uns singen«, verkündete er, noch bevor ich checkte, wie mir geschah.

Was wollte ich?

Die Gespräche verstummten schlagartig.

»Nein, nein«, sagte ich rasch. »So war das nicht gemeint.«

»Doch, sing für uns!«, rief Eva, und ich hätte sie am liebsten auf der Stelle erwürgt.

301

Die anderen Gäste applaudierten erwartungsvoll.

»Du hast doch schon Karaoke gesungen.« Das war Daniel, und ich war mir nicht sicher, wie sein Gesichtsausdruck zu deuten war. »Sie macht in letzter Zeit viele Dinge, von denen wir anderen nichts wissen.«

»Wir sind hier nicht in einer Karaoke-Bar«, protestierte ich hilflos. »Es gibt weder Musik noch Text.«

Oscar war sichtlich in seinem Element. »Im Internet gibt es fast jede Playback-Version. Mit Text.« Von irgendwoher beförderte er ein iPad hervor. »Was willst du singen?«

»Ich singe nicht.«

»Ach, komm. Wie wäre es mit einem Duett?« Daniels Chef nahm meinen Arm. »Ich mache mit.«

Natürlich, die Kreativen konnten alles. Sogar singen.

»Genau«, jubelte Eva. »Wie wär's mit ›Totale Finsternis‹?«

»›Tanz der Vampire‹ mag ich auch.« Britta machte Anstalten, sich zu uns zu stellen.

»Nein, danke.« Ich zwang mich, sie anzulächeln. Warum hatte Daniel sie bloß mitgebracht?

Oscar schüttelte den Kopf. »Nein, ich weiß etwas Besseres. Victoria, wir singen ›Die Wanne ist voll‹.«

Meine Gäste johlten vor Vergnügen.

»Wenn sie nicht will, dann bin ich dabei«, bot Britta an, und mein Ehrgeiz erwachte.

»Ich glaube kaum, dass du die Version von Helga Feddersen und Didi Hallervorden kennst«, sagte ich zu ihr. »Die ist nämlich wirklich retro. Also gut, Oscar-Didi, such die Musik.«

Keine Ahnung, was in mich gefahren war, aber ich fühlte mich auf einmal unglaublich kreativ. Ich holte uns rasch zwei Duschhauben und zwei Spülbürsten, da setzte auch schon das Lied ein, und der Text erschien auf dem Bildschirm.

Ich muss sagen, wir waren wirklich gut. Ich ließ mich

von Oscar anspornen, der seinen Part mehr als beherrschte. Bei »Uuu-uuu-uuuh« sangen alle mit, und als wir mit dem Song fertig waren, war die Begeisterung grenzenlos. Erst da wurde mir bewusst, dass ich mit einer Plastikhaube auf dem Kopf und einer Bürste in der Hand mitten in meinem Wohnzimmer stand. Singend.

»Jetzt brauche ich dringend etwas zu trinken. Etwas sehr, sehr starkes«, erklärte ich Tom, der mich angrinste.

»Kann man euch auch für Betriebsfeiern buchen?«, fragte er.

Von da an war die Stimmung noch besser. Ich wurde mehrmals bestürmt, noch etwas zum Besten zu geben, aber Oscar und ich hatten lautstark verkündet, für Zugaben nicht zur Verfügung zu stehen. Nur Daniel machte immer noch den Eindruck, als ob er sauer auf mich wäre, denn jedes Mal, wenn ich zu ihm hinschaute, wich er meinem Blick aus.

Ich musste dringend allein mit ihm sprechen.

»Du heiratest also demnächst?« Es war Britta, die mit dieser Frage dafür sorgte, dass mich wieder alle anstarrten. »Daniel sagt, die Hochzeitsglocken läuten für dich? Wer ist denn der Glückliche? Warum ist er heute nicht da? Ist er beruflich unterwegs?«

Für eine Sekunde war ich so verwirrt, dass ich nicht wusste, wovon sie sprach, aber dann fiel der Groschen, und ich musste fast laut loslachen. »Nein, das ist ein Missverständnis. Nicht ich heirate, sondern meine Mutter. Sie hat mit ihren vierundsechzig Jahren noch einmal das große Glück gefunden und wird tatsächlich im August vor den Traualtar treten.«

Ich konnte nur ganz kurz das verwirrte Gesicht von Daniel wahrnehmen, bevor tausend Fragen auf mich einprasselten. Meine Gäste wollten alle Einzelheiten wissen und fanden es unglaublich toll und romantisch, dass meine Mutter nach so vielen Jahren als Witwe noch einmal ihr Glück gefunden hatte.

»Das ist der Beweis, dass Liebe nichts mit dem Alter zu tun hat«, sagte eine der Bankstammtisch-Kolleginnen. »Ich liebe solche Geschichten mit Happyend.«

»Dann wird Ihnen unsere auch gefallen«, flötete Britta und legte ihre Hand auf Daniels Arm. »Wir sind schon seit fast fünf Jahren ein Paar. Na ja, von einigen längeren Unterbrechungen abgesehen. Aber jetzt haben wir vor kurzem wieder zueinander gefunden, und ich konnte meinen Freund gerade eben dazu überreden, endlich einmal mit mir einen langen, romantischen Urlaub in Italien zu machen. Das wird unsere erste gemeinsame Reise sein, und ich bin sicher, dass es unserer Beziehung sehr guttut.«

»Das klingt aber schön«, fand Elisa, und die anderen nickten. »Ich sage immer: Verliebte Menschen brauchen Zeit füreinander.«

»Aber auch Freunde«, warf ich ein, doch niemand achtete mehr auf mich.

»Ich gewähre meinem besten Mann sogar zwei Wochen Urlaub dafür«, knurrte Oscar. »Britta hat mich die letzten Tage bearbeitet, bis ich nicht länger Nein sagen konnte.«

Das glaubte ich sofort. Die Nervensäge hatte also endlich ihren Willen bekommen. Mein Magen zog sich zusammen, und ich hätte am liebsten laut gefragt, was in Daniel gefahren war, sich wieder mit ihr einzulassen.

»Wann geht es denn los?«, fragte jemand, und Britta erklärte, dass sie alles längst organisiert habe.

»Wir fliegen nächsten Mittwoch. Ich plane das natürlich schon länger, als Überraschung.« Sie sah Daniel triumphierend an. »Er hat bisher nichts davon gewusst.«

Wieder gab es jede Menge Ahs und Ohs. Romantische

Überraschungen fanden alle toll. Daniel lächelte zwar auch, aber ich hatte nicht den Eindruck, als ob er vor Glück über den Wolken schwebte.

Am Mittwoch. Ob ich bis dahin die Gelegenheit bekommen würde, ihn allein zu erwischen? Oder musste ich warten, bis das glückliche Paar aus dem Urlaub zurückkam?

Oscar stand plötzlich neben mir. »Italien ist mir zu italienisch. Zu viel Zucker sollte man in der Werbung mit Vorsicht genießen. Sie will, dass ich mit dir Sushi mache.«

Wie konnte ein normaler Mensch diesen Gedankensprüngen folgen?

»Wer? Was?«, fragte ich verwirrt.

»Deine Freundin Eva. Sie sagt, du brauchst unbedingt Abwechslung. Ich mag sie.«

Wenn sie sich weiter in alles einmischte, würde ich aus ihr Sushi machen.

»Gute Idee, Oscar«, antwortete ich mit einem reservierten Lächeln. »Aber Eva sollte auch dabei sein. Sie steht nämlich auf Musical-Helden, die kochen können.«

# Kapitel 23

*»Sie ist nicht die Richtige für ihn.«*
VICTORIA

Den ganzen Sonntag fühlte ich mich, als hätte ich einen heftigen Kater. Dabei hatte ich gar nicht viel getrunken. Vielleicht lag es an der kurzen Nacht, denn meine Gäste hatten es bis um halb drei ausgehalten. Oder daran, dass ich mich so einsam fühlte, nachdem alle gegangen waren? Britta verschwand natürlich mit Daniel, und Oscar wollte Eva nach Hause bringen, was Tom nicht weiter zu interessieren schien. So schön der Abend auch war – am Ende war ich wieder allein.

Ich konnte nicht sagen, warum ich ein Gefühl von Watte im Kopf und Ziegelsteinen im Bauch zugleich hatte. Die Cocktailparty war schließlich gelungen, und ich hatte alle Freundschaften aufgefrischt. War es immer noch mein schlechtes Gewissen Daniel gegenüber? Ich fragte mich, warum es mir auf einmal so viel ausmachte. Letztendlich hatten wir uns nie viel aus unserem Privatleben erzählt. Der beste Beweis lag gerade mal ein paar Stunden zurück.

Am späten Nachmittag versuchte ich, Eva zu erreichen, was mir aber nicht gelang. Hatte sie sich nur von Oscar nach Hause bringen lassen, um Tom eins auszuwischen, oder steckte mehr dahinter?

Ich musste dringend mit jemandem reden.

Silke fiel mir ein. Ich hatte ihr immer mal wieder ein wenig über Oscar, Daniel, Eva und Tom erzählt, aber da sie niemanden von ihnen kannte, war sie neutral. Einige meiner Bekannten würde sie erst treffen, wenn sie demnächst ein Wochenende bei mir verbrachte.

»Hi, wie war die Cocktailparty?«, meldete sie sich. »Hatte jemand eine Alkoholvergiftung? Ist dieser unheimliche Oscar aufgetaucht? Tim, lass sofort Timo los! Seid leise, Tina schläft.«

Ich wartete geduldig, bis sie Herrin über ihre Kinder war, und fing dann mit meinem Bericht an. »Jetzt hat diese Schnepfe doch tatsächlich einen Italienurlaub gebucht, und ich kann mich nicht mal bei ihm entschuldigen, dass ich ihn damals so blöd habe stehenlassen, als Michael hier aufgetaucht ist«, schloss ich.

»Vicky, ich verstehe nicht, warum dir dieses persönliche Gespräch so wichtig ist«, antwortete Silke. »Daniel lebt sein Leben und du deines. So schlimm war dein Verhalten nun auch wieder nicht, du bist ihm schließlich keine Rechenschaft über dein Liebesleben schuldig. Sag mir lieber, ob aus dir und dem unheimlichen Oscar noch was werden kann. Ich finde es nicht gut von deiner besten Freundin, einfach so mit ihm abzuhauen.«

Das brachte mich völlig aus dem Konzept. Über Oscar und Eva zerbrach ich mir nicht den Kopf. »Ja? Nein, ich fand das nicht weiter schlimm«, erklärte ich. »Ich bin nicht in ihn verliebt oder so. Außerdem sind wir seit letzter Nacht Helga und Didi und haben die Wanne voll.«

»Wie bitte?«

»Nicht so wichtig.«

Silke räusperte sich. »Also würde es dir nichts ausmachen, wenn die beiden ein Paar wären?«

Ich dachte kurz darüber nach. »Nein. Ich wüsste zwar

nicht, ob es gutgehen würde, aber es würde mir absolut nichts ausmachen.«

»Dass dein Nachbar mit dieser Britta zusammen ist, macht dir dagegen etwas aus?«

Ja, das tat es. Sehr viel sogar.

»Schon, aber das ist etwas anderes. Daniel ist so ein toller Mann. Lustig und hilfsbereit und clever und kreativ. Diese Frau ist nicht die Richtige für ihn. Du kennst sie nicht, Britta ist oberflächlich und naiv und …«

»Wer wäre denn die Richtige für ihn?«, unterbrach mich Silke.

»Wie bitte? Keine Ahnung … Auf jeden Fall jemand, der Krimis mag. Jemand, der humorvoll ist und ihn einfach verdient. Das alles trifft auf Britta nicht zu.«

»Vicky«, Silke machte eine kurze Pause. »Für mich hört sich das an, als würde dir mehr an Daniel als an Oscar liegen.«

»Das tut es ja auch. Wenn du ihn kennenlernst, wirst du verstehen, wie ich das meine. Er sieht gut aus, ist intelligent, hilfsbereit, nett, lustig und kreativ. Außerdem ist er ehrlich und ein guter Zuhörer und …«

»Liebst du ihn?«

Die Frage verblüffte mich so sehr, dass ich mitten im Satz unterbrach und eine Pause entstand.

»Vicky? Hallo? Bist du noch dran?«

»Jaja, ich bin noch hier.«

»Was ist? Liebst du diesen Daniel? Für mich hört es sich nämlich so an.«

Ich war noch immer sprachlos. »Ich … ich verstehe nicht, warum alle Leute, die mich etwas besser kennen, davon überzeugt sind, dass ich etwas für Daniel empfinde«, erklärte ich matt.

Silke seufzte. »Ich will dir ja nicht zu nahe treten«, sagte sie langsam, »aber vielleicht ist das die Wahrheit, die du selbst noch nicht erkennst, alle anderen aber schon.«

»Das stimmt nicht«, versuchte ich zu protestieren, aber sie redete einfach weiter.

»Oh doch. Du konntest schon in der Schule nicht zugeben, wenn du dich mal richtig verliebt hattest. Falls ich Recht habe, solltest du dir schleunigst überlegen, wie du mit dieser Situation umgehen möchtest.«

»Wie … wie meinst du das?«

»Daniel fährt nächste Woche mit seiner Freundin in einen Liebesurlaub. Was willst du tun? Ihn davon abhalten oder ihm lieber für immer aus dem Weg gehen? Ich glaube, es geht dir längst nicht mehr um eine Entschuldigung oder Erklärung. Ob so oder so, es steht eine Veränderung an, und du musst dich entscheiden, wie mutig du sein willst.«

Ich hatte auf einmal nicht die Kraft, nach Gegenargumenten zu suchen. Silkes klare Analyse hatte mich ziemlich erschüttert. War ich wirklich in Daniel verliebt? Obwohl ich ihn schon so lange kannte?

Ich zögerte. »Was, wenn ich mir nicht sicher bin oder Angst habe, mich zum Gespött zu machen?«

Silke seufzte. »Dann wird es dir wie früher ergehen. Du bleibst am Rande des Geschehens und wirst nie erfahren, wie es hätte enden können.«

»Ich … ich muss darüber nachdenken. Danke fürs Zuhören.«

Wir legten auf. Tausend Gedanken und Gefühle machten mir zu schaffen. Mein analytischer Verstand, auf den ich immer so stolz war, versuchte erst gar nicht, alle Fakten aneinanderzureihen. Ich schloss vielmehr die Augen und stellte mir vor, wie Daniel mit Britta an einem einsamen Strand lag. Wie sie bei ihm einzog und mir täglich begegnete. Der Druck in meinem Magen wurde unerträglich.

Ja, es machte mir etwas aus, dass die beiden zusammen waren. Ja, ich war eifersüchtig. Ja, ich wollte Daniel mit niemandem teilen. Wenn ich ehrlich zu mir war, hatte ich es schon die ganze Zeit gewusst.

Ich musste mit Daniel reden, auch wenn ich keine Ahnung hatte, was ich sagen sollte. Spontan griff ich zu meinem Handy. Wenn Britta nicht auch schon sein Telefon kontrollierte, konnte ich ihm wenigstens eine SMS schreiben und ihn um ein Gespräch bitten.

»Heute Abend *Tatort* und Wein?«, schrieb ich kurzentschlossen, weil es das Unverfänglichste war, das mir einfiel.

Die Antwort kam postwendend. »Gern, komm vorbei.«

Na also, das war doch was.

Die nächsten drei Stunden verbrachte ich abwechselnd mit Hin- und Herlaufen von Zimmer zu Zimmer und vor meinem Computer, um mich mit Arbeit abzulenken, was mir nicht sonderlich gut gelang. Irgendwann bekam ich eine SMS von Eva, die mich fragte, wann wir zusammen mit Oscar Sushi machen wollten. Sie beendete die Nachricht mit den Worten: »Falls du ihn nicht willst, ich lasse mich gern von Krolock einwickeln und beißen.«

Ich schmunzelte und simste »Guten Appetit« zurück. Es machte mir absolut nichts aus. Auf einmal konnte ich es kaum erwarten, Daniel zu sehen.

Um kurz nach halb acht hatte ich mich mehrfach umgezogen und war vollkommen ratlos, was ich ihm überhaupt sagen wollte. Außerdem war ich mir immer noch nicht sicher, was ich für ihn empfand, denn meine Gefühle fuhren die ganze Zeit Achterbahn. War ich wirklich in Daniel verliebt? War schon alles zu spät? Hatte Tatjana recht behalten, und er wartete nur auf ein Zeichen von mir? Oder phantasierte ich mir da etwas zusammen, weil ich vollkommen durcheinander war?

Mit einer Weinflasche in der Hand klingelte ich an Daniels Tür. Mein Herz raste.

»Hallo. Bist du gar nicht müde nach deiner kleinen Party? Daniel besorgt gerade eine Pizza.«

Ich war so eine Idiotin!

Warum war mir nicht in den Sinn gekommen, dass Britta bei ihm sein könnte? Am liebsten hätte ich auf der Stelle kehrtgemacht, aber die Blöße wollte ich mir nicht geben. Also ließ ich mich von Daniels Freundin auf die Wange küssen und trottete hinter ihr her ins Wohnzimmer.

Meine Gedanken überschlugen sich. Wie sollte ich mit ihm reden, wenn sie die ganze Zeit dabei war? Ich war nicht mutig genug, um in ihrem Beisein auch nur einen Bruchteil dessen auszusprechen, was ich loswerden wollte. Außerdem ging es sie nichts an.

»Gestern Abend war es echt nett«, sagte Daniels Freundin und ließ sich auf die Couch fallen. »Aber es waren auch viele Banker dabei, die haben so spießige Ansichten. Da wird einem der Berufs- und Altersunterschied immer wieder deutlich.«

Ja, schon klar. Sie war jung, sie war schön, und sie musste es mir unter die Nase reiben.

Zum Glück musste ich mir keine passende Antwort ausdenken, denn die Tür ging auf, und Daniel kam mit zwei Pizzaschachteln herein.

»Hallo. Ist schon ein Mord passiert?«

Mein Herz hüpfte, und auf einmal wusste ich, dass es am Vorabend auch seinetwegen schneller geschlagen hatte. »Britta lebt noch«, antwortete ich, und er lachte.

»Ich habe eigentlich den *Tatort* gemeint.«

311

Ups!

Daniel wandte sich an seine Freundin. »Was machst du denn noch hier? Ich dachte, wir hätten alles geklärt?«

»Wie ihr euch diesen langweiligen Schrott ansehen könnt, ist mir unbegreiflich«, sagte Britta mit säuerlicher Miene. »Eigentlich wollten wir heute Abend was ganz anderes tun.«

Wild übereinander herfallen? Neue Sexpraktiken ausprobieren? Sich über die alten, spießigen Banker lustig machen? Ich war plötzlich rasend eifersüchtig.

»Wenn ich störe, dann gehe ich wieder«, sagte ich lahm, und in Brittas Augen blitzte Hoffnung auf.

»Nein, du gehst nirgendwohin, Victoria«, bestimmte Daniel und wies auf die Pizza. »Britta und ich mussten etwas klären, aber jetzt will sie gehen.«

Zum ersten Mal fiel mir auf, dass er mich noch nie Vicky genannt hatte, sondern immer nur bei meinem vollen Namen, was ich am liebsten mochte. Irgendwann, kurz nach meinem Einzug, hatte ich es erwähnt, und offenbar hatte Daniel es sich gemerkt. Genau wegen solcher Kleinigkeiten hatte ich mich in seiner Gegenwart immer so wohl gefühlt.

Wieso war mir das nicht früher bewusst geworden?

Ihn jetzt mit Britta zu sehen war unerträglich, und mir wurde klar, dass ich es nicht lange aushalten würde.

Ja, ich empfinde etwas für ihn, dachte ich auf einmal. Keine Ahnung, wie lange schon, aber ich war in ihn verliebt.

Die Erkenntnis traf mich so unvermittelt, dass ich fühlte, wie ich errötete. Hoffentlich konnte hier niemand Gedanken lesen. Sicherheitshalber legte ich die Hände übereinander, damit man die Handlinien nicht sah.

»Eigentlich waren wir noch nicht fertig und wollten wegen der Reise ...« Den Rest sprach Britta nicht aus, doch es war auch so klar, dass ihr mein Besuch ein Dorn im Auge war. »Wir müssen noch …«

»Nein, wir haben alles geklärt. Ich bringe dich jetzt zur Tür«, unterbrach Daniel sie.

Die *Tatort*-Melodie setzte ein, und Britta winkte mir kopfschüttelnd zum Abschied zu.

Sobald sie weg war, atmete ich durch. Daniel setzte sich neben mich auf die Couch, und wir aßen schweigend unsere Pizza, den Blick starr auf den Bildschirm gerichtet. Das heißt, ich knabberte kurz an meinem Stück, bevor ich es wieder weglegte. Von der Handlung bekam ich überhaupt nichts mit, weil sich meine Gedanken überschlugen.

Wann konnte ich ein Gespräch anfangen?

Würde Britta gleich zurückkommen?

Was sollte ich ihm überhaupt sagen?

Auf der Mattscheibe fielen Schüsse, und ein junger Mann rannte eine Straße hinunter.

»Wo war eigentlich gestern dein Freund?«

Als ich realisierte, dass nicht der Schauspieler, sondern Daniel die Frage gestellt hatte, fiel ein weiterer Schuss.

»Meinst du mich?«

Mein Nachbar nickte, ohne den Blick vom Fernseher abzuwenden. »Mhm. War er beruflich unterwegs? Was macht er eigentlich?« Seine Stimme klang gleichgültig.

»Er verkauft Bügelautomaten«, sagte ich, ebenfalls den Blick fest auf den Bildschirm gerichtet. »Aber er ist nicht mein Freund. Er war es nie.«

Eine Weile sagte niemand etwas. »Das hat neulich ganz anders ausgesehen«, murmelte Daniel.

»Er hatte viele Feinde«, sagte der Polizist im Fernsehen. »Wir müssen uns auch die Freundin vornehmen.«

»Und dir sieht es gar nicht ähnlich, dass du so wortkarg

bist«, antwortete ich und drehte mich zu Daniel um. »Entschuldige, könnten wir vielleicht den Fernseher etwas leiser drehen? Ich will mich nämlich bei dir entschuldigen.«

Er drückte auf die Fernbedienung, und die Stimmen und Schüsse wurden leiser. »Wofür?« Er sah mich mit einem merkwürdigen Blick an.

Ich holte tief Luft und spürte gleichzeitig, wie mir das Blut ins Gesicht schoss. Bevor ich jetzt auch noch Lähmungserscheinungen bekam, sollte ich ihm schnell die Sache mit Michael Rüsselberg erklären.

»Ach, Daniel, es tut mir schrecklich leid, dass ich dir nichts erzählt habe und nach dem Fußballspiel alles so kompliziert war«, sprudelte es aus mir heraus. Plötzlich war ich gar nicht mehr gelähmt. »Auf diesem Klassentreffen, du erinnerst dich, dass ich dort war? Jedenfalls habe ich da meinen Schulschwarm wiedergesehen und war eine Zeit lang wieder sechzehn. Jedenfalls hat es sich so angefühlt. Michael hat mich zum ersten Mal in meinem Leben beachtet und mir das Gefühl gegeben, ich sei schön und begehrenswert. Er wollte mich unbedingt in Düsseldorf besuchen. Ich … weiß auch nicht, warum ich dir nichts davon erzählt habe, aber wahrscheinlich war ich schon damals in dich verliebt, ohne es zu wissen. Dann waren wir mit den Russen bei dem Fußballspiel, zu dem eigentlich er hätte mitkommen sollen, und Tatjana hat mir aus der Hand gelesen, und Ludmilla hat mit dir geflirtet … Hinterher stand dann Michael unerwartet vor meiner Tür. Ich war so geblendet und bescheuert. Bitte entschuldige mein dämliches Verhalten an dem Abend. Ich war irgendwie geschmeichelt, dass er sich endlich für mich interessiert hatte, aber dann habe ich ganz schnell herausgefunden, dass er nur mit mir spielt und mich anlügt. Er ist nämlich verheiratet, und seine blöde Firma gehört ihm gar nicht. Ich war fertig mit ihm, bevor sich überhaupt etwas entwickeln konnte. Und darüber bin ich heute total froh.«

Ich holte Luft, und im Fernsehen sagte jemand: »Gib es doch endlich zu.«

»Ja, ich gebe es zu: Ich habe mich wie eine Idiotin verhalten, weil ich etwas aus meiner Schulzeit nachholen wollte.«

Daniel sah mich an. »Könntest du bitte wiederholen, was du da gerade gesagt hast?«

Ich zuckte mit den Schultern. »Es tut mir leid, dass ich mich so blöd verhalten habe. Nachdem alles rausgekommen war, war ich in meiner Eitelkeit verletzt, das weiß ich heute. Dann kam auch noch die Sache mit meiner Mutter und Howie dazu, ihrem Verlobten Howard Hase. Kannst du dir das vorstellen? Howard Hase. Nach der Hochzeit wird sie Helene Hase heißen. Ich darf nicht zu viel Alkohol trinken, sonst kann ich ihren Nachnamen nicht mehr richtig aussprechen.«

Was redete ich denn da für einen Schwachsinn? Das gehörte eindeutig nicht in mein Geständnis.

Im TV wurde eine Stimme lauter. »Du musst ihm alles sagen, sonst ist es zu spät.«

Alles? Mein Mut verließ mich. Daniel und ich wohnten Tür an Tür. Ich konnte ihm nicht alles sagen.

»Du hast vorhin noch etwas anderes erwähnt, oder ich habe mich verhört«, bemerkte Daniel.

Damit war ich vollends verwirrt. »Ich höre auch Stimmen, aber die kommen aus dem Fernseher.«

»Nein, es kam eindeutig von dir, und zwar noch vor dem Fußballspiel mit den Russen.«

Ich schluckte. »Jedenfalls bin ich froh, dass ich mit dir unter vier Augen reden konnte, bevor du mit … mit Britta nach Italien fährst. Nicht, dass ich dir dein Glück nicht gönne, aber …« Ich brach ab. »Was war vor den Russen?«

»Wir fahren nicht nach Italien.«

»Was hast du letzte Nacht gemacht?« Das war wieder das Fernsehen.

»Warum nicht?«, wiederholte ich, und die Steine in meinem Magen bekamen kleine Risse.

»Ich hab zuerst gefragt«, Daniel ließ mich nicht aus den Augen. »Du weißt genau, was ich meine.«

Ja, ich wusste es. Ich hatte es nicht sagen wollen, jedenfalls nicht mitten in meiner Michael-Erklärung, doch es war mir irgendwie rausgerutscht.

»Raus mit der Sprache!« Das *Tatort*-Drehbuch war offenbar perfekt auf uns abgestimmt.

Mein Herz klopfte. Ich hatte davor einem Mann noch nie eine Liebeserklärung gemacht. Keine Ahnung, was mich dazu brachte, meine Hemmungen zu überwinden, aber ich würde es tun. Ich musste einfach.

»Ich«, stammelte ich, »ich habe gesagt, dass ich nicht wusste, dass ich schon damals etwas für dich empfunden habe. Eigentlich habe ich es mir bis ... gestern nicht eingestanden. Ich meine, wir sind doch Freunde.«

Daniel sagte immer noch nichts.

Jetzt musste alles raus. »Ich werde Britta und dir aus dem Weg gehen, das verspreche ich. Aber ich wollte es dir zumindest sagen, weil ich nicht länger alles unterdrücken will. Du hast mir mal vorgeworfen, dass ich in einem Schneckenhaus lebe oder so ähnlich. So bin ich nun einmal. Ich kann nicht über alles frei reden.«

Hatte er vorhin gesagt, dass sie nicht in Urlaub fuhren? »Wieso habt ihr eure Reise abgesagt?«

Daniel nahm meine Hand. Die Ziegelsteine in meinem Magen fingen an, sich in Wattebäusche zu verwandeln.

»Ich werde nicht mit Britta nach Italien fahren, weil es ein

Fehler wäre«, sagte er. »Sie hat zwar gestern behauptet, dass wir wieder zusammengekommen sind, in Wahrheit haben wir es jedoch nur noch ein letztes Mal versucht. Nachdem ich dich mit deinem Freund ...«

»Michael ist nicht mein Freund.«

»Wir haben die Fingerabdrücke in unserer Datenbank gefunden.«

»Na gut, also als ich dich mit diesem Typen gesehen habe und er dich geküsst hat, war ich so eifersüchtig, dass ich erst mal weg-musste. Dann stand irgendwann wieder Britta vor der Tür und wollte eine letzte Chance und es diesmal langsam angehen lassen. Es hat nicht funktioniert. Den Urlaub wollte sie unbedingt machen, um irgendwelche Gefühle zu wecken, die gar nicht da sind. Und auch nicht kommen werden, das weiß ich. Deshalb haben wir letzte Nacht darüber geredet, und ich habe ihr erklärt, dass ich nicht mitfahren werde. Wie du vorhin gesehen hast, ist Britta nicht einmal in der Lage, richtig unglücklich zu sein. Ich glaube, dass sie gar nicht tiefe Gefühle empfinden kann.«

Ich war sprachlos. Hatte er vorhin gesagt, dass er auf Michael eifersüchtig war? Das würde ja bedeuten ...

Mein Mund wurde ganz trocken. »Heißt es dann, dass du und ich ...«

»Dass wir ganz schön bescheuert sind? Sieht fast so aus«, Daniel kam ganz nah an mich ran. »Deine Frau Iwanska hat mal zu mir gesagt, dass sich Verliebte in jedem Alter wie Verrückte aufführen, oder so ähnlich. Dann hat sie mir irgendeine Story über einen Wojtek oder Marek oder Piotrek erzählt. Den Rest habe ich nicht verstanden, aber mit dem ersten Satz hatte sie Recht. Ich bin in dich verliebt. Und zwar schon ziemlich lange.«

»Warum hast du das nie gesagt?« Ich wollte mich kneifen, weil ich Angst hatte, dass es nur ein Traum war.

»Keine Ahnung. Du hast nie irgendwelche Signale ausgesendet. Ich schätze, ich habe auf den richtigen Zeitpunkt gewartet«, flüsterte er. »Erst dachte ich, du stehst auf meinen Chef, und nach dem Derby habe ich es versucht, aber da war das Timing denkbar schlecht …«

Unsere Lippen berührten sich, und als er mich endlich küsste, nahm ich nur noch verschwommen die dramatische Musik im Hintergrund wahr. Meine Welt war endlich perfekt.

»Die Sache ist für mich klar: lebenslänglich. Und jetzt gehen wir etwas essen. Ich habe Hunger.«

Es war der beste Krimi aller Zeiten.

# In eigener Sache

Die Figuren, die Handlung sowie die meisten Orte in diesem Roman sind wie immer frei erfunden.

Ich möchte mich an dieser Stelle bei allen bedanken, die schon *Tausche Schwiegermutter gegen Goldfisch* gelesen und mir danach geschrieben und gemailt haben.

Ich bin jedes Mal überwältigt, wenn euch das gefällt, was ich mir ausdenke, ihr euch gut unterhalten fühlt und vor allem an den richtigen Stellen lacht. ☺

Für mich kann es kein schöneres Kompliment geben.

Wer Kontakt zu mir aufnehmen möchte – ihr findet mich auf Facebook unter www.facebook.com/SabineZett oder besucht meine Homepage www.sabine-zett.de

Dort gibt es auch alle Neuigkeiten rund um meine Bücher und Lesungen.

*Sabine Zett, Sommer 2014*

# Die neue Bridget Jones – fünfzehn Jahre, zehn Kilos und ein Kind später …

320 Seiten. ISBN 978-3-442-38139-5

Elisa ist *thirty something* – also eigentlich, wenn man's ganz genau nimmt, schon ein paar Jahre drüber –, Mutter eines »Pubertäts-Aliens«, Tochter zweier rüstiger Rentner und Schwiegertochter einer durchgeknallten Patronin, die sich mindestens für Queen Mum hält und Elisa Knüppel zwischen die Beine wirft, wo's nur geht. Als wäre es damit nicht schon genug, benimmt sich plötzlich auch noch Elisas Ehemann Alex äußerst seltsam – heimliche Handytelefonate und überraschende »Dienstreise« nach Paris inklusive. Hat Alex etwa eine Affäre? Das kann Elisa nicht auf sich sitzen lassen und bläst zum Gegenangriff …

Lesen Sie mehr unter: **www.blanvalet.de**